新山乡巨变

余艳 著

CNS PUBLISHING & MEDIA 中南出版传媒
湖南文艺出版社
HUNAN LITERATURE AND ART PUBLISHING HOUSE

图书在版编目（CIP）数据

新山乡巨变 / 余艳著. -- 长沙 : 湖南文艺出版社, 2021.12（2022.5重印）
ISBN 978-7-5726-0541-3

Ⅰ. ①新… Ⅱ. ①余… Ⅲ. ①报告文学—中国—当代 Ⅳ. ①I25

中国版本图书馆CIP数据核字(2021)第268949号

新山乡巨变

XIN SHANXIANG JUBIAN

作　　者：余　艳
出 版 人：陈新文
责任编辑：谢迪南　丁丽丹
装帧设计：文　俊　1204设计工作室（北京）
内文排版：刘晓霞
出版发行：湖南文艺出版社
（长沙市雨花区东二环一段508号　邮编：410014）
印　　刷：长沙超峰印刷有限公司
开　　本：710 mm × 1000 mm　1/16
印　　张：25.75
字　　数：327千字
版　　次：2021年12月第1版
印　　次：2022年5月第2次印刷
书　　号：ISBN 978-7-5726-0541-3
定　　价：68.00元

目录

引 子

跨越时空的对话

虽说是冬天，普山普岭，还是满眼的青翠。一连开一两个月的白洁的茶子花，好像点缀在青松翠竹间的闪烁的细瘦的残雪。林里和山边，到处发散着落花、青草、朽叶和泥土的混合的、潮润的气味。(《山乡巨变》)

60多年前，著名作家周立波以生动的笔墨演绎了一个叫清溪村的地方，这片充满乡土乡愁、激荡改革风云的山乡，因农业合作化运动，发生了翻天覆地的巨变。

60多年来，在这块具有丰厚文化底蕴的热土上，“清溪人”掀起繁荣发展的浪潮，今天这个“丘陵乡”走过了脱贫攻坚，走向乡村振兴，这正是中华大地新山乡巨变的一个缩影。

这个原名邓石桥的小山村，是周立波的出生地，是他扎根生活的体验基地，也是《山乡巨变》的创作原型地。周立波自小在这里成长，是朴实忠厚、人见人爱的乡里伢子。乡亲们亲切地唤他凤老三、凤三蛮子、立波胡子……

周立波是清溪的儿子，是对人民满怀眷眷之情的作家，他还乡十年，举家从北京迁到湖南益阳农村，住土屋、干农活、说土话，正儿八经地当起了乡下老倌子，以一个“传统农民”的身份参与和经历了农业合作化的全过程，“腰上系一条浅蓝布围巾，扎脚勒手，汗爬水流，坚持参加半天劳动”，与人民和土地“巴皮洽肉”。

深扎十年，周立波以乡人乡音入书，将清溪人所承载的奋斗与憧憬浓缩于笔端，写出《山乡巨变》《山那面人家》等一批佳作，艺术地再现了新中国农村与贫穷和落后进行坚决抗争的风云历程，他被称为描写农村生活的“四大名旦”和“四杆铁笔”之一。

1955年到1965年整整十个年头，周立波在现在已是“大清溪”的土地上行走，一长串踏实的足迹，为这位伟大作家留印作证：

1955年9月到1958年8月，住在桃花仑乡竹山湾村和大海塘、瓦窑坡；1961年春，住在邓石桥公社；1962年冬到1963年春，住在邓石桥公社邓石桥村；1963年秋到1964年初，住在迎风桥公社民主二队……

“不止不止，哪止这几个地方……”有“文宝”之称的周萼梅是周立波的堂弟和挚友，95岁的他拿出一张手绘图，图上足有三十来处标注，都是他当年陪周立波走过的地方。

“还有楠木塘乡、竹荆市、黄泥湖、碧津渡、白鹿寺、牛角湖、北峰垸……”站在一旁如数家珍的是彭玉霞和郭玉堂，他们是《山乡巨变》里“邓秀梅”和“余家杰”的原型人物。在农业合作化初期，益阳县农村工作部成立农村工作组，领导并社升级，由郭玉堂任组长，周萼梅、彭玉霞任副组长。后来，“堂、霞”两人的地下恋情，没逃过周立波的“法眼”，被他在小说中公开，成了两人共同的美好记忆。当年风华正茂的三个年轻人，如今都是90多岁高龄了，再次聚首，他们拿着路线图端详，时而兴奋，时而沉默。我沉浸在他们的回忆中，我想，曾经与周立波的那段交集，留下的那串故事，肯定温润了他们的一生，成了他们最美好的生命记忆和历史见证。

彭玉霞回忆道：“那时，他脸上总挂着微笑，半旧的中山装口袋里总有一支笔、一把牙刷。他为人低调，每次开会总坐在角落的不显眼处，光听人家讲，几乎不发言。当时，村民常把周立波当领导请他讲话，他总摇头。他把自己当普通人，真实地沉入群众中，只记些东西放进口袋，没有一点大干部架子。”

“彭玉霞能成为周立波笔下邓秀梅的原型，也是情理之中。”郭玉堂回忆，“起初，初级社转高级社，转得并不顺利。刚刚经过土改，分到土地的农民，想不通为什么又要将土地交到集体。靠着坚强的毅力、细致的耐心，彭玉霞慢慢打开局面。周立波对这个女干部的了解，主要来自有时一起参会和一起工作时的细致观察。小说中多次写到她组织群众开会，去农民家做思想工作，基本上都是当时真实情景的再现。”

耳聪目明、身体尚健的周萼梅喃喃自语：“他从未离开过，他一直都在……”

郭玉堂随声提议：“那我们沿着他走过的路线走一走，就像当年陪他走村串户一样。”

“我晓得，他做梦都想回来……”彭玉霞激动地说。

见到此情此景，站在一旁陪着三位老人的湖南省益阳市作协副主席、作家裴建平附和：“你们就想象立波先生现在搭乘时光机穿梭而来，我们在进行一场跨越时空的聚会。”他停顿了一会儿，不禁遐想：“现在他再回清溪的话，应该会住别墅，用智能手机，玩转 App 远程指挥，以‘职业农民’的身份参与农业农村现代化进程了。”

天上地上，一场跨越时空的对话；过去今天，清溪“旧貌换新颜”。

这是 2021 年 11 月初的一天，正是茶子花开芬芳四溢的时节。

新时代的家乡变成什么样了?

“我要经我手把清溪乡打扮起来，美化起来，使它变成一座美丽的花园……到时候，请你回来赏香花，尝果子。”(《山乡巨变》)

益阳市谢林港镇清溪村村支书贺志昂脱口能背出《山乡巨变》的名段，“现在的清溪是旅游胜地、智慧乡村。今日家乡比他在《山乡巨变》中描绘的蓝图还要美！希望的田野、清秀俊美的故乡依旧，农业农村现代化的蝶变却已悄然发生。”他又说了一段关于今天清溪的顺口溜：“稻田翻金浪，莲藕满池塘；浅水观鱼跃，山林飘果香；路灯太阳能，居住小洋房；设施现代化，智能普山乡。”

大家站在周立波故居对面的陈树坡，这里能俯瞰整个清溪村：房子是清一色的青瓦坡屋顶、灰白搭子墙、腰檐平开门、胡桃花格窗；人行道路旁、农家房前屋后，种的是紫薇、桂花、楠木之类的景观花木；印象广场、清溪长廊、非遗展馆、立波梨园、清溪剧院、立波小街、荷塘月色，全是网红打卡地。

周立波从田里上来，腿上的泥巴还没来得及洗，高高挽起的裤腿还没来得及放，就与吸旱烟的、挑粪箕的乡亲谈笑风生。曾经一同陪伴周立波体验生活的三位老人，仿佛听到了一个声音在他们的心中回响：“认不得啦，认不得啦！家乡的变化太大了。”

陈树坡是当年周立波几次捐稿费抢救下的梨园，看着满山果树，贺志昂说：“当年砍了他的梨树，现在我们还回一座果树山！只是，每棵树上吊的小牌牌，如果立波先生还在的话，可能不认得了。”

清溪村村民邓春生接过话：“怪不得啊，当年连手机都没有。小牌牌相当于这棵树的身份证。现在是大数据管理，不论谁，只要拿出手机一扫，就能轻松了解这棵树的全部信息。就拿茶树来说，这棵树的茶籽榨了油，消费者也能溯源，有没有打农药，这个二维码里都有存储，如同手握着茶树的‘身份档案’。”

“高科技都到这程度了？这满山的茶花，难怪更香了。”如果周立波见到这样的景象，一定会这样说吧。

借助全方位、全链条的数字化、网络化、智能化改造，清溪村长满了数字细胞，根植了互联网思维，插上智慧的翅膀，带动数字产业和数字经济成为农村发展的重要支柱。今日农民叫职业农民，他们从“土”里找出路，在“改”中谋转型。

贺志昂指着清溪路中轴线两边：天上无人植保机来回穿梭，田野路旁，摄像头、传感器透着浓浓的“科技范”，一派繁忙。

巨变的山乡，无数小村落，智慧小乡村，智能化成果像一个个成熟的果子挂满了枝头：农户只要轻轻一点手机App，就能打开蔬菜基地喷头，让每一棵青菜“喝个痛快”。水质pH值是否正常，鱼塘有没有缺氧，需不需要投食，也只要打开手机看“益村”平台，就能查看并完成远程操控。过去的百亩渔场现在是稻虾养殖地，原来六个人还管不过来，现在一个人管理还能兼顾其他。每块地都由360度可旋转高清摄像头监管，可拉近镜头看虾的生长。这里相当于装上了千里眼、顺风耳，如同新增了三头六臂！

益阳市文联党组书记刘益希感慨，当年立波先生深扎故乡，参与、见证、记录那场巨变。如今，虽是不同的时代，乡村振兴从1.0版升级到了3.0版，但相同的奋斗精神和热情，让我们在不同版本的乡村振兴中遥相“对话”，品味两次巨变里中国山乡的精神传承。

“现在清溪有‘山乡巨变第一村’的美誉！他的文字滋润着这片山水，他的精神，如一束精神火炬，引领、激励家乡人民奋发图强。他当年为家乡、为人民写下《山乡巨变》，今天，家乡和人民正励精图治续写新的山乡巨变！”

人民群众都过得好、平安幸福了？

资江水落了。平静的河水清得发绿，清得可爱。一只横河划子装满了乘客，艄公左手挽桨，右手用篙子在水肚里一点，把船撑开，掉转船身，往对岸荡去。（《山乡巨变》）

大渡口到清溪乡，当年有近 20 里山坡泥巴路，周立波常走这条路。每次经过，他都看得细，写得更细。

“当年，凤翔哥常从大码头渡江而来，在此处查看水情。之后，再步行 5 里走穿山近路到清溪村。”周蓴梅说，“那时交通不发达，他就靠步行和坐船，走遍了山乡。现在，横河划子成了稀罕物。我和玉堂当年陪他，解放鞋都跑坏了。”

1954 年五六月间，连续暴雨，资江上游山洪暴发，两岸百姓深受水灾之苦。一天早饭后，周蓴梅陪同益阳市委书记张麟珍和周立波到资江南岸查看灾情。那天，很多田土地段都上水了，金银山村基层骨干潘四喜和村民在齐腰深的洪水中抢收尚未完全成熟的稻谷。周立波他们见此情景，迅即脱下鞋子，跳入水中将割下的禾把，一把一把地抱到高处田塍上。与洪水争粮争了个把钟头，周立波才一身泥水上田。见书记和作家这样的举动，村民非常感动，潘四喜的母亲给每人煮了三个生姜甜鸡蛋。周立波抢先付了三元钱，老人坚决不收。可临走时，周立波还是把钱悄悄留下了……

“周立波是北京来的大官，是大作家。不仅和群众一起泥里水里滚，还往深处解决问题。我亲耳听到一路上他跟张书记提议一定要治理好水利。他深情地说：民间传言‘资江河里有个鬼，三点麻雨子涨河水’，这说明一年中有一段时间易涨易退的山洪是心腹之患啊！如何才能为老百姓排忧解难呢？张书记接话说：市里和有关部门研究过多次，我们这里粟公港河边急需修建防洪大堤，建个相适应的排水大闸，问题就可能解决了。”往事历历在目，周莺梅说，“后来，问题真解决了，‘水鬼’再不来侵扰百姓。”

周立波体恤底层百姓，真诚地为他们排忧解难。他是一个真正的党的干部、人民的作家，大家看在眼里，记在心上。

曾经与周立波共同战斗过的金银山村党总支书记潘四喜就记了一辈子。他感激地说：“我是当年的村干部后来的益阳市人大代表，周立波教会了我怎样为人、为民，做人、做事。从周立波身上学到的，我全用在服务群众上。”他带领纸箱厂、包装厂、兽药厂等几十家村办企业发展生产，让金银山村成为最早跨入湖南省亿元村行列的三个村之一。

周立波何止激励了书中的原型人物？大清溪的一代代子孙，都在这种精神的引领下，拼搏奋斗，建设家乡。

周莺梅、彭玉霞、郭玉堂一行人沿着周立波走过的路，一边看，一边回忆，当他们走到资江沿岸大堤，看到堤身如城墙般厚实坚固，还布满了摄像头，就像守护大堤的“卫兵”在站岗放哨一样，所有人都唏嘘感喟。这些摄像头能实现雨情水情视频全天候管控，创造了信息化管理监视水情的全国先例。即使赶上几十年难得一遇的冬汛都能从容应对，资江两岸百姓再也不怕天灾的侵扰。

大家久久地凝视着奔腾不息的河水，60多年过去了，“我们搭帮他”“他始终在”“永远不会忘记他”“他从未走远”，关于他的故事，让人念念不忘——因为其作品强大的思想穿透力和独特的艺术感染力，他的精神动力推动着家乡各行各业的变化。《山乡巨变》成了永远的文化名片；清溪成了乡村振兴的崭新标杆；他为国为民的情怀成了推动和改变家乡的精神力量。“现在，家乡全面好起来了，百姓全都富了，您放心啊……”大家在告慰故人的同时，仿佛也听到了故人的回音：“这就好！百姓幸福安宁是硬道理，他们有精气神，家乡才有真变化。”

今天的干部、作家下基层深入了吗？

记得在大海塘乡，我住在乡政府里，帮助建了一个初级社，这样一来，对各个阶层的农民对于合作化的态度，才有了比较细致的了解。（周立波《谈创作》）

“周立波当年回到久别重逢的乡亲们中间，非常快乐。”郭玉堂说，“他担任互助合作委员会副主任。有段时间，我就陪他在那里建社。”

安家后，周立波全身心投入工作。他在乡人民政府所在祠堂的木板房里，开了一个铺。每次开会凳子不够，周立波就让大家往铺上坐。开始，农民兄弟怕一身脏，犹犹豫豫的。周立波认真地拿个鸡毛掸子扫扫铺上的灰，再拉人坐下。后来，那里常成为人们开会时争相抢坐的“软席”。

担任大海塘乡互助合作委员会副主任的周立波，一直像当地干部一样生活与劳动。当时会议多，为不误农事，多是晚上开会，开到半夜散会也是常事。乡领导见他眼睛高度近视，晚上很不方便，照顾他不必逢会必到。有一次，天气骤变，横风斜雨，乡党委陈书记为了不让立波吃苦，派人对他谎称会议改期。第二天，他得知真情，雷急火急找到陈书记，十分恳切地说："吹点风，下点雨，就要我吃照顾?！今后照顾多了，会把我搞得特殊起来。一搞特殊，我就会脱离群众，隔离生活。真要照顾我，就照顾我多深入生活，多接近群众吧。"见周立波这么较真，乡党委后来无论什么情况开会，都通知他。他也从未缺席，每次都很吃力地在灯下记录。会议开到黎明鸡叫，他都兴致勃勃。

1956年初，大海塘村里干了一口老塘，塘泥又稀又黑，正好肥田，于是社长陈桂香组织一批壮年劳力去挑塘泥。考虑到挑百多斤的重担沿又窄又陡的跳板上塘坎，又苦又累且有几分危险，社长事先安排人，把周立波的扁担藏起来，以免他霸蛮来挑。让大家没想到的是，开工没一阵，周立波就三步并作两步赶来了。原来，他跑到邻居家借来了一根扁担。

住在桃花仑乡竹山湾村瓦窑坡时，为方便作家的创作和生活，乡政府给周立波配了一名炊事员和安保员。周立波第二天就找到乡党委书记陈清亮说："这福我可享不起……"陈清亮明确告诉他："上级领导的指示，不能推辞。""要'居安思危'，还要居安思'安'呀！"见陈清亮一头雾水，周立波笑笑说，"当年在延安，我就是自己种菜喂猪。现在条件好了，不要忘记延安精神。"还说，他是回家，回乡亲们中间，哪还要安保……

周立波到底还是一切从简住在竹山湾，与贫农邓益庭——后来《山乡巨变》里"亭面糊"的人物原型打邻居。他早晚与老农民到菜园里浇菜泼粪，锄园挖土，现实中的人物经他的观察，成为作品中鲜活的形象。正因为周立波扎根生活，和乡亲们打成一片，《山乡巨变》才处处透着乡村味道，作品中的每一个地点、事件、人物，几乎都是益阳风土人情的活灵活现的呈现。

每到收工或茶饭之后，周立波的住处就热闹起来。客人一批批的，络绎不绝。有的来商量工作，有的只来扯谈，有的不为什么就是来看看。大家有什么话都愿意对他讲：儿女完小毕业还要不要继续进学堂，请他参谋；两夫妻怄了气，“先生你文化高给评评理”……周立波总是热情接待，从不敷衍。

周立波后来在《纪念、回顾和展望》一文中，就说了这体会：“我和农民又比邻而居，喝着同一井里的泉水，过着大体相同的生活。但是这一回，我不再像十五年前一样，和农民‘老死不相往来’，而是朝夕相见，共话家常。我出身于乡村，亲友间有好多农民。承他们不弃，都高兴跟我来往。在这种频繁的接触当中，他们都跟我讲心里的话，使我对于他们的情感、心理、习惯和脾气等等，有着较为仔细的考察。”

周立波怀着一种对农民的特殊情感，亲密无间、心贴心和他们泡在一起、融在一块。我们一行人来到桃花仑街道，周葧梅用一把长伞指着一处闹市区：这里就是当年的竹山湾，周立波与“亭面糊”打隔壁住的地方。

昔日的竹山湾已经变成了繁华的商业区。如果他能看见这景象，一定也会由衷地高兴：社会进步到城乡一体化时代，“亭面糊”的儿孙们现在都是城里人，住着高楼，开着轿车，过的是处处智能化的生活。

“是啊，桃花仑，原来益阳地区行署所在地，现在是名副其实的商业航母。以步步高·新天地商圈为中心，左边沃尔玛商圈，右是赫山庙商圈；前有资江风光带，后是桃花仑商圈、万海商圈。”裴建平说。

刘益希正站在高处，仰头就说：“立波先生的梦想都化作笔墨投入到永恒的时空坐标了，他的作品、追求，还有誓愿，浓厚而恒久地存留在人们心中。尽管今日家乡与书中世界已大不相同，然而，铭刻在中国山乡‘求新、求变、追求美好生活’的激情与憧憬，已被一代一代后人传承下来……”

大家仿佛听到立波先生说：“有这个作风，山乡巨变会更有力度。”

我那机械化的梦想实现了没？

“这里是机器站，这里是水电站，这里呢，是用电气挤奶的牛奶站，这里是有电灯电话……”（《山乡巨变》）

《山乡巨变》中“亭面糊”们肩挑粪肥、赶牛犁田，成了忠厚踏实一代农民的记忆。今天，“亭面糊”的儿孙们几乎都成了像李进那样的新型职业农民，他们利用大数据网络管理种粮、稻虾养殖、果树栽培、全域旅游等生活中的方方面面。

80后的李进是谢林港镇谢林港村人，他穿着皮鞋坐在空调房里，通过手机实时查看霜降时节田里复收情况。在他流转上千亩的稻田基地里，建有土壤墒情、农田小气候监测等20多组智能化设备。他再也不用像父辈和祖辈那样汗流浃背地在日头下劳作了。

“看不懂了哇，我们老把式冇得用了……”李进70岁的父亲李立昌告诉我们，“儿子手上流转的千亩稻田，就是到农忙时节，都只看见机器，见不到几个人影。臭小子们整天玩植保无人机，在手机上用么子App代替下田。当年我们都挽起裤、脱鞋袜、踩泥巴，如今未必大屏幕能长庄稼、App能当化肥农药？”

“还有呢……”年轻人一旁搭话，“秧谷子放到黑屋子里催芽，插秧用的是插秧机，农药开着飞机打，开收割机时还可以穿皮鞋……哪朝哪代都没这样种田的。”

一旁的彭玉霞说：“李老倌，你才发现自己不会种田了？儿子也不像农民了？当年《山乡巨变》里写‘亭面糊’、陈先晋们，他们的儿孙到今天，就该这样！如果立波先生在，一定会说：这是时代的进步。”

李进乘势对大家说，《山乡巨变》里写的老农民都是他爷爷那样的人。爷爷在田地里苦做一生，却总吃不饱饭。那年月，不遇水灾就遭干旱；没有自然灾害，家人生病又家道不顺。爷爷活到93岁，去世前看着儿孙们将多余的粮食一车车拉出去卖了，极力劝阻他们：“别卖粮食，要钱没用，有粮才饱。”老人是饿怕了，李进只好跟爷爷保证“以后再也不会饿肚子啦”。

“农三代的我们，不是爷爷辈吃饱饭的追求，也要告别父辈老古板的种田模式。我的机房里，植保无人机、新型插秧机、大型拖拉机、联合收割机，大小几十台，1500亩稻田从插秧到收割，连最忙的‘双抢’，全流程都是机器帮着干。合作社添置机械，还建育秧棚，建1000多平方米高标准仓库。这些年，我们的腰包鼓起来了。行情好的年份，一年有几十万元收益。更重要的是，如今种粮，产供销都在网上完成。”李进身后的大显示屏连着农业物联网与大数据中心、农机管理云平台，它是指挥一切的“大脑中枢”。“销售环节，我们在手机App端了解价格行情，与用户沟通，坐在办公室，我们照样可以种粮、卖粮。”

李进合作社的合伙人莫洋指着大屏幕说：“我们在做秋后复收。俗话说：丰收第一收，精收第二收，复收第三收，三收才算收。收割后返回农田，捡拾遗留的作物，珍惜粮食的农人，复收一亩数量少，千亩复收不得了。”

李进挺直脊梁说：“机械化归机械化，勤劳质朴、节约粮食、吃苦耐劳、奋发进取的传统美德不会丢。如今，大数据网络管理种粮、稻虾养殖、果树栽培，新农村是彻底发生巨变了。”

如果立波先生听到这番话，会怎么回应呢。凭他耿直幽默的性格，他该会这样说吧：“好啊，好啊，李老倌，老把式退二线当顾问，让臭小子们玩，这是他们的时代!”

想知道，家乡的未来是什么样?

第二天，李月辉传达省委电话会议精神，大家都不能自满和松气，要继续前进，采取许多切实可行的措施，向自然争取秋季更大的丰收。(《山乡巨变》)

周立波当年去过的赫山区有个菱角岔村，该村建有益阳首个集成运用“互联网+农业”的智能化、系统化的智慧农业综合服务中心。智慧农业云平台、护农商城、益联电子平台、“智慧农业”视频监控中心等配套，一应俱全。

现代科技的应用，让农民的生产生活方式切换到了全新的科技轨道。借助5G技术，打造集绿色食品加工和休闲旅游于一体的现代农业综合示范园区。农业已经走出传统种植“靠天吃饭”的窘境，向绿色、生态、智慧迈进。

走进大棚蔬菜基地，这就是个植物工厂！辣椒、番茄、豆角、茄子、白菜、生菜……品种丰富，长势喜人。绿，绿得晶莹剔透；红，红得娇艳似火，高低错落，别有一番景致!

“看不懂了，弄不懂了，这科技发展太快，农村已不是过去的农村……”周萼梅感叹。

裴建平笑着说:“立波先生当年的理想：消除城乡差别，就是现在的‘城乡一体化’呀。”

益阳市赫山区泉交河镇竹泉山智慧农业基地技术员刘沅培在大棚菜地间，

指着生机勃勃、郁郁葱葱的一片绿：这里，最“土”的农产品与最“洋”的互联网产生化学反应。叶菜类作物，高科技种植加互联网销售，传统的翻土、播种、打药都省了，实现连茬种植，中间无茬口期，采收与播种无缝对接。这样一来，叶菜标准产量可达到每平方米21公斤，年产量达115吨。

“下一步，基地将在5G技术的加持下，全面提升农业信息化服务水平，打造‘蔬菜生产加工+休闲旅游+品牌IP塑造+共享农业智慧平台’，探索可复制可推广的现代智能生态农业新模式。”

这片山乡，“巨变”的步伐搭上互联网，就产生了这么神奇的化学反应：沧水铺，全国首个5G小镇，智能化是小村快速发展的基本保障，也成为智慧农业变得更“智慧”的前提。紫薇村，美丽乡村建设示范村，乘着智慧农业的快车，曾经滞销的柑橘成了“网红”，曾经寂寞的土地，成了人们争相游览的地方。

清溪村，在“大清溪”规划的布局下，有了崭新的定位：

“山乡巨变”首倡地。在全国脱贫攻坚总结表彰大会上，习近平总书记深情赞颂说：“脱贫地区处处呈现山乡巨变、山河锦绣的时代画卷！”而山乡巨变最初的故事就发生在清溪。

“智能智慧”标志地。作为脱贫攻坚的升级版，乡村振兴拉开大幕，承载着“清溪魂”的益阳已经走在智能智慧的前列，成为“智慧农业·数字乡村”的标杆。

“乡村振兴”示范地。乡村振兴的目标是实现农业农村现代化，而农业农村现代化是实现中华民族伟大复兴中国梦的重要组成部分。今天，“大清溪”的巨变融进了乡村振兴的灵魂！农业，以智能制造升级；农村，以大数据治理改造；农民，以“互联网+”蜕变。

一路行来，再次聚首的三位《山乡巨变》的原型人物感慨万千，他们都有许许多多的心里话要向他们敬爱的周立波说——智慧农业遍地硕果，您笔下的家乡已经大变样，当年的美好期待，在今天得到了实现，清溪村乡亲们有了新活法：智慧农业、现代工业、旅游产业、大数据电商……多点开花，多业并举，乡村振兴、山乡巨变的故事开启了新的篇章！

这是新一代清溪人交出的答卷和对立波精神的继承："奋进新时代，一起向未来。"这是国家的昂扬姿态，更回荡着人民不断前行的铿锵脚步声。

"好啊好啊！党的领导，国家的强盛，才有百姓崭新的未来。"他们仿佛听到了周立波那欣慰而爽朗的笑声。

素净淡雅的茶子花清香，在天地间芬芳着、缭绕着，呼应着这"跨越时空的对话"。广阔的山乡大地，山山水水在汇聚一种和声：

立波先生，您对大地的眷恋、对人民的关爱，您灌注真情的文字，带给我们长久的启示，您用脚步丈量过的土地，新的绿意正破土而出，在乡村振兴的道路上，清溪人沿着您曾经的足迹而行。广阔的山乡大地，新的故事还在上演，一股股乡村振兴的力量又在集聚，一支支顺应时代齐奔农业农村现代化的队伍正向我们走来……

新清溪

第一章

凤翔梦

现实生活中的清溪村，是由一个人和一部小说成就的。

周立波和他的小说《山乡巨变》，从这个清秀俊丽的小山村“飞”出去，在清溪村的天宇间，如凤凰一般，留下华美的身姿、明晰的轨迹。

“凤凰”的说法要追溯到1908年8月，周立波出生的头一个晚上，他的母亲梦见混沌深处，有道金光，伴着雷鸣声一只凤凰在火焰中诞生，并落在对面山头的梧桐树上。“有凤来仪”好兆头！于是他的父亲给他取名绍仪，又名凤翔。

一百多年以后，在无人机航拍镜头里，清溪村凸显奇异村型：村庄呈现Y字形布局，活脱脱像一只振翅欲飞的凤凰！而凤头，直指周立波故居！

周立波无疑是从家乡飞出的凤凰，历经上海、延安的革命，又赴抗日前线、随359旅南征，到土地改革、农村合作化运动考验，他历炼火狱、涅槃重生。

有凤凰英姿的清溪村，同样面临涅槃。志溪河一带早有凤凰传说：一只雏鸡在烈火中九进九出，最终涅槃成锦毛绚丽、筋骨强壮的不死凤凰！

自从周立波留下精神遗产，他的文化和精神，是一代又一代传承人潜在的动力。从农业，农村，农民；环保，土地，文化……一次两次，到八次十次，清溪村浴火重生。涅槃是痛苦的，新生是荣光的，改变是快乐的！到21世纪20年代，清溪村因周立波的小说、因改天换地的变化，成为名副其实的

“山乡巨变第一村”。

如今的清溪村，以现代互联网技术为依托，全方位、全链条的数字化、网络化、智能化改造，使之成为“互联网+”与生产、生活、生态、文化深度融合的智慧乡村。又联动北峰垸村、谢林港村、玉皇庙村、复兴村、鸦鹊塘村开启乡村振兴建设，打造全新的、辐射一方的清溪景区，向世人呈现的是——新山乡巨变的大概念！

在数字与数据上跳舞，清溪村新一轮的蝶变又率先亮相：农业长满了数字细胞，农村遍植互联网思维，农民插上智慧翅膀，一起带动数字产业和数字经济，成为益阳发展的重要支柱。

清溪村，是智慧农业的一个标杆，是探索乡村蝶变的重要模式，也将是乡村振兴的时代启示。

栖息在新时代梧桐上的凤凰，仰望着蓝天，高远而英姿勃发。

> **“这个离城二十来里的丘陵乡，四周净是连绵不断的、黑洞洞的树山和竹山，中间是一片大塅，一坦平阳，田里的泥土发黑，十分肥沃。一条沿岸长满刺蓬和杂树的小涧，弯弯曲曲地从塅里流过。”**
>
> **《山乡巨变》**
>
> **“清溪”二字，对当地人来说，既陌生又熟悉。**
>
> **《新山乡巨变》**

祖先喜盼的“有凤来仪”

从益阳市往南 2 公里就到了清溪村的入口处，“山乡巨变第一村”的立牌格外醒目。

“清溪”二字，对当地人来说，既陌生又熟悉。陌生的是，自己生于斯长于斯的地方，千百年来曾被祖辈们称为“邓石桥村”；熟悉的是，老乡周立波在《山乡巨变》中将自己的诞生地作为故事发生地并取名为“清溪”，而声名远播。“清溪”的美名由此盖过了这个村子的本名。

清溪村，占地面积 2 平方公里，位于益阳市市郊，有 17 个村民小组、618 户、1825 人。2005 年以前人均年纯收入约 4600 元。发展转型之初，村级集体经济和各项基础设施建设还很薄弱，村民收入差距也较大。

它本是一个再普通不过的小山村——有山，不算太高；有水，不算太深；有田，不算太多。这里的农民日出而作，日落而息，盼望通过自己的双手，让日子过得更好一些。

20 世纪 50 年代，中国农村延续几千年的农业生产方式和社会习俗发生了深刻变化。周立波，这个以清新而热烈的笔墨书写中国农村的作家，回乡居住并写下《山乡巨变》。遗憾的是，他还没有来得及书写新变化，就在1979年离世。他创作的《山乡巨变》，成为留给家乡的宝贵财富。

1908年8月，周立波出生于邓石桥村（后改名为清溪村）。据他母亲回忆，周立波出生的头一个晚上，她梦见一只红冠五彩的长尾巴鸟，鸣叫着从天而降，在自家屋顶上展翅盘旋几圈后，落在屋门口对面山头的一棵梧桐树上。他的父亲深谙中华文化，心中暗喜：这不是祖先喜盼的“有凤来仪”吗？于是给他取名绍仪，又名凤翔。

周立波无疑是清溪村飞出去的凤凰。然而，人们不知道，原本长成一只凤凰形状的清溪村，能否像凤凰一样涅槃重生？

再不修会垮掉，保护迫在眉睫

2007年春天，一场大雨来得猝不及防。在距离清溪村几里路远的水凼前，一辆小轿车“嘎”的一声停下了。

“会陷进去，走不得了，真陷进去就麻烦了。”司机说。

“你的车打道回吧。哪怕是走，我也要走进去！”说话的人是时任益阳高新区管委会书记的陶世群。“这泥巴路，就你这鞋，只怕难。”司机下车看看，皱起了眉头。

这时一阵“突突突……”的声音由远而近传来。“手扶子（拖拉机），哎，有手扶子，能进了！”陶世群挥着手就跑，坐上手扶子，头也不回地在一条泥巴路上颠颠簸簸地向清溪村摇晃而去……

还是乍暖还寒的末春，陶世群却一个人热血沸腾地在村里走。他走进周立波故居，看着房屋已破败不堪；走进民居，老百姓还并不富裕；走向田野，田荒路破一片苍凉……这个样，哪里配得上一代文豪；这势头，山乡何时能再巨变？

那天，他走村串户，跟村民聊天，直到深夜，准备回家时又遇上了狂风暴雨，没办法，只好折返到村里，就近敲开了村民周铁牛家的门。

被半夜叫起的周铁牛依然清晰地记得那天的细节："那天，陶书记半夜11点敲开我的门，一身已淋了个透湿，要借伞。我说生点火给他烤烤，他拿着伞边走边说着'不用'，就走远了。我就想：这样的干部在村里搞调查，好舍得干！"

几天后，陶世群向益阳市委上交了一份关于周立波故居情况的调研报告，结论是"再不修会垮掉，保护迫在眉睫"。

就在陶世群调研汇报之后不久，清溪村"山乡巨变第一村，乡村体验第一游"的形象设计规划，正式出台！

不作第二名想

20世纪80年代，清溪村开始实行家庭联产承包责任制，农民生产积极性大大提高，生活也逐步富足起来。此后，清溪村陆续兴办起轧钢厂、大理石厂、建筑公司等企业。清溪村这一带是湖南乡村旅游的发源地，20世纪90年代开始，在全省率先开发农家乐，由此带动了茶乡、樵乡、竹乡、花乡等农家乐系列的兴起，并逐步形成了规模。

只是那时候，先富裕的农民更像"土豪"，也没有发展产业的理念，还是停留在小作坊式的经营层面，这就注定了他们既无法巩固产业发展，更谈不上做大做强。

但，他们渴望改变、努力探索幸福富裕生活的决心是不容怀疑的。

清溪村生长南竹，有“南竹之乡”的美称，编竹席一直是村里人的主要营生之一。清溪村人邓伯乐，在2007年前除了靠种田，主要的收入就是靠在村里的凉席厂打工，能解决温饱问题，但谈不上富裕。“可就这样穷下去，不甘心！”在邓伯乐看来，守着这么好的山水，还依然穷，“不服气啊！”

这个永不服输的劲头，跟百年前周立波“不作第二名想”的自我激励如出一辙。

1921年，13岁的周立波以优异成绩考入县第一高小。

三年后，勤奋好学的周立波参加毕业考试，成绩与另一位同学并列第一。时任学校庶务的父亲周仙梯，为从严要求他，激发他继续上进，亲自找到老师商量，将周立波列为第二名。

一向争强不服输的周立波十分委屈。学校也认为对周立波同学不公，于是在奖给他的铜墨盒上，特意刻上一行字：“不作第二名想。”周立波从中体会到师长的良苦用心，不再感到委屈，并将“永不作第二名”，作为自己的人生信条与追求。

这个刻了一行字的铜墨盒，至今保存在周立波故居纪念馆，激励着这方山水和这片土地上的人们。

不甘心贫穷，不服输，清溪人凭着这种秉性，准备拉开新山乡巨变的时代大幕。

我们在，故居在

2007 年 5 月，新农村示范村建设启动，清溪村被定为首批示范点。当时的益阳市主要领导多次深入现场调查研究，多次请专家论证，确立了总体设想——文化与经济、田园与民俗、作家与作品、传统与现代四个结合，将清溪村打造成山乡巨变第一村；提出了总体规划——修缮恢复故居、故园、故景，体现新庭院、新设施、新产业，打造周立波故居区、现代农业示范区、民俗文化展示区。

宏大的棋盘里，周立波故居是建设核心。它就像是开启时代列车前进的引擎，是“山乡巨变”的见证者。

建好周立波故居，首先是成立故居管理所，然后是确定所长人选。既要是周立波及其创作的研究者，还要有文化单位的管理经验和管理才能，谁能胜任所长一职？这个问题成为启动故居保护工作的首要难题。在反复讨论中，大家不约而同提到了李良平。

那时的李良平还只是安化梅城镇一个最基层的文化馆馆长，他骨子里有着湖南人“霸得蛮，耐得烦，扛得住，能打硬仗”的狠劲。在整个益阳文化界，都流传着关于他为修建文化馆爬树翻越省委大院围墙申请支持的“段子”。

一个人与一个地方的连接，是看缘分和时机的。

上任立波故居管理所所长之前，李良平就是一个周立波文化的研究者，也关注着周立波故居的情况。尤其是 2005 年村民为保护故居而采取的行动，一直让他印象深刻。2005 年，对经济效益的追求占据着更重要的位置，文物保护意识也远远不如现在。当时益阳火力发电厂准备建一个灰坝，出台的第一方案是将灰坝建在离周立波故居进出口约 400 米的梨园坡，因为这是建坝面积最大、最省钱省力的优选方案。当时发生了一件事情：益阳火力发电厂派工程人员到清溪村进行测量，村民们以为灰坝选址最终确定在清溪并准备开建了。这个消息一传十，十传百，全村的男女老少几乎都来了。他们站在周立波为他们捐赠的梨园坡前，用身子铸成一道铜墙铁壁，堵住了测量人员。

大家情绪都异常激动，他们知道只要灰坝往梨园一建，周立波故居就会永远被淹没在坝体水深处。所有人的心都是一致的："不能毁掉故居，一定要保护故居！"他们虽然讲不出大道理，但他们的眼睛是明亮的：立波故居不只是属于清溪，属于益阳，属于湖南，更是一个国家的文化血脉和精神象征，不能图一时的经济效益，而毁灭闪耀着永恒价值的文化遗产！

大家联名上书，集体上报到了益阳市文化局和文物管理部门，反映到了益阳市委、市政府。他们身上那股"故居是人民的，我们在，故居在"的气势和决心，最终保住了故居，守住了周立波这座"文化大厦"的根基。

必须撑过一段艰难的日子

"故居是人民的，修好故居为人民。"李良平找到了未来的方向，坚定了保护故居的信念。他临危受命全力以赴开始筹备故居的修缮工作。尽管他知道立波故居管理所处于"无人无钱无场地"的"三无"境地，从无到有必须撑过一段艰难的日子。

在管理所的筹备工作和故居的修缮保护工作中，钱不是最难的问题，搬迁工作显然更难。

故居原来有几户村民住在里面，他们的房产先被征收了下来，他们在没有完成征地的情况下，都不愿意搬离，并且提出各种各样的要求：没有经济来源，想到管理所工作；新房选址太偏，远远不如故居的地理位置好；田地被征收后必须补偿；等等。

李良平理解，老百姓的这些要求都不过分，都在合理范围之内，他在能满足的条件下都尽量满足大家的诉求。他的真诚也感动了大家，搬迁关最终还是顺利地闯过了。可是难关一个接一个，征收关又来了。

自 2008 年 3 月周立波故居管理所成立后，一切慢慢走上正轨。可李良平心里明白，管理所还存在一个隐患，因各种原因牵扯，故居土地征收文件几年办不下来，最终引发了矛盾。

那天李良平正在出差，他接到管理所副所长的电话："来了五六十人，他们每个人手上都拿着扫把、拖把，围坐在故居里。"他知道事情的严重性，村民说是来搞卫生的，但实际上是因为故居土地没被征收，他们的利益得不到保障，只能以干活讨点薪金为由阻止管理所的正常运营。

李良平只好给当时还担任清溪村村支书的邓仁佑打了电话。

邓仁佑和时任清溪村村主任的周仰如，以及当时还是村干部的贺志昂接踵而至。

邓仁佑劝大家不能鼠目寸光只看眼前利益，清溪村正迎来发展机遇，大家的生活会越来越好，并承诺尽快协调解决征收款的拨付问题。

周仰如接着劝大家，千万不要让事件重演了，那次集体偷拿钢筋木头差点酿成一桩大案件的事情，依然让村民们羞愧难当。

20 世纪 90 年代，为了修铁路，7 天内拆了 36 栋村民房屋。一天半夜，村主任周仰如被派出所叫过去，所长告诉他，当天下午卸到清溪村附近工地的一车木头和一车钢筋在天黑后被偷走了。周仰如心里清楚，这事应该是他们的村民干的。

他连夜敲开几家党员的门，发动大家一户户地做工作，不声张、不训斥，让这场可能酿成的刑事大案悄悄化解。他最先去了自家亲戚家中："我知道你拿了，趁夜里还回去还不丑，如果等公安来了，一查你跑不掉。"亲戚的房子被征收了，全家老少都住在临时搭建的简陋房子里，遮点小风不挡大雨的："我得砌新房！我自己不操心，谁管？"

周仰如哭笑不得："国家管！国家那么大的事都做了，还差你这 30 多户？政府会帮，村里也管。明天下雨了，都搬我家挤挤去。但眼下，必须把这些东西送回去。"

第二天清晨，所有不见的钢筋木头，又全部静静地堆放在了工地上！

周仰如一方面感到气愤，一方面又觉得无奈，村民们去偷钢筋木头，还是因为村里穷，而村里穷，他作为村主任还是有责任的。

从那以后，村支两委下定决心要改变村里的落后面貌，苦苦探寻出路，现在终于等到了发展机遇：以立波故居为核心，打造清溪村景区，把景区建设作为全村经济新的增长点，以后大家的收入来源不需要完全依靠那一亩三分地，也不需要出去打工了，清溪村的旅游业发展起来，家家户户都可以赚到钱。

邓仁佑书记干脆的话语掷地有声："周立波是我们清溪人，我们今天为他的故居干点活，也应当应分，像扫我们自家屋场一样，大家干起来！"从一场带情绪的"阻工闹事"，到喜气洋洋的"大家干"，大家都觉得有了盼头。因为历史原因几年都无法解决的土地征收问题，最后也顺利解决了。

凭十一年的韧劲，就算是石头也能盯出花来

故居的魂在于能真实再现历史文物。

众所周知，益阳有“三周”，即著名文艺理论家周扬、著名历史学家周谷城以及著名作家周立波。周扬与周立波毗邻而居，但周扬故居因保护不力，与周立波故居的命运形成了鲜明的对比。“三头鼎立，总有第一”“不作第二名想”，也因此，李良平脑中始终紧绷一根弦，文物的回收进程必须快马加鞭。

故居正式开放之前，共征集到周立波著作、手稿及其遗物 1300 余件，其中还包括贺友直创作的大开本连环画《山乡巨变》。整理造册、分类建档、首批文物定级，李良平一件件地逐条落实。文物的丰富，提升了故居品牌。

2008 年 9 月 15 日，在周立波诞辰 100 周年之际，他的故居面向大众开放。一个保留传统又吸纳现代、有史有料的故居，连同立波先生笔下曾经描绘过的乡村未来美好图景，以崭新品牌——“山乡巨变第一村”鲜活地呈现于这片山乡中。

故居正式开放了，但李良平回收文物的脚步并没有停下来。

2018 年 8 月 11 日益阳新闻网出现一则报道：“周立波故居管理所征集到一批‘三周一叶’珍贵史料，共计 149 件（册、套），填补了故居管理所馆藏的许多空白。”

这些文物大都来自被李良平盯了十一年的文物收藏者汪勇。

为了收回更多的故居文物，李良平每个周末都到文物市场探查情况。一得知汪勇手中掌握着众多文物，他就立刻找上了门。

汪勇手上有不少关于“三周”的书籍、资料、书信，还有一件“王牌”

文物，是道光年间雕版印刷的《益阳板桥周氏族谱》，全国只有三套现存于世，一件在资阳区档案馆，一件在国家图书馆，剩下的一件就在汪勇手上。这件文物对于立波故居而言，意义重大。

汪勇是一个古玩爱好者，自然不愿意将多年收藏的文物拱手让人，对于李良平这位“不速之客”，他总像躲瘟神似的，能避则避。有一天，李良平敲开了汪勇家的门，还没等他开口，汪勇直接回拒：“你就是上我家里来，你也抢不走，我不卖！我收了这么多年，就把它当儿子、姑娘在家养着，不卖不卖。”李良平却不急不忙：“我上门请教，听你聊聊，你是文物专家。文物不能死藏，说道说道，就能活起来。”时隔不久，李良平又一次来到汪勇家，真诚地说：“你的宝贝就像你的女儿，最好的年华待字闺中，终于有个好人家，你却把她窝在家里藏着掖着，这是耽误青春！宝贝有它的价值，更要找它最佳的归宿。还有什么地方，比周立波故居更适合放你的宝贝？”一次又一次，李良平已记不清楚为了这些文物奔波过多少回。只是像这样你躲我追、晓之以理动之以情进行劝说的场面持续了十一年。

凭十一年的韧劲，就算是石头也能盯出花来。汪勇终于妥协在李良平十数年如一日的“死缠烂打”下。他把家中收藏的文物尽数捐赠给周立波故居。其中与周立波有关的书籍史料达 83 件（册、套），其中包括 1938 年出版的《晋察冀边区印象记》、1948 年出版的《暴风骤雨》、1958 年出版的《山乡巨变》等初版著作，以及一级文物——清代五修和民国六修的《益阳板桥周氏族谱》等史料，十分珍贵。

同时征集的书籍史料中，还有周扬、周谷城、叶紫的一批珍贵著作。

一卷笔墨天成的文人画，藏纳着历史与人文的温情。期盼的回归与找寻的感动，都刻进周立波故居里。

打造“山乡巨变第一村”

从清溪村村口往里走，就能见到周立波故居：土木结构的院落，以简洁的黑白色调呈现。门楣上悬着一块“周立波故居”的匾额。这座民宅，看上去极为普通，始建于清乾隆五十三年（1788），距今已有两百多年的历史。周立波祖辈世居至今，一砖一瓦都写满了岁月的沧桑。

故居坐北朝南，占地面积 1510 平方米，建筑面积 790 平方米。环境极好，三面环山、茂林修竹；门前一口小池塘，每到夏时，满池荷花点点，荷叶飘香。这里一共 28 间房屋，整体房间布局为“三间两搭厢”式，不是完全对称。厢房与偏房之间，有狭长天井相隔。站在天井之内，面前是朴素的粉墙黛瓦，头顶是澄澈的流云碧空，屋后是郁郁的青翠绿植，让人心胸豁然开阔。周立波就在这里长大、学习，完成了文化启蒙。

修缮故居，周立波自己也出过钱。1962 年，周立波想回邓石桥（清溪村）老家居住一段时间。因房子年久失修，当地政府准备为他修缮。他知道后，立即写信给村干部，嘱咐房子不要大修，只要勉强住得人就行；若要小修，开支由他个人负担，同时寄去 300 元。村干部根据他的意见只把房子稍微修整了一下，没花公家一分钱。回到家时，他紧握乡民的手，满意地说：“这样做很好，我住着就踏实了。”周立波回乡的第一件事，就是想体验一下搭田塍的感受。他一大早，就和邓石桥村生产队队长周秀梅一起出工。搭田塍是个技术活，先用耙头把泥提起来，均匀地搭到锄过草的田塍上形成初坯，用耙头来回挤压，再用夹板荡平，使田塍整体匀称光滑。周立波在用夹板荡平田塍时，由于用力过猛，不料扯断了夹板的绳索，手脚朝天地跌到旁边的水田里，摔得满身是泥。当时在场的村民都笑他成了“泥牯牛”。他却风趣地说：“比老黄牛还差一色呢！”说完回去换了衣服，又下田继续干起来。

立波故居大厅里有一尊周立波先生的半身铜像，他的眉头微皱，目光坚毅地望向前方，穿过厚厚的墙壁，穿越纷飞细雨的迷蒙，穿透苍山翠海一重又一重。他的眼睛里装着每一寸土地、每一个人民。他将自己缩小，化身为清溪村里一个普通的身影。他可以是带月荷锄归的草帽人，可以是跌进水田的“泥牯牛”，可以是自费修故居的归乡人。

“你看这件文物，是立波先生在省立一中时的校训。”李良平指着“公勇勤朴”的图片说，“16 岁的周立波，在这所学校入的团。当年，他在这里组织了进步读书团体——‘夜钟社’。成绩优异的周立波，与进步同学吴培元、唐志华一同阅读《共产主义 ABC》等革命书报，接受革命思潮和新文学熏陶。并走出学校，投身革命洪流，参加街头集会和游行示威。还听过郭亮、夏曦、徐特立的讲演。他 1927 年 4 月加入共青团。”

“当年的省立一中就是今天的长沙市一中。”我说。我曾看到 1962 年 12 月 31 日，举行 50 周年校庆时，立波先生写了一副对联送给母校，至今还保存在学校陈列室：忆当年课堂内外黑云低压，喜今日讲台上下意气飞扬。

周立波在省立一中，认识了益阳新市渡的同乡、按辈分是他族叔的周扬，在他的引导下走上革命道路。1927 年“马日事变”爆发，白色恐怖的长沙无法待下去，周立波回到益阳家乡，几次转战上海。1934 年，第三次来到上海的他，经周扬介绍加入中国左翼作家联盟（简称“左联”），成为一名左联战士。同年底，他加入中国共产党。

“战士、学者、作家的定位：坚韧而热烈的战士，平静而淡泊的学者，率真而真诚的作家。作为党的战士，他一生奉献党，永远跟党走。周立波用他为国为民的情怀，用他从泥土里拱出的文字，向党交卷，也回报家乡和人民。”李良平说。

周立波和清溪村，就像生物界的互生关系一般，在家乡以青山绿水与故土风情养育他笔墨的同时，他也以人道关怀关注农村，以农民为核心构造形象画廊。周立波以他的《山乡巨变》影响着故乡，以“立波精神”感染着人民。他如一颗璀璨闪耀的明星，用灿烂的星光照亮百年来人们的精神世界。他远远挂在天边，用一支笔，绽放出温暖人心的力量，挥毫出这片土地上传承多年的精神风范。

如今，清溪以周立波故居为依托，以“立波精神”为前行动力，以小说《山乡巨变》为背景，打造“山乡巨变第一村”，一幅新时代的乡村振兴画卷正徐徐展开。

> **清溪乡的山峰、竹木、田塍、屋宇、篱笆和草垛，通通蒙在一望无涯的洁白朦胧的轻纱薄绡里，显得缥缈、神秘而绮丽。**
>
> **《山乡巨变》**
>
> **石头小草相伴，泥鳅鳝鱼相欢。周立波先生笔下生态自然的清溪，又回来了。**
>
> **《新山乡巨变》**

没想到村子能发展得这么好

清溪借助着文化的力量，一直是湖南乡村旅游的“领头雁”。“清溪村至今保持着一种原生态的乡村景观，这里的乡村旅游，不能局限于兴建一个名人故居，而要打造一个乡村文化旅游新村——中国山乡巨变第一村。”2008年周立波100周年诞辰时，清溪村的建设发展是这样被定位的。显然，周立波和他的《山乡巨变》已经超越了文化的层面，而被赋予了更深层的时代意义和现实期盼。

清溪村，村如其名，不论怎样都该有一条清亮亮的溪水，这是村之魂，也是当年周立波先生在他的小说里对家乡的祝福和愿景。

由清溪村土地庙往景区内走，千米果蔬长廊旁边，杂草掩映中有一段小溪，溪水较浅，澄澈透亮，一直向前流淌而去。

陶世群说，这条水路走的是原来的铁道，石长铁路通车后，小铁路废弃，挖出了河道，再后来成立景区，这条贯穿村子的小溪，就叫作“清溪”。“原先大概有三四里，溪水不深，但很清澈，水流不断，一直往北流，流到志溪河那边去了。”村里的年轻人都认这条溪为清溪。

但这条清溪却不是周立波先生笔下的清溪。关于“清溪”，他是这样写的：“这条溪涧倒有一股山浸水，一年四季，水流不断。”那真正的“清溪”在哪里呢？周赛吾——周立波的亲侄子把我们引到村子西北、清溪西路尽头的周立波故居附近，越过荷塘，我们看到一条两三百米长、已经干涸废弃的小沟，那才是真正的清溪。

1964 年的一天早晨，周立波站在清溪村村口，看到经历大炼钢铁、“共产风”和自然灾害折磨的村子和家乡人民，元气逐渐恢复，生活有所改善，有感而发：

说是清溪没有溪，田塍道上草凄凄。

山边大树迎风啸，村外机车逐鸟啼。

28 个字，把当时山村的面貌生动地勾画出来了。但当时就有人问：清溪村是因为有一条小溪穿过全村而得名，怎么说没有溪呢？

立波先生的回答是：塘坝干枯了，暴雨山洪把溪边的路与田土冲平了。乡亲们要抓紧植树造林，修塘坝，恢复流水潺潺的清溪。到那时，就是山泉汇合的清溪了。

不久后，周立波再度回乡，望着新建的益灰小铁路，火车拖着大批物资呼啸而过，一派生机与活力，心中十分欣悦，感慨万千，再赋诗一首：

谁说清溪没有溪，田塍两举草萋萋。

铁龙村外迎风哮，紫燕林边向日啼。

周立波看到家乡呈现一派生机，心中的喜悦溢于言表。

“唉，不容易啊。是立波先生的引领和帮助，他的精神传承让清溪村走到今天。”陶世群说。他们当年参与规划时，也都没想到村子能发展得这么好。

农村也可以变得诗情画意

清溪村所在的谢林港镇并到高新区后，把清溪村打造成一流景区的计划提上日程。

当时清溪村的环境仍然没有摆脱脏乱差的状况。一些农户习惯把垃圾堆在地坪上，家家都有一座垃圾小山，蚊虫乱飞、鸡狗乱拱。从简陋厕所里溢出的粪水，有的直接流入清溪中。

“我们祖祖辈辈都这样过的。农村嘛，不是这样子，粮食哪里来?”“我们也想过城里人的生活，可是，屋前连稻田，屋后连猪栏。农村环保？哼，认命吧。”

要打造一流景区，首先必须改变这种落后的观念。于是，2008 年开始，清溪人开始走出去，他们先后到四川成都锦江区三圣街道（原三圣乡）的“五朵金花”、江苏江阴华士镇的华西村、四川成都郫都区友爱镇的农科村考察学习。这一举措不仅开阔了大家的视野，改变了村民的观念，也为清溪村的建设提供了样板。他们没有想到“农村也可以变得诗情画意，也可以讲环保，也可以成为城里人的梦想”。

从外地考察学习回来后，村民们反响热烈：如果能改成那么美，我们改，多难都改!

从华西村回来的人说：我们这才理解了，没有优美环境的接轨，城乡哪能一体化?

观念转变了，理念和认知的提升也需要一个磨砺的过程。

有一天，陶世群从清溪的一条水沟附近经过，发现施工人员正把这条原生态的水沟砌上水泥，要把它改造成一条水渠。“停！停工！”陶世群忙不迭地叫停。

村支书邓仁佑来了，黑着脸问：“高新区布置的，为啥叫停？”

“老支书啊，要整改清溪不错，可保留原生态才是关键。原来的泥鳅、鳝鱼、青蛙天天在这里聚会，开心着呢。有太阳晒，还有缝可钻，还能玩玩捉迷藏。可硬质处理，它们的栖息地就毁了，生态也就被破坏了。还有，谁都是‘肥水不流外人田’，修一条硬渠，等于把水都送走了。而我们的田地，需要这些自家的溪流渗透滋润呢。您说是不？”

一席话让邓支书豁然开朗。对呀，清溪水一路渗透滋润的是村里和周边的万亩良田。怎么能把溪流改成硬渠，把水就这样送走呢？

邓仁佑忍痛拆掉了水渠，在原有的生态基础上，把清溪修整成自然溪，还装点了周立波《山乡巨变》中描绘的情景雕塑、《山那面人家》中写到的蔬菜瓜果长廊。石头小草相伴，泥鳅鳝鱼相欢。周立波先生笔下生态自然的清溪，又回来了。

可没过多久，陶世群在溪边又起高腔：“那里……挖个坝干什么？”他过去一看，在养鱼。“不行！你这是‘叫花子烤火——只往自己胯里扒’，都像你们这样，这条清溪还有个看相？”

另一处，带头的还是村民小组的组长，陶世群认得。“扩个蓄水池方便自己灌溉？你作为组长带头截流，大家都跟上，这条溪水就没了！”

随着时间的推移，这样的事少了。村民们一点点地改变着自己的观念，环保的种子在心里发芽、生长，直至成熟。

升级版的“六个一”

清溪岸边一个干净整洁的庭院里，坐落着一栋漂亮的两层农家楼房，这是村民邓旭东的家。

这座赏心悦目的农家庭院，屋后是青翠欲滴的菜地，土沟都用石块砖头砌着，整齐划一。紧挨着菜土的，是一个鸡鸭分区的禽圈，鸡鸭都在圈内悠闲啄食或嬉戏……邓旭东在清溪村村部抓宣传工作，这个90后小伙子，对环境整治门儿清。他告诉我们：清溪村原来还有公共场所环境卫生脏、乱、差等遗留问题，在这次强有力的升级中，这些问题基本得到解决。

“升级版”有一个很好的名字，叫“六个一”。给清溪村带来巨大变化的“六个一”策略，具体是指：一园——规整菜园；一圈——圈养畜禽；一屋——能放置农具、农药、化肥、柴草等生产、生活资料的“杂屋”；一池——粪污处理的三格式化粪池；一沟——清理房前屋后的排水沟；一凼——沤制可腐烂农村生活垃圾、菜园杂草菜叶的密封式沤肥池。它是将工作重心由公共区域整治转向农户庭院整治，本着“干干净净迎小康”的目标，真正吹响了农村人居环境三年整治的“集结号”，朝家家户户“整整齐齐”“漂漂亮亮”迈进。

这升级版的“六个一”，得到了群众的普遍认可和欢迎，“院内院外打扫干净了，自己看着舒服，心情也好了，感觉很幸福很满足”。

“这是真正落在农民主体作用上的政策。比如我们家，上有老下有小，家里来客又多，原来房前屋后杂草垃圾乱堆乱放、排水沟不畅等问题，在这次整治中，真被解决了。”

“还不仅是我家，全村垃圾散落、鸡鸭散养、水流黑臭、蚊蝇乱飞的现象都得到了有力治理。”

大山正在恢复生机

清溪不只有好山好水，而且还有矿。矿代表着资源，代表着富裕。摆在清溪人面前的一道难题是：靠矿山致富还是靠清溪的山山水水致富呢？

距清溪源头的矿山不足 1 公里处有一户姓王的人家，她家地里的萝卜白菜长得青翠鲜嫩，池塘里鱼儿游得欢实。她开心地说：“现在环境确实好了，我又往池塘里放养了一些甲鱼。”

因为家离矿山近，她对环保重要性的感受尤为深刻：“早些年，矿山开采，那些山千疮百孔，有时露在外面的石煤自燃，烟尘漫天，整面山一片漆黑。山下还凿出两个数十米深的大矿坑，说是废水中重金属超标数十倍，都排到我们的田土里，大家深受其害。有一次一个矿坑垮塌，那个深红色的废水涌进我家农田，那些田里长出的稻子，连自己都不敢吃……”

据资料统计，益阳有 22 家具有采矿权的石煤矿山，无序开采的炮声回响多年，发出了重大生态破坏的警报。

迅速关停！这是 2019 年的一声巨吼。益阳出台了“一矿一策”精准整治方案，在财政极其困难的情况下，投入 5.7 亿元资金进行矿山整治，触目惊心的“伤疤”逐渐被抚平，一座座大山正在恢复生机。还有沅江的芦苇产业转型、益阳南县拆除矮围、打击非法采砂、清除欧美黑杨，一场接一场的环保攻坚战打下来，才有今天乡村的美丽景象。

“我要经我手把清溪乡打扮起来，美化起来，使它变成一座美丽的花园，耕田的人驾起拖拉机……”

《山乡巨变》

“你知道那是什么农村？绿草蓝天，空气清新；景致优美，环境舒适；马路宽阔，交通便捷……丝毫不比城里差。”

《新山乡巨变》

新农民的尊严

在清溪景区的留言簿上，一位游客留言说：“这里一切都是原生态，让我想到了儿时的点点滴滴，同时也深感建设绿色益阳的重要性。”他说，景区生态各方面都很好，免费参观，让他感受到了周立波先生家乡人民的大气和热情，略微不足的是卫生间有点难找。

“‘改厕’，其实早就全面铺开。故居的卫生间已经改造完，即将交付使用。但整个景区的卫生间配套始终是个问题。尤其是更加现代、文明的卫生间，数量还远远不够。”

与此同时，民居“改厕”运动也在悄然展开，清溪村又开始了新一轮的美丽乡村建设。

盛伟男与清溪村其他村民一样，近几年扬眉吐气，“身价倍增”。他，一个地地道道的农村伢子，娶了个城里的大学生做堂客（妻子）。这一切还得从他修房建院说起。

一天，盛伟男与父母起了点小争执，他们对盛伟男的装修设想感到不解：

“这卫生间做那么好干吗？客厅、卧室做好点我们都赞成。”

小伙子是见过世面的，他说：“城里人的好不在于高楼大厦，而在于环境优美，住房设施齐全，生活舒适。农村告别脏乱差就要从每家每户的卫生间革命开始。卫生间干净整洁，文明程度才能提升，生活才会舒适，还能养成良好的卫生习惯。”看儿子如此坚持，盛伟男的爸妈只能退让。

可只有一点，两位老人不能轻易退让，他们想在庭院里开辟几块菜地，而盛伟男却要把它改成花园，他说：“我们这是乡间别墅，别墅就是要配花园。菜地一旦浇水施肥，就会粪臭熏天，蚊蝇满天飞，还谈什么居住环境?”

父母讲不赢他，就叫隔壁邻居来劝儿子。盛伟男仍旧坚持他的看法：“我建个好卫生间，不是我想天天冲热水澡；我养一院子花，不是我天天都有时间赏花看景。我只是觉得，像城里人那样生活，衣食住行的条件都得到改善，活出新农民的尊严，这很重要。”

没想到邻居叔叔却成了盛伟男的同盟，他问：“男伢子，你莫是想找个城里媳妇?”

盛伟男还真找了城里媳妇。她叫刘芬，研究生毕业，现在是市林业局干部。他们因为偶然的机会认识，在相处之中刘芬喜欢上了这个有爱心、有事业心的帅小伙。可是，刘芬的家里却不同意。她妈妈说自己好不容易培养出一个大学生，有国家正式工作，城里的伢子随便挑，怎样都轮不到她到农村找。

可刘芬说：“你知道那是什么农村？绿草蓝天，空气清新；景致优美，环境舒适；马路宽阔，交通便捷……丝毫不比城里差。”

看刘芬这么坚持，母亲让两个姐姐上门看看。姐姐们回来喜笑颜开地跟母亲说：“人家那个小洋楼，可不是城里人住的‘鸽子笼’，是精致的花园别墅。清溪村离城区又近，开车也就十分钟。关键是伟男一家人都好，文明程度可一点不输城里人。”

盛伟男最终抱得美人归，婚后的小两口恩爱美满，生了个大胖小子。小孩在婆婆家带着，刘芬自己每天骑自行车往返，既有一路美景相伴，又能锻炼身体，还充当着“城乡使者”的角色。

而盛伟男的工作与生活也可以往返城乡之间，他常说：现在国家提倡城乡一体化，优化环境，城乡差别就能逐渐缩小。

最近，盛伟男又在家里进行了一场全程的“废水革命”！将厕所粪污、生活污水一并纳入村里的城镇污水管网集中处理。这是市里的统一行动，对居住集中的农户推行小型污水处理设施集中处理；对居住分散的农户采取“三格式化粪池+人工湿地”的模式进行无害化处理。与废水处理同时进行的还有垃圾分类。盛伟男家现在有四个不同颜色的标准垃圾桶。整个农村运行“户分类、村收集、乡镇转运、县里无害化处理”的农村生活垃圾收运处置体系。每一个环节都严格遵守规章制度，有专人把控，形成固定流程。

一股清凌凌的水，从化粪池的一角，顺着自留地里开挖的小沟流出来，无色无味，自然排放到田土里、溪水边。

农村厕所革命，努力做到改一个，成一个，用好一个。

盛伟男感慨：“我们赶上了好时代，国家要乡村振兴，政府要城乡一体，我们只要把个体行动融入整体行动中，抓环保达标，努力跟上国家的步伐就好。”

创业守家两不误

“清溪村早变成了大花园，城里人都直往这里涌。”清溪村村民张维兵骄傲地说，因为是田园生活体验、生态农业观光、健康养生养老的好地方，这里成了各地游客，尤其是周边市民热捧的地方。清溪村仍然保持着乡村的田园风貌，但却再没有了从前杂乱无章、尘土飞扬的模样。这个位于益阳高新区的小村，村民几乎都住着舒适的小楼，用节能、环保的沼气池，整洁、干净……

不仅如此，村民们大多回归家乡，有的进入当地工厂，有的在家经商，都有了相对稳定的收入。

赵应飞一家杀鸡宰鸭地忙活了好一阵，炉火正旺，游客进店，他们开始为订餐的客人烹饪各种菜肴，腊肉、干鱼之类的农家菜也陆续上桌，一家人忙得热汗直流，脸上却漾着笑容。赵应飞说："我们这里环境优，空气好，游客喜欢来，我们在家就能开店赚钱，几多好。"

赵应飞早些年就在外开饭店，清溪村这些年发展快，乘着发展旅游、大型改造的东风，他回了村里，在家开起了饭店，创业守家两不误。游客越来越多，生意也越来越好。他感慨："清溪村的村民幸福哟。"

一家人也说开了："从前祖祖辈辈都勤劳却穷了几代人，如今只要你努力就能脱贫。""政策好是能致富，但是环境不好也吸引不了人。如今我们这里是天地人和环境美，日子过得好的可不止我们一家。"

看好清溪村的发展前景而主动回到村里的，确实不止赵应飞。

邓智灵，41 岁，之前在外做水电临时工多年，遇上村里的文化旅游开发公司招聘员工，他回到村里赶紧报名，月工资有 3000 多元，福利待遇还蛮好，"五险一金"都有。邓智灵说："我们安保队 15 人，清溪村村民就有 8 位。都想在家门口做事，比城里打工更安心，还建设了自己的家乡。"

"家乡好了，谁愿意在外忙乎？现在到景区上班，一年就有 3 万多元，相比在外打工的福利，这里样样不缺。离家还近，尤其能照顾家中老小。"在清溪景区任安保队长的邓益良说，“我们村不少人都在景区找到了工作，生活殷实不少。如果环境不好，谁来旅游？”

在大清溪片区的北峰垸，生态观光农业集中片区的稻田里不时传来游客的欢笑声。大家在观景台赏田园风光，在展厅看小龙虾科普知识，一圈游玩下来身心都得到了放松。这是国联水产（益阳）公司在北峰垸村开设的种繁基地，目前正在探索发展观光农业和体验农业。国联水产（益阳）公司还在清溪村设厂，对稻田虾进行深加工，村民在家门口上班，月工资从 4000 元到 8000 元不等，近千人的就业问题得到了解决。

3 亿元的项目计划总投资，将这里打造成生态宜居“公园式”村落。2019 年，美轮美奂的村级剧院——清溪剧院在清溪村拔地而起，村民们浸润在一幕幕文艺大赏中，周边村民也来一饱眼福。湖湘大戏《那山那水那乡愁》、花鼓戏、地方戏、青春偶像剧、大型歌舞剧把乡村文化的天空点亮。旅游观光、土地认耕、农事体验、产品供应，一场场文化与产业结合的活动，在乡村热火朝天地开展着。

作家和一部巨著的原型地

“虽无名山胜水，却有田园诗画。”

清溪景区原负责人颜华说了这样一句很有诗意的话，引领着我们在绿色蔬果千米长廊里行走。骄阳下，果蔬花香交织在微风里，绿色藤蔓风姿绰约，一群自行车骑行爱好者，从城市的纷扰中暂且脱身，在怡人的乡村里自由飞驰。

颜华坚定地说：“这道路、田野、民居，除了会更环保、干净和透着文化的美观，其他，什么都不会改变。”

这里似乎有意让我身处其中，更加深切地体会乡村风貌。在荷塘边深呼吸，空气里有大自然的芬芳馥郁；在银杏、柚子树下徜徉，看它们在广阔的一方天地里自在生长；在停车坪上，看草坪砖铺建的环保生态坪代替了生硬的水泥地。颜华转身，一扫长臂，指着近处的民居说：“你看散落在田间路边的一栋栋小楼房，不是整齐划一地连成一片，而是错落有致。村民有去企业打工的，有自家开起农家乐的，无论干什么，都有强烈的环保意识，不能给景区带来污染。垃圾箱满了有专人处理。”

立波小街上，擂茶、麻辣烫让人流连忘返。我们喝着村民周铁牛的擂茶，他听着我们的话题过来插话：“门前的马路宽了，屋外的景色美了。游客越来越多，我们的生意就好做了。晚一点你看看夜景，路灯点亮，村民摸黑走夜路的历史也随之结束了。”

当我问及他是如何从中受益时，周铁牛毫不隐瞒他的“致富之路”：“景区完成了三次大型改造，印象广场、游客中心、连环画长廊、清溪荷塘、立波梨园，还有清溪剧院，我们都参与了建设。不瞒你说，我家前几年每年收入都过了 6 万元。这几年……”

“这几年，新一轮智慧清溪建设拉开了大幕。”颜华抢过话，线下智能化系统工程建设、线上智慧景区软件平台建设，属清溪村智慧旅游项目，现已基本完成。下一步，利用大数据中心物联串联，搞智慧乡村一体化建设。电子政务、电子商务和智慧云平台三网融合，结合“益村”App，不断提高村民的智慧意识。

清溪景区工作人员六成以上是本村人。讲解员邓佳丽端庄秀丽，身着职业装落落大方。每年来自 30 多个国家和地区、超过 60 万人次的游客，都由她和同事们接待，一边介绍自己的家乡，一边介绍清溪的儿子周立波，他们别提有多自豪了。

弹指一挥间，六十多年过去了，清溪村的发展和周立波以及他的长篇小说密不可分。作家和一部巨著的原型地已经成为亮丽的文化名片。

理想蓝图

“现在家乡的环境越来越好了，花香扑鼻，绿树成荫，溪水潺潺，让我坚定了返乡的决心。我想将自己的所学施展在智慧乡村建设上，与家乡一起奔向理想蓝图。”邓旭东雄心勃勃地说。

随着“互联网+政务”的发展，最基层的村委会的职能也更趋服务化。“一号申请、一窗受理、一网通办”，让“群众少跑路”转变为“信息多跑路”，“群众来回跑”转变为“部门协同办”，以前要来回跑多次的审批事项，现在正在一步步实现“最多跑一次”。他们按照“就近办、马上办、网上办、一次办、自助办”的标准，考核“零延时”服务、“零距离”接触、“零投诉”反馈。121 项村级办理事项与 42 项高频事项持续优化功能、提升政务效能，真正畅通服务群众“最后一公里”。

邓旭东接着说：“通过一窗办多件事、一窗收件、关联事项一次性办理、电子材料存留和审批等措施，减少群众的麻烦，节省群众的时间。”

一个村民刚办完新证，乐呵呵地说：“很方便哩！昨天我战友来办证件说很快就办好了，让我也赶紧来办，没想到真的 10 多分钟就办好了。”

“他们只要提供身份证和一张寸照就好了。”邓旭东说，“以前办证可能需要跑几个部门，要等几天证才能办下来。现在大概 15 分钟就可以把证办好。”

“新生儿上户需要准备一些什么资料?”“高血压患者可以接种疫苗吗?”政务厅的长排椅上，工作人员正在指导村民实现“指尖上服务”。

在遇到消防、卫生、办证等诸多问题时，村民们可以直接通过手机在微信群里反映咨询。

“下一步，是健全完善‘监督服务微信群’管理服务机制，提高群众参与率，创新社会治理方式，最终形成党委领导、政府负责、社会协同、公众参与的基层社会治理共治共享格局。”

梦起清溪但不止于清溪

乡村振兴，梦起清溪但不止于清溪。

谢林港镇有清溪村、北峰垸村、谢林港村、玉皇庙村、复兴村、鸦鹊塘村 6 个村，一个更大的设想正在稳步推进：投资 15 亿元，完成一系列新农村建设，北峰垸村创建“都市农业示范村”“一二三产融合示范村”，谢林港村创建“智慧乡村示范村”“城乡融合示范村”，玉皇庙村创建“潇湘牛村”“生态循环养殖示范村”，复兴村创建“资江稻虾村”“有机农业村”，鸦鹊塘村创建“诗画田园、养生休闲村”。还有寨子仑、大村水库、志溪河等优势旅游生态资源，都将成为乡村振兴背景下城乡融合、产业融合的示范区。

大清溪布局，如凤凰腾飞，一飞冲天!

从清溪广场出发沿着清溪路漫步，道路纵横，溪水淙淙，“青瓦、白墙、红窗、坡屋面”的房子，与荷塘、田园、菜地、竹林、山丘相映生辉，显示出一派乡村田园风光。围绕着周立波以自己的人格与智慧铸就的文学魅力，清溪将建成以高效观光生态农业为亮点，以乡土文化为主题，以观赏性民俗艺术，以参与性传统农耕文化体验项目为支撑，以为现代人提供“向往生活”为范式的综合旅游新村。

在益阳高新区谢林港镇党委书记张心镜看来，周立波与乡亲们同吃、同住、同劳动，和群众打成一片，举家迁来一干就是十年，才写就鸿篇巨制。“《山乡巨变》我看了许多遍，也组织党员骨干看，就是让大家体会，一个作品有多好，就看你扎进百姓有多深。”

周立波所倡导的“与人民群众同吃同住同劳动，和他们打成一片”的“三同一片”精神，正在影响着无数人投入到改变家乡的奋斗中，影响和激励着一代又一代的湖湘儿女，踏上新的征途。

第二章

茶子花

清溪村自从有了周立波和他的《山乡巨变》，就跃升到了一个新的文化高度。

奔流不息的资、澧、沅三水，从益阳境内流过，再注洞庭，汇长江，归大海。益阳处于湖湘文化的交汇点，纳湖湘文化之精华，聚滨湖水乡之特色。多少年以后的今天，这片土地从文化中凝聚了“崇文尚义、通达超越”的精神。将大雅、大俗融为一体的益阳，名家大作迭出，刻下了历代文人大家之烙印，更享有诗歌之乡、花鼓戏窝子等美誉。

周立波，深入家乡十年写作，沉淀了一种强大的精神力量，在家乡形成一股推力，助推着这里六十多年来翻天覆地的变化。直到今天，它以智能智慧的“益阳样板”注入乡村振兴的洪流，书写新时代的山乡巨变。

在这个节点上，清溪村又传来大好消息：“清溪村要建‘中国文学之乡’!”

村民们奔走相告：“这是要把文学氛围营造起来，升级清溪村呢。”“我们有周立波这个重要的文学地标。傍文化的福，清溪村要发挥引领作用。”“这是要建成文学功能更强大、助推乡村振兴、农民共同富裕的示范村!”

确有其事。2021 年 10 月 12 日，益阳市委、市政府组团进京。那天，中国作协十楼会议室的座谈会上，一个大的文学框架搭建起来了——建“中国当代作家作品签名本珍藏馆”；挂牌“中国作家深入生活扎根人民实践基地”；

“新时代山乡巨变”全国系列文学创作、采风活动即将在这里拉开序幕。

就在这一天，中国作协与益阳达成共识：打造中国文学之乡，围绕文化、文学进行升级和塑造，通过文学成果凝聚的力量，助力乡村振兴。要用文学的力量、文化的力量，在乡村振兴中，让人民群众在周立波留下的丰富文化遗产中深深受益。如果我们把这个事做好了，就可能探索出一条走向文化强国、走向农业农村现代化的新路径。

摆在我们面前的问题是：如何挖掘周立波背后的故事，做好精神提炼？这是弘扬社会主义核心价值观、培根铸魂、强基固本、凝聚实现中华民族伟大复兴的精神力量，也是清溪村的软实力。

这是国家大行动，人民的大好事。

多少人也在心里问：为什么是周立波？为什么是清溪村？

“我奉劝你，不要这样没有作为了，一个共产党员，要随时随刻想到党和人民的事业……”

《山乡巨变》

胡光凡重重地说了一句，“他从来没有偏离过‘走进生活为人民创作’的方向。紧紧地依靠人民，书写人民，回报人民。”

《新山乡巨变》

为什么是周立波？

“为什么是周立波?”90 岁高龄的胡光凡说，“这个问题问得好。”这位一直活跃在理论界的湖南社科院文学研究所原所长，一生研究周立波，写了洋洋 30 万字的《周立波评传》，他如数家珍地说开了。

中国文学史上有“青（《青春之歌》）山（《山乡巨变》）保（《保卫延安》）林（《林海雪原》），三红（《红日》《红岩》《红旗谱》）一创（《创业史》）”，精练地概括了二十世纪五六十年代诞生的一批经典小说。

这些曾在那个火红的年代影响亿万读者、事实证明后来还影响了一代又一代人的精品力作，代表了周立波那个历史时期的最高成就，是对新中国成立以来坚持政治艺术统一的高度概括，也是十七年红色经典小说的集中展现。

这么多大作家，那么多部精品佳作，核心楷模在今天，为什么是周立波?

“周立波坚定、正确的创作方向，贯穿了马列文艺理论和毛泽东文艺思想最精华、最核心、最重要的两点——与时代同步伐，与人民心连心。”胡光凡只要回忆起周立波，就中气十足，一点都不像一个 90 岁的老人，“作为国家的儿子，他始终高擎民族精神火炬；作为党的战士，他矢志不渝投身革命、建设、改革事业；作为人民的作家，他用作品聚民心、暖人心、强信心。”

文艺最根本的问题就是为人民的问题。周立波毕生扎根人民中，用一生处理好作家与人民、艺术与人民的关系。他始终站在人民的立场，坚持正确的创作方向。这就解决了最根本的问题，尤其体现了毛泽东文艺思想里最核心、最根本的内容。

然而，周立波文学创作理念的形成与确立，也走过一段曲折的转变过程。

在周立波担任湖南省文联主席期间，无论是讲课、座谈，抑或是闲聊，他都经常讲到毛泽东《在延安文艺座谈会上的讲话》，用他思想和文风转变的关键节点作为例子，给基层作家以启迪。当时胡光凡与青年作家未央、谢璞、孙健忠等就听周立波讲过他在延安的转变。

每次谈话，周立波都首先讲到，他用一生记牢毛主席《在延安文艺座谈会上的讲话》：“中国的革命的文学家艺术家，有出息的文学家艺术家，必须到群众中去，必须长期地无条件地全心全意地到工农兵群众中去，到火热的斗争中去，到唯一的最广大最丰富的源泉中去，观察、体验、研究、分析一切人，一切阶级，一切群众，一切生动的生活形式和斗争形式，一切文学和艺术的原始材料，然后才有可能进入创作过程。”

《讲话》之后，作为卓有影响的文艺骨干，周立波开始自我反省、深刻反思。从努力实践延安文艺精神，下乡入伍，深入生活寻找创作源泉，到从灵魂深处拥抱人民，拥抱火热的生活，周立波都讲得情真意切。

为了实现文学观念的转变，他决心抛除“爱惜知识分子的心情”，还有“十足旧的知识分子的坏脾气”，以便“参加到生产和斗争的群众”中去。

他认为，自己灵魂深处还是一个“小资产阶级的王国”，对于一个文艺工作者来说，“改造思想和改造生活，实际上是不可分开的”。

他主张革命文艺要“深入民间”，创作要走向工、农、兵的现实生活，但自己并没有真正解决同他们相结合这个带根本性的问题。

他还特别真诚检讨自己的过去：为异国情调所迷误，看不起土色土香的东西。

周立波读生活的大书，又刻苦钻研经典、博览群书。他称得上是学者型的战士和战士型的作家，他有着深厚的文化素养、渊博的学识与扎实的理论功底，有评论家给出的三个闪光的连缀在一起的链环——坚韧而热烈的战士；平静而淡泊的学者；率真而诚实的作家。

延安文艺座谈会召开以后，周立波的文学方向始终奔向生活和人民。他强调写作一定要深入生活，不能瞎编，不能空口打哇哇，为了真实反映人物内心，掌握农民生活语言，他甚至刻意去“听壁脚”，了解农民对同一事件的看法。他的文学照亮了自己，还有这片土地。

胡光凡还记得“南周北赵”相聚在湖南的一件趣事。

湖南召开第三届文代会期间，由赵树理《三里湾》改编的湖南花鼓戏在长沙演出，同时，又调演了改编自《山乡巨变》的花鼓戏。在随后举行的座谈会上，周立波、赵树理与其他参会者侃侃而谈。年轻的胡光凡就在现场。周立波说：“老赵，你的《三里湾》写得好，花鼓戏很受湖南人民欢迎。你是真懂行的，要给《山乡巨变》提些宝贵意见。”赵树理赞扬道：“《山乡巨变》小说和戏都很好，小说是很好的基础，戏就很有生活气息，演员也把几个人物演活了，地方色彩很鲜明……”

正是在老作家们的带领下，一批优秀剧目，如花鼓戏《补锅》《打铜锣》，祁剧《送粮》，湘剧《山花颂》，话剧《在险峰》《电闪雷鸣》，都是那段时期的创作成果。

今天，我们对照习近平文艺思想，看周立波一生走过的道路，他一直都走在这条宽广的大道上。

“周立波一生就是这样做的。”胡光凡重重地说了一句，“他从来没有偏离过‘走进生活为人民创作’的方向。紧紧地依靠人民，书写人民，回报人民。”

1958 年出版的《山乡巨变》，以及 300 多万字的各类文学作品，满满的茶子花香。质朴、清新、含蓄、细腻的文风，形成以周立波为旗帜的湖湘乡土文学流派——“茶子花派”，与孙犁为代表的“荷花淀派”、赵树理为代表的“山药蛋派”并称为中国文坛三大流派，由此带动起了一支影响全国的文学湘军。

被誉为“描写中国农村的又一次暴风骤雨”的《山乡巨变》，对家乡益阳美好蓝图的描绘，实际上是周立波对未来农村美好前景的向往；他用鲜活的文字记录人民的觉醒和胜利，为日后家乡能早日“巨变”铺设了一条宽广大道。

周立波把人民群众写成一片茶子花香。其实，人民群众也把他当一缕清香，永远珍藏在心里。他和人民患难与共、目标一致，是血肉相连无法分割的整体，又一起融进这片山乡，芬芳着这片大地。

“‘叫鸡公’被赶出‘菜园’”

我与已故的孙健忠老主席，曾在湖南作家协会的宿舍院里同住过，我们常常一同散步，证实过那个“‘叫鸡公’被赶出‘菜园’”的故事，“那就是说的我们这帮人”。

周立波担任了两届省文联主席，留下了许多美谈。1958 年，还是青年作家的谢璞、未央、孙健忠、刘勇、向秀清等，在周立波的关怀下，从各县市基层单位调到省文联创作室从事专业文学创作，成了轰动一时的文化新闻。这批崭露头角的湖南作家，住在位于长沙市司马里王家菜园二号的省文联机关内。这下，文联院里就热闹了，各种响动和声音汇聚在这里。王家菜园有口井，水清冽凉爽，孙健忠常端起一桶凉水从头浇到脚，再发出湘西汉子“嚯——哈——”的爽朗声。这些人就自称为“菜园”里的“叫鸡公”，激情满满地创作，热情洋溢地生活。

但过了些日子“叫声”就不亮了。激情消退、灵感匮乏、笔头枯涩，这引起了周立波的重视。一天，青年作家谢璞拿着他一篇写工厂的小说去见周立波。他看了几行后，问谢璞：“这个工厂你有亲戚朋友吗？”谢璞答：“没有。”他又问：“你常去那里吗？”谢璞说：“只采访过一次。”周立波当即笑了：“狗咬蚊子——瞎碰的！你不熟悉它，写不像的。”他又对谢璞说：“你要搞写作，就不要自作聪明显本事，这样写是浪费时间，文字游戏来不得。”

不久，“菜园”里这群“叫鸡公”被赶出去，回各自的家乡深入生活去了。

“周立波就是要我们下基层。那时候，我们每年大部分时间泡在农村、基层，真跟老百姓同吃同住、交朋友……后来，我们也多次被召回长沙，周立波和蒋牧良以办‘读书班’的形式，亲自给我们上课。原来，周立波担心‘乡下待久了读书少怎么办？’他是希望我们有了生活，再提升理论素养。”

在周立波的讲课和座谈中，湖南的文学青年获益颇多。

他还强调小说创作要有模特儿好一点，坚持从生活实际出发，从原型中提炼典型，而不是无中生有空想出来。孙健忠尤其记得周立波强调要读好“生活大书”和“经典好书”这两种书。他的《读好两种书》一文，就谈了自己两条重要的创作经验：一是“作家必须有一个真正熟悉的地区，真正熟悉的人群”；二是读书要由薄而约，注重在约。

他的创作理念与方法，深入人民的作风与真情，深刻地影响了一大批青年作家，如未央、莫应丰、古华、谢璞、刘勇、张步真、叶蔚林等，他们学了周立波的现实主义写作风格，写出了一批鲜活灵动、接地气有温度的作品。他们迅速成长为文学湘军的中坚力量，又陆续在全国崭露头角，在中国文坛焕发出夺目的文学光华。

未央说“文学里的标杆应该是周立波”

2019 年夏天的一个下午，我登门拜访了近 90 岁的老作家未央老师。他当年陪同周立波下过乡、渡过江（湘江），与他一起走访作家、深入人民。不需要翻记录，张口就来的也是珍贵史料。未央说“周立波有着一般作家没有的战斗经历”。革命经历不同，信仰的坚定性就不一样。

他在上海亭子间宣传革命、参加罢工运动；面对国民党的大牢，他坚贞不屈；奔赴延安，他找到了文艺的“准星”；抗战时，他做战地记者在枪林弹雨里冲；359 旅万里南征，他被誉为“钢铁的文艺战士”。

未央肯定地说：每一个革命阶段，周立波都勇敢地冲到第一线、最前沿；无论何时，在敌人的监狱、枪林弹雨的战场和被“四人帮”迫害的十年，都能经受住严峻的考验；任何时候，他都坚持真理，以人民利益为最高利益，有着共产党员的忠贞气节。

即使在和平年代，一个延安干部，也不躺在功劳簿上，毅然投身中国农村最根本、最巨大、最深刻的变革——土地改革、农业合作化。他不顾生命安危，全家迁到农村，一扎就是十年。于是，他收获了《暴风骤雨》《山乡巨变》。能用两部长篇探寻农村发展方向、人民前途命运、民族未来道路的作家，在中国恐怕只有周立波，找不出第二个。

未央说“文学里的标杆应该是周立波”。他解释道：“说完他的文品，再看他的人品。”

他始终是一个真正的人，一个纯粹的共产党员，一个自由、文明和理想的不懈追求者；他满腹才华，一身正气，两袖清风；他一生献身艺术，潜心扎根人民中，竭尽全力搞创作。

“1961年，湖南省作协派我陪同周立波回家乡，我们一起住在邓石桥公社的一间小房间里。”

得知周立波回来了，很多乡亲来看他，其实是来向他反映情况：粮食十分紧张，农民得了水肿病。周立波情绪激动直接说：“瞎指挥、讲空话有什么好处，害得人饿肚子，山上的树也砍光了……”原来，国家正在进行急躁冒进、违背经济规律的“大跃进”运动。人民公社化运动受“左”倾路线影响，以高指标、浮夸风、瞎指挥和“共产风”为主要标志。周立波与当地领导做了调查后，反复强调三件事：一是干部要有好作风，要关心群众生活。二是要搞好绿化，山上要多栽树。三是要养好猪，不仅要办好养猪场，还要发展社员私人养猪。他多次到养猪场了解情况，与社员一起研究猪的品种、饲料和饲养方法，仔细观察猪的生长情况。

“陪同立波先生的那几天，所见所闻，真是感慨系之：一个作家想国家之所想，急人民之所急，他的笔下只可能有——国家和人民。”

周立波自始至终不会模糊“为谁写？给谁看？”的问题，他的创作，始终坚持全身心向人民靠拢的艺术原则。

深入家乡的后期，周立波参加中国作协在大连召开的农村题材短篇小说创作座谈会，他兴奋地告诉大家，家乡的经济形势已有好转：“我下乡不调查有粮食没有，只看人们的脸色。现在，乡亲们的脸色好了，原来生病的，病也没有了。这是很大的成绩。自留地是农民的‘保健站’，有它的历史作用。”

大连会议后，周立波和赵树理、艾芜等参加了中国作协在北京举办的作家轮训班。周立波针对自己这几年反复思考的一些问题，以及一些严重违背客观规律的“左”倾路线做法，坦诚地谈出他的想法：“这几年的问题，有的是作风问题，有的是认识问题，破坏了民主集中制，应该认真吸取教训，保证今后不重犯这种大规模的错误。”

最后，他深有感触地说：“我们党是执政党，每一个党员都不能没有自上而下、自下而上的监督。革命作家是无产阶级和人民群众的代言人，我们一定要坚持真理，如实反映情况。”

周立波这些向党交心的肺腑之言，都是站在人民的立场为人民代言，表现了一位共产党员对党、对人民的无比坦白、忠诚。这些颇具胆识、很有见地的发言，不承想后来被颠倒黑白地当作谬论变成批判他的实证。

从此，周立波就遭受了长达十年的政治迫害、身体摧残和精神折磨，耽误了十年宝贵的创作时间。然而，自始至终，周立波对党绝对忠诚，在天地间书写，在人民中放歌。

刘勇还记得周立波到他家给他“开小灶”

刘勇跟周立波的交往不一般。这位普通的农民，后来成为全国知名的农民作家、湖南省作协常务副主席、全国劳动模范。

2014 年上半年，为了搜集相关资料为老作家出书，我看了他的回忆文章《可惜周立波没有说完》，九十高龄的刘老讲了他与周立波鲜为人知的故事。

“立波先生对百姓的爱、对家乡的眷恋，像茶子花素净淡雅的芬芳，永远萦绕在这片土地上。那是先生一腔化不开的故乡情……就在这浓情氛围中，我认识了周立波先生。”

1958 年湖南省第二次文代会召开，周立波出席了会议。一见面，他就紧紧握着刘勇的手，说：“你现在还是农民，在生活中要观察分析，多练多写。”

开会的间隙，再见到刘勇。周立波抓紧时间鼓励他：“我听说了，你是靠妈妈纺纱挣来的钱读了三年半书，从九岁起就给地主放牛、扛活，解放后当了村主任、高级农业社社长，一步步进步，还爱上了文学。好啊，有农村生活，底子厚。听说你在田间劳动时学着编新山歌，鼓舞群众斗志，激发他们的劳动热情。现在你是《湖南文艺》的通讯员，好好写，就写你熟悉的农村生活……”

“那一次，立波先生的鼓励给了我无限的动力。帮扶作家，也是他的人民观。毕竟，文学中的‘人民’是基层作家。”

在周立波的关心下，刘勇 1960 年调入湖南省文联，从事专业创作，任《工农兵文艺》主编。刘勇还记得周立波到他家给他“开小灶”，通过细节，判断一个风浪中吃苦的驾船人；通过观察，判断一个从前讨过米的穷苦人。他讲得出神入化，生动鲜活，让农民作家受益匪浅。

他打了一个生动的比方：观察人，要像未婚夫去看未婚妻或者未婚妻去看未婚夫一样，仔细认真。不仅要看对方的外貌，还要看对方的一言一行、一举一动……责任重大，因为这是关系到他（她）一辈子的大事。创作，比这更重要，不仅要对自己负责，还要对广大读者负责。而且白纸黑字，永远刻在那里。最后他说：“今天我们用具体事例说明观察要细致，以后再用具体事例说明理解要深、分析研究要透的问题。”

“后来，周立波遭难了。好不容易解放出来，又得病了。我就再也没见到他……他是带着遗憾走的，三个遗憾，正好诠释了他是‘国家的儿子、党的战士、人民的作家’，我最赞成评论家的这个说法……”

如今，刘老走了，他“最赞成”给周立波的三个定位，我和他的儿子刘新胜根据他留下的资料，并翻阅了大量的史料，对此求证。

> **“快了，只要齐心合意，苦战几年，各种机械都会下乡了。”**
>
> 《山乡巨变》
>
> **周立波谈到他两部长篇小说的创作计划，其中一部就是写农业机械化。**
>
> 《新山乡巨变》

胡光凡讲了一个小故事足以证明这位党的战士的绝对忠诚

1979 年 1 月，周立波在病室度过他的最后一个春节，他朗诵了一首诗：

四化歌声美，长征步伐齐。

愚公都跃进，科技大山低。

他知道，科技的春天、文艺的春天已经到来，而自己的身体……他对身边人说出了他的三个遗憾。

轰轰烈烈的抗美援朝开始，正是周立波两次获得斯大林文学奖奖金，在文学界声名鹊起的时候。周立波几次请缨赴朝参战，再做“战地记者”，却因各种原因没能如愿。最后，他把两次获得的斯大林文学奖奖金捐献给国家，用于购买“鲁迅号”飞机，支援前线。

国家和民族最需要冲锋的战士，周立波没能去朝鲜战场，成了他的一大遗憾。

直到 1977 年，周立波才得到彻底平反。这时候的他已七十岁了，由于长期的迫害，身体遭到摧残患上重病，病中的周立波仍然做着自己的创作计划，短篇小说《湘江一夜》就是为战争题材的长篇小说所做的“试笔”，并获得了 1978 年全国优秀短篇小说一等奖。他在病床上多次托人回湖南寻找“文革”中被抄掉的“战地日记”，终是没有结果，又成了他一大憾事。

据《人民文学》杂志编委刘锡诚回忆，1977 年，他曾走访周立波。周立波谈到他两部长篇小说的创作计划，其中一部就是写农业机械化。

周立波生病期间，仍充满希望：只要身体恢复，自己笔力仍健，等到春暖花开，他要回益阳老家，回到他熟悉的山水、熟悉的乡亲中间。可终究，他再也没能回去，再也没有看到故乡的茶子花开。这，成了他无法弥补的最大遗憾！

1979 年 9 月 25 日，周立波走了！

周立波带着遗憾走了，没能回到家乡完成“农村现代化”题材的作品。他最大的遗憾留给了故乡，留给了乡亲，留给了他深深爱着的国家和人民——我们再也无法唤回这位忠诚的人民作家！

周立波遗憾地走了，留下了一批珍贵的书稿。他的故乡益阳，永远活在他的作品中，吉祥安康，兴旺发达。益阳，成为当代文学湘军的始发地，成为中国当代文学史上一个颇具乡土特色的活地标。

周立波 1935 年入党时，已追随党多年，是一名坚定地为党、为人民创作的文艺骨干。在祖国处于水深火热的时候，他用文字给人民带去心灵慰藉，让大家看到希望，看到朝气，他用生命唤起民众，与反动派对抗。只要关乎党和人民利益，周立波都会奋不顾身地站在最前沿。

周立波是怎样的一位党员？胡光凡讲了一个小故事足以证明这位党的战士的绝对忠诚。

周立波“文革”时被关在省公安厅隔离审查，负责看守他的是解放军某警卫连的一个班。班长何先培从小喜爱文学，他先后读过周立波的《暴风骤雨》《山乡巨变》。命运就是这么捉弄人，居然让他背着枪看管他的偶像。“也好，就让我来照顾他。”他总是把小院的大门关住，让周立波出来自由活动，他陪着这位受难者在小院内散步，欣赏月色，还一同谈论文学。遇着下大雨，小何将自己的雨衣悄悄地挂在老作家的窗口外挡雨。被囚禁的作家与看守他的战士，建立了人世间最纯真的友谊。小何安慰周立波：“周老，您放心，好人还是坏人，人民心里明白！”

周立波被感动了：“小何，我这几十年是跟党走的，是跟毛主席走的。对党对人民没有做过亏心事，经得起历史的检验。人啊，要正直有骨气……要是我死了，那就由历史来作证吧。”

十年蒙难，终于平反了。他还想着写农村机械化，想着回清溪村……

不妨想象，如果周立波的这部小说顺利问世，与《暴风骤雨》《山乡巨变》组合成我国农村从土地改革、农业合作化到农业现代化的历史进程，将全景式艺术再现我国农业的三次伟大变革，从而构成社会主义新农村发展的编年史，成为描写中国农村建设发展的三部伟大史诗……

王以平透彻地讲述了周立波的精品意识

《湖南文学》原主编王以平是我的老师，也是一个单位的同事，如今 90 岁了。他编过周立波的文稿、被他精心扶持帮助过，他的一段话说得很到位：“周立波给我们留下了宝贵的财富，这个财富全社会尊重，全国作家、文学工作者都非常尊重。要把这个历史文化遗产保护好、利用好、发扬好，文化在今天就能更好地发挥支撑作用和支柱作用。”

当年的王以平，是一位跟周立波接触比较多的青年作家，他与周立波有三次记忆深刻的重要交往。

1954 年周立波第一次回湖南，儿子周健明与王以平一起去中天宾馆看望他。周立波讲了个小笑话。当时，宾馆正集中县委书记开农村工作会议，第一天就踩坏了 10 多个抽水马桶。原来是大家没见过这个“新式武器”，不会用所以踩坏了。周立波笑笑说：“还是要有文化有见识，要不，连这个都不会使用，以后怎么搞农业现代化？”他又告诉两个年轻人：“文化建设的高潮已经来临，你们在文联工作要多接近群众，走进生活，多写多练。”

第二次见周立波已经是 1956 年，他已经落户益阳桃花仑，只是偶尔回文联。

因为要开全省青年创作会，在省文联工作的王以平写信给周立波，想请他回来出席青创会。周立波回信了，说他刚下到农村，工作还没有完全展开就离开，不合适。他送给全体参会人员三个字——经、练、阅。

直到 1962 年，周立波因公回到省文联，在冬季读书会上，他的文学讲座就重点讲了“经、练、阅”，让学员们受益匪浅。

第三次交往是 1963 年，中国作协推出深入生活计划，周立波推荐两位青年作家赴大庆油田采访王进喜，他们将在油田生活三年。出发当日，周立波为王以平与未央送行，他一再嘱咐：写作要以创造精品为目标，不要急着写，先跟典型人物泡上一年再说。无论写得好不好，都要不停地练笔、创作，而且要多读书、读好书。不仅要读文学书籍，还要读油田专业书、哲学、艺术等各个领域的书。阅读量大了，自然知道什么是好东西，眼界才可能开阔……

扎在大庆油田三年的王以平，写出了不少作品，在《人民文学》《文艺报》等报刊上发表。周立波比他还高兴，最后，王以平像先生捐献斯大林文学奖奖金那样，与先生一起将自己的稿费献给国家。

2021 年接近末尾，九十岁高龄的王以平透彻地讲述了周立波的精品意识。

《山乡巨变》毫无疑问是精品力作。六十多年后的今天，这部作品依然具有指导意义，依然被人民热捧。周立波用十年时间扎进乡村深入体验并书写，他贴心贴肺地与群众一同欢喜一同忧。

《山乡巨变》正篇写成后，周立波再用情用心做了 6 次大修改，小说自 1958 年 1 月起在《人民文学》连载，社会反响强烈，被誉为《暴风骤雨》的续篇、描写中国农村的又一次“暴风骤雨”。

1960 年和 1962 年，《山乡巨变》的正、序篇，先后被译成俄文，分别以《春到山乡》和《溪水清清》作为书名，在苏联出版发行。苏联研究中国文学的知名专家盛赞“小说的字里行间充满着中国农村的乡土气息，散发着山茶花的浓郁芳香”，“是一个积极主动投入生活的作家的精心创作”。后来，日本等国家也先后出版了《山乡巨变》。一部书就这样，从中国走向了世界。

在周立波的影响下，潇湘这片文脉深、文气厚的热土，慢慢形成了乡土文学创作力量——“茶子花派”，这确立了周立波湖湘文学旗手的地位，促进了整个文学领域的繁荣。

那天，王以平老师从月湖边的居所送我出来，又遇路边茶子花正悄悄盛开。

“如今，茶子花可不只益阳多，湖南的城乡到处都有，随处能见成簇成簇吐着芳香的茶花。如同以周立波为代表的湖湘作家的作品，飘荡着清幽的香气和浓浓的乡土情，芬芳三湘四水，流传华夏大地，弥漫整个文坛。”

我也告诉老作家，前不久，一贯宅家敲电脑的网络作家也整队深入生活，“重走立波路，一起向未来”。他们重走当年立波先生走过的竹山湾、大海塘、清溪村等地方，与“茶子花派”乡土作家和文艺大家们一起，正集结在乡村振兴的路上，传承着周立波的精神和作风，到工农兵群众中去，到火热的斗争中去。

“好啊，后继有传人，无愧周立波！”

“你想想看，如果没有合作化，如果还是各干各，我们会有这样好世界？肯定没有。”

《山乡巨变》

“周立波写《山乡巨变》留下的精神遗产，我们正传承着，努力续写自己的山乡巨变。”

《新山乡巨变》

为什么是清溪村？

清溪村的“文气”，是从周立波那儿来的。周立波当年深入家乡十年，与老百姓深厚的感情，至今还在流传。六十多年过去了，他为国为民的情怀，成为推动家乡发展的精神动力；他的长篇小说《山乡巨变》，成为一张文化名片；他书写的家乡，成为乡村振兴新标杆。

求新、求变、追求美好生活的清溪人，借着知名度，巧打文旅牌，书写新时代的“山乡巨变”。

半个世纪过去了，周立波笔下的小山村，真正巨变了，成为新农村建设的示范点。柏油路、磁悬浮路灯、清一色的有电灯电话的小洋楼，几乎家家户户都开着自己的小汽车。清溪村所在的益阳高新区，集中了150多家规模以上高科技企业，为这里的百姓致富、为这里的乡村振兴，做足了储备。

“让文化振兴助推乡村振兴。让全国人民看到中国文化、中国文学在我们山乡建设发展中的作用、地位和价值。”

清溪村的几轮提质改造，是从2018年开始的。他们不局限于本村所在的2.97平方公里，而是将周边十几个村囊括进来，科学规划、整体开发，逐步形成“一轴两核五廊六村”的发展格局，形成“泛清溪”的文化概念。

印象广场、清溪长廊、连环画桥墩、立波梨园等 14 个景点，清溪剧院、映山红花谷等优质旅游项目，在清溪村集中亮相。

这样一个小村庄，以文旅结合的崭新容颜，每年吸引近 70 万游客前来参观。2021 年村民平均年收入比 2017 年增长了一倍多，人均可支配收入达 4.2 万元。2020 年，村集体经济资产也超过 3000 万元。

“泛清溪”的北峰垸村，夜幕降临后的文化广场，开始热闹起来。村民跳起了广场舞、练起了太极拳、抽起了陀螺，孩子们在旁边开心地嬉戏玩耍……

“以前大家闲的时候不是看电视就是打麻将，现在文化生活越来越丰富，可以到广场跳舞、健身，可以到农家书屋看书看报。现在的农村，跟城里的生活没两样。”村支书谌清平高兴地说。

“我们搭帮周立波，他为我们写下《山那面人家》，给我们北峰垸做了一个永恒的大广告。从此，这里人流穿梭不停，成了一年更比一年好的魅力家园。”

“眼下又是一轮大建设，是在根上的文化建设。看看，这哪像一个村的建设。”清溪村村支书贺志昂扳着指头数下一步的项目：中国当代作家作品签名本珍藏馆、山乡巨变陈列馆、清溪智慧渔业展示馆、清溪书屋、书香民宿、文学艺术幼儿园……清溪村生态、人文、产业将会大大提升，“互联网+旅游+文化+康养”的建设模式，会形成完整新型业态链。“周立波写《山乡巨变》留下的精神遗产，我们正传承着，努力续写自己的山乡巨变。”

中国广袤的山河都在发生真正意义上的腾飞巨变，现在，立波先生梦想的美丽清溪已成现实，而且远远超过他的梦想。六十多年来，作家以人民为中心创作，作品折射出的思想穿透力和艺术感染力，一起化作一种精神。这精神在今天影响着整个益阳，不仅在文学界，经济、文化、民生各行各业，都以他的民本情怀为动力，推动着这片热土上的新山乡巨变！

“信息孤岛”的农村已一去不复返

“邓爹快来吔，你孙伢子喊你哒。”屋里的女主人李娭毑在喊老头邓爹。刚吃过中饭，家里已经收拾停当，李娭毑坐到电视机前，通过“天翼想家”与远方的儿子一家进行视频通话。当电视机上出现小孙子清晰的画面时，李娭毑直往里屋喊。

“来哒，来哒。”老邓爹三步并作两步跑出来，高兴得眼睛眯成了一条缝，直对电视里喊，“听到哒，听到哒，我的个宝孙吔，想爷爷了没?”

电视里的小孙孙刚说出“想”，李娭毑一把将老头扒开：“天天只讲点现话，我来我来……”她几乎把头贴在电视机上，对电视里的儿子说：“早点回来算哒，村里现在好得很，隔壁五伢子带着堂客回乡种田，昨天还到屋里来想流转我们的土地，你要回来就留把你啰……”

看到我们，邓爹开心地说：“还是装了光纤宽带好，想念孙子了随时可以视频通话！老太婆天天想把儿子拖回来，在宽带上做工作比打电话进了一大步。”

而清溪村用微波传输开通光网所积累的宝贵经验，也加快了全省偏远地区，特别是岛屿、高山等特殊地区光网建设的步伐，让越来越多的边远地区群众享受到与发达地区同步的信息文明。

郭磊与邓爹有同感：“村村都有留守老人，早些年一直没有开通有线电视和宽带，手机信号也极不稳定。信息的闭塞给村民的生活带来很多不便，也让他们与外面的世界格格不入。亲情的隔绝，是留守老人问题最大的痛点。”

“那些高、大、特的项目我们搞不懂，就近能学的手上能用的，老百姓是真受用，‘益村’平台现在是家喻户晓，人人会用。你看啊……”贺志昂说着打开自己的手机，点开“益村”，“这平台好方便的，不光手机上有，大屏幕上也能连线。我们所需要的功能模块‘我是党员’‘村里的事’‘精准扶贫’等都有，信息公开透明，所有程序均可回溯。尤其脱贫攻坚时，‘益村’提供的大数据，立了不小的功。”

得益于“益村”平台的农户，远远不局限于清溪村。

桃江县石牛江镇牛剑桥村益农服务社负责人夏次龙最近很忙。他在“益村”电商平台推销传统手工制作的甜酒，接到了不少订单。利用互联网平台，甜酒销路被打开，他和村里做甜酒的村民联合扩大生产规模，同时也解决了一些贫困群众的就业问题。

桃江县石牛江镇九家塅村有一个村民叫王又纯，命运的不幸几乎让她丧失了生活下去的勇气。2013 年，她被确诊为白血病，一直靠养鸡养鸭维持基本的生活，“益村”平台搭建后，工作人员告诉她，可以在这个平台上销售她的鸡鸭蛋，她最多的时候一天可以卖出 200 多斤鸡鸭蛋，销售得到了保障，而且销售价格还涨了不少，利润也大大增加。对于身患重病的王又纯来说，“益村”平台不啻给了她生的希望和动力。

陆从祥在触屏电脑前轻触一个选项，就完成了一次鱼塘增氧。屋外正是中午太阳最毒的时候，但通过智慧农业云平台，他可以在房里吹着空调干农活。

陆从祥是村里最大的经营农场——湖南竹泉农牧有限公司的总经理，已经在农业领域耕耘了 20 年。“从以前的看天吃饭，到现在的智慧农业，这 20 年的变化太大了。”他感慨地说。

在安化村民陈旺正家附近，天上植保无人机正施药防病虫害，地上水稻直播机来回穿梭，田野上的繁忙景象透着浓浓的“科技范”。他家的一大片茶园顺着山势蜿蜒起伏，颇为壮观。“去年，我家通过电商平台售出2000多斤黑茶，加上腊肉和村里务工的收入，一年稳稳入账五六万，全家顺利脱贫。”陈旺正说。

安化历来出产黑茶，并通过茶马古道销往西北，甚至远销俄罗斯。如今，茶马古道上马蹄印余迹尚在，而黑茶早已借助网络这条新时代的“茶马古道”，销往世界各地。

在安化县滔溪镇梅兰坪村，全村全年20万公斤竹笋有了销路。村民通过“益村”平台进行农产品网上销售，还通过上传竹笋加工信息，引起了一家食品加工企业的注意，他们实地走访之后，最终与村民达成收购协议。同时，益阳市邮乐购还积极引导，实现农村生产与市场需求精准对接。

人人有手机，个个能销售，“信息孤岛”的农村已一去不复返。如今，大小事通过上“益村”平台申请，县、乡、村各级互通互联，方便所有群众，许多事能“掌上办理”。村民不跑冤枉路，干部不再瞎折腾，大家足不出户便能连通世界。

为让农业成为有钱可赚的产业，“益村”平台积极引入第三方市场资源，对农村市场进行创新创业孵化，58农服百事通通过微信朋友圈与手机App渠道，解决农村信息孤岛问题，架起生产、传播、聚合与互动的农村信息化桥梁。

现在，“益村”旗下的门户网站、微信公众号、移动App三个线上平台，已拥有注册用户130万户，农产品网络销售额突破百亿大关。恐怕58同城董事长姚劲波都没想到，“益村”平台有1.6万名扶贫基层干部与695家帮扶单位入驻；注册用户达175万人；农民专业合作社和家庭农场进驻1416家，助推村集体增收1.72亿元，帮助3万多农户卖出农特产品，超10万人就近就业。

从落后小山村，到中国幸福村，再到智慧乡村示范村，清溪村紧紧依托“周立波故居”这块金字招牌，坚持推进农旅文的深度融合。清溪村这些年来取得了许多辉煌成就，无愧于“山乡巨变首创地”“山乡巨变第一村”的名号。周立波和他的《山乡巨变》成就了清溪村，而清溪村也以自己的方式，对“立波文化”进行反哺，打造了一系列主题景观。

“幸福”不再是书上的两个铅字

2021 年 7 月 5 日，杨爱元起得特别早。她像往常一样打开电视，再把 U 盘插上，《领航新时代》的广场舞画面在屏幕上呈现。她身穿红衣黑裙，听到乐曲声响起，抬头挺胸收腹，面带笑容进入状态，翩翩舞动起来。

杨爱元要带队伍参加益阳高新区举办的“建党百年广场舞大赛”。这次比赛的参赛队伍大多来自机关、学校、社区，作为唯一一支农民参赛队，杨爱元对大家说：“挤进去参与了，就是成功；展示乡村美好，就是胜利；再跳出我们的精气神，就是获奖。”

杨爱元向往清溪剧院已久，那可是全省的文化地标、全国顶尖的农村大剧院！她记得，她和队员们多少次在那里看歌剧、舞剧、戏曲、交响乐、大型歌舞、芭蕾舞剧。疑是银河、照亮夜空的灯光，五光十色、绚丽夺目的大厅，能升能降、变幻莫测的舞台，让这些曾经种田养猪的乡里堂客开始做梦：“队长，这智慧舞台、近千个座位坐满观众，我们什么时候也能在这台上亮一把，怎么样都值了！”

这一天终于来了。

等杨爱元来到清溪剧院，队员们都来一半了。在自家门前舞台参赛就是得天独厚，她们能早早地过来彩排、化妆。贺群姐说：“今天孙子满月，向儿子、媳妇请假，他们都支持。”67 岁的郝奶奶，经化妆师那么一化，镜子里的她立马年轻了，她像不认识自己似的，喃喃地说：“这辈子啊，当新娘都没有这么漂亮过。”张姨则在一旁舞动身姿、使劲向上“抱月”，同伴说：“这动作完美到位。”张姨一脸笑：“这广场舞，把我的老毛病都跳没了，手能抬这么高，都能摘星星了。”

比赛正进行，参赛队伍依次上场。

杨爱元领舞的 16 人组成的“清溪文旅队”精神昂扬、笑容满面地登上舞台。《领航新时代》的背景画面，顷刻间在整屏面积 504 平方米的舞台背景 LED 显示屏上宏阔展开，广色域，宽视角，那是清溪村的实景图。

歌在走、人在舞，心欢畅、情高扬。优美的音乐、动感的节奏，杨爱元领舞，16 人或柔美婉约或激情澎湃，她们动作自然舒展，幸福的笑容溢满脸颊，尽情舞出人民的幸福生活、积极向上的精神风貌……

《山乡巨变》就这样从一串线性的符号变成土地上的三维实景，周立波未竟的第三本书也在这个村庄缓缓铺开，这只盘踞在村庄上方的凤凰已经振翅。土地和人民，文化和民俗，这些刻着沉重历史烙印的词，在这片土地上开出一朵又一朵用血汗浇灌的花。周立波的愿景也由这片土地上的人们用勤劳的双手书写，“幸福”不再是书上的两个铅字，它跳出作家的嘴唇，跳到每个清溪人被太阳照亮的脸上。

第三章

清溪水

一条小溪扭动着腰肢，唱着欢歌从清溪村间流过。

长长的小溪串起几个小坝，坝下常有稻草棚，棚前几棵柳树，遮掩着几部水车。水车一转，晶莹的水珠在阳光下飞溅，草棚里水碓便一下一下地舂着瓷土，昼夜不歇。夜里，村里人就伴着蛙声和这舂土声入睡。

村庄，因清凌的溪水而恬静祥和。

对于南国水乡而言，溪是魂。周立波在《山乡巨变》中曾这样写道："一条沿岸长满刺蓬和杂树的小涧，弯弯曲曲地从塅里流过。涧上有几座石头砌的坝，分段地把溪水拦住，汇成几个小小的水库。一个水库的边头，有所小小的稻草盖的茅屋子，那是利用水力作为动力的碾子屋。"作家用寥寥几笔勾勒出一幅赏心悦目的"乡土画"。然而，一条干干净净的溪水背后，凝聚的是几代人的奋斗。

大清溪片区的北峰垅村，村支书谌清平对此感受颇深："别看咱们清溪现在这么美，其实这是一路痛过来的。论环保，我们可没少交学费。从过去'盼温饱'到如今'盼环保'，从过去'求生存'到如今'求生态'，我们历经20年摔打才弄明白。"

走过曲折生态路的钟文科感慨：曾经，大规模的喂猪，取缔了；其他一连串的养殖，失败了；现在好了，土地不抛荒，稳定了；村民不种地，也富裕了。我们是赶上了绿色环保的好时代。

清溪村村民邓旭东把荷花田打造成了游客乐园，游客在此赏荷花、采莲蓬、捞小鱼、吃鲜虾，他诚挚地说：“好环境就有好效益，我一年下来纯收入能有七八万元，大环境好了我们才富呢。”

的确，一系列的整治举措带来了令人惊讶的效益：“碧水行动”，志溪河周边生态修护——小厂烂棚不见了；“生态工程”，旅游景区改造——原本的绿水青山建成了留得住乡愁的文旅生态家园。

这里的一切都在悄然改变。水更清了。清溪水、志溪河多年来的“散乱污”环境得到排查整治，村里推出并落实岸线美化方案，禁捕退捕常态化巡查不断，坚决扛牢守护好“一江碧水”的政治责任。天更蓝了。每到秋收时节，流动宣传车高喊着“严禁焚烧秸秆”，全村人都积极参与到这场“蓝天保卫战”中。空气更清新了。垃圾转运流程得到规范，实现了上门收取、统一转运链条式垃圾处理模式。

脏乱、破旧、贫瘠、落后，这些一度烙在人们脑海的农村标签，在大清溪片区，被“绿色”“红色”“古色”的清溪文化旅游品牌改写。

益山益水，益美益阳。姿态万千的清溪村如同一首幸福、和谐的欢歌，当年被立波先生歌唱，如今在绿色天地间唱响。

“他住在茅屋子里想发财，想了几十年，都落了空。解放后，他一下子搬进了地主的大瓦屋，分了田，还分了山。他脚踏自己的地，头顶自己的天，伸了眉了，腰杆子硬了。但是，他的生活还不怎么好。”

《山乡巨变》

环境治理好了，但是种粮和养猪是农村的两大传统支柱产业，砍掉生猪，相当于瘸了一条腿。谌清平下决心带领村民开拓新产业。

《新山乡巨变》

我们怎么致富？

谌清平的人生经历几番沉浮。

20 岁出去挖金，他成了村里最早的万元户，大家羡慕，但他心里不踏实。能挣钱当然好，可把青山绿水挖得千疮百孔挣来的钱，是损国家、害子孙的事。于是谌清平说收手就收手，他带着几分愧疚回到村里，正值村集体“揭不开锅”，连上缴国家的公粮都交不上，他慷慨借出 20 万元。村里活泛了，他又远走北京做生意去了。

2002 年过完国庆的一天，镇领导找到谌清平，让他出任村支书，说是许多乡亲都说他脑子活、舍得干，找他出来带着乡亲们干，领头发展产业，可能有戏。那时他刚盘下北京一农贸市场的大门面，已经付了押金，最后押金也没要，冲着乡亲们的信任，他回到家乡，走马上任。

“上任后，我们抓的第一件事就是养猪。说真的，我们村实际上比其他地方早脱贫 15 年。”村主任钟文科说。

记得那是一个黄昏。两辆大车刚停在村口，家家都有人往这里涌，过节一样热闹。不只是人多，那是人们心中求富、求发展的愿望，像一团火燃到了一块儿。

“支书，我要 5 头。”

“给我 10 头。”

谌支书顾不上擦汗，将一只只肥嘟嘟、叫哄哄的小猪崽从车上递下来……他不仅给全村选好种苗，还买回一头公猪，给家家户户的母猪配种，别人要 80 元一次，他从不收一分钱。

很长一段时间，村里人都把谌支书叫作“猪司令”。那时候，大家对买种选种这行当都不精通，谌支书跑农科所讨技术，访邻村养殖大户讨经验，几经考察才选好种苗。最初一般每户养两三头猪，后来规模一大，事就多了。“猪司令”常常是白天上班处理村事，晚上被人叫到各家各户的猪栏里，给猪“把脉”：80 斤前每个阶段料的配比不一样；怀孕的母猪要加豆粕、精粉、精料才能让猪崽不缺营养；猪栏冲洗不干净，小猪容易得病；猪栏周边太潮湿，撒点石灰，既消毒又吸潮……

打疫苗、阉公猪、给怀孕的母猪注射消炎针，这些本来都是兽医的事，现在却是谌支书指导大家做。后来，满村的“兽医”都是他手把手指导、心交心培养。每天一到晚饭后，不是这个喊就是那个叫——猪配种、猪下崽、猪难产，尤其阉猪，最多时一天要阉 100 多头。

“那时候是真累，一到晚上就歪在猪栏里，天天搞到深更半夜。”谌清平回忆说。

后来猪瘟病暴发，“猪司令”谌清平又变成天天救火的“消防员”，跑这家，奔那家。但也有“猪司令”没辙的时候，“非洲猪瘟”“5 号病”接连流行，他只能眼看着大家的猪一窝窝地死，而谌支书自己猪场里也养了 100 多头猪，在大年三十夜晚，他不得不埋了 50 多只小猪崽……“猪司令”的“队伍”损兵折将大半，但这并没有打消他带领全村抓生猪产业的劲头——在当时，这几乎是唯一能够带领村民脱贫的产业。

“在当时，普通人的目标是成万元户，但我们全村一年出栏 2000 多头猪，收入能过千万元!”

可有一天，“生猪退养”政策下来了。毕竟，这一产业也跟挖金一样，是以牺牲环境为代价的，好景自然不长。

这给靠养猪发家致富的村民们带来了巨大冲击。很多村民想不通，不愿退。可谌清平心里明白，乡里的形象要改变，还真得从这里“开刀”。且不说家家冲洗猪栏的臭水横流四溢，猪栏附近蚊蝇漫天，就是他们村干部到镇里、市里开会，明明洗了澡、换上干干净净的衣服去，还是有人说他们身上有一股猪屎气。最关键的是，溪里黑水漫流、沟里鱼虾绝迹、河里再没人敢游泳……环境都被破坏了，就算是短时间内赚了钱，恐怕也不够以后修复环境的……而城里、乡里有一种差别是什么？是环境！没有蚊蝇了，到处干净了，花红叶绿了，道路宽敞了，那才能城乡一体!

谌支书就在大会小会上用自己的理解说服村民：

“你们以为我不心疼？在座的，你们摸着心窝说话，有谁比我谌清平在养猪这事上付出得更多？

“有谁比我现在的压力更大？全村人都看着我，下一步我们到哪去找钱？我们怎么致富？我难道不比你们更着急？

“可是眼下，我们还得响应党和政府的号召。政府的补偿跟着后面给，工作队也日夜在这里忙乎。再想想国家又是为了谁？不就为我们老百姓的身心健康、居住环境好?”

退，坚决退！谌支书亲自带头，拆掉自己的猪场。众乡亲陆陆续续地跟着拆，也有人麻起胆子问支书：我们拆了，别的村是不是也拆了？

当然要拆，因为生猪养殖引起的水污染，是农村一个普遍且突出的问题。黑臭水体整治刻不容缓。

养猪，成了他的执念

万头猪场是重点整治对象，猪场老板姓吴。谢林港镇党委书记张心镜曾不下 5 次上门做他的工作。

“你这里是景区，严重的污染会直接破坏旅游环境。”

“可我把身家性命全搭进来养猪了，前期投入 1000 多万元都没赚到钱。你去数，栏里有大猪、小猪 7000 多头，很快就能变现。就算要退，好歹也等这批猪出栏……”

一回不行二回，二回不行三回，张心镜不停地上门，前前后后做了四五个月工作。

“然而在上门工作中，我们也被感动了。吴老板对猪，是真有感情，讲着讲着就会流泪。养猪，成了他的执念，好像不养就活不下去的感觉。有次他跟我谈心，说着说着就流泪了：我像带孩子似的，养它们这么大，大几千头呢，怎么处理嘛？都是跟我们一样的生命，处理起来不只是拖出去杀掉，然后卖钱那么简单……”

这下，张心镜很受触动，他开始站在吴老板的角度考虑问题：搬迁怎么搬？搬到哪里去？哪里有更好的新场址？

后来，张心镜通过吴老板的好朋友做工作，把猪场为什么要搬、如果不搬会面临什么风险，都一一做了说明，并与他一同寻求最好的解决办法，最终说服了他。吴老板答应一个月内将 7000 头猪全部退养。

在一个月内将 7000 头猪全部退养，难度是非常大的。这时候，镇里工作队前后跟着帮忙，张心镜每天协调进度：今天退了好多头，退到哪里去了……后来的运输过程，他也是全程跟进指导，解决绿色通道、防疫等问题。

偏偏，退养过程中遇到猪瘟，如果不是提前退养将存栏转卖出去，吴老板的损失会更大。事后，他真心感谢政府多管齐下、措施得力，保障了他的利益。

那次生态环境整治“三年行动计划”，张心镜所在的谢林港镇完成了 857 户畜禽养殖户的退养验收。生猪退养工作完成后，饮水安全有了保障，志溪河也恢复了她原本的美丽姿态。

成功了就带老百姓干

周立波先生的《山那面人家》是在北峰垸写成的。在清理猪场、“三水共治”之后的两年，北峰垸的河水污染得到了有效控制，生态环境渐渐恢复。谌清平看到，臭水横流的景象早已不再，取而代之的是清流碧波，花红柳绿。立波先生笔下的春天，又回来了。

环境治理好了，但是种粮和养猪是农村的两大传统支柱产业，砍掉生猪，相当于瘸了一条腿。谌清平下决心带领村民开拓新产业。

“我自己个人承包鱼塘，试验性地搞。最开始，因为技术掌握不到位，经营得不太好，养鳝鱼亏了几万元，好在没有让村民受损失。”之后，他不停地到广东、四川等地学习，到能人处请教。鳝鱼养殖失败后，又养甲鱼。在为村里探索产业发展的过程中，谌清平始终是自己垫资先行试点，成功了就带老百姓干。“环境好了，我一门心思还是想要搞点绿色产业，垸子里只适合搞养殖、种植。2015 年，我们去广东学养基围虾。在 150 多亩低洼田里，投资 40 万元，用 30 亩塘养基围虾。当时我们特别精细，虾子长得格外好。2016 年，眼看虾子要出售了，我们都想，总算有个项目成功，效益也可观。这就是村里的希望了，出了这塘虾，我们再扩大发展，以后的产业就靠它了。”

然而，偏偏时运不济。

七月，暴雨劈头盖脸地来了。抗洪大堤上，抽水机泵突然滚落水中。危急之下，一个身影扎进水里，那是谌支书。只见他几个猛子潜入水中来回搜索，一个巨浪打过来，他足足往后退了八九米，可浪尖上的身影又扎进水里。几个回合之后，他显然已经筋疲力尽，但还是再次扎入水中……

益阳市溪河纵横，水系发达，河流众多，据资料统计，流程 5 公里以上的大小溪河多达 284 条。在这里人们大多都是临水而居，水滋养了他们，但与水的抗争也成为他们生活的一部分，千百年来都是如此。在《山乡巨变》中，也有类似的情节，其中村主任刘雨生跳进大浪堵水管的情景让很多读者难以忘却：“刘雨生没有听这警告，扑通一声，扑下水去了，腋下夹着一捆草。一个大浪把他吞没了。雨还在落，水还在涨。黄浊的、汹涌的浪头，一个接一个，雨点声里，夹杂着猛涨的溪水奔腾澎湃的巨响。”

机泵终于被捞了上来，可谌支书却浑身无力地瘫倒在大堤上……

原本以为只是下水太过劳累，没想到送到医院一检查，竟查出了小细胞肺癌。

懂行的老中医给谌清平分析：“还是环境导致了你健康的损坏。你想想，你整天泡在甚至睡在猪栏里，吸进肺里的都是废气、毒气……”

柳暗花明的那一刻没有来

出发去医院治疗前，谌清平反复交代：这批虾子长得好，收购老板都追着要，他已经跟一个广东老板谈好订单，价格合适，到月底就能全部出售……这回，总算能有一个创收的产业了。谌清平也稍稍放心了。

可是，柳暗花明的那一刻没有来。

9 月 27 日下午，又一场暴雨倾泻而下，雨后洪水从上游一泻而下，涌进虾塘。上游是个火力发电站，长期堆着工业废渣，还有槟榔渣、凉席屑等民用垃圾，沤久了全是有毒物质。虾本身对水质要求高，废水漫塘，满塘虾像被人投入了大油锅，反应剧烈。一蹦三尺高的，本能往外爬的，已经中毒的也在垂死挣扎，慌乱地往堤岸上涌。

“可能会出大事！快去虾塘救灾！”钟文科招呼村民们。但已是无力回天，他们只能在虾塘边，眼看着满塘鲜虾渐渐失去活力。一次次用筛网打捞上来的虾子，也渐渐不动了、平直了。

钟文科围着虾塘打转，他在心里喊，求老天保佑。可是满塘的虾，还是全部翻边浮在了水面上，目之所及，只有触目惊心的一片红。

武汉市第五医院里，谌清平在想着他活蹦乱跳、即将变现的那塘虾。脑海中那些美好的愿景，支撑着他与病魔抗争的信念。

记得他亲自带人去广东，学养基围虾。学回来了，他邀着大家一起干，自己负责资金筹措兜底。他一咬牙投入了三四十万元，独自一人担风险，又邀请村里三位能人来管理。眼看着田里水清虾肥，那叫一个人见人爱呀，上门来看货的、拍照片预售的，都相中了这几万斤虾。他躺在病床上都能想象得到，整塘虾要出售了，钟文科、陈达红他们，肯定忙前忙后，像家里养了个漂亮女儿，媒人踏破了门槛。

虾死后的第二天，谌清平接到电话，欲哭无泪，这一噩耗彻底击垮了他。损失的几万斤鲜虾，就是六七十万元的收入泡了汤。这一路走来，养猪、养鱼，他经历过多少的失败，眼看满塘的虾要出售了，村里一些人甚至已经把自家的鱼塘都整理出来，准备加入下一轮鲜虾养殖。

上游电厂若早把废物处理好，环保部门若能早点督促电厂环保整改到位，村里的盼头、大家的希望，也不会一夜间说没就没……

谌清平从来没有这么无力过。但是如果他倒下了，那些跟着他干的村民怎么办？大家是出于信任才跟着他，现在出了事，他不能后退。

第二天，谌清平硬是撑着病体从武汉回到村里做善后工作，他要妥善地处理这件事，要让乡亲们看看，他没倒，在最困难的时候，他站在了乡亲们身边！

挖金欠下的环保账就该用一辈子慢慢还

一进村，谌清平就闻到浓烈的死虾臭味，他摘下口罩，似乎要让自己更惨烈地面对一切。其实他也想过，失败后的失望是必然的，你没领好头，有乡亲埋怨几句也正常。

可拥过来的乡亲们没有一个冷嘲热讽的，都那么真心实意地安慰他：

“等你病好了回来，我们从头开始。”

“没事的，支书。乡亲们都跟着你干。你立着，我们就不会倒！”

…………

谌清平百感交集。他跟乡亲们交代：彻底清理虾塘，将几万斤死虾迅速深埋。并再三嘱咐：多铺垫石灰埋，不能再有环保的后遗症！

清理了虾塘，谌清平要返回武汉的医院。塘边，只剩他和钟文科。他低声说："这种情况，产业一时搞不起，我的身体又病了，已经不适合挑这个头，马上要换届选举了，我准备退下……"

钟文科抢过话："支书你不能退，你退我也退……你……别退！"大小伙子，眼泪在眼眶里打转，但他还是努力压抑着，不想在老哥面前流下来。

钟文科后来回忆说：最大规模的喂猪，取缔了；一连串的养殖，失败了。大家都觉得很茫然，很揪心。老百姓流行一句话，村看村，户看户，群众看干部。干部怎么做群众怎么跟。其实，他表面上安慰支书，工作也是报喜不报忧，但他心中的压力只有自己知道。支书病了，虾也死了，更重的担子会落在他身上。下一步该怎么走，又往何处去？大政策大环境下，还有哪条路既往绿色环保走，又往致富路上奔的？他想破脑袋也无结果，最后，唯有一条：鼓起谌支书的勇气，他们再一起干！

那些天，谌清平的脑子里整天想的都是：身体不行了，产业也没了，退吧，让能干的人上。老天不给自己机会，也许是惩罚我在环保上的亏欠——当年挖金欠下的环保账就该用一辈子慢慢还。

从养猪到种 400 亩葡萄园；从养泥鳅、鳝鱼到养甲鱼、基围虾；从种植养殖失败，终于到了流转 2100 亩土地。他们赶上了好时候，赶上了好项目。这下，土地不抛荒，稳定了，村民不种地也能富裕了。

谌清平列出一串数字：1000 户 7200 多人、1800 栋房子的工程改造，第一期政府投入近 2 亿元；针对 1996 年垮堤、堤身薄弱的志溪河北峰垸村堤防段，投资 2.5 亿元，加固并生态修复。

北峰垸作为龙虾养殖、休闲、美食基地，是益阳的亮点，是当地人的骄傲。

他们谈到了工厂，臆测了陌生的厂里的生活，于是又回到他们深深熟悉的乡村；陈大春提起了他所设计的清溪乡的明天的面貌。

《山乡巨变》

“清溪村景区，稻田有生态再生鱼稻、鳅稻和鸭稻，还有禾花鱼、禾花鳅、稻田鸭……那景致，想想就美！”

《新山乡巨变》

农旅结合是乡村振兴正在探索的一条新路

“环保是需要多点开发、多项配合的。清溪村是个大花园，要有茶花、杜鹃，也要有盆景及造型，那才是大景观。”胡千驹如此概述自己一手打造的“清溪耕心园”的定位。这是一个农旅融合的项目，通过将农业、旅游、广告创意和电商渠道深度融合，再带动清溪村的景观发展和环保提质。

耕心园地处清溪村西侧。两层楼的四合院，与景区近 2 平方公里范围内的稻田、荷塘、山林和土地组成农旅基地。它整合清溪村原有的各类农业及旅游资源，打造农旅生态系统并增添一批农旅景观，丰富了清溪村生态农业的美景。

“这项目看着好可就是不赚钱。拼了三年多，一直没翻身……”胡千驹有点无奈地说。

2020 年初的一场新冠肺炎疫情，把他的好梦彻底击碎。无法怪罪时机不好，是他自己想为梦想拼一把，想打拼出自己的精气神来。于是，这匹“老驹”只管向前，守着清溪村，守着耕心园，哪怕屡战屡败也屡败再战！

胡千驹被朋友称为“老驹”，是益阳市商标广告协会原会长。他对清溪村这块红色加文化的土地有着深深的情结。他不顾家人反对，不顾朋友劝阻，揣着几分情怀，带着几分责任和豪情，领着自己创建的“湖南环洞庭湖农特产和旅游广告创意基地”来到清溪村，想要亲手为这片神秘的、充满发展前景的土地打造一道风景。那毕竟是他们父子两代人的梦想。

2020 年 2 月的一天，清溪文旅公司的老总陈铁牛荣调别处，益阳市招商局局长陈清田接任董事长。一上任，他就催胡千驹：“你们策划的‘清溪耕心园’项目要加快实施。”

胡千驹回复：“疫情的影响加上合同期限不能满足 10 年的经营要求，投资方已经撤资。这个项目做不了啦。”

“可是……项目招商引资计划已经上报，还和春季乡村文化旅游节签约了。”陈董只差没吼出来。但冷静一想，遭遇疫情，每个人都很无奈。突然，他灵光一闪，“既然这样，那你们环湖基地自己做执行不就好了？”

胡千驹苦笑着：“投资方退了，铁牛老总走了，你清田董事长让我来耕田，就算用‘无牛捉了马耕田’这句老话，我这‘老马’只怕也耕不了你这块‘清田’哟。”

的确，当初是三方承诺合作实施这个农旅项目。现在他们撤资了，已临近退休的“老驹”，没有资金，没有技术，如果往前走，面临的极有可能是不能承受的失败。毕竟，农业风险大、周期长，投资回报率低，加上当时经济环境不佳，旅游行业不景气，专业人才奇缺，人力成本上升，自身又缺乏农旅实操经验，要把这个项目做成，必定是困难重重。

只是，胡千驹心中的梦做了很久了，在这个旅游融合文化的绝佳之处，旅游观光的看点是“新、奇、特”。他早就想好了，种上些不常见的高稻、彩色稻、再生稻，还加鱼稻、鳅稻和鸭稻，这些生态农业景观可以提高清溪的热度，提升景区魅力。这片山水的“看相”会大大提升！不管那么多，不就是一块试验田嘛，无论结果如何，种梦想、种美景、种健康，总是值得的。

胡千驹在父亲曾经流血流汗的地方，犹豫着，坚定着，又犹豫着，最后坚定：乡村建设需要一代又一代人的不懈努力，有传承和接力才会有强盛和希望。农旅结合是乡村振兴正在探索的一条新路，总得有人开拓、跋涉，甚至跌跌撞撞地向前闯，身为共产党员的“老驹”，背水一战开始老骥伏枥——干！

疫情让他们一下掉进了冰窟窿！

这天，胡千驹来到清溪村的荷花塘边，找到老朋友曾仲夫，曾仲夫一听要他承包稻田负责景区农业生产，不情愿地苦笑着摇头。他以许久没种田来推托。胡千驹却慷慨激昂地劝他：“此田非彼田呀，你家里有几亩田？你现在搞的是现代化的规模农业，今后景区几十亩田，还有大片果园、菜土和水塘，以及养殖、加工和餐饮都交给你企业化生产经营。你将要做的是生态农业和旅游的融合，你将是个新时代的新型农场主，是为了引领农旅产业融合发展在做创新示范。在这么好的旅游区，你是60多亩田的种粮大户，还不是种一般的粮。我已经注册好了‘环湖湘米’‘环洞庭湘米’这两个高端稻米商标，我们就是要把‘湘米’品牌在这里打响，让全国人民都认识湖南‘湘米’，重振环洞庭湖益阳‘鱼米之乡’雄风。你要做的就是把稻谷种好。”

“60多亩稻田全部种生态再生稻，采用生态种养结合，套养稻田禾花鱼、泥鳅，还选定区域放养雏鸭、种植鸭稻。”

“一般的优质稻，最多也就卖十元一斤。如果是生态再生鱼稻、鳅稻和鸭稻，一斤可以卖十几元甚至几十元。”这笔账，胡千驹早就算好了。

“虾稻到处有，我们不跟风，用鱼稻、鳅稻和鸭稻来一个‘品种差异化’。再发挥基地专长，用广告创意来推动‘湘米出湘’，打开‘湘米’这一全国高端稻米的市场，盈利空间很大啊。此外，稻田的禾花鱼、禾花泥鳅，还有稻田鸭等特产也可以卖得起好价。然后，再用这些特产开个景区特色餐饮店，还可以赚更多的钱。”胡千驹补充说。

“连哄带骗”地劝说后，曾仲夫终于答应了胡千驹。这个合作伙伴，胡千驹看中他聪明能干、责任心强，还吃苦耐劳，也不是斤斤计较得失的人。有曾仲夫的加盟，胡千驹底气更足了。为了让曾仲夫和他堂客心里更加踏实，胡千驹说：“赚了钱大部分是你们的，亏了算我的，只要上下一致听指挥就行。”

他还继续鼓劲说：“我正准备找些朋友来投资，有前景、有情怀的项目，不愁没人投。”

清溪村里原来的“清溪文苑”四合院闲置着，胡千驹连同其边上的蓝莓园一起租赁下来，取“耕心种德，止于至善”之意将其改名为“清溪耕心园”，经一番维修后，将其改造为团建、游客集散地和认耕认种贵宾休息室。

人们置身其中，既可享受山水田园之美，又可体验“稻花香里说丰年，听取蛙声一片”的田园风情。渐渐地，游客纷至沓来，他们的工作也慢慢打开了局面。

可好景不长，又一波疫情让他们一下掉进了冰窟窿！

农业风险大并且要靠天吃饭

“老驹”一方面要艰难创业和应对疫情困境，一方面还要稳住团队和合作各方，关键还得筹钱并继续不断地投钱。的确，没有钱是万万不能的。一般工作上的艰难倒是容易对付，但是老天爷连续发难就会让人抓狂。这两年老天爷似乎专与胡千驹作对，2020 年一场突如其来的暴雨冲垮了塘坝，近万条黑鱼几近全军覆没，二十几万元的投资随着滔滔山洪汇入了滚滚的资江；下半年“50 年不遇”的低温阴雨使再生稻绝收；次年，蓝莓开花时节又遇上一个多月连续暴雨，蓝莓产量仅为上年的五分之一。因缺乏经验又没有购买农业保险避险，连续天灾造成的损失胡千驹只得自己硬扛，沉重的打击让他刻骨铭心。无止境的前期投入、疫情下清淡的生意、高企的经营成本以及无法抗拒的灾害损失将胡千驹逼到了绝境。

这一次，胡千驹知道自己又尴尬窘迫了。想来想去没有别的办法，只能打家里的主意。

这天，他厚着脸皮向儿子借钱：“清溪村是个很美的地方，又是省市区重点打造的地方，还是你爷爷当年曾经奋斗过的地方，我在那里开发农业旅游项目，既让人们在青山绿水之中享受生态田园生活，也实现我的梦想。才起步缺资金，你得借点钱支持老爸。”

任基层干部的儿子喃喃说道：“这些事让年轻人做吧，你已到该休息的时候了，保养身体要紧。农村条件很艰苦，农业风险大并且要靠天吃饭，非常辛苦，很难有收益，还是算了吧。”

“有钱也别借，我的存款甚至是卖房子的钱，都被他用光了，60 岁了还搞么子新名堂？要买新车还可以借，用了十多年的一台车，到处都响，坐上去都怕，也该换了。”妻子在一旁唠叨。胡千驹梗起脖子犟道：“事业为先为重，享受应放后面。农业确实很难赚钱，但是，将旅游、农业及品牌等融合和叠加，未必会亏本！”

胡千驹再一想，就算是在家里，自己这也是求人，于是把语气放软继续劝说：“我始终还是想做点事，做事要启动资金吧。我喜欢创新、创意和广告策划，也闲不住，趁着现在身体还可以，做点事不行啊？当年，我老爸五十多了还想调湖北修建葛洲坝水库呢！”在争论中，儿子默默站起身，要了父亲银行卡的号码。

胡千驹一高兴，拍拍儿子，豪气地说：“清溪村景区，稻田有生态再生鱼稻、鳅稻和鸭稻，还有禾花鱼、禾花鳅、稻田鸭……那景致，想想就美！”

坚持“生态第一”寸步不让

疫情中的很多企业一时半会儿振作不起来，可胡千驹管不了那么多，他又干上了。

为种好再生稻，他几次专程到湖南农业大学聘请专家为种植顾问，又与伙伴们到广西、广东和湖北取经学习、引种，还利用景区这个宣传和销售优质农产品的绝佳窗口，与一些生产企业达成销售合作意向。他就是要坚持生态种养，不打农药，不施化肥，更不打杀虫剂。

这可引来了不小的矛盾，甚至引发了一场风暴！

“你胡总干了半辈子广告人，是英雄。可农业方面你是个外行，不能瞎指挥、逞英雄。不准用化肥，不准用农药，可你去看看，稻田里、田埂上杂草丛生，哪里还有看相？这田谁都种不了！”曾仲夫埋怨他。

胡千驹强硬地坚持“生态第一”寸步不让，其严格控制、死命坚持，让当地农户和农业干部都有点发毛。最后，曾仲夫再退一步：“用点除草剂，行不？”胡千驹跳起来说：“不行！坚决不行！”

曾仲夫犟不过他，就找镇上、村里的农业干部来劝导：

“老胡啊，现在农业科技水平很高。你不了解，有些新的生态农药对人根本无害，甚至可以直接喝。”

“生态种植没有错，但种田首先还是要考虑产量，该用肥料的还是要用肥料，该用农药的还是要用啊。”

连高新区负责农业的管委会委员也来劝说。胡千驹依然梗着脖子回复：“这些田反正不准用农药。景区每天都有那么多游客在看，我们用农药谁还会相信这是生态种粮？我不能欺骗消费者。从前做广告，我首先坚持真实，绝不做虚假广告。何况，现在这是给人吃的——粮！”

意见没法统一，老伙计曾仲夫气得撂了挑子。胡千驹，又陷入了绝境。

可是，他要从哪儿找动力？

一天傍晚，胡千驹顺着清溪村外围的铁路路基一路走着。顺着改建而成的景区主游道，再往前走就是原邓石桥火车站。在那已有些残破的原“益灰共青铁路”车站旧址前，高大的汉子久久凝望着，眼前的断壁残垣勾起一幕幕久远的回忆，看看身后凌空穿过清溪景区的石长铁路高架桥，他感慨万千，潸然泪下。

他与清溪村的缘分，该从父亲那里说起。

1979 年夏天，父亲领着他第一次来到邓石桥火车站对面山脚下的益阳市十九中学。曾经是这所中学校长的父亲，想让儿子多接触农村。高考复读，父亲更希望儿子嗅着大文豪周立波的文气，发狠用功，考上大学。

在邓石桥低矮简陋的车站，父亲讲述了当年他带队在此修建“益灰共青铁路”的故事。在那热火朝天建设社会主义的年代，凭着冲天的干劲，父辈们无惧各种困难，在没有机械装备、几乎全靠人力的情况下，自带粮食，在短短 200 天里就修建了 54 公里铁路，用辛勤的汗水创造了铁道建设的奇迹。

历经 40 多年风风雨雨，已经年过半百的胡千驹，想想时过境迁，眼下自己还无所作为，心里很无奈，但并不颓丧。可是，他要从哪儿找动力？

有了！他抬眼望见桥墩上的一幅幅巨幅图画，那是《山乡巨变》里的情节人物画，栩栩如生，鲜活如初，擎天立地，有着喷薄而出的力量。他又想到了父亲。当年，曾是益阳三支笔杆子之一的父亲，与周立波先生有过接触和交流，后来就成了“周立波迷”，业余时间学习和研究周立波。父亲有些论点，他铭记至今。

原型就是周立波自己

记得也是个傍晚，也是走在这条铁路上，父亲让他放松高考前紧张的神经，边陪他散步边问：“你注意没有，《山乡巨变》里还有个原型，别人没提到过。”

谁？对《山乡巨变》胡千驹知道得够多了，“亭面糊”“菊咬筋”，连“秋丝瓜”的原型他都知道。刘雨生的原型有 4 个，邓秀梅的原型是组合而成的，其中多是男人。竟然还有一个别人没提到过的原型，那究竟是谁？他不解地望向父亲。

“还有一个原型就是周立波自己。”父亲告诉他。

在小说《山乡巨变》中，以周立波身边的乡亲为原型人物的故事很多，谁都能说上几段。但大家忽略了，这部小说最大的原型，是周立波自己。从回到益阳的那一天起，周立波就亲身参加劳动，书中写的生产生活场景都有他的影子；书中对家乡美好蓝图的叙述，是他与乡亲们对未来美好前景共同的向往。

在《山乡巨变》中，有这么一段话："邓秀梅生长在乡下，从小爱乡村。她一看见乡里的草垛、炊烟、池塘，或是茶子花，都会感到亲切和快活。她兴致勃勃地慢慢地走着。一路欣赏四围的景色，听着山里的各种各样的鸟啼，间或，也有啄木鸟，用它的硬嘴巴敲得空树干梆梆地发出悠徐的、间隔均匀的声响。"这几句话，让人们感受到邓秀梅对乡村的爱是从心底里流淌出来的，是由衷的，但透过周立波的笔端，让人感受更深的是，周立波借助邓秀梅来表达自己对人民和乡村的热爱之情。

任何作家的写作都不是孤立的，而是从自己的生活和思想中提纯淬炼出来的。

周立波在《山乡巨变》中写道："抽完一袋烟，他精神来了，就跟邻座议论今年的小麦，又扯到入冬打雷的这事，他说：'雷打冬，十个牛栏九个空，开春要小心牛病。'等等。"这种"牛经"不管是在小说还是在周立波的现实生活中，都屡屡出现过。有一次，周立波正在吃饭，就听到"牛跌到水坑"的呼喊声，他立即放下饭碗冲了出去，看到牛正四脚朝天地仰躺在一条又深又窄的水坑里，他二话不说，立即拿东西蒙住了牛的眼睛。因为农村有一句常话："牛眼向天，直奔西天。"意思是，牛的眼睛朝天的话，很容易被吓死。最后，周立波和乡亲们先挖宽水渠，然后用木棍帮牛翻转身子站起来，再牵了上来。人们会好奇，周立波是怎么懂得如此多关于牛的常识的。1955 年冬天，周立波就同贫农邓益庭一家做邻居，邓不但是一位作田里手，而且特别会养牛用牛，心中有一本"牛经"，周立波应该是从邻居那里取到的"牛经"。

周立波扎根故乡的沃土，扎根在人民中的许多生活故事，至今依然被人津津乐道。比如"补血针"的故事。有一次，周立波下田劳动，不小心被一种叫“泥钻子”的虫子扎出血了，有点吓人，一起劳动的老乡劝他，先别干活了，去处理一下伤口，周立波却很镇定，吐了两口唾沫，朝伤口抹了抹，云淡风轻地说：“不就是打了一针补血针嘛，不要大惊小怪。”

周立波作为共产党的一名高级干部，作为享誉国内外的著名作家，不管是写作《暴风骤雨》还是《山乡巨变》，他都是放下身段，与最贫苦的农民同吃、同住、同劳动，同大家打成一片中获得写作养料，然后又把这些养料创作成精神食粮，回馈给他热爱的人民。

作田很里手

后来的周立波，依然把自己放到了最底层——泡到人民中间。白天，他同社员们一起出工劳动，到地里挖土，下田做凼肥、插秧、扮禾，上山砍柴，皮肤晒得黝黑。晚上，收工回家后，他便坐在书桌前，将白天劳动中记录下来的事，整理后写到作品中，有时直写到天明。正因为他同劳动人民朝夕相处，他书中的农民形象才如此饱满，充满了生机和活力，富有乡土气息。

其实一个大作家也好，一个大干部也好，他首先得是个好人。周立波就是一个公认的好人。刘雨生的原型之一曾五喜是胡千驹父亲的朋友，在一次聚会上，父亲听他深情回忆过周立波，那感激之情发自内心：“立波胡子是大作家，但同我们合得来。一次，我在田中踩草，他见了也主动脱掉鞋袜，卷起裤脚下田，边踩边问我家里情况。那年，我 22 岁的大儿子在劳动时触电身亡。周立波来看我，眼泪与我一起流。当知道我没钱给儿子买棺材，他拔脚上岸赶到乡政府，提议把没收地主的一口楠木棺材给了我，帮助我把儿子埋了。”

周立波影响了曾五喜的一生。曾五喜年轻时，是农业社的模范社长。担任桃花仑村村支书 26 年，一身正气，颇受群众的尊敬。可退休后，家人长年患病，儿女先后下岗，面对十分困难的生活，这位省、市劳模，不向政府开口，自己外出守传达、值夜班，一生做个像周立波那样的好党员。

“周立波是个好人，作田很里手。”说这句话的是一个叫邓益庭的农民。他是作田的农民，三句话不离本行，他不会用华丽的辞藻，而是以最朴实的话语，给周立波以最高评价：“是个好人”“作田里手”。

胡千驹很多年都不理解，父亲为什么跟他说那么多与周立波相关的故事。那一刻他明白了，父亲希望他这一生能有周立波那样为国为民奉献的情怀。

赚吆喝不赚钱

胡千驹走到附近的一座民宅，敲开曾仲夫的家门。

“我们忙乎半天不就是要打生态这张牌吗？我们要的是原生态、真惠民的效果。游客知道田里没有用过化肥和农药，种植的全是绿色作物，那好口碑就会口口相传。”

“胡总，知道您是有情怀的人，我也不只奔赚钱去。人啊，钱赚得再多哪里是个头？跟着你做点有意义的事，心里也舒服呢。就是这个田种得没看相，老觉得不如别人种得好，不服气，我自己看不过呢。”

“小事，小事，田里的杂草，人工处理得不够，我们就搞活动。下一步奔着‘看相’去，发动大家：除草！”

曾仲夫又出山了，胡千驹也说干就干。

暑假刚开始，一场“绿色体验，生态优先”的亲子活动，迎来了老师学生，迎来了家长孩子。田间，曾仲夫夫妇分头告诉大家，这里没用一滴农药和一粒化肥；胡千驹也下田说：这里只求质量，不计成本。于是，当场就有许多人预订这些稻谷收割后的大米，并且一想着手下脚边就是他们未来要吃的粮，谁都积极主动地拔草除杂。

他们还到中国科学院亚热带农业生态研究所找到“巨型稻之父”夏新界教授，在益阳率先引种株高2米多的巨型稻，以实现袁隆平院士的“禾下乘凉梦”；还去省种子协会闵军博士处讨要到五彩稻种，在景区种植出一片生态五彩稻田，制造独特的农业景观，给清溪村添了一处亮丽的风景画。

一到周末，来这里体验农耕劳动的学生们插秧、除草、收割、采摘的画面，就像舞台上的固定节目精彩上演。五彩稻田（巨型稻）网红打卡地热闹非凡，大人孩子在鱼（鸭）稻共生田里戏水摸鱼，笑翻了天。荷塘月色，星空露营，一顶顶帐篷撑起无数美好想象，人们看着星星发呆，听着蛙鸣入眠。

亲子游，研学文人故里、阅读著作名篇，传播本土文化；耕心园里，学习益阳方言，学唱地方花鼓，体验农耕劳动，培养品德素质，这些特色研学项目很受欢迎。

还有掌上租地体验式认耕，人人都可以当农场主。花费400元就可以开辟20平方米的土地，插上牌子标明你是认种人，然后定期进行种植养殖。基地多处安装的摄像头，让你只要打开手机上的相关小程序，点击农场直播，即可实时查看自己的蔬菜以及家禽的种养情况。平时的种植养殖由基地人打理，待收成时，认种者上门采摘、捕捉，城乡差别顷刻全无。

可是，直到2021年6月底，“老驹”还是赚吆喝不赚钱。他把所有的“散碎银子”集拢来给老曾，还向他打了欠条。对此，曾仲夫笑笑说：“没指望他能付足给我，胡总做的都是积德行善的事，我就跟着他‘吃百家饭，撒百家福’算哒。”

他们越是这样无怨无悔，胡千驹内心越是万般焦虑与不忍……

老曾夫妇也发现，过去很是自信的胡千驹开始变得沉默寡言，没有了曾经的豪放大气，更没有看到他抱着吉他弹唱刘欢的《从头再来》……

没有经济作为基础，智慧哪里来？

仅靠个人的情怀、责任、担当和勇气还能撑多久？智慧农业，没有经济作为基础，智慧哪里来？

但千难万难，胡千驹仍然告诉自己要坚持：胡千驹，你是共产党员。我们党引领中国广袤乡村的全面振兴，这是中国共产党人在新时代、新征程的新使命。你有责任，更应有担当！要像周立波和父亲那样做一个真正的、扛得住的共产党员！

终于有一天，事情迎来了转机：成功开发并上线的“山乡巨变第一村”公众号种植板块，有了科学系统的田间管理，能提供依托 5G 技术的 VR 实景体验耕种，还可提供交友圈，让游客结交兴趣相投的四方朋友；还能与周边景区景点合作，采用联票形式，将客源吸引来基地；基地为景区打造了非物质文化遗产展厅，并改造了景区管理指挥中心；协助海南“中海网农”打造景区智慧旅游系统，全力保证清溪文旅公司景区的建设进度；尤其是配合益阳高发投集团研发的“益阳 5G 智慧信息岛”系统工程，具有鲜明的时代特点，符合当今的发展潮流。

“快了，要不得五年十年，到那时候，我们拿社里的积蓄买一部卡车，你们妇女们进城看戏，可以坐车。电灯，电话，卡车，拖拉机，都齐备以后，我们的日子，就会过得比城里舒服，因为我们这里山水好，空气也新鲜。一年四季，有开不完的花，吃不完的野果子，苦槠子，毛栗子，普山普岭都是的。”

《山乡巨变》

让数据在城乡“跑”起来，让农民实现“指尖上的丰收”，让智慧城乡建设按下“快捷键”。

《新山乡巨变》

让智慧城乡建设按下“快捷键”

中国电信益阳分公司的5G业务独家精彩亮相，是2019年新型智慧城市（益阳）峰会上。首个体验日，吸引了大量嘉宾和市民前来体验！“中国电信益阳分公司已成功开通5个5G基站，率先实现了对益阳市政府周边的5G网络信号覆盖，正式开启了益阳电信5G新时代……益阳也成为全省电信除长沙之外唯一的5G试点城市！”报纸上的这则新闻让我迫切地想了解“智慧”背后的故事。如果说乡村振兴像一座大厦，那么城乡智慧化、智能化、信息化、数字化就是这座大厦的基石。大厦从平地而起到渐入云端，未来，农业农村现代化将会成为它皇冠上的明珠。

益阳电信承建“宽带乡村”工程，如何让宽带翻山越岭，从城市延伸到农村，不容易啊，看似简单的工程，实则是稳增长、调结构、促改革、惠民生的生动表达。

现在的农村，随处都是触手可及的智慧生活衣食住行，都能在指尖中轻松实现……这得益于智慧城乡建设打下的坚实基础。是它让数据在城乡“跑”起来，让农民实现“指尖上的丰收”，让智慧城乡建设按下“快捷键”。

“我们那时候曾作了一副对联——天地之间皆是智慧，万事万物全都智能，横批：宽带互联。”时任湖南电信益阳分公司副经理的孟正兵说完，自己先笑起来，“其实，说着容易，做起来还真难。”

回想起这些年来，人们的通信方式，从有线电话到无线电话，再到可视电话；从摇把子电话机、程控电话机，到 BP 机、砖头大哥大、傻瓜机，再到智能手机，最终实现了可视、高清、低时延的通信效果。而今 5G 的普及，又将通信、互联送上了一个更高的层次。

都在田里“刨金”，谁有闲工夫上网？

没想到互联网在农村发展那么快。当时，网是布好了，但没人用。农民没脱贫，都在田里“刨金”，谁有闲工夫上网？

“必须‘牵着鼻子’让他们来，开网吧，聚人气。农村电信局就是干这个的。”孟正兵把工作人员全赶下村去，“想什么办法我不管，只要能培养村民的上网兴趣，慢慢普及学网用网知识就行。”

沧水铺有一家农电站，主人李达斌有自己的房子，买了两台二手电脑，跟电信一起搞了个网吧。网吧里每天人来人往，有来打可视电话的，有视频聊天的，有学上网找致富门道的。事后回头看，可以发现最早上网的那一批人全致富了。

李达斌的网吧也产生了效益，带动了整个乡。

一个典型出来了就要推广复制。随后，每个乡镇都建起了 1～2 个网吧，多的有四五家。投入不多，聚集人气，让农民了解互联网。“你信啵？后来益阳城乡遍地都是网吧！全市建了 1000 多家，互联网基础、网上销售，就是在那个时候普及的，要不哪有今天的‘智慧农业·数字乡村’呀。”

产值近千亿元的“口味王槟榔”老板郭志光，是益阳向家堤人。最开始装电话时，他连放电话的桌子都没有，装好的电话放地上，一个个业务电话蹲在地上打……随着电话网络尤其是互联网销售的铺开，他从做生意亏得身上只剩 25 元，到线上线下联合销售，成为中国槟榔大王。他有太多感触，但一句话老挂在他的嘴边：“赶上了互联网的好时代，推着我们智能智慧发展……”

随着信息化 ADSL（非对称数字用户线路，是一种新的数据传输方式）宽带进户，黄家湖的养猪老板刘跃军，往常猪婆待产，要在猪圈住一周，后来他装了摄像头和 App，可以坐在家里的沙发上看猪的动态。猪有病还能上网查，问医找药，自己解决。进猪饲料、卖猪肉也能掌握高峰和低谷。搭上宽带互联网的快车，猪产业得到了大力发展，刘跃军迅速致富。

从“满山找信号”到“在家用光纤”

从“满山找信号”到“在家用光纤”，安化县年过七旬的文细初丢掉了原有的老人机，和老伴拥有了第一台智能手机。农忙之余，和远在外地打工的亲人视频拉家常，是两位留守老人最大的快乐。

益阳市安化县乐安镇长赵村地处大山。“我们只能靠接壤的隔壁乡镇辐射过来的微弱信号接收短信和打电话。接电话经常要跑到半山腰上比较开阔的地方才有信号，往返要一二十分钟，真的不方便。”文细初说，“自从电信给建了 4G 基站后，我们就享受了……”

“我们电信公司先后投入上百万元，历时 5 个月为长赵村开通了光纤宽带和 4G 网络。目前，他们宽带用户实装已达 328 户，占村民户数的 68.9%。”孟正兵说。

益阳市赫山区衡龙桥镇白石塘村有台电脑，电信人上门帮村民做了网页，他们也能摸索着上网推销产品。网速很慢，但大家都很有耐心，做好网页还真就有订单来了。

“从前的一页都翻过去了，今天的‘智慧农业·数字乡村’让我们有了更大的用武之地。2019 年 7 月 1 日，泉交河镇菱角岔村建起第一个整村智慧平台，政务、防疫从此都能方便到位地在网上处理。回头去看，当年这个村 60%~70% 的村户都做了光纤入户，我带的电信队伍经过三次设计，才完善几百户的牵线设施。那时候，他们率先迈出农村智能化的第一步，先进的观念决定未来啊。”

在益阳市赫山区泉交河镇歇马桥村的一个快递发送点，每天都有几十个快递把村里的特产发往全国各地。通过网络，歇马桥村与世界相连。通过数字乡村，益阳市已有 1015 个行政村打通了“信息高速公路”，乡村生活因此变得更美好。

一个夏日的夜晚，在益阳市第一个信息化村——资阳区长春镇赤江咀村大坪里的露天电影银幕上，显示的居然是辅导大家上网的课程。白天的村委会，集中了支书、村主任和各个村小组组长，他们通过上网课程了解到互联网的世界有多大，网上销售也是一种赚钱渠道，一个个都被激发了兴趣。正是这个赤江咀村，益阳市电信公司原来在这里专门建了一个宽带点，村民们不懂网络，工作人员走村串户天天上门，手把手教他们做网页，辅导每家每户上网。如今，这里成为全市第一个信息化村。村民们都感慨：没有当年的观念改变，哪有今天的信息普遍。

贫穷和落后，这些原来深刻在所有人印象中的农村形象，已经被正在乡村发生的“山乡巨变”彻底改写：“采菊东篱下，悠然见南山”的诗酒热土，正逐渐成为农民真实的家园。周立波的激励和寄望正化作一股源源不断的精神动力，在益阳的清溪，在中国的山乡，推动着农业农村的现代化转型。

新农村

第四章
映山红

清溪村的90后党员邓旭东感慨：党员是旗帜、是排头兵。我们这，是不是党员一眼就能认得出。

“清溪村发展快，底气足，最强的抓手是党建！”村支书贺志昂很干脆，“以基层党建引领基层治理，让乡村振兴更有动力，基层治理更有效力。”

“党几十年来形成了一整套科学的党建规范，并形成了许多优良传统，像‘三会一课’‘三重温’。在清溪村，还多了周立波的‘三同一片’。”

依靠党员中的贤人能人，处理疑难问题；主题党日活动树楷模，一堂党课讲的是“共产党员周立波”……

彰显党建引领力，聚焦组织凝聚力，激发党员活动力，凝聚队伍战斗力。引力、活力、毅力、魅力，抓“四力”在“党组织+党员+群众”模式下的总动员，一个个战疫打得精彩漂亮：环境整治、文旅建设、脱贫攻坚、全面提质。如今，清溪村、北峰垸都融入“六纵四横”“一轴两核五廊六村”的景观规划中。大清溪片区的谢林港，投资3000多万元修建25公里村级主干道，实现全镇10个行政村（社区）全覆盖。

其中，清溪村的杜鹃路，就是一条依据立波先生美文打造的景观道路。正值满坡满岭的映山红花开，立波先生的一段话就跳跃出来：“映山花开时，阳雀子（杜鹃）正叫。因此，这花又叫杜鹃花。老百姓的山歌里唱着：‘阳雀子本是催春鸟。’在阳雀子叫时开花的映山花，给人一种特别浓烈的春天的感觉。”

此时我们就在“浓烈的春天”里。

车穿行在一条峡谷中崭新的柏油路上，如云般娇柔的映山红于路边和山坡悠然绽放。山间一片连着一片红，片片春红抢走了绿意。春风一过，阵阵繁花荡起涟漪，春天的山都变得喜庆起来。

其实，春天里的清溪村百花绽放，但唯有映山红爽朗大方，没有梨花带露的楚楚可怜，也没有桃红杏粉的娇媚撩人。映山红，迎着风毫无畏惧地绽放，有着火热的鲜红、灵动的姿态，不需要多少照料就能旺盛生长，即使风吹雨打也能顽强不屈地绽放！

——多像乡村振兴各个点上的共产党员！

党建工作难，清溪村村支书贺志昂，在一次次委屈中赢得群众的信任和支持；种粮大户、共产党员钟育贤，自当火车头，挂着“车厢”带贫困乡亲一起跑；还有北峰垅，无论多么困难也抱成团的党组织，让群众随时都有主心骨……

“我婆婆讲：‘搭帮共产党，好不容易分了几丘田，还没作得热，又要归公了？’我开导她说：‘这不叫归公，这叫入社。我问你，我们单干了一世，发财没有？还不是年年是个现路子，今年指望明年好，明年还是一件破棉袄。’她一默神，晓得我说的确是实情，就不做声了……”

《山乡巨变》

风风雨雨，《山乡巨变》走过了六十多年，中国广袤的山乡发生了真正的巨变，周立波在小说中所描绘的美好的愿景一一实现，而且大大超出了作家的预想。

《新山乡巨变》

怎么想都想不到

邓仁佑，周仰如，贺志昂，清溪村的三代村支书，也是清溪村 30 年来的铁三角。邓仁佑年纪最大，但仍神采奕奕。他从党员活动队伍中走出来，转身对我说：“写新山乡巨变，好，正是时候。门前的马路宽了，屋外的景色美了；产业的发展强了，村民的生活富了……说真的，我想过清溪村会有大变化，也往最好、最高的地方想，可是我怎么想都想不到如今会变得这么美、这么强。”

“这是白天，要晚上看夜景更漂亮。”周仰如老支书高高大大，说出的话也充满了骄傲之情，“这路灯亮起来美观，把村庄的夜晚照得通亮通亮。这可是高科技，不用出电费，只要有风有太阳就可以亮。当初安装的时候很多人不相信，哪有这么神啊？后来到网上一查还真是好东西。这叫全永磁悬浮发电机组，属于国际首创。”

“今天，我们这儿的环境比先生当年在书中的描绘还要美：5000 米通村道路又由水泥路铺成了柏油路；硬化的 4100 米水渠改建成自然协调的一条清溪水；我们村家家户户都住上了新房，政府补贴一半，都在原地翻新，统一民居风格，一眼看上去，美不胜收！”现任支书贺志昂也显得很开心。

三位支书倍感兴奋的背后，应该还有这一方百姓的满足。

村里的问题我们自己解决

“还记得我们三人，也是在那年的这个时候一筹莫展，都快崩溃了。光胡子要与他的烧烤棚同归于尽……”贺志昂对发生在 2018 年的那一幕记忆犹新。

2018 年之前的好几年时间，光胡子的烧烤屋远近闻名，许多游客来清溪村都是奔着他家的烧烤来的。那香气似乎十里之外都能闻到，诱人味蕾，勾人心脾，引得食客络绎不绝。一亩多地、千余平方米的烧烤大棚，最多能容纳上千游客来自助烧烤。每到傍晚，这里灯火通明，烟雾缭绕，香气诱人。游玩了一天要回城的人们，常常又被这扑鼻的香气吸引回来，“算了，吃了烧烤再走”。

光胡子叫邓日光，吃苦耐劳，勤奋发狠，却又耿直倔强。开烧烤店那阵子，他每天起早贪黑，准备上等食材，服务几十桌客人。要么是几十桌的炭火盆弄得他满脸漆黑，要么就招呼客人忙得团团转，但光胡子却从无怨言。累啊，可是他高兴。客人们享用美食，一盘一盘地加菜，对他的菜品赞不绝口，又口口相传增大了烧烤店的名气，客人逐日增多，光胡子整天鼻子眉毛都是笑意。

每天送走最后一位客人的时候已是深夜，当别人都进入了梦乡，光胡子却开始认认真真地清洗场地，精精细细地为第二天的生意做准备。

乡亲邻里都羡慕不已，说光胡子你真行，每天数着票子当然高兴。他却发自内心地说，自己真不光是为了赚钱，最重要的是看着大家满意，看着自己只要努力就能吸引客人来到清溪村，还能带领一帮乡亲为四面八方的游客服务，觉得自己带着满满的追求和希望在奋斗中快乐，这就是价值和充实的力量。

光胡子烧烤屋的高人气也是因为它离故居近。随着周立波故居的影响越来越大，这里的游客也越来越多。对一个旅游重地来说，环保不容小视。每当晴好的傍晚，十里之外都能看见故居周围的天空上那股浓浓的黑烟，流入清溪的废水也是一个污染源。更重要的是，政府规划在这片烧烤地上建设智慧停车场，解决日渐增多的游客停车难的问题。

拆，拆烧烤棚！严峻的现实摆在了光胡子的面前。可无论谁来劝都被他挡了回去："在我的宅基地上谁说拆屋我就拼命！"为了环保，他自己又进行了场地改造。反正，拆棚建停车场就是不行。

一次次说不通，这时就有人说：强行拆！

这天傍晚，挖机开到了现场。伸在空中的挖爪比烧烤棚还高。"不——"冲动中的光胡子要冲上屋顶，被家人和乡亲死死拉住，他是想要坐上屋顶来宣告：谁挖我的屋，先挖我的命！

高新区领导来了，谢林港镇的领导也劝了，村上三位支书都到了。

"先请挖机退出去，村里的问题我们自己解决。我们坚持一个原则：一定服从政府的安排，坚决落实党的决定。只是，容我们几天时间，我们做工作……”三位支书当即就表了态。

老支书邓仁佑首先上了光胡子家的门，见面就重提凤凰涅槃的故事：“清溪村在大变，一定会有大繁荣、大收获。但所有的收获都需要雏鸡涅槃变凤凰般的努力才会得来。当年，毛主席没有6位亲人牺牲，就换不来四万万同胞的整体解放；我们清溪村没有一代又一代人的奋斗也不会有今天。现在你的付出和牺牲，是为了全村更好的环境、更美的明天……”

周仰如、贺志昂两位书记更是频繁上门，耐心劝导：“拆屋的工作有村上配合做，你做出的牺牲村里子子孙孙都会记住……”

光胡子是土生土长的清溪人，父祖辈在村上都有极高的威望。到了他这一辈，都想追着好时代、抓住好机会勤劳致富。可当他知道自己的坚持会影响全村的发展，自己的争强好胜会成为乡亲们奔小康的阻力，他妥协了。

算清了“得失”账

村党支部率领一帮人，由三位抱团的支书亲自督导、现场指挥，烧烤棚顺利拆除。

“其实，最终妥协是因为他自己算清了‘得失’账。”拆掉烧烤棚后的光胡子，总算有时间建自己的房，这是他早就想做却不得空做的事。老房子还在原处，他这才仔细看看周边：平坦的大路已修到家门口，一些名贵树也种到了屋前屋后……光胡子不是睁眼瞎，国家和政府给农民提供的这些配套设施，与拆掉烧烤棚的损失相比，其实不算什么。

光胡子建了一栋好大的别墅，站在雄伟壮观、花团锦簇的新家园前，他想了很多很多。眼前的一切，是上几代人做梦都想不到的。父亲劳苦一生，也只能给他们兄弟四人一人一间土坯房，还被乡亲们树为能干持家的典范。都是勤劳、拼命的农民，却只有他这辈赶上了好时代。他下定决心换一种活法，为村里、为村民多做点事儿。

贺支书说光胡子头脑灵活，又肯实干苦干，发挥了他的长处，在群众中很有威望。他被选为组长，在工作中起了大作用。村里流转土地搞建设，其他组分不下来、落不了地。他频繁串门串户，跟大家说“大发展，小困难；小发展，大困难；不发展，更困难”的道理。大家想通了，心齐了，800多万元的土地流转费硬是让他落实到位，而且没有麻烦和后遗症。村里的旅游开发他当了先头兵，做了冲锋员，成了党放心的好助手、群众信赖的领头人。

光胡子的事例，摆上了村支两委的议事桌面：在意想不到的矛盾中，党支部如何倾力解决群众各类“堵点”“难点”“痛点”“焦点”问题，进一步提高凝聚力，发挥战斗堡垒作用，团结群众，抱团发展。

“三同一片”的精神是深深融入清溪村党建中的

主题党日活动是清溪村常规化的活动，既是全村文明大行动，又是“党组织+党员+群众”模式下的总动员。贺志昂说：“党几十年来形成了一整套科学的党建规范，并形成了许多优良传统，像‘三会一课’‘三重温’。在清溪村，还多了周立波的‘三同一片’。”他特别强调，“三同一片”的精神是深深融入清溪村党建中的。

“大家对当年周立波深入家乡创作和生活了解较多。但是，周立波作为我党的优秀战士，他是如何做一位合格党员的？他的一生又是怎么为党奉献的？”

周立波1934年在左联时入党，这是他人生的转折点。那时，周立波追随党多年，已是一名坚定的为党、为人民创作的文艺骨干，更是祖国处于水深火热时奋不顾身的急先锋，用生命与反动派对抗。他用文字给人民带去心灵慰藉，让人们看到希望，看到朝气。

周立波有着传奇的人生：他曾经揣着小刀参加上海的飞行集会，在20世纪30年代的上海积极组织宣传罢工运动，坐过国民党的大牢；他办过多种进步报刊，自学英语翻译了多种进步小说，写了大量的评论、散文、小说、报告文学和新闻报道；抗战时，他做过史沫特莱的翻译，去抗战前线做过战地记者，参加过359旅南征，被誉为“钢铁的文艺战士”……

他思想的重大转折点和落脚点是在延安，延安的经历让他后面的几十年都有了思想根基和创作方向。

1939年底周立波到达延安，被分配在鲁迅艺术学院教“名著选读”。在延安，他聆听了毛泽东主席的《在延安文艺座谈会上的讲话》，参加了延安的文艺整风运动。

1940年以后，抗日战争进入相持的“黎明前的黑暗”时期，延安文艺界的许多文艺工作者，对于“要不要和工农群众相结合”这个根本性问题认识模糊。文艺是要普及还是要提高？是要暴露黑暗还是要歌颂光明？他们对文艺和生活的关系、文艺工作者要不要学习马克思列宁主义等许多问题都存在着一些模糊的认识，也因此发生了很多的争执。因此，在整风运动中，党中央和毛泽东同志决定用座谈会的方式引导文艺工作者自觉地开展批评和自我批评，以解决文艺中的一些问题。

1942年春天，在召开那次著名的延安文艺座谈会之前，毛泽东对文艺界的情况作了周密的调查。他把延安许多文艺工作者一个个或一批批地叫到自己窑洞里谈话，细致地询问他们的思想动向和写作情况。

开会那天，因为人太多，礼堂容不下，会场就移到了礼堂外的敞坪上。当时，毛泽东讲话的题目是：为群众，以及如何为群众的问题。周立波全神贯注地聆听了这次讲话。

《讲话》对周立波是一次灵魂的触动，他后来反思自己，这样说道：“在过去，我到过前方，也到过乡下，但是没有写出好作品，因为我在那里是‘做客’，客居的时间又很短。在前方，我敬爱战士，但止于敬爱。对于他们的生活、心理和感情，我是毫不熟悉的。我只晓得他们会打仗，很艰苦，总之是不到前方也能知道的一般的情形。而我又错过了许多和他们结识、了解他们的机会。离开了前方，有人要我写前方，我就只能写出一些表面的片段，写不出伟大的场面和英雄人物。”

周立波不惜离开自己的舒适生活，去作战前线成为一名战地记者。哪里需要他，他就冲到哪里。在随时可能会牺牲生命的残酷环境下，周立波跟战士们一起战斗，还利用空余时间进行文学创作。这些走南闯北的经历，让周立波积累了丰富的文学素材。无论他深入哪里，他的第一身份都是党派来的干部，其次才是作家。

解放战争时期，周立波去东北深入农村，他冒着零下三四十摄氏度的严寒，在黑龙江尚志县元宝屯参加土地改革，参加地方民主建政、建党、减租、反霸、土改等各项工作，让广大农民从政治上得到翻身。当他亲身体验到人民群众惊心动魄的斗争生活，他文思泉涌，有了压抑不住的创作欲望。

在哈尔滨松花江畔的太阳岛上，周立波完成了《暴风骤雨》。那间岛上的房子，原本是中共中央东北局王首道的一个工作间，听说周立波急需要间房子静下来写作，王首道二话没说就把它腾出来。后来，这部小说荣获了斯大林文学奖。再以后，就是走在国家农业合作化运动前沿，回家乡农村，写《山乡巨变》。

其实，很多人可能不知道，阔别故乡23年的周立波，在1954年初夏回到家乡益阳邓石桥村。这时中国广大农村已经开始了一场打破数千年封建社会生产方式的根本变革：合作化运动。但因为思想不统一，不同的声音此起彼伏，周立波干脆回到家乡农村亲眼去看一看。他参加了益阳县谢林港区发展互助组建立初级农业社的工作，后来又协助建高级社。为此，他举家从北京迁回来，一住就是10年。

可是，深入家乡的后期，周立波发现社会正处在急躁冒进、违背经济规律的“大跃进”运动的开始。接着，人民公社化运动受“左”倾路线影响，以高指标、浮夸风、瞎指挥和“共产风”为主要标志。周立波反复强调，要爱护群众，为他们着想。

在逆境中，他依然坚持自己的本真。《人民文学》的老编辑涂光群在他的书中也回忆了一段周立波在“文革”中的往事：周立波在“文化大革命”中被造反派带到湖南各个地区示众、游斗。周立波经常在挨斗时，被迫低头弯腰，还要接受他们随时的厉声质问，“你为什么要反党反社会主义反毛泽东思想?”

周立波忍受着心中的巨大侮辱，操着益阳乡音，强调：“《暴风骤雨》《山乡巨变》有反党反社会主义？你肯定没看，你们去查一查，我写的小说都是歌颂共产党、毛主席，赞扬社会主义的。”造反派说：“还推销你的那些坏书!”周立波则回答：“我的书是坏书，你写一本好的来看看嘛!”

就是因为这种骨子里的不屈不挠，周立波后来没少遭罪。但他的人格魅力让人们不仅记住了他笔下的人物和风景，更有他忠诚、正直和善良的禀性。

“四人帮”被粉碎之后，周立波虽然解除了在湖南的监禁回到了北京，但因为一直没有被安排工作，他渐渐脱离了社会。在这段日子里，他的身体出现了很多问题，我们本以为他会孤独苦闷，但他的信中没有半点颓废的心态，只有积极向上、奋发有为的精气神。

“如果还有两年，也许他写抗日战争的书会面世；如果还有几年，他依然会回到清溪村，与我们再打成一片，书写农业机械化的长篇小说。”贺志昂的语气中充满了无限的遗憾。

周立波临终时，难以割舍爱了一辈子的祖国，他叮嘱妻子在他死后将所有的财产都捐给国家。一生为国操劳、倾力奉献、为人民提供精神食粮的周立波，在离开这个世界的最后一刻，连同精神和物质全部奉献给了国家。

风风雨雨，《山乡巨变》走过了六十多年，中国广袤的山乡发生了真正的巨变，周立波在小说中所描绘的美好的愿景一一实现，而且大大超出了作家的预想。贺志昂说：“是周立波给家乡打下了这么好的基础，留下了伟大的作品和伟大的精神。如果党员都像他那样，那还有什么困难不能克服？清溪村历来是红色热土，以红色为底色，积极挖掘红色资源，实现绿色发展，壮大绿色农业。在周立波的精神感召下，山乡巨变正由我们带领群众大笔书写。”

邓秀梅跨进门去，劈头就说：“好一个先进分子，共产党员，你在群众中间起了什么样子的作用？”

《山乡巨变》

做基层工作真的很困难，上有组织，下有群众，中间还要面对自己的亲戚好友。“我也有家人，也常常过不去心里那道坎儿。”

《新山乡巨变》

61 个人说要扎根农村干一辈子

在清溪村村部贺志昂的办公室里，我们还想听听他的故事，来访的人却一拨接着一拨。有村民讲自己的难处，想要村里出面解决，也有因村里建设而产生矛盾等他处理的。全都处理完就到了中午，利用吃饭的时间，贺志昂说起了他的故事。

因为家里穷，长辈日夜的唠叨其实就是最初的党性教育：要学好、做好人，我们今天的生活是国家给的，要记党的恩。

13 岁他就入了团。1976 年高中毕业，班上 64 个同学写留言，61 个人说要扎根农村干一辈子，他是其中之一。

做农民，也要做个有用的农民。力气活不是他的强项，那他就出黑板报，搞宣传。20 世纪 80 年代后，他又做泥工，搞运输，开拖拉机，后来村里组织挖金开矿，村里派他做监管，一做就是 8 年。

1992 年 10 月份，他被村委派去参加赫山区党校村级后备干部培训班，这是他人生的一次大转折。党的正规教育、专职学习等培训大都是一周，他那次学了 45 天，全方位培训党史、哲学、市场经济、干部素养。对于一个农民的儿子，这是一次特别大的提升。

在困难年代他上了高中，心存安民扶世理想，有书写演算的特长。关键是，在接受过党正规的教育后，他的境界得到了提升。1997 年入党时他就想：这辈子一定要当个合格党员，要改变他们村，让村民都过上好日子。

1996 年有一个信号出现了：益阳要把周立波故居升为文物保护单位。当时他就敏感地意识到，清溪村要沾周立波的光搞建设了，老百姓要有好日子过了。

2008 年故居开园，清溪正式打造出周立波这张名片。贺志昂当时想着必须要有一批人才，要有创新的管理方式，把群众都拉上发展的“快车”。

2008 年村里进行两次选举，他自告奋勇参加。尽管没选上，但选票数差距不是很大。他做了三年便民服务员，协助村里处理日常事务，是有群众基础的。在村支书的鼓励下，2011 年他竞选村主任；2014 年任村主任、支部副书记；2017 年换届选举，基层改成党总支，他任党总支书记。

但是，当时他心里一直有个“疤”——选票问题。支持他的选票看起来过了 2/3，但还有 200 多选票“跑了”，那仅仅是不赞成吗？那是输了 200 多个老百姓的民意！

这之前，他负责搞第五、第六次人口普查，对村级工作熟悉无比，联系群众到点到底，直到现在，村里群众的名字他喊得出、写得对，几百户人家的家庭情况他都了如指掌。但他又反省，刚上任难免有一些群众不信任，他作为一个共产党员还要加强党员的修养。还有，他家里的经济条件不好，人们怕他沾集体的光，他在服务乡亲的同时也要追上乡村振兴的步伐。

从那时起，他便下决心彻底改变。他把全村各家各户走了个遍，2000

多名村民的名字能记住 1600 多，碰到这个喊得亲切，遇上那个知道他家的困难。慢慢地，他被大部分人认同了。

这是一次委屈中的成长

贺志昂当时面临的问题是整个村发展不平衡，政府的投入也相对不平衡。景区那边，景点、道路、相应功能配套投入 1800 多万元，但那只是 55% 的地方，还有 45% 的地方连拖拉机都进不去。

村里最基础的工作就是修路，通村连户、与家家户户相连的自来水工程，还有改变压器，加大容量，减少停电，以及新开铺面，给村里增加旅游项目。

贺志昂的办法是让党员做标杆，一个党员联系 10 户，一件一件事突破，落实。党员就是整个村级工作的核心力量，每次征地拆迁也好，流转大面积土地也好，包括景区发展，都是依靠党员。

村里卫生的重点、盲点、难点太多，四级道路不堪入目，贺志昂带人、带保洁员、带设备领头搞，那是他当村主任做的第一件事。但回想起来，贺志昂却觉得很委屈。

绕城高速进村路口尽是沙子、茅草和垃圾，还有一口蚊蝇满天飞的水塘，是别人抛死猪的地方。捞死猪，贺志昂一年捞过五次，死猪集中时半个月进去一次，那两年猪瘟厉害，七八十斤、百把斤的猪捞都捞不动。那个臭啊，人都不能呼吸。陪他去的镇上干部捂着鼻子不敢睁眼，可他得面对，还要将一袋袋腐烂喷臭的白骨捞上来，再找地方放石灰粉消毒埋掉。

后来，拖拉机不愿来拖，只能请挖掘机。司机关紧车窗挖，眯着眼倒出去……那种艰难不是因为苦累，是因为挖一次就会倒半个月胃口吃不下饭……就这样，他整治好了这口塘，这是一次委屈中的成长。

因为整治难度很大，动用了挖掘机那样的大型设备，费用前后花了将近11万元。年终有领导冷着个脸对他说：“败掉这么多钱只搞卫生？你这是玩些花架子搞形象工程。”可他认为，旅游业旺起来了，形象却跟不上，这能行吗？虽说死猪不是本村人抛的，但这地方是清溪村，他们就该将自己的卫生问题整治好。

都把牢骚发在我身上

贺志昂上任当村主任后，村支两委商议，要解决全村群众出行问题，修整泥巴路，与景区形成配套。

五六公里路将要修通，群众很赞同，可一旦涉及他们的土地就不是一回事了。村里的方案是通组通村路，归村级集体；通各家各户，得自己出资。这就意味着界定很关键，毕竟定成村路有钱进，定成通户路要出钱。不好界定的路让村里麻烦不断。评为村级路的笑呵呵，评为通户路的闹喳喳。公平公正不是绝对的，有98%的群众认可，就有2%的不认可。总有些群众怀疑组长有偏向，有30%的村民去找麻烦。

贺志昂站在群众的位置上想出一个能弥补的办法：以后的路一旦遇到征收，除了村里补贴的以外，村委会会把这些钱下发到群众。比如，你花了240元，征收给了350元，110元就会补回给你。

贺志昂自己哥哥家门口的那条路本应被评为通村道路，那样就会有高补助。但他为了在群众那里好说话，就把那条路定成了通户道路。这一来就被两个嫂子指着鼻子骂：“贺满子，你是个么子家伙？当个村干部只有本事掐住

(欺负）自家人，别个都修得通，我们修不得，来了个鬼!”“最后，我嫂子他们出了一万多元，我的车在那边过路他们就堵住，说自家修的路不准别人走。”

“我很无奈，很委屈。村民之间有攀比，都把牢骚发在我身上，加上自家嫂子带头出来骂，而我刚刚上任，脚跟都没站稳……再后来修这条路，我就找来一个热衷于公益事业的人搞基建。”修路复杂，投入大，通过建筑公司可以把基础打好一点，其余的再在其他地方补偿。还别说，后来建筑公司真的贴了 2 万多元。

其实到年底，村里把这些钱补上了之后，一切矛盾都消除了。可这个工作进行得无比艰难，“但谁让你是党员，还是支书呢?”

解决问题的过程有多繁复艰难

2013 年下大雪，一大片竹林倒下，压坏很多树。所有的高压线路都处在危险境地……那个冬天出奇地冷，冷得刺骨。走到户外，手脚都冻得不是自己的了。村里请了几个电工，再组织劳动力先去砍树。可是按规定竹子不准砍，但竹子不砍，高压线怎么办?

贺志昂心里又担心，换变压器风险很大，起火、遭雷击，一出事就不是小事。他本身对电路就格外重视，高中学过相关知识，业余时间也没少钻研。村里只要是电出了问题，他总是第一个到场，到场的第一件事就是保护现场，不让群众去，怕出事。

那天景区突然停电，村民就打电话找贺志昂。他带人去查，发现变压器中间的芯片烧掉了，必须马上上去修好。一侧是不能上的高山，他们就只能从一户人家的屋后开一条路。那家女主人姓邓，村民叫她邓嫂子。贺志昂进屋刚要说话就被她堵住："这事搞不得，别人的事我不理。莫从我的菜地里走……"

贺志昂说："这都停电第二天了，你家冰箱里的东西坏了没？还要再停一个星期呢！到时候就算别人不找我，你也会找我。我现在不拆你的屋，也不要你的地，只是在这里施工，搞完就修复菜地，如果造成了损失村里会略为补偿。"她依然不同意，后来干脆来硬的，要贺志昂写保证书，保证线从她家过不会影响到她的房屋，保证这些损失会得到赔偿等。贺志昂说：保证不了，但必须修！

这个工作做得那叫一个难呀！第一天没做得通，第二天他就佩戴着党徽到她家喝茶，让她知道，党员和支书代表群众利益。这是集体的事，是为大家做好事、行方便。

结果过了 3 个小时工作还没做通，直到他请来乡贤，还有她自家有个党员亲戚，做了好半天工作她才答应。

变压器终于修好，答应给邓嫂子家的维护工作也有了着落。可是贺志昂到现在还记得解决问题的过程有多繁复艰难。

依靠党员中间的贤人、能人

党建，要抓好"三种人"。

贺志昂刚上任的时候，对党建工作很陌生，总认为只要把一些资料整理好就行了。前两任老支书都提醒他，党建也要脚踏实地，要落实到搞经济、增效益上。"我其实很重视党建工作，但做每一件事都有它意想不到的艰难和苦衷。”党员的管理和教育，包括党员的服从力、执行力怎样提高，都是不易解决的问题。现在，镇里有 10 个单位，如果开党员会，论起会场秩序，清溪村不是第一至少也是第二。他们开党员会相当严肃，这就是党风正！

党员在关键时候要起表率作用，说透点就是时刻准备付出、准备牺牲。比如说景区党员，在征地时，不但要自己率先应征，还要做群众工作，景区的矛盾想要化解，首先就是党员付出，其次就是用好“三种人”：乡贤、能人、局外人。

乡贤出面做工作，大家都得给德高望重的长者面子。清溪村有 4 位乡贤：邓仁佑、周仰如、邓春和和周应群。作为老党员，他们辈分大，威望高，有觉悟。邓春和这位老党员已经七十多岁了，但他非常有正能量。他是镇上农电站的老支部书记，村里人都叫他“满爹”，只要村里对他所在组的工作感到为难，他就会出面解决。他敢讲直话，善解矛盾，在一些棘手事情上，他会转弯，能突破。

有一次，贺志昂跟满爹讲矛盾越来越大的地基纠纷问题，说光胡子特别听他的话，满爹就连续找了光胡子三四次，他精心选择时间节点——都是在光胡子高兴的时候，谈话的时候又深思熟虑找准最佳角度，最后顺利攻克难关。

景区建设用地、腾地，是最敏感和头痛的事。乡贤出面做工作也不能解决所有问题。贺志昂也知道，大发展、大繁荣，就会有大付出、大矛盾，这叫不破不立。“破”的都是矛盾的焦点，党员的作用就在“焦点”处显现。而依靠党员，尤其要依靠党员中间的贤人、能人，这是党建工作中非常重要的一点。

清溪村有许多活跃在经济发展前线的能人，他们帮助村里解决了很多问题。

比如说工程款、征地款迟迟不到位，人家家里有困难，村里就先找能人，以他们的名义担保，先借钱给困难户，帮他们解决学费、医药费的问题。

村里的发展，还要善用“局外人”。他们是哪些人呢？第一是从清溪村调出去的干部；第二是频繁来这里旅游观光，和店主有些交情的人。他们往往有口碑，跟村民又没有利益牵扯，就好讲话。

比如污水处理问题。有一个村民就认为管道从他那里过是设计不合理，管子里的水倒流到井里，污水影响了他的饮用水。其实并不是他想的那么回事。

工程拖了一年，村支两委包括他的兄弟都给那个村民做了工作，还是做不通。后来村里又请了他姐夫，一个赫山区的退休干部，和他在人民法院当院长的外甥女婿两个人一起来做工作——他们是真正的局外人。在他们的劝慰下，那个村民终于妥协，污水问题也顺利得到了解决。

不能让她个人吃亏

贤人、能人、局外人，党建依靠这三种人，工作做得颇有成效。

修建景区的入口广场时，大型雕塑成了矛盾焦点。有一个87岁的老娭毑，这个雕塑焊在她家祖坟山的门口，她心有不甘，要政府赔几万元。这个老娭毑带着她的儿子坐在那里不动，严重影响了工程进度。最后村里跟老娭毑做工作，说这个景区建设也是为了清溪村好。“为这次修建在你那里征地，虽然只有千把元的价值，但我们还会调剂补给你10500元。”

贺志昂耐着性子劝说着：“大型雕塑已经开工，设计全都搞完了，该拆的已经拆了，不会影响到你。”2018年雕塑完工后，村里先拿了2000元给老人，剩余的后面会全部兑现。

可偏偏不久，老嫔驰过世了。

她走的当天，贺志昂第一时间通知她的家属，承诺过年的时候一定把8500 元给他们。老嫔驰为景区建设付出了这么多，她离世了，村里不能对不起她。清溪村的建设是集体的事情，不能让她个人吃亏。

做基层工作真的很困难，上有组织，下有群众，中间还要面对自己的亲戚好友。“我也有家人，也常常过不去心里那道坎儿。”

共产党员陈大春答白：“我说爸爸你，也该想得透彻点，你一个贫农，入了社，会吃什么亏？共产党是回护贫农的，你还不晓得？解放以来，我们家里得了政府几多的好处，你数得清吗？”

《山乡巨变》

“有了‘十代’服务，田基本不会抛荒了。”

《新山乡巨变》

“十代”火车头，挂上车厢跑

秋风起，稻谷熟。

广袤的田地里，少了脚踩泥田、挥汗如雨的庄稼汉。农机整齐划一向前奔，钟育贤开着大型联合收割机，身在其中。

这画面，传统的“人耕牛犁”转变成智能化的“金戈铁马”，人工智能给粮食生产带来的改变，是彻底颠覆了旧传统，颠覆了人们的想象。

三次见钟育贤，一次次颠覆了我们的想象。

最初在育秧大棚见他，屋外是机器在春天里欢鸣，室内是秧苗在恒温中吐绿。钟育贤的育苗大棚里，稻种正变成秧苗。不一样的是，他的大棚更像个“车间”，而他的苗床更像是“机床”，一板板自动往上翻，一排排苗床嫩黄变浅绿……工厂化、自动化育秧，打通了机械化育秧的“最后一公里”。难怪育秧车间，总是门庭若市，挤满来看苗的、咨询的群众，人们将自己的谷种托付这里，像看望托管的孩子，望着绿油油的秧宝宝，欢喜哟，还爱死个人。

第二次见他的画面，更美。

两台收割机来回穿梭，带着芬芳的稻谷从收割机传到了运粮小车。一下，金灿灿的谷粒小山一样堆起来。合作社的群众开车运粮的、协助打秸秆的，忙并快乐着。围在操作着大型农机的钟育贤周围，尽享着丰收的喜悦……一切被我拍摄下来。视频发朋友圈，稻浪翻滚，颗粒归仓，真实的丰收场景，被无数人点赞。

2021 年 10 月再见他时，烘干机、装运车一条线。几台烘干机呼呼作响，一旁却见不到一个人。原来，通过手机数据传输，钟育贤坐在办公室就完成了操作和监控。农忙时他们一天可以处理 1000 吨稻谷，烘干的同时还能除杂，就像一台大型"稻谷洗衣机"，一条龙就出干净成品。我问："你合作社的伙伴呢？"答："农民也有了轻松的时候。"

这都是共产党员钟育贤做"十代"服务之后，所出现的现象。

所谓"十代"即"代购种育秧、代翻耕、代抛插、代测土配方施肥、代统防统治、代收割、代烘干、代储藏、代加工、代销售"社会化服务模式，从种子到大米，全流程由合作社来做。

钟育贤，人称"田管家"。在部队里入党，退伍后，政府安排了工作，但他工作 10 年后就辞职了，成立了"中正粮食种植病虫害统防统治专业合作社"。

益阳市谢林港镇北峰垸村民郭世贤在清溪村流转了几百亩土地，他就体验过"中正"的农机和病虫害统防统治服务。郭世贤说："钟育贤专为群众服务。不仅周边的农户享受他周到的服务，我们这些离他比较远的地方，他也不嫌麻烦，为我们提供服务。"

"有了'十代'服务，田基本不会抛荒了。"长春镇官楼坪村 76 岁的廖靖安年事已高，靠自己无力耕种十多亩的田地，如果不是钟育贤的合作社提供帮助的话，他的良田只能成为抛荒田了。

见到钟育贤是 2021 年的 3 月，黝黑的皮肤、健硕的身材，这和我心中“种粮能手”的形象相当吻合。他上千亩早稻育秧工作已全部到位，只等秧绿苗壮，抛撒至大田。

“秧好一半禾，苗好七分收。”来到钟育贤的农机合作社智能育秧工厂，谷芽芬芳扑鼻。真不敢相信自己的眼睛，工厂占地 3.6 亩，够大！层层叠叠好几层，都是育秧棚架，够高！控光、控湿、控温和操作自动化、管控智能化、育秧集中规模化，够现代，够强！

“恒温恒湿环境，确保出芽率达到 98% 以上。”钟育贤稳当当地说。

2021 年的春耕，钟育贤集中育秧 1000 亩，投产后能为 4000 亩大田提供秧苗。农户集中到他这里育秧，既节省开支，又加快育秧进度，节约劳动用工 40%。成活率和成苗率都有保障。尤其今年手中订单多，钟育贤连续几天和农户一起整田、施肥、摆秧盘、播种，从日出忙到日落。

作为“中正粮食种植合作社”的董事长，不是钟育贤的田种得多好，育秧也只是其中一项。“田管家”为更多的农户打理，他做的是“十代”全程服务。

“我们党组织也是‘支部引领、党员带头、党群共建’的思路。但实际生活中，你要混在群众中，把党员的作用发挥在引领他们致富，帮扶他们增产增收上。也就是做他们信得过的‘田管家’。”钟育贤为了当好这个管家，配置了各类农业机械 480 余台（套），农机手及修理人员 28 人，日机耕能力 2800 亩，机插能力 2100 亩，统防统治服务 8000 亩，机收能力 950 亩。仅 2020 年，他的合作社服务农田达 22.5 万亩，实现经营收入 1600 余万元。“我们种了几十年田，就没这样配过‘田管家’，没这样省心、轻松过。从一粒种子到一堆谷子，集中育秧、烘干、加工 10 个作业环节，他都给我们按需下单。我算了一笔账：去年每亩田‘十代’后全流程服务费 580 元，而交付的稻谷每亩基本都在 1000 斤以上，比自己种还划算。”当地的一些种粮老把式都这样称赞。

“很多村民开始都不太想加入，后来陆续尝到了甜头，全都跟我们签约了。”钟育贤高兴地说。

“代耕代种、土地托管、统防统治……‘十代联社’多管齐下发展专业化社会化服务，与政府一道，不断把小农户挂上现代农业发展的火车头，一个都不少，整体还能高速往前跑。有时我又想：我们党员都挂在党组织的火车头上，我们身后再挂上群众，这列高铁，才能一个人都不落下。”

“党员的党性，最平实的就是要把群众的利益当作自己的事儿，引领他们。不要讲太多的大道理，服务好、引领好、都跟上，我这个党员就没白当。”2020 年，钟育贤流转土地近 2000 亩，兼顾周边上万农户的农资销售供应、工程机械化作业等现代农业技术。他把共产党员的职责，全部化作为农户做切实服务。

每年，钟育贤都有些“新花样”。牛年一场油菜飞防的技术创新，让乡亲们刮目相看。他带领技术人员操控无人机，桨叶产生的风能把油菜吹开，雾化后的农药喷洒到油菜的茎部。油菜盛花期植株又高又密，人工施药劳动强度大、防治效果差，使用植保无人机统防统治，农药使用量能减少 30% 以上。

当“十代”火车头，挂上车厢跑。年近 60 岁的残疾人石明，从谷种到育秧，从春插到秋收，都是钟育贤帮别人“十代”时顺便帮着“代”上他。他近两年收入都在 10 万元以上。于是，见人就说：“党员舞龙头，我们不用愁。”3 年来，有近 40 户贫困户在钟育贤帮扶下甩掉了贫困“帽子”。钟育贤成立的阳光帮扶基地，为 117 个残疾人提供了帮扶。

钟育贤成立合作社，有 135 名农户积极踊跃加入。统防统治服务面积达 18.2 万亩，测土配方施肥技术推广面积 70 万亩，生产智能配方肥 2000 吨……实现经营收入 8200 余万元，纯利润达到 325.8 万元。他因此被评为“全国农业劳动模范”“湖南省种粮大户”。

“丰收的稻田是金色，但底色必须是绿色。”钟育贤又把目标定在生态环保上，全新的生产方式和耕作理念，钟育贤要交出老百姓爱吃的放心粮。

每年 11 月初，当别人家的中稻都已收割，他的稻田里还满满都是“低着头”的金黄稻穗。“这叫再生稻，全绿色种植。中稻割了以后，不用播种、不用施肥、不用打农药，还能再生长一季，收成是亩产四五百斤。”农场的师傅给我们“解惑”，“别看亩产不太高，不打农药不施化肥是有机生态稻呢，每斤稻谷可以卖到五六元。”

其实，钟育贤曾被“只管收成多、不顾污染重”的种植方式“坑惨了”。以前施肥只顾“一炮轰”，打农药也“没轻没重”，根本不考虑大米品质，重金属超标，人吃了不好，田地也一年年污染了。

高科技来了，互联网到了，测土配方施肥，只要在手机上打开专门软件，选择作物种类，再给农田进行定位，一张详尽的“配方施肥表”便呈现出来。“再把数据输入智能配肥机，地里要的肥料就配优了。”钟育贤说，这样至少可以将施肥量减少 50%。

“你闻闻这个‘黄花粘’，是我试验用油菜当底肥，加上其他一些生态方法种出来的。”钟育贤拿着一个装满大米的玻璃罐对我们说，“摸索出来了，就带着农户们干。只有品优才会价高，只有绿色才会长久。做群众的带头人，做致富的领头雁，最终是要把最好的粮食，牢牢地抓在我们自己手中。”

谈及未来，钟育贤说：天天和农用无人机打交道，对于农机的使用早就超过一般农人。但他仍不敢怠慢。“现在无人机的更新速度太快，仿地飞行、智能刷机的概念，前两年都没听过，更别说其他设备了。”带着强烈的危机意识，钟育贤说：常常趁着厂家上门免费保养设备的机会，自己在旁边“偷师”学艺。

“无人农场是机械化、信息化和智能化的高度融合，是对‘谁来种田’的一种挑战。现在，我们就开始小田变大田，为后面的农业农村现代化提前过渡。下一步，向无人农场，进军!”钟育贤说这话的时候，一辆红彤彤的农机轰隆隆地在田地里作业，旗帜一样“飘”在那片希望的田野上。

班子在群众主心骨就在

一名党员一面旗，一个支部一堡垒。

北峰垸党支部五名班子成员组成战斗堡垒，服务村民及时沟通，困难来了抱团攻坚。对此，“班长”谌清平说到他重病在身、产业失败几重交织到几乎绝望时，依然感动于他们这个集体，这个最基层的党组织。

那是在武汉一家医院的病房，开了一个特别的支委会。

“书记好……”病房门推开的一瞬间，谌清平万万没想到，同时挤进四个脑袋，是钟文科、谌达红等班子成员来了，坐汽车转火车，来到武汉。

除了他的老搭档卜新跃留守在家没有来，托其他人捎来了口信，鼓励他“重新振作”。“感动啊，班子成员带上账本，带上该签字的发票，甚至区人大代表候选人提名、便民服务中心建设等事宜，都是在医院集体开会做决定。”谌清平娓娓道来。

2017 年 10 月，谌清平重病住院，又遇几万斤基围虾死掉，损失几十万元事小，而掐灭全村人致富的希望，让谌清平一时无法振作，躺在病床上唉声叹气。可他们这一来，带着信任，带着希望，带着祝福，更是真诚告诉他：无论支书你在哪里，我们的班子都在，党的集体都在，群众的主心骨都在！那一下，谌清平只觉得腰直了，腿有力了。干，接着干！无论生命还有多长，立在岗位上，为村民服务到最后一秒！

在医院住了两个多月，谌清平在手术后的第二天出院。没做完的放疗、化疗，回益阳做。他坚信，只要接上家乡的地气，只要看到亲切的乡亲，只要回到他的班子集体中，信心就有了，力量就来了，也许啊，病都好了。

可是，回到家的谌清平对着镜子看到病态的自己，又愁了：脸色墨黑的，身体焦干的。马上要并村和换届选举，唉……

“我毕竟是病人，能担多少？村民们未来的希望，得要个身强力壮的人，来扛！”

又一个万万没想到，党员投票选支书，200 多张选票，大部分群众把神圣的一票还是投给了谌清平。跑掉的 10 来票，还都是心痛他的身体……200 张选票，可不是一张张纸，都是一颗颗火热的心！是村民的信任，是大家的鼓励。证明：群众没有因为疾病回避他，没有因为失败放弃他。谌清平啊，在与病魔抗争时没后退，在死了几万斤虾的塘边没有落泪，可在选举当天晚上，独自面向灯火阑珊的北峰垸村，这位坚强的汉子，泪水涌出了眼眶……

“要把村里的工作做好，而且比以前做得更好。”一个声音从他的心中涌出。

谌清平又上阵了。顾不上还没有痊愈的身体，管不了还有那么多遗留困难。带领班子成员，以“一张蓝图绘到底”“咬定青山不放松”“抓铁有痕，踏石留印”的劲头，背水一战，流转 2100 亩地。在这项攻坚拔寨的硬仗中，不折不挠、不讲条件、不计得失的工作作风，切实把党的路线、方针、政策领会好、传递好。

群众的眼睛真雪亮，他们投出的票，带着吉祥，带着祝福，变成了好运。2018—2019 年，谌清平带领乡亲们依靠发展种植养殖业，丰硕成果像结出的葡萄，一串又一串——北峰垸与国联水产签订了流转 2100 亩土地 30 年的合同。村民们回报丰厚，还能在家门口上班。配合政府修杜鹃路、湖乡路，一条宽阔的柏油路，绿化、亮化、油化、美化，一步到位。立波先生笔下的清溪村和“山那面人家”的北峰垸真正地连为一体，组合成了更美更靓的大清溪！

在一次支部会上，大家纷纷发言。

谌清平说：“想想我们这 10 年，探索，跌跤，失败。养猪不成，养泥鳅、鳝鱼。再不行，又养甲鱼、孔雀。还种葡萄、雪梨、仙桃……能搞的都搞了。虽然钱赚得不多，但我们不后悔——我们从来没放弃！”

钟文科说：“北峰垸开始启动‘新山乡巨变’建设，即以现代互联网技术为依托，进行全方位、全链条的数字化、网络化、智能化改造，使之成为‘互联网+’与生产、生活、生态、文化深度融合的智慧乡村。”

谌达红说：“这里要联动清溪村、谢林港村、玉皇庙村、复兴村、鸦鹊塘村开启乡村振兴建设，打造全新的、辐射全镇的清溪景区，更充分体现山乡巨变的大概念。”

第五章
路路通

说名人、名城都有业绩指标。名村，是什么概念？

“处在信息化时代，村庄无所不通、无处不连。‘网络天路’路路通、万物联，是名村最基本的‘标配’。过去说‘要想富，先修路’。但5G时代的‘路’，已经打破了传统意义所指的‘往来通行的地方’，而是坐在家里就可以通往世界的联通之路。”说这话的是郭磊，益阳移动分公司副总经理，建农村“天路”，他门儿清。

“我们都会手机追剧、手机购物、手机办公……你听过手机养鱼、手机种菜吗？在现代乡村，信息技术走进田间地头，农业生产不再‘面朝黄土’，农民无须‘起早贪黑’，一样可以瓜果飘香，丰收在望。”郭磊说着，再指向车窗外，“这里就是全国首个‘5G小镇’！”益阳第一批5G基站，其中就有建在沧水铺碧云峰上的这座。“网络天路”覆盖广阔的乡村，平面立体，四通八达，无处不在。广大的农户，就可在“指尖上丰收”！

这又是最“土”的农耕与最“洋”的互联网产生的化学反应，土洋结合，让村庄走在智能、智慧的大道上，名特产品、名优品牌便接踵走出山乡。也就是说，谁能最早、最大范围把看不见的空间串联到一处，还能自己掌握增收增效，谁就是勇者、强者、赢者！网络“天路”大动脉，滋养着城乡这个巨大的躯体。泉交河、沧水铺、紫薇村，都是这一躯体中的活跃“细胞”。

紫薇村，有朵神奇的“紫薇云”，打通了智慧农村所有数据接口，线上农特产品推介实现资阳区6个乡镇全覆盖；泉交河，智慧农业的代表，仅歇马桥村新建光纤宽带端口就有256个，村民大部分使用智能手机。

而这些名村名镇，离不开4个已建成的云数据中心、城市大数据平台、数据共享交换平台和基础数据库，它们的共性是数据。数据，是城乡变得更“智慧”的前提。

一座城市，一处地标，拥有悠长隽永的故事，方可见其底蕴，比如益阳与周立波相连的故事；无垠乡村，岁月变迁，有了多元发展新引擎，骤增前行动力，比如巨变乡村里的几个名优特村……

到处是泥巴。大路中间，深浅不一的烂泥里，布满了木屐的点点的齿迹和草鞋的长长的纹印，有些段落，还夹杂着黄牛和水牛的零乱的蹄痕。

《山乡巨变》

彭彬是跟上时代了，刷着朋友圈，录着小视频，过着云生活。“智慧紫薇”实现了“智慧乡村”的全方位大数据连接。

《新山乡巨变》

虚拟游览紫薇村

紫薇村隶属资阳区长春镇，是湖南省美丽乡村建设示范村。村道纵横伸展，一路紫薇簇拥，香樟成荫，精巧的农舍掩映于林深花海之处，移步换景皆诗皆画，一缕暗香醉月，一抹艳色撩人。

关键是，这里还有朵吉祥的“紫薇云”，处处彰显着现代智慧：智慧停车、智慧路灯、智慧管理、智慧服务。美丽乡村，智慧先行，“紫薇云”打通了智慧农村所有场景的数据接口，实现了智慧生活全覆盖。

村里的拳头产品花卉、苗木均挂上了二维码，都有身份认证，游客可通过扫描二维码来购买和认养。

整个村庄 Wi-Fi 全覆盖，村民的生产、生活都可以通过“最美紫薇”村服务号实现，“用一个手机就足以在紫薇村生活”。

农家乐都已接入“搜空云厨”，游客通过扫描二维码就能自助点餐、加菜、结账，可以留出更多的时间来领略湖乡美景。

在田间地头，到处布有远程监测设备，农民足不出户，就能详细了解田里的水位和农作物生长状况等信息。

紫薇云平台搭建了全景 VR 系统，游客在手机上可以虚拟游览紫薇村。

保洁员可通过紫薇云平台，查看全村垃圾桶收纳情况，及时将垃圾合理分类和无泄漏转运，实现线上线下流畅对接。这是一项事关整个村庄形象的工程。它融物联网、自动化及 GPS/北斗定位技术于一体，构成环卫物联网智能监控管理系统，从而实现生活垃圾收集转运无缝对接。郭磊对“一体化流程”进行了详细的介绍:“垃圾桶满了，通过信息调度平台发出‘收集’指令；小车对已满垃圾桶进行垃圾收集；再对接镇上的转运大车；大车压缩垃圾装满后，再转运到垃圾中转站进行处理。”

紫薇村引进了以“58 农服”为代表的农村互联网企业，建设了覆盖乡村的“益村”互联网综合服务平台，在“互联网+现代农业”“互联网+智慧乡村”“互联网+精准扶贫”等方面进行了许多有益探索。

“垃圾可以智能回收了，村里比原来干净整洁多了。房屋统一规划装饰了，路也修好了，早上出门再也不用换下地劳作的鞋，打赤脚出门都不怕扎脚啦!”78 岁的村民曾财保，逢人就夸自己的幸福生活。

云平台的宣传推广作用促进了旅游业的发展。随着紫薇村精品旅游线路的兴起，农家乐如雨后春笋般涌现。目前，紫薇村内有大大小小的农家乐近 20 家。一些在外游子也纷纷回乡开办农家乐，田德保就是其中的成功代表，旅游旺季时，他的农庄每月营业额可达 10 多万元，即使是淡季，每月也有几万元收入。

为了留住来过的游客，吸引更多的没有来过的游客，紫薇村还别出心裁，创造设计了“认养紫薇树”的互动模式。

紫薇村的每棵紫薇树都挂着一个二维码标识牌，游客认养某棵紫薇树之后，那棵树上就会多一个认养牌，上面写着认养人的姓名和心愿，游客离开紫薇村之后，可以进入一个专门的小程序，随时跟踪自己认养的紫薇树的相关信息，实现游客与植物、游客与游客的互联，从认养产生连接，通过虚拟的方式，实现人与植物和人与人的社交。湖南宁乡有一对叫冯颖、杨君娥的夫妇，就慕名来到村子认养了两棵紫薇树。他们说，紫薇村模式令人印象深刻的是，“以认养紫薇树的形式鼓励分享，我们就可以随时了解认养树的情况，通过扫码还能交友”。这种方式，是把游客的心和情感留在了紫薇村。

2014 年，紫薇村被选定为湖南省美丽乡村建设示范村，开启了它不同寻常的蝶变之旅，紫薇村已形成了“四个一”（“一景观主轴”“一环村公路”“一公共服务中心”“一紫薇文化博览园”）的大格局。

录小视频挺在行

在紫薇村，“智慧化”的管理随处可见，特别体现在农民的种植、养殖业中。

彭彬是紫薇村的“鸡司令”，她家的生态养鸡场内，土鸡成群结队。见到她时，她正忙着准备客户订购的鸡蛋。

2016 年，她和丈夫落叶归根，回村做养殖业。起初，他们沿用老销售模式，自己一家家门店去送货推广，一家家酒店去推销。后来，资阳区移动公司通过现场查勘，为养鸡场办理了移动千里眼业务，安装 6 个摄像头，并可实时监控和回看。彭彬家的养鸡场成了紫薇村里的第一批体验者。“外地的客人们只要打开手机关注公众号查找信息，就能实时观看鸡场内的情况。这样，他们购买起来放心，吃得也舒心！”彭彬笑道，“除了客人购买时看监控，我也天天抱着手机看，不出门就可以对鸡场里的情况了如指掌，以前家里养了四条狗守着，现在它们可以光荣‘退休’了！”

“我现在录小视频挺在行了，还积累了些好词好句，尽可能配上有声有色的好文，图文并茂地发朋友圈，分享自家土鸡的生长情况，上传优质土鸡和高品质鸡蛋的照片，火得很。我家的鸡和蛋常常供不应求。手机成了我与养殖场、与市场、与消费者沟通的纽带。紫薇村内外很多人慕名前来购买，现在我不担心销路问题，货俏起来，我经常搞不赢。”

彭彬是跟上时代了，刷着朋友圈，录着小视频，过着云生活。“智慧紫薇”实现了“智慧乡村”的全方位大数据连接，紫薇村的环境因此而更美丽，村民的生活因此而更便捷。

“谁道花无红十日，紫薇长放半年花。”紫薇村的规划建设正层层铺开，辐射带头效应初显，周边两个镇八个村已经开始整体联动进行产业布局。在实现乡村振兴的路上，紫薇村走出了自己的姿态。

“田里的庄稼，园里的菜蔬，都要赶节气，早了迟了都不行。我今年的菜很好，冬里你菜不够吃，到我园里去砍吧。”

《山乡巨变》

近看田间地头，有传感器、摄像头、灭虫灯、信息采集箱——农民，在云平台上种庄稼。

《新山乡巨变》

全国首个 5G 小镇

沧水铺镇坐落于益阳市东南部，这里的鱼形山和碧云峰历史悠久，远近闻名。鱼形山上有一个新修建的鱼形山水库，因背靠青山，似一条昂首摆尾欲飞的鲤鱼而得名。这里的水清澈碧透，掬捧可饮；山满地葱绿，竹木繁茂；库中小岛清秀奇特；库湾湖汊幽静秀美。碧云峰是衡岳七十二峰之一，山势雄伟险峻，满山茂林修竹；悬崖峭壁之上，百丈银瀑飞泻；深山幽谷之中，山泉蜿蜒长流。唐代诗人李白曾在此作诗。

千百年来，这一山一峰，滋养了这一方水土，让它成为益阳市工业重镇，湖南省百强镇，而今在 5G 技术的赋能中又率先成为全国首个 5G 小镇。沧水铺镇近几年来投入 1500 多万元，建设了一个视频调度中心、5 座 5G 基站，初步建成了智慧安防、智慧农业、智慧旅游、智慧医疗、智慧教育等十大演示和应用板块。小镇处处智能，涵盖了生产生活的各个方面，让老百姓直接受益。

沧水铺镇管辖的一座山顶上有一个水库，如同一个悬在整个镇区头顶的大水盆，以前每逢雨季，水位极不稳定，需要专人上山查看。大雨天，山路不好走，很不安全，因为经常出现不能及时往返的情况而让人提心吊胆。后来搭上智能的便车，水库上安装了摄像头，可随时监测水库水位的变化，而且画面清晰，数据准确。

而碧云峰下的云峰社区因现代农业而大放异彩。

散光玻璃制成的蔬菜大棚里，照样安装了高精温、湿度传感器和智能气象站设备。智慧农业就是依靠这些设备远程采集信息，智能决策灌溉用水量、用肥量等，提高水肥利用率。布局整齐的明管暗管，向蔬菜精准输送营养。大棚内栽种的小西红柿和嫩绿的黄瓜，我们都亲口尝了，口感鲜嫩多汁——这是科技酿造的香甜。

云平台上种蔬菜

杨利明是赫山区远近有名的“蔬菜大王”。虽然他种植的蔬菜面积广、品种多，但他并不需要起早贪黑地往田地里跑——手机上的各种智能客户端解放了他的双手。

“你看，这是视频监控，惠农百事通……”说话间，杨利明拿出手机，给我们一一演示。点开视频监控，种植基地的蔬菜便出现在屏幕上，左右滑动，辣椒、茄子的生长情况一目了然。

阳光正好，大棚里，辣椒、豆角、茄子、白菜等蔬菜茂盛地连成片。空中支架正喷着水，土壤表面血管般的小管道定时喷洒液体肥。“现代科技就是厉害，你看我这个辣椒长得多好！”杨利明扶起一根辣椒枝，这一根小枝上，密密麻麻地结了一二十个辣椒，个个都有半尺长。

一块招牌立在显眼处，上面写着“园区禁止使用任何除草剂、农药、化肥”。杨利明对于“有机”的标准执行得非常严格，在每批农产品上市前，他们都要进行农残检测。

杨利明的儿子原来在湖南路桥做施工管理，现在也回来务农了。在他看来，“城里远远好于农村”的理念已经过时了。更多年轻人看到了农业的前景，况且在外赚钱再多也是替别人打工，回来则是为自己和家乡做事。再说，农业已经智能智慧化，比城里的工作科技含量还高，回乡务农，一点都不掉面子。

他打开手机 App：“土壤温度 15.7 摄氏度，大气湿度 80%，适合虾苗生长，插秧还要等到土壤温度达到 20 摄氏度……”他这是在通过物联网查看田地，精准决策，俨然一个地道的新型农民。

“莫看他从城里到了乡村，其实他把人脉全带回来了。翻开他的朋友圈，尽是绿油油的蔬菜，他每天应付老朋友下单都搞不赢。”杨利明语气里满是欣慰。

近看田间地头，有传感器、摄像头、灭虫灯、信息采集箱——农民，在云平台上种庄稼；抬头远望，新河沿线一片希望的田野，风吹稻浪，到处是丰收的景象——乡村，在智能中成长！

> **“十三岁那年，我开始倒霉，春上母亲生疔疮死了，同年夏天，资江涨大水，父亲过横河，荡渡船，一不小心，落水淹死了。”**
>
> **《山乡巨变》**
>
> **怎样让种田散户和新型农业经营主体有更高收益，让赫山区这个鱼米之乡有叫得响的稻米品牌？谁来种田？怎么种田？怎么出效益？**
>
> **《新山乡巨变》**

万亩良田生于烂泥之上

“烂泥湖”原有个雅名叫来仪湖，取“凤凰来仪”之意。烂泥湖夹在湘江和资江两条大河中间，原来洪水多发，十年九涝，沿湖以耕种为生的 30 万农民苦不堪言，就给了它这样一个形象的称谓。

我从小就听外婆说：烂泥湖遭了淹，老百姓都会癫。母亲也说，解放前她见过遭淹后的烂泥湖片区，村村镇镇都是逃荒要饭、卖儿卖女的。过去，那里分布着大大小小 20 多个堤垸，多数堤垸单薄矮小，挡水能力弱，片区的居民总是提心吊胆。每到汛期，那里泥沙俱下、人畜遭殃、烂泥遍地，“十年九涝”的烂泥湖，是当地人提起就发怵的。解放后，整治烂泥湖的画面，一直留存在老人们的记忆中，直到现在都无法抹去。偏偏今天烂泥湖成就了隆平高科试验田，万亩良田生于烂泥之上。四十年沧海桑田，这片土地历经了数次之变。

1949 年前，烂泥湖区域水利设施建设一片空白，人们流离失所，乞讨他乡；1952 年，政府整修南洞庭湖，使这里开始能够耕种；1959 年，又相继围垦凤凰湖、来仪湖，缓解了湘、资两水洪涝给沿湖人民带来的灾难。但每逢汛期，虽未溃垸，却内涝不断。1974 年，益阳集劳动大军 41 万余人，以“天连五岭银锄落，地动三河铁臂摇”的冲天干劲，实施烂泥湖治理工程，以人工开挖新河为主，将堤垸撤小并大，围湖造田 23805 亩，增加自流灌溉面积 18 万余亩，扩大旱涝保收面积近 30 万亩。到 1978 年，烂泥湖完成了它的第一次巨变。从此以后，烂泥湖区洪涝灾害的威胁从根本上解除，长年的水患变成了水利。万亩良田，由此而生。

现在，湖区大垸，旱能灌、涝能排，100 万亩优质水稻田，年产量逾 50 万吨，成为我国主要粮食产区之一、商品粮的重要基地。

新中国成立之后的这七十多年里，烂泥湖区完成了从传统农业到现代农业的转变，获批湖南省唯一现代农业改革试验区、全国现代农业示范区；中央电视台首个“中国农民丰收节”在此取景；第二届中国粮食交易大会精彩亮相……烂泥不再，真凤来仪。曾经带来毁灭和死亡的烂泥与洪水，如今在这同一片土地上，滋养着新的生机。

全国十大米市之一的“赫山兰溪米市”

几十年来，“烂泥湖”精神一直根植在人们心中，激励着人们艰苦奋斗，直接创造了众多农业奇迹。这里有全国十大米市之一的“赫山兰溪米市”，有隆平高科的万亩试验田，更有几代兢兢业业的湖区农民演绎着战天斗地的农业发展大剧。

因兰溪河流域而得名的“兰溪大米”，生长在依水而立的赫山区兰溪镇。

这里土壤肥沃、水系发达、气候适宜、人杰地灵。这里有得天独厚的水稻生长环境，冲沉积土壤是特色，足够的有机质含量及丰富的生物多样性，注定了它的超凡脱俗。关键是它的直接观感：色泽晶莹剔透，香味浓郁，颗粒修长，不愧是“身材最好的大米”。

历史悠久的兰溪沃土，历来是国家重要的粮仓。500 多年前的天顺年间，兰溪就号称粮庄。赫山兰溪以厚重的稻米历史和优质的产品，为餐桌提供了最好的食材。

视频里，优质的谷种正在控温控湿的密室里培育，现代化的监控设备每 10 分钟更新一次田间信息，大米加工流程全在一面墙上操作，科技让职业新农民倍添底气……高冬生是这批职业新农民中的典型代表。熟知相关政策和科技知识的他，从成立中亿现代农业发展股份有限公司之初，就敲定了科学种田的道路：买现代农机，垦现代农田，一台高速插秧机一天能插 40 亩；施肥施药除了科学配方，还有无人机及时喷洒；建育秧中心，能为 1 万亩田供应优质的秧苗；按中储粮标准修建仓库，能储 1 万吨的谷子。

怎样让种田散户和新型农业经营主体有更高收益，让赫山区这个鱼米之乡有叫得响的稻米品牌？谁来种田？怎么种田？怎么出效益？这些问题，高冬生从 1982 年参加工作起便开始思索，在理论与实践结合后有了答案。

“简单来说就是‘四个化’：规模化经营、标准化生产、数字化管理、品牌化销售。”

从稻田到餐桌，一粒米在一家公司完成它的成长和蜕变。

高冬生一直致力于引领更多人种好田，他为十多家新型农业经营主体提供“育秧、烘干、仓储”等服务，大大降低了大家的生产成本。种子是粮食的根本，新型农业经营主体耕种面积大、用量多，他为大家筛选优良品种，并帮助大家种植了 2 万亩优质稻，还通过线上线下渠道推广农业高质量发展成果，大力营销“赫山兰溪大米”品牌。

“种好田，还要销好米。”高冬生说。他牵头成立了赫山区绿色高端稻米协会，建设了精米年产量 1 万吨的生产线，依托“赫山兰溪大米”国家农产品地理标志，打造了“爱雪米娜”“林翼大米”粮食品牌，这些大米远销到日本等国家……目前全赫山区已有 5 万亩农田生产的稻米印上了“兰溪大米”商标，产生了巨大的品牌附加值。

事实上，正是因为有这样一批“发狠做”的新农民，“赫山兰溪大米”才突出了重围，打响了名气。

在打造品牌的过程中，科技的介入是关键。“品牌价值能给农户带来更高的收益，但要满足一整套的标准并不容易。”大宏米业总经理刘剑文说。从育秧移栽、耕作灌溉、有机施肥、生物防控、收割储藏到加工生产等每一个环节，都必须遵循最严苛的操作标准。

随着科技在农业生产中的应用，现代农业的数字化和品牌化成为更高的标准。现在的“兰溪米市”，从“谷”到“米”，实现了全过程机械化。

经过品种改良、加工提效、科技赋能三次突围，到今天，赫山“兰溪大米”地理标志登记保护区域面积约 3 万公顷，年产量 15 万吨，兰溪米市也因此成为国家现代农业示范区。

“是呀，等新打稻机出了世，劳动强度就要减轻一些了。”盛学文提起了他在设计的新的打稻机。

《山乡巨变》

开着飞机打农药，玩着手机管田间，穿着皮鞋收稻谷，这些在以前听起来荒诞可笑的事情，如今都成了现实。

《新山乡巨变》

农业“新四化”

益阳市赫山区泉交河镇是该区管辖范围内最大的乡镇，这里有一个“智慧农业第一村”，它不是一个行政意义的村子，而是一个项目，建设面积150.49亩，包括7个蔬菜温室棚，政府联合湖南农大、迪迈尔科技、华为农业等科研单位，充分运用5G技术，直奔农业“新四化”，即生态环境数据化、生产过程可视化、叶菜水肥自动化、流通环节可溯化。在这里，5G技术的发展推动了农业现代化的进程，数字农业成为乡村振兴的新引擎。

2021年3月底，春光渐浓，正是春耕下种的好时节。90后新农民李密一早就开始忙碌起来，维护保养机械，翻耕秧田，备种育秧。见到他时，他正在电脑前查看稻田的虫情测报。“如今，农田是电脑监测，农事是手机操控，种田在办公室指挥，新农民就是这个范儿。”李密笑着说。

园区已实现全方位监测、智能化控制、精准化管理。农田小气候监测设备装入田边，土壤墒情实时监测等智能化设施也随处可见。集中育秧、间歇灌溉、绿色防控一应俱全。从育秧到稻谷归仓，全线机械化作业，降低生产成本10%，提高产量10%。

现代农村充满了生机与活力，秘诀就在“智慧”二字上。移动公司亲自参与建设的智慧农业综合服务中心，运用“互联网+农业”智能化、系统化的平台，打造了赫山区发展现代农业、智慧农业的“引擎”和“大脑”。开着飞机打农药，玩着手机管田间，穿着皮鞋收稻谷，这些在以前听起来荒诞可笑的事情，如今都成了现实。2021 年，李密所在的合作社共流转土地 1100 多亩，预计粮食产量超 200 万斤，形势一片大好。

原来农业还可以这样做

虚拟现实的网络直播间里，岳美琳刚做完一场直播，面前放着鲜嫩的白菜、西红柿、小黄瓜，色彩艳丽夺目。直播间看起来没什么特别，但网络直播却仿佛把人带入了一个三维空间的虚拟世界，让观众在视觉、听觉、触觉等感官上有身临其境的体验感。

项目负责人徐玉莹说：“我们的产品一直供不应求，直播只是给现代农业做宣传，让科技更深入人心。”

下一场直播要开始了，主播岳美琳反复跟同事确认妆容有没有问题。她笑着说：“现在 5G 直播相比 4G，画面更加清晰，延时更少，稍不注意便会在镜头前展现有瑕疵的一面。”

走进温室大棚，只见在高大的大棚顶部，一种透光率非常高的散光玻璃取代了旧式的塑料薄膜。大棚里排气扇自动开开停停，无数的传感器遍布大棚高低各处的每个角落。徐玉莹告诉我们，传感器装满了 7 个大棚，温度、湿度、光照等数据随时采集，再传输到控制中心智慧农业云平台，技术人员对大棚喷雾、降温、加湿、施水肥进行一体化自动循环操作。

种地不靠人工，收成不靠天气。5G 技术武装下的平台和设施设备颠覆了人们对于传统农业的认知——原来农业还可以这样做！

在一片长势旺盛的皇妃小番茄“地”里，技术员刘元培正通过手机 App，查看大棚内的土壤湿度、肥度等数据信息。他告诉我们，连上 5G 网络后，传感器可第一时间收集到这里的土壤湿度、肥度以及天气等数据信息，再传至数据中心。平台会根据采集的数据自动调节大棚内的环境参数，并及时处理发现的类似病虫害等问题，为农作物营造最优的生长环境。如果系统出现异常，未能自动触发生产设备，即便管理者远在异地，也可通过华为 5G 高清摄像头查看生产现场，用手机 App 对大棚内的物联网设备进行远程调控。

游客到这里，可以免费品尝水果，许多游客品了水果之后，还拍照分享到自己的朋友圈，或者约上亲朋好友，到农村体验不一样的现代农业丰收乐趣。采摘棚里，10 元即可享受现场采摘任意吃的待遇，关键是亲近了大自然。

祖孙三代“粮”上较真

益阳市赫山区兰溪镇沙岭村村民李冬和今年七十多岁了，他常常跟儿孙们唠叨：30 多年前，家里 7 口人，勤勤恳恳耕种着 7 亩田。农忙时节，天刚亮就下田，忙到月亮爬上来才收工，天还没亮就得去守水。每年“双抢”，得整整劳作大半个月。

但到了孙子李密这一代，耕作方式已经发生了彻底的改变，全程机械操作，“双抢”时节，家里 1640 亩田只要 20 天的时间就能完成全部工作。

李冬和不能不承认，他们那个年代，即便起早贪黑，忙忙碌碌，也无法改变家里贫穷的状况："那时没什么机械，也不懂什么技术，都是犁耙牛耕、肩挑手提地从白天干到夜里，一亩田也就能收五六百斤谷。"

慢慢地，村里青壮劳动力纷纷外出打工，村里的农田，要么依赖的是老人和妇女耕种，要么就干脆长满杂草成为抛荒田。这让以田谋生的李冬和心痛难受，田地是农民的命根子，荒了吃什么？但不荒又谁来种呢？

儿子李旭芳、孙子李密一起创办了益民农业农民专业合作社和顺安农业机械合作社让李冬和老怀甚慰，良田不抛荒，他心里也就不慌了。

李冬和年过五旬的儿子李旭芳原是沙岭村村委会主任，原来只管了自己家分的地，为了避免村里撂荒耕地被问责，就与几位伙伴合作成立了益民农业农民专业合作社，以每亩 580 元的价格流转 2380 多亩农田种植水稻。但那个时候机械化生产和自动化技术的普及度还不是很高，李旭芳长叹了口气，说合作社成立初期的股东们都改行了："种粮投入大、收益慢、风险高，伙伴们没过几年相继撤资，农田流转面积一度缩减至五六百亩。"

直到他参加了赫山区组织的新型职业农民培训，开始认识到种田能靠机械化提高效率，能从规模里产生效益。加之从湖南农业大学毕业的儿子李密回来了，带来新农民的全新种田方法。李密陆续购买了植保无人机、插秧机、大型拖拉机、旋耕机和农用烘干机等机械设备，并开设了两条育秧流水线。他不但成了操作这些机械的技术能手，同时还为周边乡镇近万亩田地提供农机服务。

"现在，从插秧到收割，全流程都是机器顶着干。1800 平方米高标准仓库也建成了，种植面积也稳定在 1640 亩左右。"李密笑道，自己都是按照标准化生产技术规程进行农事作业，在生产关键时节还邀请专家和农技员到田间指导。

李冬和是参与过烂泥湖整治的，当年他就想象过，治理好之后，湖区的广漠农田就会变成农民的粮仓，每家每户都有田种，有粮收。可事实是大家辛苦一年剩余也不多。

他做梦都想不到，自己在古稀之年，还能坐在机械上插秧和收割，在手机屏幕上指挥稻田作业。

“多用农机，少用人力，效率高，也有效避免了劳力扎堆工作，解决了自己的用工，同时还为兰溪镇和周边乡镇近万亩田地提供农机服务。”李密说。

“记得头一回，刚交红运，我的脚烂了，大崽又得个伤寒，一病不起。两场病，一场空，收的谷子用得精打光，人丢了，钱橱也罄空，家里又回复到老样子了，衣无领，裤无裆，三餐光只喝米汤。”

《山乡巨变》

清溪村活了，新一代清溪人，从立波先生手中接过的大旗，新的山乡巨变，正在这里上演。

《新山乡巨变》

二维码上的绿色村庄

从邓石桥收费站下高速，不到 5 分钟，车便行经清溪村铁路桥墩。立波先生《山乡巨变》的连环巨画，在桥墩上栩栩如生。仰望、细瞧、回味，先生书中的人和事、情与景，与眼前的一切接轨、对应、互动。清溪村活了，新一代清溪人，从立波先生手中接过的大旗，新的山乡巨变，正在这里上演。

“要说变化，立波先生在《山乡巨变》中，描述当时的清溪‘衣无领，裤无裆，三餐光只喝米汤’。转眼一甲子，如今清溪村的变化，那是天翻地覆！”说话的是村支书贺志昂。

清溪村的 VR 全景，用手机扫描二维码即可看到。依托互联网、云计算和物联网，益阳的智慧农业平台能为农户提供信息采集、栽培管理、智能控制、精准水肥、安全监测等农业服务，传统的单一种植模式已升级为全流程智能管理生产链。

村里的日常生活，也都被智慧互联。景点、商店、停车位、网上销售……一切都被智慧互联。村民办证缴费，游客订店点餐等，都能通过手机完成，便捷的互联网应用渗透了乡村从生活生产到服务管理的方方面面。互联网让农产品有了更广阔的市场，电子商务让乡村百姓得到更多实惠。清溪村成为互联网智慧乡村的典范，被誉为建在二维码上的绿色村庄。

周立波先生最爱恰（吃）的

“那些高、大、特的项目我们搞不懂，但就近能学的、手上能用的，老百姓是真受用。就说‘益村’平台，现在是家喻户晓，人人会用。你看啊……”清溪村村支书贺志昂说着打开自己的手机，点开“益村”。

“这平台不光手机上有，大屏幕上也有。平台上设有‘我是党员’‘村里的事’‘精准扶贫’等功能模块，信息公开透明，程序严谨可回溯。‘益村’还提供了大数据，助力农户脱贫。”

遥控器一按，一个个助农平台蹦跳着显示出来。耳听为虚，眼见为实，清溪村的这些智慧特征，听起来很吸引人，那村民们的生产生活究竟是怎样的？我们决定去村里走走看看。

已临近午餐时间，平日里正是邓日光的擂茶馆稍事休息的时候。可当天我们去时，他们依旧忙得不可开交。

“擂茶和紫苏杨梅销得太好了，不少人一打包就是 100 元，我堂客连夜赶做了好几十斤，估计今天中午又会卖光。这网上的消息传播太快了，不用吆喝，更不用拉客，还是有好多人通过‘益村’订货。搞得我天天跟村里的年轻人学用手机卖货，网购的来了，不能不接啊。”正说着，店里进来十几位从长沙来的爹爹娭毑，外面还有私家车接连开过来，老邓连忙招呼客人去了。

他妻子边打擂茶，边高兴地说：“景区的游客越来越多了，我们的生意只会越来越好……”

路边显眼处还有家“娘家柴门”农庄，见我们走进去，庄主刘七业热情地端出几杯姜盐茶。茶水下肚，身上顿时暖起来，大家的话匣子打开了。

刘七业说自己是桃江人，早就看中清溪村名气大、环境好，2018 年就来这里开办了一家农庄。后来，随着益阳南线高速、华常高速、平洞高速、长益高速复线等相继开通，长沙、岳阳、常德、娄底、湘西州、张家界等地和湖北、江西等外省的游客，到清溪村旅游更便捷了。“娘家柴门”从最开始一天接待四五桌客人，到现在每天十七八桌客人。“节假日和每年荷花开的时候，店里 24 张桌子天天坐得满满当当。”刘七业笑言，“每到旺季，长沙、张家界等地的旅行社，在网上就把我这里的餐桌订走了，零散客我只好临时加桌。”

“厨嫂当家”的取名有点意思。“店里有员工 80 多人，本地的占 2/3，其中还有我们村的嫂子们。”贺志昂说，“老板胆子够大，不选择城里闹市，而是在清溪村投资了 1300 万元。老板在全国建了 300 多家分店，只有这一家建在乡下，是因为看好周立波文化，以及由此延伸的旅游业和蓬勃发展的经济。”

还真是，“厨嫂当家”的店面，青瓦坡屋顶、灰白搭子墙、腰檐平开门、胡桃花格窗。红瓦、白墙、庭院，这建筑风格无疑是周立波故居的再现。墙上还有周立波先生书中的人物漫画、金句选摘。点菜时，嫂子服务员推荐菜品、饮品：

“‘叉菜子蒸肉’——周立波先生最爱恰（吃）的。”

“我们的米汤比么子饮料都好喝、都健康。当年，立波先生说米汤赛牛奶呢。”

忙了好一阵的店长彭红梅来了，笑盈盈地说："我们这家店占地 3000 平方米，属高档庭院餐馆。老板并不是先想着盈利，而是想占着清溪村这个黄金宝地，先帮扶村民，振兴乡村。我们的嫂子们，都是经过严格培训的，尤其是在线上接单销售方面。我们线上有庞大的会员队伍，网上接单，嫂子们个个都会，抢得多的会与效益挂钩。所以，她们在家门口上班，每月收入就有 4000 元到 8000 元不等。"

经过培训的嫂子们，做菜有模有样，把每道菜都做成了自己的拿手绝活。在这里"嫂子"不再是一个人、一个称呼，而是代表着厨嫂对家庭、对事业、对生活和对梦想的追求，也凝聚着"厨嫂当家"的经营理念。

正说着，带着小型无人机来拍视频的云寨村驻村书记姚旦也来到了店里。"每当节假日，就有许多围绕着清溪村拍摄的视频在抖音、快手上发布。拍美食景点民俗，打卡网红地，助推魅力村的建设。"很显然，清溪人不仅懂得美味，更懂得如何经营清溪味道，懂得如何让清溪香飘四海，让人寻味而来。

"我们有时也'愁'呢，外面的人都想进来，村里人又不想出去。"贺志昂介绍，近些年，村里持续擦亮"周立波故居"这张名片，壮大乡村旅游。随着"国联水产""厨嫂当家"等种植养殖、加工、售卖品牌的打响，清溪村正持续推进产业融合，村民生活蒸蒸日上。

"村民的就业可迎来了大好时机。"贺志昂带着掩饰不住的开心说起村里事。清溪村有 18 至 59 周岁的村民 1070 名，除了在外求学、在家带孩子的，其余都在村里创业或就业。2020 年全村人均可支配收入超 3.8 万元。老百姓真的富了、快乐了。中国幸福村、中国绿色村庄、中国历史文化名村……数不清的荣誉挂满了一面墙，也提振了全村人的精气神。

山乡巨变中的文化巨变

75岁的郭壮猷是清溪诗社的一员，他平时热衷于创作田园诗。“家乡迷人的风景有太多让我产生灵感的地方，写写诗陶冶情操再适合不过了。虽然我们没有太高的文化水平，但通过诗歌歌颂新生活、传播新风尚，更多的群众远离了牌桌。我们也挺高兴呢。”说着，郭爹如痴如醉地吟起诗来：

谁把轻纱挂半空，溪山笼罩素罗中。

根根麻竹流青泪，疑对云窗诉隐衷。

充满诗韵诗情的清溪村，诗意浓浓，很多村民能有感而发吟诗作对。村支书贺志昂也能张口就来首略带诗意的顺口溜：

稻田金浪莲藕满塘，鱼跃浅水林果芳香。

立波文化源远流长，两型建设乐业安康。

早在民国初期，清溪村就成立了清溪诗社、花鼓戏剧团，还创办了田园诗刊。凭借深厚的人文底蕴，清溪村以新农村建设为契机，通过修缮故居、再现故景、恢复故园的措施，发展了以清溪讲堂、清溪书社、民俗艺术广场、山那面人家老屋、立波小街等为核心的民俗文化旅游资源，共同构成了清溪村两大旅游品牌：“新中国农村合作化运动纪念地”和“乡村民俗文化聚集地”。

“早些日子，益阳市文联《散文诗》的老师们还下村辅导来了。”郭壮猷说。他口中的《散文诗》是享誉全国的一本文学杂志，被誉为“散文诗黄埔军校”。

“他们来了就是我们的节日，我们把自己的‘存货’都拿出来，让他们评点、指导。”贺志昂指着身边的几个年轻人说，“这些伢子爱好诗歌，我们村跟《散文诗》搞联合，他们一年几次下来辅导诗社，争取让农民诗人也能冲几个到全国文坛。”

“这次来的冯明德、张吉安、卜寸丹老师，好热心。他们都很细致入微，每一篇从架构到意境都一一指导，经他们手改出来的就是不一样。这次他们带回去几篇，说要在《散文诗》上发表呢。”看着兴奋的年轻人，贺支书说，“现在的新型农民不是种几亩田、赚几万元钱就能满足的，他们有更高的文化追求。他们向往城里人的文气儒雅、诗情画意。我们也希望周立波这条健壮的文脉，能有一代又一代的清溪人传承下去。”

“听冯明德主席说，《散文诗》发行量过了 1200 万册，影响力已很大。《散文诗》是益阳对外宣传的城市名片，带动了广大城乡文化发展。从 2001 年开始，他们举办了 20 届全国散文诗笔会，培养、扶植实力派散文诗诗人就有 300 多位，都在全国有点名气了呢。现在，他们还开发线上有声版，一周年时的播放量突破 50 万次。”郭壮猷说着这些，目光投向宽阔的田野。

我知道他心中的希望：名刊大师多多下基层辅导，群众文化生活虽很丰富，但要出精品、出人才，路还很长，后辈还需努力呢……

第六章
燕子峪

贫穷，曾经是揪着人不放的魔鬼。

蔡小鹏跟着父亲卖菜，就是换不来冬天的棉衣；邓春生挖金赚来的钱，就想帮扶贫困的村民。

周立波在《山乡巨变》里多次用“穷得滴血”“穷骨头”“穷根”这种极致的词来表达摆脱贫困、实现富裕的渴求。但不在一个时代，命运有着天壤之别！那个年代，贫穷就像能囚禁所有人的一张网，连周立波都无法挣脱——贫穷吞噬了他可爱的女儿！留下他一生无法言说的痛。

4岁的女儿小百穗从京城来到贫困落后的农村，特别难以适应。父母忙着深入农村扎根土地，她跟着没有南方生活经验的保姆生活，小病小痛没断过。当时，贫穷的农村生活环境差，医疗条件更差。百穗一次发烧被当作普通风寒治，直到病情加重，周立波夫妇才把她紧急转到北京。可惜晚了，耽误了治疗的最佳时间，眼睁睁地看着心爱的小天使，在他们怀里慢慢闭上了眼睛……

女儿百穗的早殇，归根结底缘于“贫穷”。可是，立波先生依然回到家乡继续他的深入和创作。他要在民众中、在作品中，始终弘扬一种精神：永远不被贫困打倒！

于是，一个个吃苦耐劳、自强自立的贫困者——无论生活多么艰苦，忍辱负重、永远坚强，步子向前、精神向上；一群群永远阳光、永不言败的劳动者——无论道路多么崎岖，依然阳光、自强不息，融入社会，永不放弃……正是这朴实的品质，成为苦难中国摆脱贫困的强大支撑；正是咬牙担当、拼命劳动，成为改变命运的最强大力量！

潘远征、蔡小鹏们——定计划，定目标，定措施，定时限，架桥铺路改变贫困的乡村；穿过山，穿过水，穿过风，穿过云，扶贫路上培养致富带头人。

从精准脱贫到实现共同富裕，这是总书记的嘱托，也是共产党人的铿锵誓言，更是党对人民的庄严承诺。这片厚重而贫瘠的土地上，完胜了一场世纪之战——脱贫攻坚！

立波小街的“桃江手工擂茶馆”，老板周铁牛早早做好擂茶、做好浸坛子热情招呼游客。不同的是，他的女婿张帆则看中了“互联网+”带来的利好，通过电商平台，将岳父母制作的传统美食远销到了长沙、浙江、西藏等地。像周铁牛一家这样谋生的人，在大清溪格外普遍。农民正在通过互联网整合农业全链条，他们再也不用面朝黄土背朝天，彻底改变了靠天吃饭的命运——农民种什么、怎么种、卖给谁，不是天说了算，而是大数据说了算。

大姆妈说到这里，从她那双本来有点发红的眼眶里，滚下两滴浑浊的眼泪。她用她的青筋暴暴的枯焦的老手，擦了擦眼睛，又说：“生头一胎，听说是女的，她爸爸犹可，爷爷就不答应了。我月里没有吃一顿好的，发不起奶，孩子连烘糕也吃不到手，活活饿死了。第二胎又是个女的，她爷爷发了雷霆，吩咐丢在马桶里。我舍不得，叫人偷偷摸摸从耳门抱走，寄在邻舍家，带了一个月，还是错（夭折）了。”

《山乡巨变》

一天又一天，一年又一年，身边的孩子大了，奶娘却倒下了。我可以想象在油桶旁烤红薯的二十年里，她每一日都在盼望着早日摆脱贫穷的桎梏。

《新山乡巨变》

哪里有食刨就去哪里

谢林港镇玉皇庙村千亩艾草种植基地里，贫困户向莲芳熟练地操作机器收割艾草，一天下来能采 10 余亩。2018 年玉皇庙村集体经济合作社与一家公司共同开发了这片艾草基地，后来又筹建深加工工厂，提高艾草的附加值。年过六旬的向莲芳尽管丈夫早逝、儿子患病，但被聘到艾草基地工作后，年收入有两三万元，负担减轻不少，还摆脱了贫穷。

贫穷，是农民常见的困境。同样是丈夫早逝，拖着儿女，我的奶娘秦爱珍就一直苦苦挣扎，无论怎么拼死拼活都无法摆脱“贫穷”的纠缠。

奶娘 3 岁丧母，12 岁做童养媳，丈夫患有严重的哮喘病，婆婆双目失明。一家七口人，全靠她一人养活。长年累月，她都在向家码头拖板车运货。拉砖、拖石头、运木材，全是重体力活。她吃苦受累一辈子，丈夫去世后，一个没有工作、没有任何收入和积蓄的寡妇独自拖着 6 个孩子，成了到处找活的职业帮工，那个家也成了一叶四处漂荡的浮萍：哪里有食刨就去哪里，何处有钱赚就去何处。夏卖冰棒冬卖红薯，挑黄泥卖、挑水卖，做粑粑、磨米粉米面，吆喝声穿越益阳南北东西，瘦弱的身影飘荡在城市的大街小巷。无论多苦，她都咬着牙使劲扛，只为给孩子们做表率；无论多难，她都能从寒冷中“榨”出温暖，接济周边人。

多年前，奶娘的公公带着一大家子，从远方逃荒到清溪。天色已晚，他实在是疲倦不堪，就在志溪河边的一棵大树旁歇了下来。老人靠着大树进入了梦乡，他梦到一棵金灿灿的黄金树！这棵树既往上长也往下长，黄澄澄的树干结实茁壮，上面长满了金色的叶子；往下长的也枝繁叶茂，连成整片亮闪闪的金色……

但奶娘的现实生活中并没有金灿灿的黄金树。

奶娘个子不高，瘦瘦弱弱，却要撑起一个摇摇欲坠的家。6 个孩子，加瞎眼婆婆、严重肺气肿的丈夫。她麻着胆子从乡里进城，在大码头边租了一间小屋，在水上讨生活。

在资江河水运繁盛的年代，益阳大码头曾是船排云集、物资集散的重地，这里人流如潮，纤夫艄公的号子不绝于耳、响彻天外。修船扎排的、打鱼晒网的、扛货卸担的……忙碌的人群写就的是一部码头边不朽的商贾历史，也给像奶娘一样的穷苦百姓提供了出苦力赚小钱的空间。

奶娘就在这里做着最苦的活——拖板车。

可拖板车还养不活一家，奶娘就发动几个孩子每天到河边捡菜叶。黄叶子焯一次水做“叉菜子”，好点的煮在稀饭里吃。每年要吃半年的稀饭，几个孩子饿得无力，走路都摇摇晃晃。

奶娘天天赶清早去河边捡菜叶，偶尔发现过轮渡的候船室人多，他们也要吃饭吧。奶娘开始早晨 3 点起床，用大锅蒸钵子饭，一锅能蒸 20 钵，每天蒸两锅，配些辣椒萝卜、豆腐干，然后就带着三个大点的孩子顶着夜色去轮渡码头。

奶娘在前面拉，孩子在后面推

三女儿秦文每天早上会帮着吆喝：“恰（吃）早饭啵？有热饭恰啦……”

好不容易，头班船的汽笛响了，长龙蠕动的扰攘声，扁担行李的磕碰声，商贩的吆喝声，码头服务员的铁皮喇叭声，各种声音交汇在一起，形成了大码头上空一支独特的交响乐。而奶娘带着一家卖饭的吆喝声，不大，却美妙。头班船走了，往往是奶娘他们几个卖完第一轮的时候。奶娘又小跑着回家取下一锅的钵子饭和简约、干净却下饭的菜，等几个孩子到上学的点，她一人独自接着卖……

就这样，一碗能赚一角多钱，一个早晨能收获四五元。

奶娘每天都超负荷劳作，卖完船上的早饭，再赶到轮渡码头找货源。拖板车，有些男人都拖不动的货，她要过来。常常是，板车上的货堆得山一样高。明明知道自己拉不动，她回家叫几个孩子帮忙，也要把这点活接下来。奶娘在前面拉，孩子在后面推。每每干过这样的重活，奶娘的肩膀上啊，就是血糊糊的……

我无法想象，奶娘是怎样咬着牙、顶着压、扛着疼……就因为太霸蛮，出事了。

一大车的货，走大陡坡时奶娘没扛住，后面的孩子也拉不住，连车带人，奶娘翻到了沟里。“娘——”孩子们哭着喊着扑向母亲，可奶娘睁开眼的第一句话是：“赶快……找货。货不能少啊，要赔的……”

就那一次，奶娘伤了腰，再也拉不了板车。一家人要活，还得找活干。奶娘又开始卖冰棍。

只在家周边卖，赚不了两块钱。奶娘等腰稍好，就每天挑一担冰棒，一担是500支，沉甸甸的。那时，灰山港那边矿山多，开通了益灰铁路。奶娘就每天挑着一担上车下车，走很远的路，到矿山和周边的工厂卖。沿途只听见她的叫卖声：“买冰棒哟，冰清冰清的绿豆子冰哦……”奶娘是不歇气地叫卖，卖了赚了钱，还得早点回家，孩子们都眼巴巴地盼着，还有俩病人等着她照护。除了车票等开销，她每天能带回四五块钱。奶娘啊，再累都知足。

可有一天，奶娘一身湿淋淋的，回来就哭。原来，一场大雨把那一担冰棒浇化了，她自己被雨浇透受了风寒她不提，没赚到钱还把本钱亏了就又急又气：“亏一回，要多少次才补得上哦。”第二天，她就病倒了……

再咬牙卖烤红薯，一个废弃的大油桶，燃上煤，两天能烤上百斤。乡下的红薯要便宜一些，奶娘就几天一个来回，到乡下进红薯，不高的个子，一担担沉沉的红薯挑回来，累得一进门就倒在床上，水都懒得喝一口。

最惨的一次，奶娘半路遇上了纠察队。那时严查倒买倒卖，“没有经过工商部门许可，你一担担从乡里挑回城，搞投机倒把，扰乱了市场秩序”。红薯全要被没收，奶娘抓着担子不松手，哭诉着：“我没有……我不知道……下回再不了。是家里老人孩子加病人，要糊口、要活命哟……”红薯带扁担箩筐最终都被强行没收，奶娘坐在江边，眼泪一串串往下落。

去偷去抢，我现在就打死你

可奶娘最伤心的一次是狠抽满儿小六。

那时，婆婆去了，欠了一堆债。没多久，严重肺气肿的丈夫一口气没接上，也走了。债堆债，家里连奶娘也撑不住了。孩子们饥一顿饱一顿，奶娘天天又很晚才回来。一天下午，7 岁的孩子小六实在饿了，在别人的菜地里拔了两个萝卜，洗都没洗，连泥带土地吃下去，却被菜地主人抓了个正着。

“难怪我那萝卜天天丢，原来你家养一窝贼牯子……”奶娘刚回来，人家找上门来了，一条大码头的街，就听着那人的叫骂。奶娘把门一关，命老大老二俩儿子把小六捆在条凳上，一把南竹丫枝使劲抽在瘦弱的小屁股上。

“我拼死拼命养你们，是养好人。做坏事，我要你们干什么?”

“我们人穷志不短，饿死都不拿别人的东西。去偷去抢，我现在就打死你!”

小六啊，哭哑了嗓子，再后来哭不出声了。奶娘，还没放过他。三姐跪下了:“娘，小弟不懂事儿。他是饿，不是偷。”“娘，我们三天不吃饭，赔，赔他们。”“小弟太小……要打打我吧，小弟再打就……”“娘，我们听话，再不惹您生气。”几个孩子齐刷刷给娘跪下了……

后来奶娘买了一大袋子萝卜，带着一瘸一瘸的小弟上门赔礼，赔偿损失。

多少年以后，时代进步了，奶娘一家的日子也好了。

奶娘曾对三姐秦文说:

“人要活出志气，活出勇敢。像纤夫过滩不惜命，前面有人坠下滩，后面纤道脚板响，总有人接，总向前闯。又像那船夫征服急流险滩，要有霸蛮性格、拼搏精神……”

奶娘凭着怎样的坚忍、顽强、不服输，与命运抗争，养大了几个孩子。一天又一天，一年又一年，身边的孩子大了，奶娘却倒下了。我可以想象在油桶旁烤红薯的二十年里，她每一日都在盼望着早日摆脱贫穷的桎梏。

贫穷不可怕，有志气就能拼，那天，我与三姐来到益阳大码头，资水河中的白帆和竹排木筏再难觅踪影。连码头也逐渐消失，只留着两个客运码头的遗址，还在诉说着不容忘却的码头文化。

交通网络发达了，水运没有了，但记忆还在。如今，奶娘的精神更像一颗种子，长成参天大树，融进崭新的城市里。

陈先晋还是跟往常一样，不大做声，只认得作田，长年的艰辛和穷苦，使他变得有些麻木了。

《山乡巨变》

“现在老百姓的日子才真正稳定，国家政策好，我们的命运再不会像曾经那样，坐过山车一般冲到顶峰，又跌入低谷。”

《新山乡巨变》

万人拥到邓石桥淘金

清溪村到了邓春生这代人，的确印证了地上地下都长黄金的说法。这里很大一部分人得到的“第一桶金”都来源于挖金，邓春生就是其中的一位。

清溪村有一栋很亮眼的别墅，进门的两个车库里停放着两辆豪车，那就是邓春生的家。作为一个地道的清溪村农民，他赶上了 20 世纪 80 年代的挖金潮，他技术高超，运气极好，金洞一挖一个准，不但自己富了，还带着村上的一帮人富了。

邓春生凭借聪明、能干，第一个在村里当上拖拉机手，他精通设备，熟悉机械，挖金时还当起了洞长。别人挖洞未必见金，他能钻研矿脉，分析地下储存，掌握套路，所以挖一个成一个。村民就愿意跟着他，他也不负众望，事事处处替村民想，有收获了，就跟大家一起分，再通过自己的门路，将村民手中的金子变现。要不是挖金破坏环境，邓春生还算村里第一批致富带头人。

1980 年前后，一个秘密从有色金属探矿 414 队传出：邓石桥周边的金矿资源非常丰富，且矿质上好，每吨矿石含金几克至几十克，局部含金量可达到几百克。

消息在邓石桥周边悄悄“沸腾”，人们一边表面保密一边暗地兴奋。他们哪里想到，在世代贫瘠的土地上，在他们耕作的土地上，居然埋藏着金子！原来，他们祖祖辈辈是踩着黄金过穷日子。

一股洪流暴发了！

倾家出动、倾村出动，村民们拿着钢钎、锄镐、簸箕，拉着牛车来到了金矿山，埋头采挖石头——含有黄金的矿石。

“从 1985 年至上世纪 90 年代初期，邓石桥从未有过的热闹！”在邓春生的记忆里，被黄金点亮的邓石桥就是一个财富梦幻之地。矿井、帐篷、卡车、牛车交织在一起，场面既壮观又显滑稽。形形色色的淘金者汹涌而入，他们中有老师，有公务员，有农民，有城里人，有当地人，也有外乡人，总之，他们被邓石桥有金矿的消息所鼓动，并失去理智。

甚至还发生过一些为了黄金命都可以不要的故事，邓春生强调“是真的”。一辆拖拉机因为超载矿石出了事故，掉到了土沟里，坐在拖拉机上的一个人也随之跌了下去，一袋袋铁矿石紧紧压住了他的腿部。边上的人见状，还是放下手中淘金的工具，跑到沟里，帮他搬开压住腿部的袋子。让人意想不到的是，伤者却死死地抱住一袋矿石，他以为跳到坑里的人是要抢他的袋子。邓春生回忆起这些场景时，不胜唏嘘，一夜暴富，一掷千金，都不是传说。矿区周边的宾馆都被金矿老板包了。当时人们谈论得最多的是谁家挖到金矿发财了，攀比的是谁家盖的楼房最豪华气派。而金山的开发给村里带来机遇，让清溪村早早地脱离了贫困的束缚。

在淘金潮之前，周仰如却清晰地记得村里的账目：只有一元钱。1987 年 3 月，邓仁佑回村当支书，他当村主任。新村委班子组建，他们两个接手时，办公无住所，开会无场地，用钱无着落，“村里的账上只留下一元钱”。

“新村委班子组建时，正值 414 地质队在黄泥湖高家坪、姚家冲等周边勘探，发现了金矿。也不知怎么走漏了风声，还没等他们开采，山上就冒出数百个洞，每天都有上千人挖金。当时很乱，很无序。政府组织了多次整顿，成立了黄金开采领导小组，我们也将党员、组长组织起来成立联防队，对矿区的金洞和尾砂进行管理，同时也管理社会治安。”

矿区的金洞和尾砂由村里统一经营管理，一天一天严格管控，村里也一天一天有些收入。从第一年村集体收入的 50 万元到 2000 年的累计收入 300 万元，村里就这样积累了第一桶金，也从此巩固了集体经济。

于是村庄也开始改变——兴修水利，对所有水塘进行维修加固，堤坝加高加固；从原来和乡里共用一个变压器到 17 个作业组每组一个 100 千瓦变压器；修了一栋综合楼，花费 60 万元，修了一栋平房，出租给村民开店；花 44.8 万元建设和改造了村部办公楼，投资 75 万元修建周立波故居的硬化道路。

村民们的思想观念也变了，搞产业、打市场成为共识，大力发展起村办企业，先后建了茶场、打米厂、饮食店、建筑公司、锅厂、商场等。

但并不是每次打井都一定能找到矿脉挖到金矿，因此人们对于矿脉的争夺也愈演愈烈，矿上抢劫、斗殴的事情时有发生，治安问题日渐突出。

最惨烈的是炼金方法原始落后，导致环境遭到严重破坏。

当时炼金最常用的方法，是将矿粉放进水池，用氰化钠、氰化钾对其氰化，然后利用锌片吸附住金粉再提炼出金子。

氰化钠、氰化钾都是剧毒物质，水池内的水也是被人随意排放，对环境造成的危害可想而知。回想起来，邓春生依然痛心疾首，“当时有近千亩土地因此不能耕作，漫山遍野被挖得千疮百孔。且炼金方法落后，百分之十的金子没提炼出来，造成资源浪费”。大量洗金、炼金的化学药品使得青山绿水间没有一条好水脉。河水、溪水，甚至连小沟里的水都是黑乎乎的，几乎不见鱼虾这类水中活物。村里接连有得癌症的，刚生下的孩子有得怪病的，邓春生再也看不下去，没等政府治理，他和村民们自己就先放弃挖金了。

村里大开发了

世事瞬息万变。

邓春生在放弃挖金之后，转而开办了大理石厂，最初红火了一阵子，但很快就陷入了货款回不来、市场混乱、资金无法周转的恶性循环中，坚持了几年，终于干不下去了，亏得连家里的伙食费都负担不起了。尽管手握一把左邻右舍的欠条，他却从来没向人讨过债。谢林港村有位朋友向他借了几万元，不久后中风瘫痪了，邓春生将这笔账一笔勾销，让他放心养病。自己窘迫成这样，别人主动还钱，他却常常只收一半。

贫穷和困顿之人总是相互怜惜的，面对如此境况，邓春生只能感慨一句：“都难哟。”

邓春生的妻子杨爱元，既漂亮又能干，还明事理。在邓春生事业失败后，她一直鼓励丈夫先出去打工，再找机会，自己则带着两个孩子，在土里“刨食”：种地、养猪、栽菜……好不容易挺过最艰难的时候。2014 年，村里搞大开发了，她时刻注意着油茶产业的风向，丈夫回来后，两口子立即行动，流转 30 亩土地、120 亩荒地，开始种油茶。

尽管二人劲头十足，可实际操作起来依旧遇到不少麻烦。首先在土地流转上就遇到了很多阻力。夫妇俩只好硬着头皮不分白天黑夜地每家每户登门拜访，又讲理又说情，并真诚许诺，就这样一家一家地慢慢做通了几十户的工作。

土地流转的问题解决后，就到了实地种植的环节。这一点，邓春生的大学生儿媳黄安帮了很大的忙。她在了解公婆的想法和实地考察后，提出了新时代年轻人独特的理念：一是要确保园内的植物多样性，用材林、经济林、观赏植物混搭维持自然平衡；二是要构建优质、高效、低耗、绿色环保、无公害的产业链，也就是种养立体化。

茶籽油俗称清油，先年开花，来年摘果。茶籽油营养丰富，色泽黄亮，气味清香，味道纯正。每棵油茶树可结干果 3 公斤左右，每亩茶林可产油 50 公斤左右，收入在每亩 8000 元左右。

清溪村的茶树大部分是百年老树，由于树龄太长和气候环境原因，挂果量逐年下降，甚至还有的已经老死绝果。这对清溪村的生态、农民增收及就业、食用油安全等方面都有影响。

粮食的生命是种子，茶林的好坏在果苗。最后他总算如愿以偿，求到了好茶苗，栽下了第一批。几十亩良种油茶树终于成功挂果了。但是道路与水电不通的问题又接踵而来，夫妇俩找镇、村领导争取奖扶资金解决一部分道路硬化资金后，又自掏腰包补上了剩下的空缺。

清溪村油茶林普遍老化，仅靠一己之力难成气候，他们于是就有了新的想法：产业化、规模化。邓春生动员鼓励有条件的农户积极参与，技术共享，资源共用，采用立体种养模式。他购回有名的“五黑鸡”等草食动物放养在茶林中，这样既可除草，又能补肥。为了便利产品溯源和日常请教专家，每只鸡和每棵茶树上都贴上了二维码。邓春生也能熟练掌握 App，手机上看实地、防风险，把赏茶花、茶林捡蛋、品茶油食品、观传统榨油工艺等茶油文化，作为清溪村又一旅游亮点，力争产业利益全面化、最大化。

油茶林的基础工作做得差不多了，邓春生说："现在老百姓的日子才真正稳定，国家政策好，我们的命运再不会像曾经那样，坐过山车一般冲到顶峰，又跌入低谷。"

“这只能怪我们还没有经验。我们常青社情况有点特殊。初级社建成以后，紧跟着是高级化。组织好多人集体生产，你没搞过，我也还是头一回。”

《山乡巨变》

潘远征和蔡小鹏都没想到这件事的发展如此迅猛，他们俩只是在群众中充当了连接的小桥板，就使得首尾的两公里与康庄大道连接起来，将人民群众在日头下的收获传递到更多人手中、心中。

《新山乡巨变》

穷人的劳动就没有价值?

益阳市扶贫办副主任蔡小鹏这些年一直走在让农民尽快脱贫的路上，一是工作所需，同时，父辈的经历也让他认识到，销售渠道不畅、物流成本偏高一直是扶贫产业发展的痛，直接影响贫困户增收。

对于穷人来说，快过年的日子从来不是放松身心的时候，迎着过年大消费的压力，数着手头零星的票子，只觉焦虑。在这样的焦虑下，蔡小鹏的父亲恨不得回到年初重新忙碌一年攒下更多的钱，更不用说在寒冷的天气里冒着风雪赶路卖菜了。一个寒风呼啸的腊月，父亲叫上儿子小鹏，拉上一大板车的大白菜赶往小鹏外婆家旁边的集市，路虽远了点，但能卖个好价钱。父亲是靠比别人多几倍的流汗劳作，成为有名的种菜里手的。那一车鲜嫩的大白菜，父亲在前面拉，小鹏在后面推。尽管路泥泞难走，尽管寒风如刀割般，但父子俩心中充满了希望。

可是，他们还是无功而返。大白菜没了，却没赚到钱。寒冬腊月里大雪纷飞，城里少有人出来，偶尔看上，又嫌一颗白菜太大。农村人买菜，虽然见父亲的白菜新鲜、品相好，但同样贫困的他们却舍不得花钱买别人的菜，都是凑合着吃自家种的。白菜卖不掉，拉回去也坏了，只能往外送。大半板车的白菜，全送给了外婆家的左邻右舍。

种菜人，自己平日吃的都是掰下的老帮碎叶，就为留下上品好菜卖个好价钱，现在辛苦种出的好菜却都送给了别人。小鹏感到心痛，一路严寒劳累算不了什么，可这钱是给全家人用来添置棉衣的。他知道，父亲心里也同样流着血，他无言地跟在父亲身后，双手拉着空板车，心里却沉甸甸的。他在心里问：难道穷人的劳动就没有价值？

从这天起，包括在他的大学时光里，他脑子里一直想着与他所学的历史专业无关的农产品销售。农产品什么时候才能有好价钱、畅渠道？勤劳的农民，什么时候才能把自己的产品顺顺利利地卖出去！这是他苦苦思索了很久的问题。

不管多么拼命就是看不到钱

益阳市邮政公司党委委员、副总经理潘远征的心里也有痛。

他是典型的“邮二代”，父亲放弃了在县城的工作，自愿回到家乡当乡邮员。他从小跟在父亲驮邮包的自行车后面，爬遍了安化的大山沟壑。

一天下午，父亲得知一个村民从山上摔下来受了重伤，必须赶紧送医院才能保命，可是手里没有钱，叫不到救护车。不能见死不救，父亲硬是在他的自行车上架块木板，和伤者的亲人一起，将他送往山外的医院。

群山重叠，他们抬着充当担架的木板翻山越岭；急流汹涌，他们赤脚蹚过冰冷的河水。几个人尽最大努力争取时间，花了一整个通宵到了医院，却还是没能把人救过来……父亲第二天回到家，抹掉眼中的泪对儿子说：“作孽哟，寄希望抬出去，脱层皮也没救下人。绝望中还得抬尸体回来，那是更苦更难更心酸！”

从小到大，潘远征亲眼看到苦熬苦做的山里人，不管多么拼命就是看不到钱。千条万条山路，却没有山里人脚下的路。千辛万苦地拼搏，脱几层皮还是一条穷根……父亲寄希望于他能走出大山，来日帮山里修条路，把山货卖出去，让老百姓手里有点钱，让大山活起来。

后来，潘远征真的就在“修路”：在地上“修路”，让“工业品下乡，农产品进城”，真正打通物流最后一公里；在空中“通网”，他希望把更多创业农民引到这条“网路”上来，让他们带着产品，走出湖南，走向全国。

两双手就这样握在了一起

“我要打通农产品上行的最初一公里。”“我要帮老百姓的农产品找一条销售渠道。”

潘远征与蔡小鹏注定要走到一起。一个是有销售渠道，又是全市脱贫攻坚先进个人。一个是有大量的农产品信息。两人之前并不认识，却偏偏怀揣同一个梦想：把老百姓的农产品卖出去。

2017 年的一个农产品展示会上，两人一见如故。

蔡小鹏说：“我们扶贫办想搞一个帮助全市贫困农民拓宽农产品销售渠道的项目。”

潘远征回："那你找我们邮政啊。"

"邮政，行不行？"

潘远征站起来："我可以肯定地说，没有谁比我们更合适。你说吧，什么条件？"

"大公司、大投入，还要快。几十年的'电报电话'，你们邮政行不行哦？"

蔡小鹏的话把潘远征惹恼了，机关枪似的扫出一梭子弹："扶贫办，精准扶贫的'主力军'；邮政，打造农村电商的'国家队'。有几个大公司能跟中国邮政抗衡的？我告诉你，我们的优势，是其他任何公司都无法比拟的。"

潘远征介绍完益阳邮政的业务范围和网点情况后，蔡小鹏一下愣住了。邮政看似经营方式老套，可他们却是实实在在的网点众多、基础厚实。要钱，他们有邮政储蓄金融业务；要跑，有邮政快递人车不缺；要点，原本的邮政网点都是现成的。

两人一拍即合。一个说：我们在全市每个行政村打造"六不出村"模式，即创业不出村、购物不出村、销售不出村、缴费不出村、金融不出村、寄递不出村，已经建了上千个数字化便民服务站点。

一个说：我想依托邮政建一条扶贫产品上行的"高速公路"；搞一个标准化、规模化、品牌化的运营模块，构建扶贫产品上行的长效机制。

两双手就这样握在了一起。

连接的小桥板

奔着目标前进总是幸福的。

蔡小鹏和潘远征的心情都很迫切，作为地道的农村伢子，他们从来不怕吃苦。二人前后花了半年多时间，跑了益阳 80 多个乡镇，摸索着建店的模式。不久，益阳首家“消费扶贫线下体验馆”建了起来。

这个坐落在赫山区朝阳街道海棠社区繁华街道旁的近 800 平方米的门面，是他们亲自推动，由市扶贫办与邮政公司共同搭建的线上、线下消费扶贫实体店。而且，南县、沅江、桃江七个区县的“线下体验馆”已同步建成。它们都是依靠中国邮政的品牌、资源及渠道，利用“邮乐”与其他社会平台构建线上、线下消费扶贫链条，以此来取得真正实效。

万事开头难。刚开馆的时候，农特产品只有 400 余种。益阳背靠雪峰山，可观洞庭浩渺，有资水悠悠流淌，湖光山色尽收，物产丰饶，蔡小鹏和潘远征根据自己摸索到的方法，确立方向，选定了安化黑茶、安化黄精、安化小籽花生、桃江竹笋、修山面、张家塞甜酒、洞庭幺妹菜、赫山世林预制菜、沅江芦笋、南县虾稻米、大通湖水产品等一系列优质的农特产品，动员他们能动员的所有人“以购代捐”“以买代帮”。并且通过工会节日采购、食堂定向认购、帮扶单位促销、会员爱心助销等方式，动员各类社会力量参与进来。

他们通过邮乐“益阳乡村振兴馆”与微信小程序“益阳消费帮扶馆”两个自有的线上平台，充分运用新技术，实现了开店、直播、分享、下单等智能化功能，并有机整合其他电商和网络平台，为各区县开辟专区。而“一县一馆”“一县一仓”“一村一点”的布局，为扶贫产品上行提供“保姆式”服务，还为其线下体验馆建立了长期、稳定的展销窗口。“益品出湘”“益品出境”的渠道越来越宽，发散起来像原子裂变一般，逐渐地，加入的人越来越多，力量越来越大。

一眼望去，馆里的各种农副商品琳琅满目，安化黑茶、南县小龙虾、桃江竹笋、大通湖大闸蟹等品牌已经打响，爆款云集，购者众多。

潘远征和蔡小鹏都没想到这件事的发展如此迅猛，他们俩只是在群众中充当了连接的小桥板，就使得首尾的两公里与康庄大道连接起来，将人民群众在日头下的收获传递到更多人手中、心中。

像周立波那样扎根人民

蔡小鹏历史系毕业，喜欢文学。大学四年，周立波的书和相关评论见了就读。工作尤其是从事扶贫事业后，立波先生的“三同一片”陪着他，几乎走遍了益阳的村村落落。

“我特别欣赏立波先生喜欢与群众交朋友。慢慢地，身边的乡亲都走进了他的书里。直到后来，他们都不知道，自己怎么就进书当了小说的原型。”在桃江采访的路上，蔡小鹏一番心得，让我收获颇丰。

周立波刚回到故乡，乡下的一切都觉得新鲜，以一位木匠出身的乡农会主席黎盖均为原型，创作了小说《盖满爹》。《人民文学》在 1955 年第 6 期上发表了这篇小说。作为湖南农业合作化运动的第一篇作品，在全国文学界引起了挺大反响。

但，他对自己的创作并不满意：“我的头脑里充满了印象，但等提起笔来时，却又写不出什么。道理何在呢？这是由于印象虽多，但都很表面，对于人的心理、口吻、习惯、性格和生活细节都不熟悉，提起笔来，能写什么呢？可见光走马看花，得到一些表面的印象，是不能写小说的。”（周立波《谈创作》）

不能蜻蜓点水、走马看花般地创作。最令人佩服的是立波先生他大胆的决定：将全家从北京迁回湖南老家。

1955 年 9 月，已经将近五十岁的周立波，只想从人民中汲取营养，扎扎实实创作。在农业合作化的高潮中，与妻子林蓝一起带着四岁的小女儿从北京回到湖南益阳农村，正式落户到益阳市郊区桃花仑乡竹山湾。帮助村民办初级社，又在自己的老家邓石桥村试办起了高级社。

“我下乡时，去了先生去过的所有地方。”蔡小鹏说，“回到了乡亲们中间的周立波如鱼得水，他和乡亲们同吃同住同劳动。每天鸡一叫就起来，他不扮大作家式样，农忙季节和社员们一样，蓝色围巾腰间一系，扎脚勒手下田劳动，汗爬水流挑七八十斤的担子。”

最初，乡亲称呼周立波为“周部长”“周委员”。相处熟悉后，有点年纪的喊他“立波胡子”，伢子妹子叫他“周伯伯”。他对“立波胡子”这个昵称更喜欢，每次笑眯眯地答应。群众都说：“立波胡子是大干部、大作家，没有半点架子。”

“一个大作家深入农村，一半劳动一半创作，特别扎实，才为他《山乡巨变》的创作积累了素材。他在农村安家落户，并担任了基层领导职务，是建国后最早也是时间最长的作家。”

他对农村生活的观察哪止是细微，简直到了痴迷的程度。

周立波把自己看作是普通人，他半天劳动，半天创作。晚上还开会，或走访群众。慢慢地，乡亲们都把这位大作家当成了无话不谈的自家人。正月里，村里闹花鼓龙灯，首先去他的住处。他和大家一起笑哈哈、乐颠颠。村里的婆婆姥姥知道他喜欢吃煮鸡蛋，常常煮了鸡蛋给他送去，说是让他晚上“压痨”（充饥）。他推辞不了就折钱相抵，怕老人们生气，一旦外出，买回良种鸡送给婆婆姥姥喂，你来我往，其乐融融。

融入群众，周立波是贴皮贴肉的情感，他是用心与群众交心。于是，干练的年轻女干部邓秀梅、大公无私的干部刘雨生、稳重的乡长李月辉、真挚又让人啼笑皆非的老贫农“亭面糊”、顽固勤劳的贫农陈先晋、坚持单干的中农“菊咬筋”等等，人物形象个个生动鲜活，让人难忘。

如今，熟悉这一方山水的益阳人，谈起周立波和这些小说中的人物来，如同谈起自己的身边人，非常亲切熟悉。为“亭面糊”的滑稽可爱窃笑着；为刘雨生的大公无私感动着；也为陈大春、盛淑君的爱情牵挂着……

记得蔡小鹏那天说了最兴奋的一段话：“你们作家写书要学周立波，我们扶贫与群众打交道更要学立波先生。事实上，联系群众、解决问题的过程中，周立波的方法：有自己‘熟悉的地方’，有自己‘生活的基地’，有自己‘熟悉的原型’，还有与群众‘一辈子生活的地方’，才能跟群众入情入心。有这态度，做起工作高效精准，破解难题肯定百发百中啊。”

> **“小农经济受不起风吹雨打”啰，“个体经济没得出路”啰，“合作化的道路是大家富裕、共同上升的大路”啰，等等，他在互助合作训练班里学来的这些，和肚子都翻出来了。**
>
> **《山乡巨变》**
>
> **“新农人不但口袋要鼓起来，脑袋要‘富’起来，硕果视频也要亮起来！”**
>
> **《新山乡巨变》**

走上资源整合、抱团发展的电商发展道路

年轻的血液总是充满热忱。

由益阳邮政承接的桃江县电子商务进农村综合示范工程，在商务部与财政部的终期验收中，以全省最高分入围全国优秀示范县行列，“桃江模式”就是由一群年轻人起步并壮大的。

正如谢娇的“天之骄”与米儿农场、强龙食品公司携手创办了“益湘农专业合作社”，以“基地+生产+邮乐购直播+电商平台”的智慧运营模式，实现了产供销一条龙，这些年轻人以一片赤子之心帮助周边更多的农民兄弟发家致富，承担起了新时代的社会责任。

“桃花江是美人窝，桃花千万朵，不及美人多。”

谢娇，一个漂亮的、30 岁出头的典型桃江美女。她在 5 年前返乡，是两个孩子的妈妈，这两年，她梦寐以求想找个既能赚钱又能在家照顾孩子的事情做。

2016年5月，桃江被评为全国电子商务进农村的示范县，谢娇感觉机会来了，毅然参加了“农村电商站长”的竞选。她曾在广州打拼过几年，对电商平台发展趋势、大数据资源整合等有一定的了解，再凭借自己的创新思维、学习能力、微商实战经验，一路过关斩将，最终成功上任大栗港镇电子商务公共服务中心站长。

谢娇上任后才发现这担子不轻：她要负责跟进本地区农特产品资源上线、推广、代销的整个流程。一开始她做得并不理想，只能反复试点、协商，再试点，再协商……

谢娇平时忙不过来，就把工作点设在自己家靠大路的院子里，前是门店，后是仓储，父母帮忙打理——白天站店，晚上帮着打包，谢娇则农户家、食品厂、加工厂四处跑。刚成为大栗港电商站长时，前来指导工作和参观学习的人很多，有时候甚至熙熙攘攘进来一大群人，谢娇妈妈很客气，每次都泡一碗擂茶，接着再陪上半天，等指导或者参观的人走了，店里的生意已经被影响好一阵了。

潘远征的到来是一个转机。

“那天，我正在店里打包，突然进来两个人，普普通通的，都穿着布鞋，我瞟了一眼，因为忙，就没太搭理他们。可临走时，为头的那位挑了一大堆农特产品往收银台一放，豪爽地说：‘买单。’一共1700多元，我正给他算打折后的价格，就见他从自己兜里拿出现金结完账，捧着满怀的货品就要走，走到门口，还回头说了句‘不用，是支持自己的工作’。这句话让我很纳闷，随后，我把监控调出来，截图发给我邮政的朋友，问这两个人她认不认识。朋友告诉我，那是市邮政公司的副总经理潘远征，他平常人很严肃，对工作要求特别高。她还问我有没有招待好他。当时我心里一凉，我是邮政的一个站长，这么大的领导来了，我茶都没泡一杯。”

说到这儿，谢娇笑了笑：“为了探索站点运营模式，潘总带着团队来了多少次，我都记不清了。他不吃你一顿饭，就是一次次告诉你怎么往下走。说到困难他比你还急，到了攻关的点，他带着我们一起攻。像副县长、镇党委书记，都是在他解决困难的时候，被邀请过来的。”

市邮政公司在桃江试点，以镇为单位，建销售网点。潘远征把大栗港定成县里的示范点，在这里摸索出一套模式，再在整个县市推广。为确保正规化，他指导大家将全镇产量较低、规模较小、产品较为单一的产品整合起来，由镇级站点牵头，组织符合要求的农特产品进行申报，将质检合格的农产品上线至邮政平台进行销售。

就这样，通过邮政平台，销售开始慢慢稳定。谢娇开始带领当地农产品加工企业与作坊从传统行业中走出来，跳出传统运营模式，走资源整合、抱团发展的电商发展道路。而首先走出来的大栗港菜籽油就摆脱了生意低迷的困境，2016 年销售额达 150 万元，比上年提高了 200%，极大地提升了大家的信心。

这条致富大道，由全国城乡路路通、网上通，聚成一个纵横交错的销售网。谢娇的店作为潘远征建立的 1915 个邮乐实体店中的一员，通过邮乐网、邮乐小店、邮乐乡村振兴馆、益阳消费帮扶馆等线上平台，能与近 2000 家“姐妹店”实现互联互通，联手打造全国市场。如今，合作社带领的帮扶对象，已经不只是以小康为目标了，还要在乡村振兴的路上奔向现代化！

“以前说到农村，说到农活，都是面朝黄土背朝天，一身泥巴汗流浃背。现在我们利用网络平台，将村里地道的农产品推出去，让大家都能品尝到益阳特产，增收又省力。”

正说着，一个老奶奶提着一篮鲜鸡蛋走进门：“娇儿哎，这鸡蛋才到鸡棚里捡的，看看这个，还热乎哟，把你哒……”老奶奶看到一屋子的人，没等谢娇应答，放下鸡蛋就走了。

菜籽油、土鸡蛋、外婆菜……一大批特色农产品，从这里远销全国各地。村民们接受了新思想、新理念，改善了生产销售模式，像齐奶奶这样的农户每天都来很多。谢娇说："我都是当场结账，齐奶奶刚刚走得快，等会儿我就把钱给她送过去。农户放得心、兑得现，增加了收入，过好了日子。看着他们一天天好起来，我心里别提多高兴了。"

没有那片海，哪有我们的顺风船？

黑黄在农村是常见的肤色。农耕传统里的人们，连基因都刻着顺应自然，向上尊崇太阳和雨水，往下敬畏土地和沟渠。久而久之，他们的皮肤变成了太阳和土地的颜色，而雨水和沟渠就化作充沛的同理心和可为万物而流的眼泪。

见到米姐的时候，她正拿着自制的神器摘莲蓬回来。太阳照在她的脸上，让她的脸像上过木蜡油的枫木。米姐叫郭美华，四五十岁，有着圆润的五官、微黑的肤色和结实的体格，一看就是农家好手。

她和丈夫熊国柱将一个山旮旯打造成了世外桃源——米儿家庭农场。他们坚持做返璞归真的古法农业，在家里养鸡、养猪。鸡散养在山上，主要是吃虫子；猪也是放养模式，吃的是青草和苞谷粉；还制作一些地道的家乡特产，饱了客户肚腹，同时解了乡愁；后来，又注册成立了桃江县米儿家庭农场。丈夫负责生产，她负责销售，生产规模一点点扩大。

世事都有风险，有一年发猪瘟，栏里的猪都死光了，米姐和丈夫欠下了30多万元的债务。那段时间，农场得到了村民和许多好心人帮助，米姐都记在心里。在当地政府的支持下，夫妻俩组建了“湘益农”合作社，社员有30多户。

他们又与60户建档立卡贫困户签订了帮扶协议，除了大栗港镇外，还辐射到周边的马迹塘镇、武潭镇。米姐向村民免费提供鸡苗和技术，年底再保底回收，就这一项，帮每户增收3000元以上。

村里有位老“上访户”虎爹，是典型的贫困户。米姐聘他为农场管理员，每天工资100元，还送给他20只土鸡仔，鸡出笼后包销。虎爹现在状也不告了，心态也平和了。“上访户”成了“奋斗户”。

邻村80岁的温爹养的一头土猪要出栏了，米儿农场通过朋友圈举办了一场义卖猪肉活动。不到两小时，两百多斤的土猪肉就被抢购一空。温爹拿着一大沓钱，感觉米儿像变魔术似的，心里别提有多高兴。

这几年，米姐开始尝试电商经营、网络营销。她经常拍些抖音小视频，向网友展示原生态养殖场景和真实直观的出货流程，特别接地气。好多人辗转找到她，要购买货真价实的特产。如今，她们开始做直播：“新农人不但口袋要鼓起来，脑袋要‘富’起来，硕果视频也要亮起来！”

“中国最美乡村科技带头人”，米姐当之无愧。她带领周边群众一起加工销售农产品，让大家的腰包都更快地鼓了起来。几年来，村民们通过米儿农场销售土鸡、土鸡蛋、腊肉、辣椒、豆角等农产品，订单越来越多。

米姐感慨地说：“这三年，我们的业绩年年不俗。一年一大步，逐步变成熟。可是，没有那片海，哪有我们的顺风船？”

米姐总有忙不完的事，而她的忙全是为了村民。每逢传统佳节，米姐夫妇都会带着孩子去看看村里的困难户、孤寡老人，给他们送上土特产和慰问金。

三堂街有一对残疾夫妇，突然生病但没有医疗费，他们养了100多只洋鸭子，想卖掉换钱。米姐得知消息后开车过去安慰老人，还拍了照片。她回来就与同事商量，最后三人一起发朋友圈，求救短文写得比帮自家亲人还动情。

很快就有一批客户下单。“拉货！”米姐一声令下，100 多只洋鸭子就被拖到了米儿农场。杀鸭的，抽真空的，大家各司其职，忙得不亦乐乎。就一个下午，100 多只鸭销售一空，卖了一万多元，很快解了老人的燃眉之急。

从零开始都不怕

“扶贫扶什么人?”刘强一直在问自己这个问题。

2018 年有个老爹爹找上门来说:“我有几百斤洋姜，种在山地里，不施化肥不打农药，4 斤晒干能有 1 斤，做你的罐罐装，好呢。”

刘强二话没说，就和他一同到地里，那是好大一片长得茂盛的洋姜地，洋姜挖出来能有几千斤。可是，没有人帮扶一把，老爹爹一担担挑，不知要何年何月才卖得完。

第一年刘强把老爹爹的洋姜好坏全收。洋姜的生命力强，在一些山野地带就能生长，对土质没有过高的要求，刘强鼓励老爹爹走这条致富路。“你守着这片山地多种，我负责上门收购。”他还请来技术顾问现场指导，使洋姜产量提高不少。收入逐年增高，老爹爹的笑啊，就像秋天的洋姜花般灿烂。

刘强是大栗港镇先锋桥村村民，2015 年回乡创业，做贸易，胖哥槟榔、坛子菜、系列农产品都做，销量也挺好的。2016 年他开始做红薯片，月销一两万单。可因为没把控好资金，2017 年，他亏了 100 多万元。

谢娇和米姐找到刘强，提议三人组个铁三角，有农场，有销售，有加工厂，从零开始都不怕。在两人饱含鼓励的目光中，刘强心中燃起了重新站起来的奋斗之火。可是，光有雄心不行，钱从哪里来呢？

“有邮储银行啊……”潘远征又来了，由他联络相关负责人，再手把手指导，引导一批像刘强一样起步创业的年轻人没有后顾之忧地投入创业大潮中。

“我最心存感激的，是邮政帮了我的大忙。在我亏得一贫如洗、事业最低谷的时候，邮政为我提供了小额贷款服务，甚至帮扶到无息贷款。这个不跑路、不求人，在家都能请到的‘活菩萨’，帮我这白手起家的农村娃，从跌倒的坑里又站了起来！”

没多久，工厂的机子又转起来，“坛小强”“坛香四溢”“蕾乐薯娃”“益湘堂”，老牌子新牌子，都上了。原来的种植基地又热闹起来，工厂四周又香起来。加上米姐供货、谢娇销售，工厂外车来车往，好不热闹。

“这当然不只是因为我们三人的努力，我们身后还有强大的支撑！”

我看到明亮的太阳照在坪地里的酱菜上，洗净的萝卜、茄子、豆角，晾晒在整齐摆放的圆筛子、方竹垫上，白色的，紫色的，绿色的，一个个花坛一般，组合成太阳下巨大的花圃，生机勃勃地怒放在阳光充足的天地间。

燕子峪这一带的凤凰跟别的地方的凤凰不一样。它是“鸡头、蛇颈、燕颔、龟背、鱼尾、五彩色，高六尺许”。凤凰集这里家禽的特点于一身（当地人把燕子当鸡鸭看待的），是亲切的吉祥鸟，有人甚至说它就是燕子变的。米儿农场屋檐下的两个燕子窝，外形精美，结构严谨，是燕儿们往返衔泥，再用心血唾液黏合而成。

为改变这里的贫穷落后，多少人像燕子衔泥一般“做窝”，那是呕心沥血的精致，更是信仰般的坚持！燕子，历经九死一生后涅槃，它是燕子峪百姓智慧和力量的集合，又是永远激励这方天地的立波精神的化身。家禽脱胎成凤凰，已重生于万里长空，翱翔于天地之间。

新农业

第七章

土地庙

老话说得好:“锄头竖得稳，种田是根本。”对于农民来说，一亩三分地最要紧，那是他们的命根子。

在我的整个采访过程中，无论走到哪里，我访谈过的每一个村民，几乎都会谈到土地。他们与土地之间有着割舍不断的情感和命运。他们几乎本能的土地情怀，来源于从遥远的祖先那里传承下来的农耕文明，深入流动的血液里，成为不变的基因。因此护佑土地的神自然更受尊崇，而由它具象而成的土地庙，就成了承载农民无限希冀与愿景的地方。不管走到哪个村，都能见到若干的土地庙，一代又一代人把土地神高高地举过头顶，虔诚叩拜。

清溪村也有几处土地庙，在村口露天广场、周末广场的电影院近旁均可见到。小小的土地庙，外面上了锁，锁上可见微微锈迹，土地庙里有一个火盘，似乎有着不久前用过的痕迹。

其中一座土地庙有一副对联，上下联分别是：土能生万物，地可纳千粮。

一位村民告诉我，在农村，很多土地庙的对联是警示联，如：头上有青天，作事须循天理；眼前皆瘠地，存心不刮地皮。这是智慧的农民借土地公之口，告诫为官者要清正廉明，体恤百姓，遵循天理，不要存心刮地皮榨取民脂民膏，不要造成赤地千里，使百姓生活雪上加霜——其实，其要义还是要对命根似的土地倍加爱护。

周立波故居里原有一座土地庙，到了周立波故居开放前，它面临迁出。

听李良平说，清溪村谁家里过了老人都得去土地庙，村里周姓村民八十多岁的老母亲仙逝后，一家人来到立波先生故居的土地庙烧香，他们长久以来都是敬这位神。当工作人员告诉他们，现在村里新修了个土地庙，将村民们敬奉的土地神都集中在那大庙里了，这一家人不干了：土地庙要整体移到新庙里，否则不能接受只请神不搬庙的做法；若干个土地神以前各有居所，现在失去自己长久的“家”，怕有怪象呀；土地神莫非也要搞城镇化？只身前往陌生地方集中居住，我们替神抱屈；我们也不放心……

土地庙，就是脚踏实地的村民们头顶上的神！

在对土地庙的守护上，你能深刻感受到农民的土地情怀。

虽然土地庙存在的意义已经随着时代变迁发生变化，但土地仍然是农民的命根子，仍然是农业发展的基础。中国人围绕土地而进行的探索，几千年来从未停息。近些年，以土地流转为基础，小田改大田，引导土地集中，在土地上创新发展，兴起规模经营，进行得如火如荼。

“只要有人，就会有事业，有局面。奇怪！人的两只手只要跟土地结合，就会长出五谷、油料、菜籽、棉花，以及别的一切好吃的和应用的东西。”

《山乡巨变》

从前，守着土地是对的，每亩地一年能产生 1000 元稳定利润就不错了。现在的新农村建设，要把土地价值最大化，只有通过规模化的流转和经营，引进特色种养公司来进行规模化、专业化经营，才能发挥规模效应。

《新山乡巨变》

几乎是要他们的命！

国联水产 2018 年签约益阳高新区，就是最具“品牌”效应的土地流转。

日产小龙虾可达 200 吨的国联水产，正好将立波先生书写的《山乡巨变》和《山那面人家》的实景地——清溪村和北峰垸串联起来。清溪村出建厂的点，北峰垸出流转的地。在清溪村建厂，村民都同意，可要从北峰垸的村民手上拿 2100 亩地，这无异于在他们的命根子上“动心思”，几乎是要他们的命！北峰垸村支两委为这事费了不少功夫。

“国联水产”项目，是北峰垸村村支书谌清平主动争取的。当他刚听到要流转 2100 亩土地这极有诱惑力的消息时，第一感觉是——大机遇来了！

谌清平任支部书记 20 年以来，始终都在发展产业这条路上奋斗。他零敲碎打干过十几个项目，却一直是小雀展翅——抱负有，至于作为，则如凤凰翱翔，还只能是个梦想。

可这次的国联水产（益阳）小龙虾种繁科研基地不一样。谌清平听说一期投产就要实现销售额 5 亿元，二期投产后销售额有望破 10 亿元。国联水产（益阳）公司还可通过“公司+基地+农户”的产供销模式，辐射带动谢林港镇 3000 亩以上的农田进行优质稻虾种养。同时持续推动苗木、子莲、果树、艾叶、草莓、葡萄等特色种植业做大做强，并提升种植户的农业产业化、规模化生产水平。

近年来政府出资修建杜鹃路和湖乡路，油化、绿化、亮化、美化，一步到位。随着北峰垸两旁开满杜鹃的花路拉通，横亘在清溪村和北峰垸之间的大山被劈开了，可同样横亘在两地之间的发展差距却没有被劈开。清溪村按照“依法、自愿、有偿”的原则，实行土地流转，通过集中土地构建产业平台，逐步形成了“小户集中，大户经营，村级流转，互惠共赢”的模式，成果显著。

谌清平看在眼里，急在心里，使北峰垸与清溪村经济接轨，成了他最迫切的愿望。

但这个项目当时有两三家在争，谌清平下定决心要抓住这个机会。

他和北峰垸村干部钟文科、谌达红等人各处跑，不断地向益阳高新区、谢林港镇的领导陈说北峰垸的优势：项目放给北峰垸是天时地利人和的，这里是周立波笔下的《山那面人家》的实景地，搞出来绝不会逊色，而且这里田地肥、位置好，基础设施全，村民没“麻纱”（矛盾）。生态观光农业集中是这里的特色，“国联水产”来了再开设种繁基地，那就热闹了，观光农业和体验农业可以一起开发。

他们把项目落定后的后续计划都做好了：按照市政府“完善基础设施，

形成产业特色，培育新型农民，建设和谐乡村”的整体思路，走新型农村合作化的道路，探索出一条新路子——“参与主体多元化、生产经营市场化、农民受益最大化”。土地流转出去后，村民们能抽身搞别的种植养殖，至少也能在“国联”打工上班。

谌清平努力实现的只有一个目标：国联水产项目，非北峰垸莫属。

要把 2100 亩的土地全部流转下来

国联水产原是经营海产龙虾的全球旗舰企业，2018 年前后，他们刚刚布局千亿级小龙虾市场，准备筹集数亿资金增加小龙虾的产能规模，强势进军国内市场。洞庭湖是“鱼米之乡”，益阳拥有整个南洞庭湖平原，无疑是国联水产中意的小龙虾养殖基地。

但“国联水产”项目落定益阳，并非一帆风顺，也经历过一场跌宕起伏的谈判。

这个项目是益阳益华水厂的改造项目，他们原本希望引进湛江国联水产和山东奥德集团，做战略合作。这样一来，既解决企业的困境，又在益阳市做大做强小龙虾产业。

2018 年 9 月 30 日，益阳迎来了“龙虾巨头”——国联水产。一场谈判即将拉开帷幕，益阳方面高度重视，本来是益阳市委书记瞿海亲自谈，不料他接到紧急通知要去北京，就改由益阳高新区党工委书记汪军做主谈代表。益阳市委、市政府的态度比较坚决，必须尽量促成这次合作，无论如何也要让国联重组益华水厂，解决企业的发展问题，支撑产业可持续发展。来益阳谈判的是国联水产的董事长李忠。他有魄力，有能力。“国联水产”曾两次打败美国商务部，打赢了反倾销、反补贴两场官司。这么个有学识、有见识、有胆识的成功企业家，在分析了合作的利弊后，特别被益阳市委、市政府的合作诚意所打动。

可是上市公司一般都不愿跟有包袱的企业合作，他们宁可建个新厂，也不愿拖一个老厂往前跑。“这项目带了一个包袱。”国联水产湛江总部果然炸了锅，董事会成员纷纷反对。他们的态度是要合作也要找个没有什么包袱的合作，否则会有无穷无尽的后遗症。

“他们开出了优厚条件，我们也应该有帮助企业的态度。”李忠力排众议，最终把 5000 万元打到益阳，兑现了承诺。

可是即使项目争到了，后面的工作开展起来还是难得让人脱层皮。土地跟百家千户的利益紧密相连，项目成功落地北峰垸后，那 2100 亩土地流转的艰难，成了谌清平心中永远抹不去的记忆。

西家湾一个队 60% 的农户不同意，他们队的 135 亩地就在 2100 亩版图中心——小地块不能影响大全局！村干部们分头上门摸底。东家湾也是连续开了上十个会，有那么几个“钉子户”，硬是要自己作田——挖机来了，阻工；书记来了，关门。

“我知道，这中间有舍不得交出土地的，害怕失去土地丢了几代人的饭碗；但也有人提出一些霸蛮条款来提高自己的谈判筹码，这是有私心、不顾全大局……”

谌支书分析来分析去，最后说：“时间紧任务重，我们是拍了胸脯承诺的。为了全市的统一部署，也为北峰垸的美好未来，就是地雷碉堡，也要用我们的腿脚，闯过去！”

村委班子成员一行五人分头下去，承包到户。

村民刘黑妹态度坚定：我守得好好的一亩三分地，为你们的产业发展腾地？不干！偏偏她的那块地，正处在2100亩的中间。她要不腾，大块土地就流转不了。村里上上下下找了很多对策：找土地给她兑换，上门做无数次工作，找她的朋友与她倾心交流……她就一句话：一不腾地，二不换地，你们就别打我的主意！

这是谌清平负责的一户，正逢益阳高新区谢林港镇党委书记张心镜入村，他们一起上门。

谌清平开门见山："半个月内，村里要把2100亩的土地全部流转下来，因为季节不等人，国联公司还等着养虾。错过了季节，等于浪费一年。时间非常紧，大家要配合。这是政府主导的项目，是一项政治任务，更是事关我们每家每户未来富裕的大事。"

张心镜接话道："这两天，村支两委召开户代表会议，每家每户都召集来了，统一思想。第一，这个土地流转后，每家得到的流转金标准比较高，650元一亩。你自己作田，能作出多少效益，大家心里都有数。包给大户种，有高于这个数的吗？第二，你后面还能参与稻虾基地的工作，在工厂上班，管理虾田。第三，同志，这是一个千载难逢的机会。现在只剩一二十户了，你若影响整个北峰垸的发展，你就是全体村民的罪人……"

这一番劝说没见效，黑妹还是没松口。谌清平又去了东家湾侧面了解黑妹的情况。突然，村里的干事急火火地跑来告诉他，挖机在黑妹家被堵住了。

谌清平赶过去，发现是黑妹老公阻工。黑妹自己，则闭门不见。谌清平想办法从她家后门进去，见到黑妹，她却先质疑开了："凭什么我还没同意你们的挖机就来了？"

谌清平耐着性子解释，虾苗马上要到了，这合同总是要签的。

"我就是不签，看你拿我摔一跤！"

谌清平一脸严肃：“这地，归根结底不是你的，是国家的。现在分给你管理，分给你种，是国家给我们农民的福利。但是，国家需要了，你是不是也得饮水思源，为集体利益想一想?”谌清平一席硬话让黑妹卡了壳，但她硬撑着不答不理，两眼望着天花板，一副就是不签的做派。

谌清平知道，这事儿还得在核心点上拐弯儿。“我们也是才知道，你的怨气是因为早几年村里修路，修到你家门口就没修了。可是，当时也是有原因的……”

“村里不关心我，我凭什么要把田给你们?”

谌清平一下来了劲儿：“我承诺你，这件事情迟早给你解决，只是时间问题。”黑妹半信半疑，马上用激将法：“你可是支书，一言九鼎!”

“说话算数!”

谌清平后来说，既然当时已经做出承诺，就算自己出钱也要把那段路修了。当时，正好湖乡路修到北峰垸段，他一直举全村之力支持施工队。当谌支书亲自开口，问能否帮村里解决那段 70 米的村民路时，他们没打反口，马上答应。

没两天，黑妹家门前就有人帮着修路。黑妹感动了，交出了自己的地，还带动了东家湾那几家“顽固户”。

还不如现在就不动

而西家湾，最令人头痛的是卜佑其。钟文科已经热脸贴冷屁股好多天了，他们村委班子成员一人包几个“硬骨头”户，卜佑其这户归他。这天他又硬着头皮登门了。

“我不会换的，你天天来都没用。”

钟文科依然一副笑面孔对他说：“今天这个办法只怕你会感兴趣。”

原来，钟文科做通了村民盛建林的工作，用盛建林家在路边、离卜家又近的几亩好田和卜佑其换。盛建林是老村干部，大儿子是转业军人、党员，二儿子跟钟文科是好兄弟。这明明是吃亏的事情，但反反复复几次工作做下来后，盛建林同意了。

卜佑其这次没吱声，脸色好看些了，他像是同意了这个调换的办法。可第二天，他儿子急匆匆地跑来告诉钟文科，他老子又不同意了。

钟文科已准备好了两边要办的一切手续，只等签字了。这一变，如同在他头上响了个炸雷，他一下蒙了。他立刻三步并作两步，往卜家赶，进门就喊：“为什么？为什么？”

“我的地要彻底换！我作 30 年以后，田作得好好的，到时候你又要我换回原来的地。我不干，还不如现在就不动。”

卜爹的确是个种田能手，也视田如命。钟文科尽管气恼，但平心静气地站在他的位置上考虑后，发现他讲的也有道理。他只能又开始两边跑……最终盛建林的大儿子拍板：“吃亏也做，答应他！”这事到此，算被钟文科做成了。

可大事还没完！到了四月初，虾苗必须进田了，还有两个“钉子户”拖后腿，让全村的合同没法签。这两户，偏偏就在钟文科承包的组。

这天，张心镜、谌清平都来了，直接到组上开全体村民会。大会上，张心镜说：“我们的土地拉出去是干什么？稻虾混养，一季虾子一季稻。谁都知道，这比两季稻谷收入高得多。4 月份入虾苗，6 月份出售，还能带动周边很多散户养殖小龙虾。从前，守着土地是对的，每亩地一年能产生 1000 元稳定利润就不错了。现在的新农村建设，要把土地价值最大化，只有通过规模化的流转和经营，引进特色种养公司来进行规模化、专业化经营，才能发挥规模效应。同时，你们还可以参与进来，帮企业做事，拿工资。你们想想，到底哪块效益高?”

“不是国家要你的土地，是要你将土地入股，参加农业社。”

《山乡巨变》

不管怎么样，七十多年来，农村土地政策从分到合，从合到分，又从分到合，是社会、经济和农业发展的内在规律所推动的。

《新山乡巨变》

这就是土地效益最大化

在2100亩土地流转工作上，钟文科深知它的重要性。不只因为他是北峰垸的村主任，更因为他是一个对家乡富裕怀着无比自豪之情的人。

钟文科的爱人是四川乐山人。2004年，他第一次去拜访岳父岳母家时，随身带了一双长筒的橡胶套靴，离到家还有六七里路时，爱人就提醒他换上套靴，提上自己的皮鞋。因为接下来要走烂泥巴路了。钟文科走了一个多钟头，穿着套靴在烂泥很深的路上走，脚都提不动，比走在田里都累得多。

而那个时候，北峰垸已经是水泥路通到了家门口。

2009年，钟文科爱人的父亲、姐姐、姐夫、外甥一行四人来探亲。他在高速路口接到他们，经过清溪村，带他们看了周立波故居。没承想大外甥还读过《山乡巨变》。孩子嘴里真诚的赞美，把全家人的热情都点燃了。水泥路两旁的田里正在搞“双抢”，收谷的是联合收割机，装谷的是汽车，插秧的是大型插秧机，一番景象，好不气派。

姐夫边开车边感慨：“这才是农业机械化，农村现代化。”他们老家那边的耕作方式和这里相差了几十年呢。

钟文科非常高兴，觉得长脸。为自己的家乡美、家乡富感到自豪！

最后一家人下车看到钟文科的房子时，笑得合不拢嘴，他们对于远嫁的亲人，终于放心了。2016 年，钟文科爱人的姐夫居然带着团队再一次来到北峰垸，考察这里土地流转的情况。他们在红瓦白墙统一风格的民居中看，在两边绿树红花、大片草皮的柏油路上走，再趁着夜色去老人笑、孩子跳的广场中逛，得出结论：这里是靠流转土地“发家”的，400 亩葡萄园、150 亩低洼田都成了村里致富的亮点。

钟文科介绍，反正国家不带土地来，村里也没有闲置的土地，只能采取这种流转的模式。要是采用征收的搞法，手续比较繁琐，资金消耗又太大。

姐夫感慨道：“这就是土地效益最大化。我是亲眼看到，你们走水泥路，我们在走泥巴路；你们走柏油路，我们走的有一部分还是水泥路。这就是差距，而拉开这个差距的就是——我们没有利用好土地。”

钟文科说完自己的亲身经历后，真诚地告诉大家：“政府投入这么大，屋前屋后给你搞得整整齐齐，住在这种环境里，你心情舒畅，你幸福满满。你会健康，你会长寿。亲戚来了会撑起你的面子，你还看得到子孙后代的幸福。”他说，这次流转这么多的土地，是为更美丽、更富裕、更幸福的将来打基础。小田连成大片、大型机械化作田、无人农场让农民彻底翻身，这样不好吗？

但对于农民来说，他们把自己赖以生存的田地流转出去，理所当然地会产生疑问甚至抵触情绪，这是人之常情。新中国成立后，农村的土地政策也是分分合合，20 世纪 50 年代推行农村合作社，发动农民将土地入股到集体；1978 年改革开放后，农村实行家庭联产承包责任制，包产到户；最近十多年来，农村朝着农业现代化的方向前进，而农业的现代化是建立在一定规模上的，所以政府又鼓励大家进行土地流转。不管怎么样，七十多年来，农村土地政策从分到合，从合到分，又从分到合，是社会、经济和农业发展的内在规律所推动的。

谌清平代表北峰垸与国联水产（益阳）公司的张总签订了2100亩田地整体流转30年合同。

这是让北峰垸人永远记住的一天——2019年4月12日，北峰垸要与“国联水产”签合同了。

垄上彩旗飘飘，田上清波荡漾；洲滩水草丰茂，候鸟成群结队。

村主任钟文科这会儿一个人远离热闹，独自来到虾田边，看着已经放入虾苗的田里，透明的小虾自由自在地游着，丝带般的水草绿油油地漂着。望着这广阔的2000多亩虾田，钟文科心潮澎湃，五味杂陈。在部队他扛过枪，训练中他打过冲锋。退伍回村，他立志用军人的作风建好家乡，建好新农村。可是，跨过贫穷、突破产业、村民抱团、同奔小康，这一道道坎，要越过它们，比在部队冲锋陷阵还难。

种田大户对土地的责任更重大

农民要实现土地增值增收，那就得活得明白、活得上进。

一个普通农民，一个退伍老兵，因为种田，被评为全国十大种粮大户标兵，获得了“庆祝中华人民共和国成立70周年”纪念章，采用科技种田，机械化生产，从2005年卖粮收入24.3万元、净利5万元开始，尝到了甜头的他，扩大种粮面积，2020年后，每年赢利超百万。益阳市赫山区欧江岔镇利兴村村民刘进良无疑是在稻田里获得了巨大丰收的人。

1980 年，家庭联产承包责任制刚开始实行，分田到户，刚退伍回家的刘进良就开始种水稻。“以前种水稻，亩产只有三四百斤。包产到户后，水稻亩产一下提高到六七百斤。”几年的探索，他深深地体会：土地还是原来那些土地，但土地一旦到农民自己手上，积极性空前高涨。沉睡的土地被唤醒，迸发出前所未有的活力，粮食产量迅速提高。

2004 年，在粮产品价格不景气的情况下，刘进良以军人出身的果敢和一个农民的责任感，承包了 600 多亩抛荒稻田。他贷款 11 万元，买了 2 部耕整机、2 部禾滚船、1 部电动喷雾器和 1 部联合收割机，由此得到了“六机部长”的称号。

后来在当地政府的支持下，他承包的稻田一年年增加，除了抛荒田，还承包了低产水淹田，最高时他承包的农田达到 3965 亩。后来，他的合作社又有“农机部”之称，因为他又陆续添置了耕整机、收割机、拖拉机、旋耕机、无人机……大大小小 20 多台，身边还有七八个帮手，耕作的土地从几百亩到上千亩到数千亩，规模效益逐年递增。

刘进良像是一个在农田里挥斥方遒、指挥千军万马的将军，攻城拔寨，威武豪迈，气势磅礴，所向披靡，不禁让人对他肃然起敬。

“牵牛犁田，一天耕两三亩，那是散户；机械一响，转眼犁耙一片，那是大户种田。”益阳的种田大户在耕整、治虫、收割等环节，都普及了机械化；早稻直播，晚稻抛秧，插田再不面朝黄土背朝天。刘进良肯定属于种田大户，但是作为一个大户，代表的不只是荣誉和产量产值，他们跟国家的粮食安全息息相关。“我们种田大户对土地的责任更重大！”

值得一提的是，刘进良之所以能成为种田大户，且益阳还能涌现出一批像刘进良这样的种田大户，这都归结于益阳市委、市政府积极探索出的推进土地流转的“益阳模式”。所谓“益阳模式”就是在尊重农民自己意愿的前提下，通过政府引导、市场主导和企业运作，寻求一条农村土地信托流转的道路。早在 1980 年和 1998 年，农村土地承包经营权发生了两次大的调整，但并没有改变农民土地承包经营权经常被调整的不稳定状况，这种不稳定为土地流转带来了巨大的阻碍，为了顺利推进流转，政府部门对农村土地承包经营权的长久不变进行了确权，充分保障了农民的利益。刘进良十分清楚，对土地的用心和期盼，绝不只是种田的农民。“有好政策，赶上了好时代，有帮我们的各级政府，才有我们的好业绩。”

在解决了土地流转和规模种植的问题之后，刘进良开始从提高产量和粮食品质上下功夫。他从 2017 年开始，试行“稻鸭共生”种养模式，成群结队的鸭子欢快地在农田里戏水、捉虫，既减少了虫害，又降低了农药化肥成本，并达到了“绿色、有机、生态”的标准，走上了一条现代农业之路，一举多得。刘进良成功后，毫无保留地把自己掌握的技术传授给乡亲们。大家十分信任地说：种田没得巧，看刘进良怎么搞，看他选什么品种、哪时治虫、施什么肥、讲什么科学。

刘进良种粮带动一片，福安村有一批租田能手。早听说原来的“倒口垸子”福安村出了百余名种粮大户，成“种粮能手村”。他们是自家村里田不够种，走出去外包田种粮。

“我们村种粮传统有 100 多年，虽是洞庭湖区一个‘倒口垸子’，但近十年不遭水灾了，土地肥沃，人努力天帮忙，粮食年年丰收。全村 2700 多户，都在种田上生财。光种粮大户就有 300 多户，正常年份一年两季亩产 2000 斤是‘及格标准’。”60 多岁的王佑贤率先打开话匣子，“村里人多地少，根本不够种，所以大家都到外面去包地。我本人就种遍了整个洞庭湖区，哪块地好哪块地差，我清楚得很。”

这天，种田能手甘宏平拿着计算器算了半天：自己 2021 年外包种田收获的早稻 15 万公斤已全部销售，剔除成本，纯利 10 多万元。晚稻就按照一般情况算，全年纯收入 20 余万元不成问题。像甘宏平一样，福安村外出包田的村民有近百人，年纯收入能过 1000 万元，外出种田已成为村里的一个“特色产业”。

家里只有 5 亩地的曾光明是全村第一个外出种粮的村民。2000 年，他来到几十公里外的千山红镇，把当地闲置的 140 亩地包下来。“那个时候还没有土地流转的概念，就是看不得地闲着没人种，我接过来埋着头种，也不管其他。”

在福安村，外出包田的农户大多是村里的种田能手，懂技术，又勤快。村里人均只有 1 亩多地，人多地少，村民外出包田的很多。2021 年，73 岁的甘元保老人，从 2003 年起便带领儿孙们在宁乡种地，全家 8 口人，已租种了 1500 亩抛荒地。早些年只种一季，从 2010 年开始，种上了双季稻，每年纯收入在 50 万元以上。

从福安村出去的“种粮能手”不仅走遍了湖南所有产粮县，有的还去了江西和湖北，最高峰时在外流转的土地总面积超过 10 万亩。

“可以说，哪里有抛荒地，哪里就有福安人。”村民曹卫明如此总结。

村民彭中光将本地优质稻“黄花粘”带到江西，每年一收粮，粮贩子就等在禾场上收购，每 50 公斤高出市场价 30 至 40 元不等。

村里还有近 20 位作田高手分布在衡阳、郴州等地，他们专租当地的抛荒地，播种双季稻，统防统治，科学除稗除草，加上优质稻种，引得当地农民纷纷效仿，拜师学艺。最鼎盛时，村里在外租种稻田 1.2 万亩，每亩双季稻按纯利 800 元计算，福安村有福有钱能安，早就脱贫致富了。

随着国家土地政策进一步收紧，外包土地有了新规。村支书钟学安决定动员种粮能手回村成立合作社，把种粮的本事发挥到自己的田地上。

2018 年益农服务社成立，钟学安组织流转了村里 3000 亩土地，拉进平均年龄 60 岁的种田“老把式”，开启了他们务农的第二春，也开启了智能智慧的种田模式。

“老把式也要手拿遥控器，指挥无人机。这年月，什么神奇事都有。”

钟学安更是兴奋：如今，公司的农业现代化产业链条已搭建起来。福安村还注册了几个商标，打造“楚芦香米”“楚芦食用油”“楚芦果蔬”等特色生态农产品，我们福安村益农服务社预计到 2021 年底总收入能达到 150 万元。

“留给你们的家伙太少了，我有几句话，留给你们：只要发狠做，你们会有发越的。这几块土，是自家开的。地方虽小，倒是个发财的根本。你们把我葬在土旁边，好叫我天天看见你们在土里做工，保佑你们越做越发。”

《山乡巨变》

“我眼前总有个画面：老农民面朝黄土背朝天，从育苗、插秧、施肥、杀虫，到开镰收割，精耕细作，从不马虎。粒粒汗珠洒在田里，才长出金子般的谷粒。我们也要用这种虔诚面对手中每一丘田。农民把命一般的土地交给我们，如果说回报，以虾换稻是不够的。”

《新山乡巨变》

探索出一条路来，实现土地生金

他叫李斌，90 后博士，国联水产的科研“宝贝”。

“虾田，是从上千户的村民手上流转来的土地，农民的命根子。我总对自己说：别以为这些土地交到我们手上，他们就不管了。很多人常在这四周转悠，就是看我们有没有把他们的土地当回事儿，能不能实现土地生金。”这个脸上还有几分稚气和羞涩的年轻博士毕业于广东海洋大学水产学院，对水产动物遗传育种与养殖有着深厚的理论基础。他没有像常人那样选择去实验室，而是直接到试验地——南三基地，一待就是 4 年。这反其道而行之的选择，让这个 90 后的年轻人，像从土地里长出来的庄稼，不仅接地气，还站上了虾养事业的前沿。如今，这个山东小伙远离家乡，把他在南三基地的年轻团队带到这里，下决心要用科研作支撑，探索出一条路来，实现土地生金，带富一方百姓。他和他的团队，自然成为国联水产公司的“核心芯片”。

可李斌的专业方向并不涉及小龙虾养殖，尤其面对小龙虾种苗资源匮乏的问题，他整日发愁，不知如何下手。为了解决培育高效种苗这个小龙虾养殖业的世界难题，他不知看了多少书，可都没找到可行办法。他决定从书里跳出来，去田地里找答案。

真正了解小龙虾养殖之前，李斌并不知道原来美味的小龙虾养起来如此复杂。实践出真知。去水边，到田间，观察小龙虾，掌握它的生活习性。慢慢地，李斌和他的团队摸索出“五控技术”，即控光、控温、控水质、控水位、控投喂。

摆在李斌面前的是前无经验可循、后无退路可走的局面，一切都只能靠自己探索。他们前后用了一年时间攻坚克难，终于找到高效繁养分离模式，制定出小龙虾养殖端的体系建设标准，初步攻克了虾苗不壮这一技术瓶颈；又经过近三个月的观察、研究、讨论与总结，摸索出遗传进展较为理想的“小龙虾二代选育”良方，建起了高效小龙虾人工繁育技术体系。一条适合小龙虾种苗发展的路子，在探索后铺开。

种粮的关键是种子，小龙虾养殖，最重要的是虾苗，最核心的是虾苗质量。

种苗发展的路子找到了，但又一大难题迎面而来：小龙虾在稻田里“一塘繁殖、自繁自养、近亲繁殖”，致使小龙虾种质退化与生产性能衰退。解决制约小龙虾养殖的“种质问题”和养殖模式问题，将成为小龙虾养殖产业技术突破的主攻方向。李斌团队的攻坚就从这里开始了。

从“自繁自养”到以后的“繁养分离”，实现种苗遗传性能优质化，种苗生产的规范化、标准化及产业化，关键要做到养殖密度可控化。他们发现，虾田里，虾的数量和质量都不可控。要扭转这种局面，必须要搭建小龙虾良种体系，从种苗上科学管控，从而破解小龙虾新品种选育、智能化良种繁育资源紧缺难题。

科研团队繁育好优良品种，每年放苗子，每亩 6000 到 1 万只。放进去的苗子数量可控，质量更优。接下来就是推广良种，要让尽可能多的村民用上基地培育的优良品种。

自 2019 年底开始，李斌作为国联水产技术总监，多次对周边农户无偿进行稻虾综合种养技术培训，让农民也能掌握稻虾综合种养前沿技术。

“1 月，保持水位，加强巡塘，防止冻害……9 月，投虾苗，水稻收割前，诱虾入沟……12 月，提高稻田水位，追施有机肥。”

如今的农邻乡野，有了绿色的高效方法，养虾的“秘籍口诀”被虾农们在田间地头广泛推广。

李斌带领公司技术团队将科研成果应用到小龙虾良种繁育中心、水产科技园区、1700 亩稻虾综合种养示范基地，实现 100% 的转化应用。

“养成”是养殖端的最后一个环节，也是实现养殖户经济效益的最重要的一步。

一块块大田连成一片，开阔无垠，一眼望不到头。从近处看，田里有为数不多的几个养殖员，他们穿着连体水裤，小船停在旁边的岸头。

这个项目跟日昇农业开发有限公司合作，养殖工多为从南县等小龙虾主养区请来的师傅。可一年多来，黑腹、软壳、大面积死虾、大面积跑虾等问题层出不穷。尤其进入 5 月份后，温度升高，“5 月瘟”时常爆发，传统的养殖经验对此较难把控。面对这一棘手的问题，李斌团队提出了“互联网+养殖水环境调控”的理念。

“王师傅，三号塘口水体溶氧低于 7.5，赶紧调水增氧。”养殖员王军芳收到远程指令。过去要拿着 pH 试纸、溶氧探测仪在一个一个水塘进行测量的时代已经一去不返了，如今每个塘口安装了物联网传感探测设备，在手机上就能实现实时监测。

这是利用 5G 技术的优势，实现了小龙虾养殖过程中环境变化因子的数字化，这样可以充分利用养殖过程中的大数据信息，及时发现异常因子，及时实现人为干预。目前，已完成改造的基于“互联网+养殖水环境调控”的养殖水面面积接近 100 亩，养殖稳定性取得了较大提升。

一位“虾田里的博士”，正带领他的团队瞄准繁育世界一流小龙虾的目标，英姿勃发，行稳致远。

“我眼前总有个画面：老农民面朝黄土背朝天，从育苗、插秧、施肥、杀虫，到开镰收割，精耕细作，从不马虎。粒粒汗珠洒在田里，才长出金子般的谷粒。我们也要用这种虔诚面对手中每一丘田。农民把命一般的土地交给我们，如果说回报，以虾换稻是不够的。”

哪里能想到小山村会建一个大工厂呢？

“国联水产”是大企业，生产线上引进的自然是世界先进的自动化、智能化生产技术及设备。在高度无菌化、自动流水线的生产车间里，尽管我们穿戴卫生防菌衣帽，依然只能在高高的站台上，透过大玻璃看车间的生产流程。小龙虾经过洗、剥、蒸煮、油炸等流水线作业，转而成为一盒盒包装好的产品，再经过自动包装纸箱进入冷凝库。机器人作业、自动化立体仓储系统，同时结合集团企业系统的管理，大幅提升了智能化水平，实现了 50% 以上的中控操作。

“那里是个中央厨房，为中式和西式连锁快餐制作更多标准化的菜品。工厂执行严格的食品监控可追溯体系，并拥有强大的研发中心和后厨个性化定制菜单菜品服务。鲜品质，心服务！”李斌强调。

身后是一眼望不到头的冷凝库，李斌在手机上轻轻一点，一股强劲的寒风就从身后袭来。库里是堆积如山的一箱箱成品。每个仓库都是满的，这么多冷凝库储存的货物今天全部要发出去。门外的冷凝车已经排成了长龙，统一全自动装货，不多时将全部启程出发。

2020 年的五一劳动节，检验“国联水产”养殖的小龙虾质量的“首届小龙虾美食文化节”开幕，清溪村热闹非凡。

假日第一天，才从新冠肺炎疫情中缓过气儿来的人们，戴着口罩往周立波故居赶。“国联水产”的展位前门庭若市，网红人气爆品小龙虾、经典单品水晶虾饺、创意美食火锅虾串惊艳亮相，“0.1 元抢小龙虾”“美食免费尝”“集赞换礼”“买满赠限量”等爆款活动精彩纷呈。对面，国联水产（益阳）小龙虾生产车间与美食节双向直播互动，将小龙虾特色美食与小龙虾养殖基地的美景相结合。线上与线下的结合，令万千游客流连忘返。

大厨们在现场烹饪刚捕捉的小龙虾，从水里捞出的鲜虾，洗净后，当即开油锅炒了一盆，扭开虾头，洁白的虾肉和厚厚的虾黄一下爆了出来，咬一口，肉嫩味鲜，众食客闻香而来，大快朵颐。

2019 年是国联水产（益阳）公司投产的第一年，以清溪村辐射全市县区，带动了小龙虾养殖、销售产业链的协同发展。小龙虾业务收入达到约 2.7 亿元，同比增长 100% 以上。采用“政府搭台+企业发展+农民致富”的新模式，“国联水产”为养殖户创造了收益，让农民实现了增产增收。多少挑竹扁担的农民一路走来，走着走着，竹扁担变成了金扁担。由此可见，希望的田野，首先是土地上的收获让土地增值。

在不少人眼中，小龙虾养殖是具有活力、潜力的朝阳产业，“国联水产”的目标，是要把小龙虾打造为千亿级大单品，让小龙虾养殖业成为生态循环发展的主要模式。“国联水产”选择了具有深厚文化底蕴、集旅游与市场于一体的清溪村和北峰垸，投入 5 亿元做大做强做全产业链，这是一个双赢的决定，在产业得到发展的同时，也让工业化融入了这个有着深厚文化底蕴的智慧名村。只有时代能给往日落后的农村打下工业化的烙印。当年周立波描绘家乡的美景蓝图时，哪里能想到小山村会建一个大工厂呢？

他说起了农业社的优越性，又谈到将来，乡里要把有一些田塍通开，小丘改成大丘；所有的田，除缺水的干鱼子脑壳，都插双季稻；按照土地的质量，肯长什么，就种什么，有的插稻谷，有的秧豆子，有的贴黄麻，有的种瓜菜。

《山乡巨变》

沉甸甸的稻穗压弯了腰，饱满而匀称的谷粒闪着点点金光，收割机在稻田间来回穿梭。虾田里，虾农开始起虾，一年中接近上市尾声的小龙虾，红红的，蹦得格外欢。

《新山乡巨变》

稻熟、虾跳、人欢笑

2021 年 10 月，大清溪的北峰垸，迎来一年中最美的月份。

绿油油的坝野上白鹭纷飞，金灿灿的稻田里稻浪翻滚。在稻田的三边，环绕式地凿开深沟养殖小龙虾。现在正是晚稻收割季节，稻田边的深沟里养着一些种虾，待到明年田里放了水，虾苗自然会跑去田里吃食、游泳，从每年 3 月到 5 月底，能卖三个月。这就是“一水两用，一地双收”，这种稻虾共生、稻虾互补的种养模式，实现了从单一种植向高效种养一体化的转变。

“稻虾共养”的农田很讲究，基本都是在田埂边挖一条“L”或者“U”形的深沟。稻田里种稻养虾，这样做不仅方便机械化耕种和收割，也可以让深水里的虾个头更大，明显提升了土地的产出效益。

田埂上开满了色彩斑斓的小花，这些显花植物可以吸引昆虫，为稻田减少虫害。田间时不时有成群白鹭光顾，这些白鹭会吃掉一些不健康的、爬上水面的虾。水稻与小龙虾和谐共处，最后达到水稻护虾、虾吃虫草、虾粪肥田的良性循环。

沉甸甸的稻穗压弯了腰，饱满而匀称的谷粒闪着点点金光，收割机在稻田间来回穿梭。虾田里，虾农开始起虾，一年中接近上市尾声的小龙虾，红红的，蹦得格外欢。“咣——”伴随一声锣响，稻虾田里开锣起虾了。波光粼粼的水面上，小船、纱网、红绸、笑容将喜悦沿着涟漪传递开去。桨起桨落之间，一堆堆鲜红肥美的小龙虾入网、出水、进舱。岸边人忍不住“哦——”“喂——”地吆喝着，共享丰收的快乐。

起虾的刘满伢子是去年才脱贫的。自从他流转了 6 亩田地实行虾稻共养以来，每天早晨 5 点就到田里。2020 年挣了 3 万多元，2021 年至少翻一番赚了 6 万多元。刘满伢子整天水裤不离身，裤管满是泥，不干活都满头是汗，一忙起来衣服就没干过。人勤快天又帮忙，他获得了大丰收。他的货从来不愁卖，虾肥个大，大家都争着要。

被问到脱贫后有什么想法，这个不善言辞的农民只说了一句话：“踏踏实实干几年，等老婆的病好了，孩子考上大学了，日子就更有奔头了。”

郭世贤驾驶一台大型收割机开进田里，他是北峰垸的种粮大户。杜鹃路连通清溪村和北峰垸后，两个村的土地大部分都流转给了国联水产。这个 80 后年轻人，把两个村没流转的土地几乎全部收下，“稻虾共养”了 1100 多亩。

一行行稻谷卷入大型收割机，再出来就运到了跟在其后的货车上，筛杂、装车一气呵成。每耕完一块田，郭世贤的助手就打开一个形似手机的仪器，围着田的四周走一圈。“过去都是大致估算或者用尺量，现在这个测亩仪能精准测量耕作或收割面积，并同步算出价格。还有手机上的各种 App，让我们足不出户就能看到田里的动态……"

见到这个稻熟、虾跳、人欢笑的富足热闹场景，谌清平喜笑颜开："2021 年收成好，亩产超过 1400 斤，加工成大米在每亩 1000 斤左右。别的地方大米 2 块多一斤，我们'稻虾米'价格却比那些普通大米的价格高出许多，关键是不愁卖。眼下'稻虾米'金贵呀，每斤卖到 5 块多呢。"

"精加工的效益也更好，因为有虾的存在，种植时，农药化肥的使用量能减少 75% 以上。虾在田里，它的排泄物是天然的有机肥，虾也是除草和除虫的能手，荤素同食，减少了虫害，整个生态系统因此实现了有机循环。所以我们种植出来的米是天然高品质的米。"谌清平说，"稻虾综合种养在提升稻米品质的同时，它绿色生态的培育方式也受到消费者青睐，毕竟有不少人追求高品质生活，这也为农民增收致富开辟了一条新路，使'拉动一方经济、富裕一方百姓'的辐射效应更明显。"

不是虾不同，是时代不同

虾稻田一年收两季虾、一季稻，在一亩田的收益中，水稻收益在 1500 元左右，小龙虾收益至少 3000 元，加起来一共 4500 元左右，还有省下的农药、化肥、人工费用，算起来，每亩稻虾田的收入一定多于 5000 元！这是与以往相比双倍甚至三倍的收入。

"唉，想想我们当年，那几万斤基围虾哟……"谌支书低下的头摇晃着，那份痛无疑还藏在心里。再抬头望望虾田，他感慨道，"其实，不是虾不同，是时代不同！要是放在今天，环境好、政策好，我们的基围虾也会像今天的小龙虾一样，成为大家餐桌上的美食，成为村里致富的产业，成为大家未来的希望。”

“但是我不后悔，土地上的探索者，总有吃亏跌跤的，总得要人先探路。”

这个脚踏实地一步步探索的男人，乘过东风，踏过捷径，但也误入过迷雾中的弯路，跌过许多跤，踩过许多泥。

谌清平初中毕业后学木匠，一个人到岳阳钱粮湖去带学徒；21 岁回家打井挖金，当洞长时组织石湖片区几十个人集资四五万元办理了相关证件，规矩采挖；近 20 年，他挖金赚了 70 多万元。当时正赶上村里穷，连农业税都缴不上，于是他就借给村里 20 万元。

后来他被镇领导叫回来当了支书，放弃北京的生意，扛着村里几十万元的债务。最初，他父亲不赞同这件事，要他出去闯荡，说村里太穷，“有女不嫁石马山，又怕汶（淹）来又怕干”，出去天地宽，赚钱路子多。可听说他要回来做村支书，父亲又对他说：“别人相信你，你还是要站出来领个头，带着全村一起干。”

“我嘛，没别的能耐，一个是运气好，一个是赶上好政策。

“政策好不用说，党和国家这几年的政策，是贴着我们农民的心定下的。减免农业税，让我们更轻松；铺开致富路，让我们能大步往前走。

“运气好呢，是上任之前年年涝、年年积，‘天旱三年恰饱饭，大水一年一场空’那些年，田地连年绝收，年年上堤抗洪。可我上任后连续 10 年，没有涨过大水。后来一想，那是因为政府把堤坝修得高大坚固，哪是我的运气哦。”

事实上，不管是产业还是环保，谌清平总是先人一步，快人一拍。挖金回来后，他手里有了 70 多万元。但上任村支书后，他依然细细毛毛（节省），从不乱用一分钱。那时候，人家手里捏几元钱都知足，他手里几十万元存款还节省；没钱人抽白沙烟，他抽的烟才一块五；别人没钱，贷款都买桑塔纳，他有钱，代步只买吉利车。自己的省，集体的他也省，就凭牙缝里省出的那点钱，他在土地上钻研，闯出一条产业路。

白鹭纷飞，湖平水阔。产业先行，土地生金。

土地生金——北峰垸2100亩稻田流转出去，土地在，稻虾共养更升值；产品精、农民富；再完善配套，吸引游客，精心改造以前凌乱的景区，在服务游客、提升景区档次上起到了意想不到的效果，同时解决了大部分拆迁安置村民的就业、增收难题。

土地生金——清溪村为打造观光生态高效农业，以土地流转为基础，已建成连片荷花100亩、果蔬100亩、梨园100亩、高效良田250亩，既提高了土地利用率，又增加了农民收入。

土地生金——惜土如金的农民龚好祖，看不得荒，舍不得每一寸能长金子、能长希望的田地。他开垦杂草丛生的荒地，一年又一年地精心打理培育，使瘦地变肥田，积少成多再流转荒地。他用土地生金的积累，实现了种收全程机械化，又成立合作社带群众走上康庄路，成为名副其实的“致富带头人”。

土地生金，田野里升起新希望。

第八章

黄金树

产业，历来是农民的饭碗。

“稻+虾=?”一道新的农业“算术题”，摆在稻虾共养的曹政奇面前。他不假思索给出答案：等于品质农业。他又算了一笔“增值账”：绿色生态“稻虾米”，每斤能卖9元多，是普通米的一倍多。加虾的收入，每亩可增3000多元，种田人也“有利可图”了。

又如竹笋大王何震说的：现在的产业就像舞魔杖一样，太神奇了。

青年农民俞聪坐在空调房里，用手机实时查看农田情况。在以前，他们要在田地里汗流浃背地跑来跑去。他流转的1100亩稻田基地里，设有近20组智能化设施。最令他开心的是，从水稻育秧到稻谷归仓全程智能化作业，种田成本降低了，产量却提高了。

59岁的曾仲夫，租了百来亩土地和一个闲置院子，和朋友办起了集养殖、餐饮、娱乐于一体的“耕心园”。再生稻、蓝莓园均喜获丰收。“耕地认领”、上门体验者太多，农庄配备餐饮，节假日能有20多桌订单。

他们的年收入，最少的都能过10万元，最多的达100多万元。这在十年前，可能是全村人收入的总和。

别出心裁的产业“造饭碗”，像陈建波的芦笋产业，安置了多少贫困乡亲；安化，把山民的家安进茶乡花海，让搬迁户温情满满地在家门口“稳饭碗”。

遥想当年周立波，《山乡巨变》的稿费549.95元，连同他的文学奖奖金共攒了3800元，捐给村里发展产业。1958年，心里满满地装着人民的周立波，用这笔钱，建了30余间平房养猪、养牛；山坡上栽种了桃、梨、板栗树300余亩。以后每年，果树园能收3万多斤梨和桃，就是那些年村里一笔产业收入。

60多年过去了，立波先生的产业帮扶，成为一种精神引领。

“黄金树只结金果果”，这话果真应验了。益阳现代农业“131”千亿级产业工程，因地制宜组建茶叶、大米、虾蟹、蔬菜、笋竹五大现代农业产业联盟，结出满树“益”字号金果子。“益山益水，益美益阳，益村益品”，形成了系列绿色品牌，构筑起了产业扶贫“主支撑”、产业发展大格局。

农业是门手艺，做对需要实力。农业产业的基因，正从一枝一叶、一村一地上发生变化，传统农业向数字农业转变中，产业充满更多想象力，科技红利更多地惠及农民。

难怪说：产业，让农民捧上了金饭碗。

> **“卖不起价呵，晓得这样，不该去的。三根竹子抵不得一个零工子的钱。”**
>
> **《山乡巨变》**
>
> **“我们回去，是和老乡一起干；我们办厂，他们的竹山就是基地。”**
>
> **《新山乡巨变》**

回村发展竹笋产业

益阳号称“南竹之乡”，拥有200万亩的翠竹，茂林修竹，竹波烟月，令人陶醉。益阳市桃江县马迹塘镇益阳仑村村民何建安和何震父子祖辈生活在自然馈赠的这片竹海中，只知道桃江竹笋在外面名头很响，却并没有跟产业发展挂起钩来。

何建安脑子比较活，很早就外出做生意了。在交通比较落后的时候，他在雨季趁着河水上涨，伐竹为排，通过水路将山里的竹子运送到山外。

2011年，父子俩在桃江县武潭镇建了一个冷库，做起了冷冻食品生意，后来竞争越来越激烈，行情也越来越差。父子俩又冷静下来，进行了市场差异化分析，发现农村酒宴市场还是一片蓝海，决定为农村酒宴直供冷冻食品。他们直供的商品以“山珍”为主——山区办宴，海味可以没有，山珍绝不能缺席。所谓山珍，就是桃江随处可见的竹笋。他们以竹笋为原料，推陈出新，开发出包含15道菜品的“全山珍”宴，因为少有同质化的竞争对手，很快打开了市场。

即便这样，随着互联网的迅猛发展，市场越发变幻莫测，父子俩觉得自家的这条供货链不具备竞争力，很容易被替代，必须尽快走出一条新路子。

在父子俩寻找新路的过程中，益阳仑村的村支书王建军上门了。“老何啊，村里要发展产业，正缺个人领头，不如你带着儿子回村干?”支书诚恳地说，“周围的村都成功纳入马迹塘镇竹笋产业发展了，我们村虽然地处偏远，困难多些，但不一样有大山资源吗？只见别村人钱包鼓鼓，我们顶着这顶穷帽子，什么时候才能甩掉啊？你们父子俩就带着大家干吧。”听了这番话，何震坐不住了：到哪儿不是干？回到家乡来投资，更有意义。一旁的父亲及时鼓励儿子：“有担当才能干大事，不要局限于眼前。”

两个男人决定放手一搏，回村发展竹笋产业。但这个决定遭到家里两个女主人的反对。因为做产业势必要投入资金，盖厂房，建基地，需要的资金不是一点点，钱从哪里来？何况做生意有风险，怎么来抵御风险呢？

父子俩态度坚决：“我们回去，是和老乡一起干；我们办厂，他们的竹山就是基地。”

“震伢子要回村办企业了。”消息一传开，益阳仑村一下沸腾了。

村民们都穷怕了，对村子的产业发展并不抱什么期望，他们没想到在外面赚钱赚得好好的年轻人还愿意回到这个穷山沟，甚至还有人当面泼冷水。但村支两委和驻村工作队对何氏父子表示了热烈的欢迎，主动提供优越条件，将闲置多年的小学校舍改为厂房，连企业招工他们也帮着张罗……在村支两委的积极帮扶下，何震和父亲不顾乡亲们疑惑的目光，走上了潜心创业发展竹笋产业的道路。

2017 年的秋天，何震的竹笋加工厂厂房开建了。可不久就遭遇了罕见的寒潮，大雪封山，冰雪压垮了一半混凝土尚未固化的厂房，还冻坏了刚改造好的 280 亩竹林。

这场灾难中，他损失了 30 多万元，半生积蓄几乎亏空殆尽。

令何震一家没想到的是，乡亲们纷纷伸出了援手。

那是一个没有晚霞的傍晚，贫困户周正时敲开了何建安家的门，他说：“震伢子为大家投入这么多，遇上这天灾，我们不能只一边看着，那太没良心。听说有 20 万元的扶贫款，分到每个人又能做什么呢？我提议了，这笔钱就支持你挺过这个难关吧。”何建安感动得不知说什么好，拉着周正时的手直说谢谢。

推开房门，眼前是一片莽莽苍苍的竹海。南竹翠绿挺拔，山连着山，坡接着坡，最关键的是——根连着根啊！竹涛滚滚，好似波澜壮阔的绿色海洋起起伏伏，人生不就是这样吗？看着眼前此景，何震想：我和村里乡亲，不就是捆绑在一起的这座竹山！阳光下一起壮，风雨来了一起扛！既然扛下的是整体使命，就不怕它山高水长！

此刻再看那连绵的竹山竹海，活脱脱一幅镶嵌在秀美大地上的水彩画，美得令人心颤！心情阴郁了好多天的何震，豁然开朗。

全村人的致富梦想

这一次，何震承载着全村人的希望，将 20 万元扶贫资金以入股的形式投入企业。这不再是他一家人的兴衰成败，而是全村人的致富梦想。

桃江有丰沛的降水，充足的水源催生着一波又一波的春笋。境内南竹种植面积 115 万亩，居全国第三、湖南第一，是全国十大“竹子之乡”之一。

位于厂房附近的丝毛坪组，因海拔相对较低，土壤比较好。何震说服山脚下 30 来户村民共同签订协议，成立了亿阳仑竹笋专业合作社。合作社修通了 7.25 公里林道，复垦了 500 亩竹林，着手笋竹两用林培育工作。

县林业局和镇里派来了技术专家，在山里手把手教学。县农业农村局提供从技术到项目资金的全方位支持，并完善基础设施。2019 年，依据桃江县竹产业发展政策，何震又获得产业发展奖补资金 100 万元；村里也将用于集体经济发展的 50 万元投入企业。

众人拾柴火焰高，竹笋加工厂逐渐走上了正轨。

2019 年春天是两用林第一次出笋的时候。何震敞开厂门，以每公斤高于市场价 0.4 元的保底价格收笋，并按日结算。

初冬季节，山里显得格外湿冷。烤房边上，热浪却是一阵接着一阵。刚出炉冒着热气的笋干，在彻底脱水的情况下，已退去了压榨保存时的酸味。

把竹笋一筐筐倒入浸泡池，竹笋刚遇那一池山泉水，就咕嘟咕嘟吐出泡泡来——这方法是脱水再泡发，起到保留竹笋鲜味之作用。何震这边手脚没停地加劲儿干活，那边还搭着话："快到年底了，订单多还要得急，生产节奏得加快。"这个大山里的弄竹郎，主营复水笋食品，靠着两家门店、两家网店，产品开始冲出益阳，远销大江南北。

掩映在绿水青山、竹林炊烟中的竹笋加工厂，有的地方热气腾腾，有的地方清清亮亮，更多的设备、原料整整齐齐，像一个个尽职尽责的卫兵，守在自己的岗位上。

这天，农户易旺军走到何震面前，不好意思地说："男人家（丈夫）住院，今天想请个假，要跑医院……不过，我办完事就回。"何震脱口就说："去，去，赶快去。自己的工厂，家里有事，我来调整……"易旺军那段时间随时都能请假，一直到陪护治疗结束便回厂继续务工，为此，她见人就说"自家的工厂就是好"。进厂务工，让她的生活有了新希望。

周正时建起了收笋站点，摘掉了贫困户的帽子。他把邻村村民们送来的笋就近收纳，一样的价，提供更周到的服务，还告诉“笋民”如何分辨优质竹笋，让大家提高了工作效率。这个昔日的贫困户，带领邻村人发家致富的同时，自己一个季度也赚了 8000 多元——这也是他一年当中最大的一笔收入。

大家都愿意跟着干，都乐于跟着干，发展的内生动力激活了，村民脸上的笑容多了，亿阳仑竹笋合作社也搞出了名堂，捧回了“湖南省优质农副产品供应示范基地”等 4 块金字招牌。

销售像根魔杖

“互联网+”给竹笋加工产业插上了新翅膀。

6 月初夏，天气还不算炎热。第一次接触直播带货的何震，亲眼看到主播满面春风地推他们合作社的产品。何震后来知道，主播叫曾成，她是带着她的“湘北曾姨”抖音账号回家乡创业的。她本身就有粉丝 100 多万，上年带货收入达 400 多万元。主播强、产品好，直播间热度暴涨。何震在一旁看着大屏幕上的客户订单量“噌噌”往上蹿，心里觉得分外踏实。

何震这时不由得想起从前，村民们被“销售”这座大山压得直不起腰。

父亲拖着板车拉着产品，沿街叫卖，卖不动又垂头丧气地拖回来。那样艰难的年岁里，全家人就得守着“穷”和“空”过年；遇上灾年时，积压的货物被冰雪封在仓库里，眼看着全部报废，邻居奶奶锥心刺骨地号啕大哭；自己的竹筷子卖不出去，他只得把苦心经营的小作坊盘出去，像把自己的亲生儿子送给别人似的。这份痛，在他心里持续了很久。

眼下的销售像根魔杖，仅仅是话筒、支架、补光灯，就能神通广大地招来那么多人。何震本能地抬头看，往四周瞧，仿佛天地间到处铺满了渠道，那网状的天路、地面的高速，让源源不断的人流向他们涌来。

一路上，他指点着小时放牛的地方，捉鱼的溪涧。

《山乡巨变》

这不仅拉近了农民与市场的距离，还助推了本地网红经济的发展，为新农民打开一片广阔天地，为乡村振兴注入新活力。

《新山乡巨变》

我站在了新的高度

过去劳动力外流、耕地抛荒严重的洞庭腹地，现在是荒地变宝，进入了产业兴旺的快车道。洞庭明珠、绿色生态的南县，地处洞庭湖湖心，地势平坦，土壤肥沃，是久负盛名的鱼米之乡。一大片一大片的虾稻基地，聚集着大群白鹭。蓝天白云，稻苗嫩绿，鹭鸟嬉戏，一幅水墨丹青般的田园美景。

傍晚时分的县城，车从路边过，近处的田野间，点点亮光在游走，那是虾农们头戴探照灯在捕虾；临近公路的民房前，白炽灯下是个小市场，收虾的、选虾的、称秤打包的各自忙碌着，装满小龙虾的车辆，引擎轰鸣，赶赴全国各地。

南县的夏季，是农民数票子，起虾、收虾的旺季。大清早人们见面首先问：昨晚起了多少虾？个个脸上堆着丰收的喜悦。

南县稻虾米是全县支柱产业，带富一方百姓，形成了知名品牌，享誉全国。2019 年，南县的稻虾综合种养达到 55 万亩，年产优质小龙虾 9 万余吨，优质虾稻 27 万余吨，稻虾产业年产值过 130 亿元，规模和影响跻身全国三强，通过稻虾产业带动超过 15000 名贫困人口脱贫。

这产业离不开一个人：曹政奇。

地处洞庭湖区腹地的南县，有 60 多万亩低洼水田，以前老百姓习惯种植一季稻。“在这里种田经常被淹得没饭吃，大家不得不外出打工。”三仙湖镇咸嘉垸村村民曹政奇说，他高中毕业后就在外务工，只能勉强养家糊口。

小龙虾原来是河湖一害，却一夜蹿红，忽然就占据了美食“C 位”，供不应求，价格还不断攀升。2007 年，曹政奇看到低洼地里的沟沟坎坎有野生小龙虾，于是打起了主意，流转了 180 亩低洼地，成了村里稻虾共养的第一人。

刚刚开始稻虾共养，对小龙虾生活习性不了解，半夜，曹政奇会起来观察小龙虾打洞、交配和觅食，摸索它们的生活习性；白天，诸多种养难题让他伤透脑筋：投多少苗？喂什么饲料？喂多少？如何培水？如何防病？怎样促进小龙虾集中脱壳？用什么药进行稻田除草治虫还不伤小龙虾？曹政奇完全是靠自己摸索，小心试验，耐心求证。

在经历了好几次把小龙虾治死的坎坷后，转折终于来了。曹政奇参加了县里的技能培训，与大家一起摸索和探讨，每亩纯收入从原来的 2000 元翻番，到 4500 元。“新型职业农民培训，让我站在了新的高度。”曹政奇感慨地说。

这以后，稻虾共养的做法慢慢被一些村民效仿，咸嘉垸村成为全县养虾面积最大的村。曹政奇献智又出力，不仅自己赚得盆满钵满，还带领村民们走上了致富道路。

贴着地面走

作为一个党员，曹政奇时刻不忘带领群众共同致富。他迅速成立合作社，积极推行稻虾种养的“合作社+农户”模式，社员从最初的300余人发展到456人。

李再田一家是当地有名的困难户。先天性耳聋的李再田和他智力残疾的妻子，因为文化水平低，加上残疾，夫妻俩一年到头赚的钱只勉强够一家人花销。一点小病小灾，都会成为压死骆驼的最后一根稻草。

2018年，政府对李再田一家实行产业帮扶，夫妻俩尝试着搞起了稻虾种养。曹政奇负责技术指导，为李再田一家提供从虾苗、种养，到产品销售的全程服务。

“夫妻俩很勤奋，打理虾田很认真，那些虾子被他们日夜照护，长得肥肥壮壮。”曹政奇介绍说。市场价格好时，曹政奇就指导他们下水捞虾，这样一来能卖更好的价钱，一年下来，每亩平均收入能有近万元，扣除成本、银行利息，也有4000多元一亩的纯收入。2018年，李再田一家成功脱贫。之后，夫妻俩扩大了养虾面积，把银行贷款全部还清，新一年的成本也攒足了。

“幸亏各方的帮扶，要不，像这样的残疾家庭，真是难得翻身哦。”曹政奇提起帮李再田贷款的事，不无感慨地说。邮储银行南县支行为李再田一家提供了不少支持。从稻虾惠农贷款落地以来，邮储银行本着“吃得苦、霸得蛮”的精神，采取“贴着地面走”的服务模式，人员分成4组，早上6点出发，晚上9点返程，实地调查，为像李再田一样的农户提供一站式的金融服务。

曹政奇带动的像李再田这样的建档立卡贫困户有120余人。在他的合作社，大家抱团生产，统一品种，统一种养标准，统一收购，统一加工，提升了虾、稻附加值。现在，“稻虾米”售价每斤达10元之多，是普通大米的3倍。

从“人找货”到“货找人”

“电商强农”有如久旱甘霖，给农产品销售带来了新的生机。在南县，这里建立起“农村淘宝”服务中心，吸引了淘宝、京东、58集团等电商“大佬”纷纷参与，带动益阳村级电商服务站和贫困户农副产品上网销售，为贫困户大批滞销的农产品找到了出路。

尤其是直播带货，已经成为最火热的互联网“风口”，呈现井喷式发展。这一新兴商业形态，实现了从“人找货”到“货找人”的转变，消费业态由线下主导向“线下+线上”齐头并进转变，倒逼农民和企业做优产品、做大规模，推动农业朝全产业链模式迈进，为农村经济发展带来了新活力，增添了新动力。

流量助推销量，云动力增内动力。2021年，曹政奇的合作社成员稻虾生态种养面积共达3万多亩，年产小龙虾2800吨，优质稻米19500吨，稻虾总产值达1.21亿元。新媒体时代，在政府的帮助下，去年的虾稻米供不应求，除去线下，线上成交额达700万元。

今日南县，围绕“小龙虾”做足“大文章”，正在洞庭之心演绎“小龙虾，大产业”“小行业，大作为”的精彩。

通过近20年的不断探索和尝试，南县打造了7个高标准集中连片万亩稻虾示范基地，建成1000亩以上集中连片稻虾标准化生产基地22个。稻虾米产业不仅强县，更能富民。南县建档立卡贫困户中，有2500户6500余人直接参与“稻虾”产业发展，种植面积达6594亩。

捞虾，说虾，品虾，卖虾。2020年5月22日，南县举行第二届小龙虾捕捞节及网络直播节，忙了养虾人，乐了品虾人，红了网络直播间的卖虾人。

“哐——”一声锣响，捕捞开始！游客朋友们现场体验南县鲜活小龙虾出笼，共同分享收获的喜悦。

洞庭虾网举办南县三农主播海选大赛，平台专业打造农作物采摘、野营、劳作、旅行、交友、酷玩等多样化户外直播场景，4个不同平台的直播间，以虎牙直播、农播会、阿里村播、蜂商视频为主，到场户外主播80余人，推广产品以南县小龙虾为主，配套推广南县稻虾米，推广现代高效农业模式。这不仅拉近了农民与市场的距离，还助推了本地网红经济的发展，为新农民打开一片广阔天地，为乡村振兴注入新活力。

3小时的直播，共计观看量69万，成交订单3000余单，成交额33.5万元。南县，成了直播的天地，网红的世界！

> **“人是能够改变的，难怪党总是强调改造。”**
>
> 《山乡巨变》
>
> **发展产业，益阳的出路在哪里？作为传统鱼米之乡，益阳有山有湖有茶有鱼。芦苇荡里积蓄着昔日的回声，怀揣的梦想如何唤醒沉睡的资源？**
>
> 《新山乡巨变》

洞庭虫草

沅江，天赐野成的芦苇之乡。

每年春天，芦苇的幼苗——芦笋破土而出，它们随春风而生，在这片肥沃的湖洲湿地之上野蛮生长。芦笋 3 月中旬开始采摘，采摘期只有 20 天左右。在采摘高峰期，每天人均收入有 300 元左右，年户均劳务收入能超过 3 万元。

采摘的芦笋被精心加工，美味天成。这种天然的有机绿色食品，有一个公认的别称——“洞庭虫草”。

陈建波，40 多岁的沅江回乡创业者，就是开拓这个产业的先锋。

“对不起，对不起，没货了……”每年销售旺季，陈建波都要这样答复一大批顾客。卖得最好的沅江芦笋断货后，陈建波开始实行网上预售，用户可以先支付 30% 的订金预订次年芦笋。

在沅江，芦笋是搬不走的天然资源，作为全国最大的芦苇高产区，沅江市域内有 86 万亩湖洲湿地，45 万亩的芦苇收割面积，年产芦笋 14 万吨，约占全省芦笋产量的半数。2021 年全市芦笋生产企业从原来的 6 家发展至

24家，年综合产值达20亿元。

在春天采摘高峰期，每天临时性用工有2万多人，群众直接增收6000万到1亿元。这场田地里的“战斗”，既为沅江创造经济效益，也帮当地百姓增收致富。

尽管沅江芦笋产业开发时间短，底子薄，但方兴未艾，大家一直坚持发掘“沅江芦笋”的食用价值和药用价值，培育市域经济发展新动能。坚持“绿色健康、药食同源”，实施传统食品、功能保健品到药品“三步走”战略，力争在10年内，“沅江芦笋”综合产值能突破100亿元。

八百里洞庭的一角，除了浩浩荡荡的湖水，就是湖洲湿地上连天接地的芦苇荡，广阔的芦苇荡仿佛卧在水面上的柔软绿毯。

站在沅江市泗湖山的大堤上，陈建波指着河对岸，说：“那边就是我们‘平芝食品有限公司’的芦笋生产基地。”

2011年，在外打拼10年的陈建波，怀揣所有积蓄回乡，下决心要将汗水洒在故乡这片热土。

他5岁丧父，母亲带弟妹改嫁他乡，爷爷奶奶把他带大。陈建波特别能吃苦，从学校出来就决心自立，他从小超市开始做起，慢慢做大，先后在长沙、山东等地经商办厂，实力越来越强。2011年，他创办“平芝”企业，转型加工食品，并尝试收购了近400吨沅江芦笋。

芦笋是陈建波从小就爱吃的“宝贝”，选择这条路，一是沅江有45万亩芦苇，芦笋原料不愁。二是正好赶上国家产业转型，小纸厂关停，沅江市委、市政府因势利导，提供人、财、物和政策支持，大力扶持芦笋产业。陈建波的芦笋产业就这样做得风生水起。

造纸业的退出让芦笋产业迎来了新一轮的发展机遇。

新生事物总会带来阵痛

30 多艘芦苇船，一字排开向码头停靠，每一艘船上都堆着山一般高的芦苇。陈建波的朋友、做运输的薛永祥哪里知道，他马上要经历“人生最消沉的时候”：船阵不许上岸！远处的造纸机器也停止运转……依靠芦苇创收的黄金时代没了，芦苇开发状况陷入沉寂，他的心情也跌落谷底。

沅江市约有 45 万亩芦苇。“芦苇没有纸厂收，就废了！”大片的芦苇不砍伐就不能创造经济效益，过剩的芦苇还会埋下各种隐患。

“毕竟是注重环保大力发展绿色经济的时代，国家、政府部署：退出造纸，向绿色产品转型。”陈建波分析说。

熊毅一家原本靠芦苇造纸起家和致富。突然有一天，芦苇产业要转型到芦笋产业，原来的产业链断了，新的芦笋产业还没有根基，他无法据此谋生，只能选择外出打工。突然有一天，他看到新闻，市领导到沅江调研，说要妥善解决好涉纸人员的基本保障问题，要统筹推进，支持芦苇产业转型发展。

“新生事物总会带来阵痛，我们要相信政府，积极应对。相信，明天肯定会更好！”盯着一棵刚破土而出的芦笋，熊毅坚毅地说。

眼下，熊毅不打算出去打工了，他在等待机会。

沅江芦苇严重滞销，很多芦苇散落在湖洲上无人问津。这让从小住在洞庭湖边，伴着芦苇荡生活，有吃芦笋习惯的陈建波看着心痛。他有一条崭新的思路：加工芦笋食材，瞄准绿色消费，挖掘芦笋的食用、药用价值。

发展产业，益阳的出路在哪里？作为传统鱼米之乡，益阳有山有湖有茶有鱼。芦苇荡里积蓄着昔日的回声，怀揣的梦想如何唤醒沉睡的资源？

陈建波一直在寻找答案的路上，最终坚定了做芦笋的信心。有两年，他专攻长沙、广州等大城市的餐饮市场。“我们自带厨师炒芦笋，向顾客推荐。”陈建波回忆，自己常蹲守在华天、毛家饭店等星级酒店和大餐馆，见缝插针，趁机炒上几道菜，让饭店经理、大厨们体验试吃。沅江芦笋逐渐获得消费者认可，各大中城市餐饮名店里，慢慢地都有了它的身影。

随后，“平芝”牌芦笋产品相继开发出了“休闲系列”“礼品系列”“菜宴系列”等五大系列几十个品种，有虫草、罐头、熟食、面条等多种形态和包装，产品销往全国，甚至走出国门。

陈建波以过人的胆识，带领乡亲们在赤磊河畔的泗湖山镇打造属于本地的食品加工王国。素有“洞庭虫草”之称的沅江芦笋，历经采摘、人工选料、蒸煮杀青、低温冷藏、真空杀菌、口味调制等十几道复杂工序，再经由厨师的精心烹饪，走上了千家万户的餐桌，成为香飘四方、“南北通吃”的俏货。

搭上互联网的快车

陈建波不仅有胆有识，还有谋。他的“谋”，是趁早搭上互联网的快车。

沅江市地处偏僻，鲜有人投资网络电商平台。在陈建波的主导下，湖南静鑫网络科技公司成立。他拉着谭浩这个年轻人一起干，让他负责产品、品牌、技术和培训。

不久，公司自主研发的农业采购平台——“E 帮在线”手机 App 上线，为沅江芦笋搭建电商售卖平台。同时，“E 帮在线”还开通官网、小程序、公众号等，为用户提供更全面的购买渠道。

由芦笋开发出的佐餐类、休闲即食类、饮品类、糕点类等 9 大类 21 种特色产品，自上线以来，线上线下销售额达 1400 万元。

从种植、生产、加工到销售，陈建波构建了一条完整的产业链，突出“网上”“云上”的特点，这些特征，最终成为芦笋转型发展的亮点。

让人想不到的是，大名鼎鼎的北京庆丰包子也来了，庆丰包子选中了绿色鲜嫩的沅江芦笋。两款明星产品“庆丰包子”“庆丰烧卖”选用优质的沅江芦笋为馅，沅江芦笋的订货量逐年增加。2018 年，天津庆丰包子铺订购芦笋上千斤。

自从“洞庭虫草”加入包子肉馅中，民众对产品的认可度大大提升。庆丰包子从 2018 年 50 吨到 2019 年 100 吨的芦笋订单，另加益阳餐饮协会 800 吨订单，陈建波与众多发展沅江芦笋产业的有识之士，在 100 亿产业发展路上迈出坚实一步。

“洞庭虫草”，迎来了它生命的春天。

田野静静的，人们踏着路上的干雪，各自回到各自的家里，等待着开天，等待着春耕的开始，以便用自己的熟练的、勤快的双手，向自然，向黑土，取回丰饶的稻麦和果实。

《山乡巨变》

“这是今天卖丝瓜的收益。这瓜，就是我们富兴人的‘富兴瓜’。每天现摘现卖，俏得很!”

《新山乡巨变》

一镇一特色

洞庭鱼米香，鱼米数资阳。

时值九月，漫步秋日资阳，金黄的稻谷、青翠的蔬菜、鲜亮的橘子、长白的丝瓜、火红的辣椒、艳丽的紫薇、褐色的油茶果，都是秋收画卷中最明亮的色彩、最动人的音符。丰收、喜庆、美好的气息，荡漾在42万资阳儿女心中。

资阳区新桥河镇位于资阳、桃江、汉寿三地交界处，地理位置优越，水陆交通发达，素有“资阳西大门”之称。

这里的天地最适合瓜果蔬菜。

新桥河镇的两位菜农龚仁辉和胡建芳在蔬菜种植上闯出了新路，带富了一方百姓。小镇慢慢有了“茶果小镇”的美誉，资阳区“一村一品、一村多品”发展模式，也有了真正落地的“核”。

而在沙头镇富兴村，一户人家，几亩瓜地，从丝瓜苗下泥那刻起，瓜农们便开始悉心培育，“精雕细琢”。别处的丝瓜不论，富兴村出产的丝瓜又壮又直，皮薄肉嫩，全是精品，价格自然比其他品种高，产量也超出30%。

按“一镇一特色”的思路，资阳区有新桥河“果蔬小镇”、长春“互联网小镇”、迎风桥“国基教育小镇”、茈湖口“稻虾小镇”、张家塞“厨嫂小镇”，还有个人们想不到的沙头“丝瓜小镇”。经过几年的发展，“丝瓜小镇”的名声逐渐打响，产业规模也逐渐壮大，带动了当地村民稳产增收。

黄泥湖的萝卜好得有历史

益阳的蔬菜中，历史最久远的，莫过于黄泥湖的萝卜。这个坐落在资江南岸的天然蔬菜基地，一直是老益阳“街上的菜篮子”。

黄泥湖的对岸是萝卜洲，它与蔡家洲、青龙洲摆成个“品”字形，将日夜流淌的资江水一分为三，形成了属于益阳的“三江并流”。

有趣的是，整日与萝卜洲相望的黄泥湖，出产的萝卜比“萝卜洲”的还出名。黄泥湖黄土里长出的萝卜又大又水灵，清脆可口，远近闻名，历史上名声很大。也就是——

黄泥湖的萝卜好得有历史。

传说在三国时代，曹操攻打吴蜀两国，军队来到资江北岸，想攻打黄泥湖，但苦于河上没有船。这时有士兵发现这里的萝卜很大，于是他们两两一组，挖一只大萝卜，再将萝卜锯成两半，把萝卜肉挖空，吃掉中间的，留下萝卜壳当小船，一边壳壳坐一个人，这样就解决了渡河难题。很快，曹操的军队便强渡资江，赢得战争的胜利。黄泥湖的萝卜因此出了名。

距离“三洲”下游几百米远的将军庙渡口，往来的渡船上拥挤着的大都是挑着菜筐的农家女子，她们都是“上街”来卖菜的黄泥湖菜农。奶娘秦爱珍就曾在这支队伍里……

母亲和我都出生在黄泥湖，在外婆的嘴里，萝卜不但是一种蔬菜，而且是一味很好的中药。“萝卜出了世，郎中背了时。”缓解感冒发烧、头痛脑热、胸闷气胀……像是能治百病。可母亲说，萝卜最大的疗效还是“可以疗饥”，她不止一次心酸地告诉我，她是吃萝卜缨子长大的。萝卜甜要卖钱，缨子苦当饭咽，吃得多了直吐酸水，这是母亲心酸的童年记忆。

关于黄泥湖的萝卜，民间流传着许多故事，而其中流传最广的是一句俗语：黄泥湖的萝卜——洗清卖白。以前菜农挑担萝卜进城，进菜场前总要先到河边把萝卜洗得白白净净才卖。现在指人干了坏事却竭力辩白，一心想洗刷自己。

黄泥湖为志溪河入资江的淤积地带，不涨水的时候，就是天然的蔬菜基地。更重要的是，黄泥湖人民因地制宜，懂得向瓜果蔬菜要效益，力图摆脱贫困。近几年，黄泥湖萝卜年均产量在 1000 万公斤以上，远销湖北、江浙等地，成了当地农民真正的“致富宝”。

搭上了“互联网+”的顺风车

2021 年元旦刚过，益阳资阳区新桥河镇李昌港村，龚仁辉的绿蔬源蔬菜种植专业合作社人来车往、热闹非凡。244 亩钢架大棚基地，红火龙果、紫葡萄、黄澄澄的番茄、绿莹莹的长辣椒，亮灿光鲜地挂得满枝满地。

一辆辆满载着辣椒、白菜、番茄的小型农用车缓缓驶出基地。

龚仁辉底气十足地说：“现在大棚蔬菜只愁种，不愁卖。一座大棚两茬收入 3 万多元不成问题。”

龚仁辉原本是位贫困户，家中有年迈多病的父母和一个患有疾病的弟弟。尽管他在外打工很拼，但还是所赚无几，微薄的收入，不能维持家中几口人的基本生活。2014 年，他们家被认定为建档立卡贫困户。

“你说我年纪轻轻、结实健壮的，人又不懒，手脚也还勤快吧，落个贫困户还让国家负担，丑哟！不甘心，我必须甩掉这个贫困户帽子……”

经朋友引荐，他来到江苏溧阳，学习瓜果蔬菜种植方法，一学就是两年。

2011 年他开始“单挑”，单独承包了 25 亩大棚，自己边种边学，积累经验。他把当时身上仅有的 1 万元钱全投了进去。不料，没过多久，老板跑路，仅剩下一片荒芜的耕地。守地的人看他可怜，承诺免费给他种一年。那时的龚仁辉穷得没钱坐车，更没脸回家。耕地上一人多高的杂草，他埋着头没日没夜锄了三天，锄得满手血泡也不管不顾。

这一年，龚仁辉憋着一股劲种果蔬，幸运的是，当年就赚到了他人生的第一桶金。

带着打拼几年攒下的全部积蓄，龚仁辉回到了家乡，在新桥河镇东新村租了 30 亩土地，开始了艰难的创业之路。创业很辛苦，还遇到了意想不到的困难，但他凭着一股拼劲、钻劲，背水一战闯过来了。当年，他投入所有的积蓄，建成了 25 个大棚，种植越冬辣椒等反季节蔬菜，一年下来，汗水没白流，收入超过了预期。

这一年的经历，让龚仁辉看到了希望。他创办了“绿蔬源蔬菜种植专业合作社”，又增包了 30 亩地的大棚种植面积，开始带领更多的村民发家致富。可一场雪灾来了……

一夜间，厚厚的积雪把龚仁辉的 30 亩大棚压塌，场面惨不忍睹。钢架扭曲，大棚坍塌，薄膜被风撕裂，风在烂棚中肆虐。遍地是垂死挣扎的蔬菜，或埋进积雪，或冻死冻蔫。

龚仁辉平时就像护着孩子一样，护着这些小生命。看到眼前的惨状，他心疼得掉下了眼泪。他蹲下身子扶扶这株，摸摸那棵。他知道自己无回天之力，救不下这些蔬菜。雪还在下，大棚内即使有幸留下一角没被压垮，可上面积压了七八厘米厚的雪，也随时有倒塌的危险……

大雪来势汹汹，像是有意要压垮龚仁辉。瓜果蔬菜都冻死了，损失动辄数十万元。龚仁辉几年时间积攒下来的家底，连同那一束刚燃烧起的火热希望，在这个时候，都一起结成了冰。

他腿一软，直接坐在雪地里……

自己吃点苦也就算了，本以为可以带领亲人和家乡父老一起脱贫致富，现在不但让他们失望了，也让自己陷入了“负贫”的绝境。面对土地租金、人员工资、大棚修整等各方面的资金压力，第二次扩建时就欠下十几万元外债的龚仁辉，这一下更是雪上加霜。

那压弯的钢架，在龚仁辉眼中幻化成了老父亲佝偻着的背。父亲 40 多岁才有他，小时候家里穷，一家人全靠父亲做些零工养活。后来又有了弟弟，父亲的压力更大了，常常天没亮就出工去河边挑沙，一担沙两角钱，一担接着一担不停地挑。那时的父亲已经 50 多岁，身子远不如年轻的工友们。他被生活压弯了脊梁，步子迈得越来越缓慢。

而那被积雪压趴、无法起死回生的大片蔬菜，又那么像他病后的弟弟。弟弟那年从深圳打工回来，精神突然变得不正常，发病时，还用刀刺伤了父亲的胳膊。这以后，每年得去医院住两三个月，药不能停，这对于一个贫困家庭来说，不只是雪上加霜，更是冰冻三尺！

还有村里的那些贫困户，谁家里都有导致贫困的这样和那样的缘由。

“站起来！”一个声音在呼喊。龚仁辉真的从雪地里站起来，站成一株

“风中挺且直”的松树！他对自己说：父亲是那一代农民的缩影，他们勤劳苦干，就是摆脱不了贫困。如今我们这一代人是赶上好时候，国家给政策，政府给帮扶，还有那么多盼致富的乡亲。这么多的动力和能量，难道就燃不起一堆火，将这些冰雪融化？

正想着，一些村民和农场工作人员急匆匆赶来了，他们都是来帮忙的。有的说抢救蔬菜，抢一点是一点，挽回损失；有的说急救大棚，运来几车竹炭送进各棚，生炭火提高大棚内的温度。

他们坐下来一起帮龚仁辉分析，眼下多方配合救灾抢收是关键，更重要的是要提振信心，想好下一步怎么做。

“你的条件也许可以申请扶贫贷款。”分析会上，一个信息让绝境中的龚仁辉看到了希望。可一想到自己没有任何东西可以做贷款的抵押物，憨厚老实的龚仁辉有些忐忑。他还是去了资阳区扶贫办，不多久，扶贫资金就下来了。龚仁辉开始新一轮多品种、多种类、跨季节的种植，拓宽种植面积，提升应变能力。他心里只有一个想法：赶紧实现效益增长，回报国家、政府的“救命之恩”。

之后，他拓宽思路，扩大种植范围，在东新村流转了230亩土地，他的扶贫车间也获得了审批，建起了有机农业示范基地。村民们加入绿蔬源蔬菜种植专业合作社，在家门口干活就能有高收入，大家的致富信心更足了。

与此同时，龚仁辉还搭上了“互联网+”的顺风车，学习“互联网+智慧农业”的新模式。远程控制大棚施肥、喷药，实时监测农田作物生长，在线提供农技服务，全产业链追溯农产品源头，自动监测病虫害情况，关乎农业生产的五大难题如今可以在智慧农业云平台一键搞定。

“他现在有点上瘾，只要是互联网、大数据的东西他都特别感兴趣。”一旁的工作人员插话说。“不感兴趣可不行啊，你以为不感兴趣只意味着落伍？

不搭上这趟高速列车，我们就永远是老牛拉破车。”龚仁辉笑着说。

“看看我们的鱼塘。”龚仁辉点开手机 App 远程监控渔场系统，“你看，为鱼塘投放鱼食，了解水质是否正常，远程控制增氧机，看鱼塘有没有缺氧。实现省时、省力、省工。农业专家也可用手机查看我们的施肥、供氧情况。专家们无须东奔西跑，在手机上就可以指导我们。而我们自己，也结束了日晒雨淋、牛拉人犁的苦劳力生活。盯着大屏幕指挥田间作业，足不出户照样把产品卖掉。你看，渔场的老肖，没什么文化，照样用手机 App 开启鱼塘增氧机，操作特别熟练。”

“现在，又有了水产养殖机器人……”

“你把机器人买回来，不会把我们都退了吧?”一旁的员工半开玩笑半认真地说。

“有可能哟……”龚仁辉笑笑说，却拍拍那员工的肩膀，一切尽在不言中。走出大棚，眼前仿佛一幅油画——那一眼望不到头的连片大棚里，有红心火龙果、樱桃番茄、葡萄、草莓、红美人柑橘、桃形李；黄瓜、丝瓜、南瓜、辣椒、空心菜……

工匠精神种瓜

6 月中旬，正是丝瓜成熟上市的季节，在资阳区沙头镇富兴村，丝瓜被称为“富兴瓜”。

何梅轩运完一车货回来，满身的热气，内心也热烈似火：“这丝瓜才上市，品质鲜嫩，好卖得很，6 元一斤抢着收。”妻子胡建芳正沉心采摘。她仰着头，在藤架下用剪刀采摘丝瓜，不一会儿就装满一筐。丝瓜藤架郁郁葱葱，那排排架上垂下的丝瓜帘，条条长得白白嫩嫩，浑身毛茸茸的，笔直且壮实。跟满是青色疙瘩的普通丝瓜比起来，这些长白丝瓜颜值颇高，猛一看，真不像是藤上长出来的，倒像是别出心裁画上去的。

胡建芳有3个儿女，2021年，最小的刚在市六中考完高考。“我们不出去打工了，安心在家种植丝瓜和其他一些时令蔬菜，能陪伴孩子们，家也像个家。现在最大的心愿就是孩子们好好学习，有不错的成绩。我们能年年靠双手致富，获得好效益。”胡建芳一边将丝瓜装筐一边笑呵呵地说着，小小丝瓜是她的“致富宝”，提升一家人获得感和幸福感的同时，也给平凡生活带来梦想与希望。

何梅轩、胡建芳一家原来是村里有名的贫困户。早些年，拉扯着3个孩子的夫妇俩，住的是“水帘洞”房，一到雨天就大盆小盆接雨；冬天寒风肆虐，窗户蒙的几层塑料薄膜常常被大风撕裂；孩子们想吃一顿肉，也只能盼着家里来客解解馋。那时的生活现在回忆起来都泛着苦涩。

“现在好了……”何梅轩说，“我家6亩丝瓜地，还间种些莴笋、菜薹，有时还种些反季节菜。价格好，我们一年收入超12万元。家里建起两层楼房，生活达到小康水平了。”他从兜里掏出一沓钞票，有上千元，继续说，“这是今天卖丝瓜的收益。这瓜，就是我们富兴人的‘富兴瓜’。每天现摘现卖，俏得很!”

何梅轩夫妇现在是当地的丝瓜大户之一。每年6月份进入丝瓜采摘高峰，一直可以摘到10月份，好的年份每亩收入可达2万元。

我伸手从筐里拿出一根丝瓜来，问：“别的丝瓜歪歪扭扭，你的为什么都这么直？是品种好，还是种植技术有诀窍？”

富兴村党支部书记龚卫飞说：“我们这是地地道道的土丝瓜。富兴村瓜农种的丝瓜，品种是自留的土种。”

甘溪无公害蔬菜种植专业合作社理事长庄梦如接过书记的话："我们的这种长白丝瓜，皮薄肉厚、汁多味甜，还有清热解毒养颜的功效呢。"

"种是土种，种的方法也是土方法。但是，精耕细作，用的是绣花功夫。用现在时髦的话说：以工匠精神种瓜。"庄梦如边说边将我们引向丝瓜地深处，"土"态一览无余，"为了让丝瓜藤蔓光照均匀，这架子要搭得方方正正，让它们沿藤架均匀攀爬；为了防止瓜藤密布老化，瓜农要定期修藤疏蔓，既让丝瓜通风透光，又让老藤长出新蔓，形成一轮又一轮结瓜潮；为了让丝瓜原生态、纯绿色，坚决不用化肥、不洒农药……"说到兴起处，庄梦如递过自己的手机，给记者翻看他保存的无公害农产品证书等照片，他自信地说，"富兴村的长白丝瓜，只管放心吃。"

胡建芳正在丝瓜架下修剪藤蔓，听到庄梦如的话，拉着我们往丝瓜架下她丈夫那边靠。何梅轩会意，用锄头拨拉几下，翻出肥料的踪迹："你看，我家丝瓜地施的都是鸡粪、鸭粪等农家肥。"

胡建芳又在瓜藤中拨拉一下，亮出她丝瓜高颜值的"秘密武器"——吊坨。每根丝瓜尾端都吊有一个装着泥土的小塑料袋，这就是让丝瓜长直的诀窍。丝瓜长出来两三天，瓜农就在瓜蒂上挂上吊坨。它能让丝瓜受力垂直于地面，促使它长得又直又长，这样种出的丝瓜，不仅外形十分美观，削皮也更方便，还便于运输。

"还有一个让长白丝瓜'长盛不衰'的秘诀，就是一家一户小面积种植。这就便于精种深耕加严管。"庄梦如的这句话，让我们大家都很诧异。如今的工业化种植开始利用大数据管理，这宝贝却需要一家一户点到点地打理。

"我知道你们是觉得大家都走集团化，怎么我们还在零敲碎打。其实，是小中有大，大中有小。"庄梦如说。

2009 年，富兴村成立了益阳市甘溪无公害蔬菜种植专业合作社，蔬菜注册了“甘溪”牌商标。村里共 800 多户村民，其中 120 多户种植丝瓜，全村丝瓜种植面积近 600 亩。胡建芳等瓜农 2020 年加入合作社后，各家各户的丝瓜藤架统一高度，科学规划间距，接连成片，既便于种植采摘，也让丝瓜地更规整美观，丝瓜小镇风貌初显。

龚卫飞对我们说：“为了让丝瓜结出更多、更大的‘果子’，我们成立了村集体经济合作社，冷链仓库也马上建成。”他指了指不远处一幢黄顶白墙乡间小屋：“那间小屋已进入装修收尾阶段，下个月就会摆满村里出产的各式各样的农副产品，供前来观光、体验的游客选购。另一边，一栋仓储能力达 1200 吨的冷库也已完工。届时村民们的农产品可免费暂存于仓库，能减少农产品损耗，在市场不景气的时候等待价格回升卖出更好的价钱，提高村民收入。”

长白丝瓜，是沙头镇名副其实的“富兴瓜”。目前，沙头镇很多村庄都种植丝瓜，很多在外打工的青年回乡了。

60 多岁的村民吴有功也种瓜果蔬菜，但主要收入来源是他的两亩“甘溪”牌长白丝瓜。2021 年，他的长白丝瓜亩产达到 500 多公斤，搭藤架、整枝、人工授粉、吊坨、采摘，每道工序需要精耕细作，马虎不得。

“去年价格高的时候一斤卖到五六元，一亩地收入不下两万元。”

产品做精了，就不怕没销路，酒香不怕巷子深。即便在现代农业高速发展、机械大范围应用于生产的今天，以“工匠精神”精耕细作，仍不失为一种对农业初心的传承和坚守。不论科技发展到何种程度，对农产品精益求精的追求应一如既往，这是所有农业工作者共同的初心和使命。

“不上五年，一到春天，你看吧，粉红的桃花，雪白的梨花，嫩黄的橘子花，开得满村满山，满地满堤，像云彩，像锦绣，工人老大哥下得乡来，会疑心自己迷了路，走进人家花园来了。”

《山乡巨变》

从前采摘加工没标准，做不大。科技创新，行业才有未来。

《新山乡巨变》

生命之饮

益阳产业的“头等舱”在“茶乡”安化。

安化地处山区，平均海拔 600 米，全年云雾缭绕，温和湿润，境内山高林密，溪流纵横。茶树“山崖水畔，不种自生”。宋代开始，因“茶马互市”与西南交流，安化作为最重要的茶产地而设县。

明末清初，安化黑茶逐渐占领西北边销茶市场，并运往山西、陕西及河北等地。安化成为“茶马交易”的主要茶叶生产供应基地。

黑茶中特有的“金花”，具有较强的促消化、降血脂、溶解脂肪、调节糖类代谢等功效，在“茶马交易”中极受西北边民的青睐，销量最高年份达 4000 余吨，黑茶运销盛极一时。因此黑茶也被视为“生命之饮”，更有“宁可三日无食，不可一日无茶”的说法。

条条古道行茶马，条条水路载茶船。

顺资水，过洞庭湖，入长江，茶叶被马驮运下山，集中于牛田驿（今洞市)，用竹排木排顺溪而下入资水，然后用船装运抵达湖北汉口，最终踏上跨越中、蒙、俄三国长达13000公里的“万里茶路”。

漫漫时间长河，辛勤的马帮和茶农踏上茶马古道，商贾驼铃声声，黑茶进入千家万户成为世界之饮。

在日复一日、年复一年的艰难行进中，成千上万的安化人，开辟了黑茶通往域外的经贸之路，用脚步将丝绸之路的万里茶道连接起来。

如今，成群结队的马帮身影已然消逝，清脆悠扬的马蹄声亦已远去，可是，先人的足迹和马蹄烙印还在，远古飘来的茶草香气犹存。对远古茶香千丝万缕的记忆，幻化成今日华夏子孙崇高的民族创业精神！尤其是，车辙马蹄印依稀的古道上，有我们今天奋发创新的安化人！

“海拔800米以上”的神奇温床

安化产茶的历史，最早可以追溯到汉朝，有文献记录的是856年唐代杨晔的《膳夫经手录》，书中有“渠江薄片茶”的记载，“渠江薄片茶”即是早期的安化黑茶。

安化产茶历史悠久，是因为这里有好茶，好茶产自上好的茶园，而好的茶园一定有一座天赐的良“基”。安化有一张“海拔800米以上”的神奇温床。海拔800米以上，气温偏低，茶树的生长缓慢，有利于茶叶中有益的生物成分的积累；地势较高，云雾多，折射光变成漫射光，有利于积累茶叶中的氨基酸；一般海拔较高的地方，都是“阳崖阴林”，有最适合茶树生长的冰碛岩土壤；同时，海拔高，气温低，害虫无法生存，可以不用农药，工业废气、雾霾等飘不上来……800米以上的自然环境，是好茶得天独厚的生长条件。

谭伟中是土生土长的安化人，谭家世代制茶，谭伟中在黑茶文化的熏陶中长大，对黑茶的感情很深厚，被称为“茶痴”。他不厌其烦、反反复复地研读关于茶文化的经典作品，最大的心愿是能复原唐宋时代的黑茶制作工艺。

2005 年，谭伟中毅然放下在外地经营多年的生意，回家乡专心研究安化黑茶的制作工艺，并大量收购各种老茶，品老茶，他品过的老茶里甚至还有新中国成立前留下来的。

2008 年，谭伟中开始着手实现自己的梦想。他先是在安化县芙蓉山上恢复唐宋古贡茶基地，开辟了 12000 多亩的有机生态茶园。四年后，他提出四步发酵观，复原了一整套唐宋制茶工艺，并多次在斗茶大会上夺冠，被评为“安化黑茶制茶大师”。

复原了技艺之后，摆在茶人面前的一道难题就是推广经营。

在茶界有“中国 7 万家茶企不抵一家立顿红茶”的说法，中国是茶叶种植制作大国，也是茶叶的消费大国。但中国茶企的产值为什么如此低呢?

谭伟中决定破题。

他分析了立顿红茶风靡世界的原因，他认为与它的独立包装、携带方便、物美价廉等密不可分。而安化黑茶则一直以“保健性”闻名。安化是名副其实的“中国多花黄精之乡”，安化黑茶的黄精多糖含量是其他地区的三倍多。

在中国人口老龄化日益严重，亚健康人群接近两亿的大背景下，能否结合立顿和安化黑茶的优点开发一款商业价值较高的茶呢？谭伟中开始了他新一轮的探索实践之路。他和专家团队经过三年卧薪尝胆、潜心钻研，一改从前加工工艺落后、黄精作坊式生产的状况，经 6800 目打浆破壁，纳米过滤去渣和零下 70 摄氏度冷冻干燥，制成黄精冻干粉，分装成小袋干粉茶，再包装成精美的小罐。这就是延年益寿的健康茶——黄精茶！黄精茶有醇香、速溶的特点，在这一点上与经沸水泡出来的传统茶没有两样，但在制作工艺和养生效果上，无疑有了颠覆传统的改变。

从前采摘加工没标准，做不大。科技创新，行业才有未来。谭伟中决定乘胜追击。

2019 年，他又引进一条先进的茶粉生产线进行速溶茶生产，创新开发具有世界性突破、颠覆几千年饮茶习惯的原味黑茶速溶茶——茶精华。

谭伟中抓住“健康”“好喝”两大关键点，不断开发产品，带富乡邻百姓。在黄精茶的生产过程中，他的芙蓉山茶业对接了 4900 户黄精种植户，帮助 18000 人解决了就业和贫困问题。

云上 5G 智慧茶园

云台山上，云上茶业有限公司的茶园基地里，公司刘经理正进行细致的讲说：“公司在云台山上铺设了 2 条 100M 光纤，安装 285 个摄像头，架设 54 个 Wi-Fi 基站，实现了茶园基地、环园公路、景区景点、厂房车间全覆盖，并组织技术团队与珠海三纬码信息技术有限公司合作打造了‘三阖追溯’平台，建立国内先进的‘从茶园到茶杯’的可视频追溯系统。”

“你们随我手指的方向看，这个设备叫龙眼。龙眼，也可以理解为农民的眼睛。可以检测到茶园的土壤、周边的生态环境、实时的风向风速、气压、光照、降水量等数据，每 5 分钟传送一次数据到网站后台，后台通过对数据的分析下达施肥、除草等的种植计划。”

安化县有 130 个贫困村，13 万贫困人口，占到了益阳全市贫困村、贫困人口的四成左右。

“安化山多田少，靠茶吃饭，靠小茶叶挑起产业扶贫大梁。”世代与茶打交道的安化县湖南坡茶业有限公司负责人龙文初深有感触。

“湖南坡帮扶毛家坡，我们的黑茶产业扶贫就从毛家坡开始。”龙文初看中六步溪村毛家坡的一块荒坡地，为了消除老百姓的疑虑，龙文初率先在毛家坡一带打造示范茶园。修通道路、打造好茶园、老旧茶园改造等一系列工作弄妥，第二年效益就翻了一番。村民们看到了这一产业的发展前景，周边47户贫困户跟着种茶218亩。

陈岩丁，家住毛家坡山脚下，一直都是贫困户。他跟着龙文初新建、“老改”茶园6亩多，亩产值达3800元，加上在茶叶基地就业，陈岩丁仅此一项年收入近3万元，顺利脱贫。

在安化，黑茶产业还带动了其他副业。

2021年，马路镇岳溪村28岁的刘俊，在云台山八角茶厂务工，靠管理茶园、采摘茶叶脱了贫。脱贫后，刘俊萌生了创业的想法。他看准茶厂开发高品质黑茶的需求，和茶厂商量推行在茶园养鸡的综合种养模式。在茶厂的支持下，他成立了养殖合作社，养殖了4000只鸡。“养了鸡的茶园，一眼望去，茶树的色泽都不一样，有机肥增多，还松了土，茶叶格外鲜嫩，产量也提高了5%左右。今年，所有的鸡出栏，除去成本，能纯挣8万元。”刘俊说。

安化云台山八角茶业有限公司负责人龚意成说：“我们对口帮扶的6个村621户2217人，借助安化黑茶品牌效应，建设茶园基地，采取‘公司（合作社）+基地+贫困户’‘乡镇（村）+示范点+贫困户’‘扶贫车间+扶贫产品+贫困户’‘致富能人+贫困户’等利益联结机制，让贫困户搭上产业脱贫快车。现在产业发展，村民已全部脱贫。”

穷乡僻壤变成了“黄金茶园”。截至 2019 年底，安化县茶园基地面积达 36 万亩，综合产值 220 亿元，带动 1.3 万名贫困农户年均增收 9000 元。黑茶成为益阳规模最大、品牌最响、综合效益最高、带动能力最强的脱贫致富主导产业。

把家安进茶乡花海

春天，茶乡花海姹紫嫣红。在花园里，40 多岁的周秀荣穿行在游客间，红扑扑的脸上热汗直流，但遮阳帽下的笑意却如鲜花般绽放。

她是一名易地扶贫搬迁户。“做梦都想不到，能搬进这么漂亮的花园里，住这么好的房子。”周秀荣笑称。她现在应聘到茶乡花海景区做保洁员，一个月有 2200 元工资收入。在家门口上班，还可以照顾家里的老人和小孩，生活越来越好。

茶乡花海易地扶贫搬迁集中安置点，是安化县最大的易地扶贫搬迁项目，共安置来自全县 13 个乡镇的建档立卡贫困群众 2133 人。新家建在景区旁，搬迁户在景区当起驾驶员、导游、保洁员。2020 年，景区为就业贫困户 130 人发放工资 500 万元。

然而，这中间经历的艰难，周秀荣他们却并不清楚。

安化脱贫攻坚最吃紧的 2017 年，党和政府精心设计，要将 20042 名山民搬迁下山。作为“头号工程”，易地扶贫搬迁时间紧、任务重，考验着政府的智慧。

2015 年，安化县政府邀请在外的成功企业家回乡投资发展。55 岁的黄郎云，放弃北京的优越条件，带着几乎所有家当回到安化。他选中了龙塘镇与东坪镇交界处 2500 多亩的地块，投资 5 亿元，历时 5 年多，建成一个多产业融合、茶旅文体一体化项目——茶乡花海生态文化体验园。园内 98 座小山头上，1000 亩茶树萌发生长，日本芝樱、德国鸢尾、虞美人、三色堇、映山红，各类花卉争奇斗艳。茶园玩出新“花”样，吸引八方游客前来游玩。截至 2020 年底，景区接待游客 11 万人次，门票收入达 400 余万元。

这等于给几万易地搬迁农户安好了家、备好了业。接下来，景区牵手社区，找到巩固脱贫、茶产业和旅游三者的契合点。

黄郎云兴奋地告诉我们：“现在，茶叶也可以摘了，预计可产 1000 斤。悬崖酒店、悬崖餐厅、玻璃漂流等项目马上要开放，景区预计 2021 年全年接待游客 30 万人次。”

“如果说仅仅奔着赚钱，我可以歇一会儿了。但是，繁荣家乡、帮扶百姓永无止境。父辈出身于农村，我自己也下过乡、当过知青，知道农村的苦，也懂得农民的盼。我就想着，让老百姓住进花园里，让更多的人一起致富，要不，我离开北京干吗？赚钱，那里可能更快，回来就想多帮一些人。”

在湖南省第二大的易地扶贫搬迁集中安置点，黄郎云和他的茶乡花海敞开怀抱欢迎着乡亲。他为安置户提供就业岗位 1000 多个，每个务工农民年收入 2.6 万到 4.2 万元，四年多来农民获得的务工总收入达 5000 多万元。黄郎云还从每张门票中提取 10 元，给被租赁土地的农民返利分红。

茶乡花海景区成为旅游扶贫项目，得到各级政府的支持，政策扶持资金超 1 亿元，用于基础设施的建设和配套。

2021 年 12 月，茶乡花海比往常更热闹，这是山民们准备搬进新居的日子。在安化黑茶走得更远的同时，大山深处的人家也往更广袤的天地走去。

“我奶奶说，他们那一辈，几乎一辈子待在农村没出过山，也不敢想有一天会有这么多人到我们家来耍。”家住木溪口桥东头的村民陶最说。

人在茶中，茶在花中；花在山中，山在云中。云在资江倒影中。

茶围花海，花绕茶山；茶山托花，花缀茶间。茶在云海花蕊处。

第九章
梨园情

益阳，这个中部省份的地级市，在互联网的发展上谈不上弄潮，但说起数字化建设，益阳的口号是——“打造全国新型智慧城乡标杆！”

其中离不开4个人，他们用互联网“大闹”益阳，让益阳城乡处处布满智慧因子、智能抓手，从根本上缩小城乡差别，解决民生问题。他们，一个是华为轮值董事长徐直军，让数字世界影响到益阳城乡的每个人、每个家庭、每个组织，构建万物互联的智能世界；一个是“58同镇”的姚劲波，为农民量身定做“益村”线上平台，上千个村民服务中心有了方便的100多项政务服务；一个是“兴盛优选”董事长岳立华，他的“兴盛优选”辐射13个省、直辖市及6000多个地（县）级城市和乡镇；一个是恰创客创业集团总经理袁鹏，他的“恰创客”汇聚农村物美价廉的产品，将产品送到9万多户城乡家庭。

他们都是益阳伢子，情系乡亲，心贴故乡，心中装着两个字——为民。多像贴心贴肺为民的周立波！不同时代，这几个益阳伢子共同的家国情怀汇合交集。

不由让人想到周立波与家乡百姓之间的那份“梨园情”，如今，它已经成为与人民群众情连在一起，心合在一块的象征。

当年的陈树坡，光秃秃的只有一棵桃树，后来周立波拿出部分斯大林文学奖奖金治理，陈树坡开始郁郁葱葱。可到了“大跃进”时期，果园被毁，陈树坡又是一片荒草萋萋，周立波再次拿出积攒的稿费购买果树苗，才有了我们今天看到的网红打卡地——“梨园”。

半个多世纪后的高科技智能智慧时代，人们会怎样传承周立波的为民情怀？答案是：坚持民生为本，着力全民共享发展，提升人民幸福度。

“云课堂”能让4万多名不同学校的老师，围绕同一个课题开展讨论，45万多名师生进行自我测试和个性化学习辅导，逐步实现“定制式”教育和“零距离”授课。

“智慧农业”与益村平台深度融合，为全市81个乡镇、1159个村搭建生产、监管、营销、服务等智慧农业大平台。尤其是营销领域，智慧东风刮进千家万户，通过电商，一些贫困户的农副产品，进城入户，甚至漂洋过海。

再看清溪村，全方位、全链条的数字化、网络化、智能化改造，农民生活水平提高，智能化文化旅游提速，产业价值体系全面提升。清溪村成为城市文化的主题公园、智慧乡村的展示平台、生态体验的养生基地——一个名副其实的山乡巨变第一村。

炉子的四围，摆着一碗扑辣椒，一碗沤辣椒，一碗干炒的辣椒粉子，还有一碗辣椒炒擦芋荷叶子。辣椒种族开会了。除开汤菜，碗碗都不离辣椒，这是陈家菜蔬的特色。

《山乡巨变》

袁鹏不是创造一个个新的产业，而是改善现有的生产方式，优化其品质，改良其结构，使其兼具当下和长远的价值。

《新山乡巨变》

新从这千家万户的餐桌开始

了解袁鹏，得先看一组 2021 年“恰创客”的数据：“恰创客”的会员每天增加 3000 个；销售范围每天新增 103 个小区；新合作的蔬菜基地有大几万亩；线上销售网络不断拓展，2021 年一开年，业务量增长了 200%。

“恰创客”的配送范围只限益阳城区，每天深夜 2 点由 60 多名配送员将新鲜蔬菜和肉类配送到 30 多家门店，门店再从凌晨 5 点开始将线上订单配送到居民小区。

从 2016 年开第一家众创店，袁鹏后续在中心城区开了 70 家，在长沙也陆续开了几十家。他要让更多有梦想的人参与其中，让湖南绿色蔬菜及农产品，以批发价走上千家万户的餐桌。

袁鹏的情怀，就从这千家万户的餐桌开始。

当袁鹏坐在我的面前，我怎么都看不出，这个个头不高、一张娃娃脸、并没有岁月沧桑感的青年企业家，就是传说中“千金散尽还复来”的商海游侠，是那个从不服输，跟困难死磕到底的“硬汉”。

“成功永远比失败多一次。要想在‘危’中寻‘机’辟新路，一定要聚能。你可以没钱没名，但你一定要有一股韧劲，保持能量，朝着创新的方向不断努力。”袁鹏的这段话听着朴实，实则深刻，句句都打在艰难创业的“七寸”上。

从某种角度来说，袁鹏其实也只是一个平凡的创业者，有起有伏。他曾经白手起家，以快捷的方式聚集了可观的财富，又因为根基未稳，百万家财一朝化为乌有。他只能以贩售为生，沿街叫卖，咬牙坚持。但他有最可贵的品质：热爱生活，胸怀梦想。这种品质恒久如钻石，不会火燎无光，不会水淹失色。正是凭借这种当下年轻人稀缺的品质，他最后翻盘崛起，化险为夷，并最终成就梦想。

袁鹏创建的“远鹏生态农场”里，四季有果摘，时时有菜采。高处良种果树舒展枝叶，低处甜椒、西红柿、黄瓜、西兰花形态各异，高低立体交错，红绿旖旎调和，满园果蔬，既是可口食材，也成亮丽风景。到了收获季节，熙熙攘攘的人群证明了这里是个好去处。人们在立体化无土栽培蔬菜园采摘绿红瓜果，在散养土鸡的小山坡上捡热乎乎的鸡蛋，还能在展示厅里挑选令人垂涎欲滴的坛子菜、腌制品。即使什么也不买，你也可以闲步在有着各色作物和苗圃的林道上，呼吸着浸润了花香的新鲜空气，看看小河、草地和一望无际的绿色，也享受了宁静的田园风光。

不仅仅是农场，袁鹏做的是产、供、销全产业链。袁鹏将最传统的农业用最现代的方式来经营，实现资源节约、生态高效，借助“互联网+”打开千万消费者的家门，把放心菜、健康菜送到各家各户的厨房。抓创新就是抓发展，谋创新就是谋未来。袁鹏的“恰创客”抓住全民抗疫的机遇，在小区配送方面跨出一大步，抢占了益阳扶贫产业农产品销售市场的先机。

再新的消费模式，也要秉承“诚信、质量、服务”的原则。袁鹏潜心研发出具有时代气息的“互联网+菜篮子工程进小区智能保鲜系统”，菜篮子工程由此拉开崭新的一幕。益阳城区 80% 的消费群体由他们打理；从长沙岳麓区、天心区的 20 多个小区，到深圳南山、龙岗等多个地区，都有他们的服务。两年间，消费者良好的口碑，让“恰创客”收获了强大的品牌形象。

人人都能足不出户随时随地通过手机下单，个个都能轻轻松松享受高品质的智慧新生活。“绿色食品+方便快捷”汇聚成顺势而为、深耕市场的创新消费模式，这才是袁鹏厉害的地方。

做生态农场一定大有可为

袁鹏喜欢烹饪，要做得一手好菜，食材是关键。工作之余，他总要逛逛菜市，挑拣上等食材，洗净切好，精心搭配，烹炒烩蒸，一盘盘色香味俱佳的菜肴令人赞赏，他自己也享受其中。

身为北京大学医学部毕业的高材生，他对蔬菜和肉类品质的高要求，让他意识到，做生态农场一定大有可为。

他要创业，否则，那颗躁动的心将永远无法安宁。创业，像是袁鹏身体里的基因，从小伴随着他长大。

可创业这片海，袁鹏刚一踏入就一波三折。他曾经放下手术刀做文化公司，不久后，一纸判决书下来，袁鹏又回到了一无所有的起点。他又从朋友手里借了 1 万元，开始了摆摊生涯，深圳多湖南、湖北、四川、江西人，他就在那里卖鸭脖鸭掌酱板鸭。赚到 16 万元后，他又开始找寻新的商机。

袁鹏曾结识一个家里开农场的澳大利亚朋友。他知道，澳洲农业非常发达，在全世界排得上前 5 位，农业生产效益比美国和欧洲一些国家都高。

袁鹏来到澳洲的维多利亚州。这里全数字化远程控制的农场生产模式让他眼界大开，农业竟然可以这样做！袁鹏没有犹豫，和另外两个股东合伙开办了一个面积 760 亩的农场，雇了 20 多个员工，当起了农场主。他经历了自我否定再自我建构的过程，敢闯、敢试、敢为人先，不畏首畏尾，不瞻前顾后，实干精神让袁鹏将很多“不可能”变成“有可能”。

2011 年底，袁鹏带着在澳洲赚得的一桶金回到益阳。他在资阳区新桥河镇李昌港村流转了 1700 多亩土地，引进澳洲优良蔬菜品种、生产技术和管理经营模式，办起了远鹏生态农场，第一笔资金就投入上千万元。

大鹏开始展翅。袁鹏应用水肥一体化和无土栽培技术，让远鹏生态农场开始展现其特色效应。1700 多亩土地的基础设施日益完善，布局有散养土鸡和野味区、鱼蛙养殖区、无公害绿色蔬菜区、优质水稻区、新进产品培育区、休闲餐饮区，一幅集绿色消费和农业观光于一体的现代综合生态农场的美丽画卷，真实地在人们面前展开。绿色安全的水果、蔬菜、肉食品和有机蛋等产品，通过互联网销往国内外市场。

而这些经营模式都是袁鹏从澳洲学回来的。从澳洲经营农场的第一天起，袁鹏就梦想把这种先进的农业生产经营模式带回来，在家乡的土地上复制和推广，颇具旅游休闲意味的采摘体验、旅游式的农业观光，加之产品展示区的设立、互联网销售平台的打造，这一条完整产业链别具诱惑力。

然而，现实永远不会按照预演的剧本走。生活像一个苛刻的导演，总是指手画脚地加进很多戏码，让人始料不及。

2012 年本该是远鹏生态农场收获的第一年，可是，入汛后两三个月，滴雨未下，400 亩蔬菜全部干死。仿佛是老天爷有意考验，袁鹏就这样走上了第一年惨败、第二年全败、第四年品牌价值达 5000 万元的一条坎坷不平路。途中多险阻，绝境又逢生。

袁鹏注册了“恰创客”商标。然而，接下来发生的事情却更加超出了他的预期。

2012 年底，大雪纷纷扬扬下个不停，眼看雪越积越厚，袁鹏和他的团队日夜不停地进行着大棚的加固工作。人们常说“瑞雪兆丰年”，然而在此时的袁鹏眼中，大雪无疑是灾难的前兆。大家还没从上半年干死的蔬菜里缓过气来，眼下这大雪又压得大棚摇摇欲坠……那些雪夜，袁鹏常常睡到一半醒来，披上棉袄去查看大棚的情况，如果可以，他真想用自己的血肉之躯去支撑！然而终究是有心无力。在一个凌晨，200 多亩片区的 40 多个大棚陆续倒塌，最后只剩下 4 个，目之所及，到处是倒伏的铁桩。

有人哭了，有人跌坐到雪地上站不起来。重挫之下，袁鹏的反应让众人意外:“好了，这下我彻底轻松了！是老天爷不让我干了!”

他开始反思，一个桃江乡下的农家子弟，带着最先进的现代农业生产模式回家乡益阳，在一片沃土上开始全新的创业。他错了吗？他没错!

不，也许还是错了。他带着全村人的期盼考入北大；他选择医学，是想从根本上改善国人的健康状况；他从一个医生变身为澳洲的农场主，是想把最先进的农业模式带回来。他应该创新适合家乡的农业模式，而不是只做个生搬硬套的农民；他应该定位全国、放眼全球，而不是只着眼于这 1700 亩的基地和 200 亩的大棚。

不到景深处，难见柳暗花明；不到路穷处，难知山重水复。尽管被挫折和失败打倒在地，袁鹏却在心里想：我要爬起来把挫折和失败踩在脚下，在冰与火的转换中快意人生。

第二年夏季来临。“不好了，李昌港一片汪洋!”

湖南境内连降暴雨，引发资水猛涨，还久积不退。地势低洼的远鹏生态农场，蔬菜一株不留全送到龙王爷的菜窖里。袁鹏在澳洲农场赚的钱，就这样几乎全填进了这个窟窿，每年损失在200万元以上。

屡战屡败，袁鹏没有气馁。开头越难，以后的路越有韧性走，袁鹏有屡败屡战的斗志。

又从基础抓起，“恰创客”开始为每个需要的家庭配备一周不重样的菜谱。袁鹏注册开办“湖南绿色蔬菜”微信商城，建立二级、三级微代理销售分成制度，农场配送中心保证生态有机、科学搭配、口感丰富、健康营养的食材被送上千家万户的餐桌。产品品质高，服务态度好，下单方便快捷，商城粉丝一下突破100万。

仅个人业务每天就有数百件之多，都是通过微信订购，平均日销售额能过4万元。袁鹏乘胜追击，继续挖掘地方传统特色产品，纳入“恰创客”商标体系。比如桃江的“竹乡酒”，这种酒是在生长的竹节里酿制而成，清新醇厚，风味独特。在“恰创客”的强力推销下，“竹乡酒”广受消费者欢迎。

此外，袁鹏的大棚种植产业也是形势一片大好。应用从澳洲引进的立体化无土栽培技术，蔬菜产量相当于一般大棚的8倍；多层分段式栽培，产量又多4倍；比起原来的一年4~5季，袁鹏他们能种5~7季。单说西红柿，一亩的年产量就高达3万公斤！

袁鹏种植的绿色蔬果，品相佳的上市售卖，品相差的则交付二次加工工厂，制成果酱、果蔬酒和果蔬饮料等产品，产品转化率超过90%，制作利润率可达70%。

在岳阳捏粉笔头，在深圳操手术刀、卖酱板鸭，在澳洲当农场主……袁鹏不是创造一个个新的产业，而是改善现有的生产方式，优化其品质，改良其结构，使其兼具当下和长远的价值。这种价值，正一步步指引着生活在这个时代的人们去领会：选择什么样的方式，就会成就什么样的生活。

成功实现“蔬菜自由”

2016年2月1日，首个创客众筹蔬菜农产品批发连锁店在益阳开业。这家平价蔬菜店位于中心城区康富南路，是袁鹏通过“众筹”模式开店的创意成果。所谓的“众筹”模式，其实很简单，就是一句话，不让入驻的老板亏本。老板只需出资1000元，其中一半用于购买蔬菜，另一半用作加盟本金，店里每年赚的钱按投资占比分红，万一亏本，由袁鹏托底承担。这么好的盈利模式，短短20天，连锁店就吸纳了100多个老板签约参与。

袁鹏的这个众筹店还有一个优势，蔬菜价钱便宜，几乎比农贸市场便宜一半。老板们比谁服务好、菜品佳，良性竞争给消费者带来了更好的购物体验，店里每天来买菜的人络绎不绝。

流转土地大棚种植、线上线下联合销售、配送，从资阳区新桥河镇基地的农场到千家万户的餐桌，袁鹏在农业领域深耕，创造了一个良性的产业闭环。

民以食为天，菜篮子、米袋子、果盘子直接影响着每一个人的生活。2019年，菜肉蛋价格走势持续向上，引发了人们的讨论和关注。在益阳市715社区张爱云家的餐桌上，却时不时有着新花样，餐餐推出时令蔬菜，让全家人大饱口福，成功实现“蔬菜自由”。

“恰创客”除了自有农场资源，同时深入全国各地对接农产品基地，现已对接了常德、宁乡、长沙等周边县乡基地及大农户，签署了订单农业合同，并建设2000平方米的中央仓储配送中心，配备清洗、加工、预冷、烘干、质检、分级、包装、冷藏等现代化设施设备，覆盖农产品加工、运输、储存、销售等各个环节，满足了日订单量 5000 笔的需求，为所有产品的商品化处理提供了稳定的保障。

疫情大环境下，公司服务的小区从 40 个迅速增长到 150 多个。最忙时，64 名配送员要为 11 万户家庭提供配送服务。疫情让线上无接触配送模式迅速走入千家万户。新模式被广泛接受，成了“恰创客”的新机遇。

2020 年初，疫情中的居民宅在家中，有的小区甚至进入全封闭状态，“恰创客”的无接触生鲜配送很好地满足了居民的购买需求。为稳定物价，保障市场供应，公司还将全部蔬菜价格下调 10%，让利于民。

袁鹏的“恰创客”在疫情期间设立了 143 个配送点，为广大农村做配送服务。小潘，平时做惯了“清溪里”食堂订单配送的负责人，突然发现微信群实时下单的购物方式很受消费者青睐，于是抓住机遇开发微信小程序，拓宽业务渠道。

袁鹏说：机遇从来是给有准备的、努力奋斗的人。春节以来，公司不断拓展线上销售网络，60 多名配送员每天深夜 2 点就开始工作，门店再从凌晨 5 点开始将线上订单配送到各个网点。

疫情复工复产初期，部分乡镇出现农产品滞销的问题，袁鹏又带领采购员走遍安化、桃江、南县等地，保底收购农户的白菜薹、芽白、鲜笋、红薯粉等农产品，经过加工和包装在平台上出售。在一次上山过程中，袁鹏不小心摔伤了腿，但他觉得值。在服务百姓的过程中，袁鹏又找到了新商机。

挖掘农村市场消费潜力

这个新商机就是袁鹏更看重的广大农村市场。着力挖掘农村市场消费潜力，将商务中心建到村部，是“恰创客”更大的追求。

袁鹏是个农村伢子，尽管在城里打拼这么多年，还是心系农村，他想把在城里打拼摸索的经验运用到农村地区，实现城市农村在购物上的无缝对接。2019年6月，袁鹏稳定运行村级商务服务中心34个，散落分布在桃江县、赫山区、益阳高新区。“恰创客”小程序平台上，扶贫产品专区和农村特色产品专区天天人气看涨，日平均销售额达2500元。

“恰创客”乡村服务平台，谢林港镇北峰垸、泉交河镇新泉村等几十个服务中心都已上线，点击进入，无论是商家上架产品，还是买家购买所需，全在指尖搞定。

疫情期间，滞销的农产品成了安化大山里村民们的心病。袁鹏深入当地考察，当即表态：“三官桥村的面条、竹笋、印子粑粑，只要质检合格，我们都要！恰创客平台代售代发，你们尽管放心。”袁鹏说到做到，与村里签订电商服务协议，在三官桥村商务服务中心设立网点，代收农副产品，再汇集到恰创客中央仓储配送中心，连包装、分拣、深加工等后续工作也一并包揽。随后，产品上架到线上线下，许多直营门店、线上平台同时销售，来自安化的面条、竹笋等农副产品与其他一大批优质农特产品一起，被送到城市居民的餐桌，解决了疫情期间城市买菜难和农产品进城难的问题。

安化县长塘镇通溪村，受雪峰山脉的阳光、雨水、空气滋润，土层深厚、土壤疏松、土质肥沃，灌排能力强，非常适合红薯的生长。由于得天独厚的自然条件，这里长出的红薯淀粉含量很高，表面红艳、光滑，口感筋道。红薯和红薯粉历来是当地农民的主食，同时也是走出了大山、有一定影响的品牌食品。

突如其来的疫情，让很多生产企业措手不及。通溪红薯粉在大山里生产加工，疫情就像一把无情的砍刀，砍断了通往山外的销路。

“恰创客”是益阳市政府指定扶贫企业，疫情期间对大山里的生产企业展开帮扶。2020 年 3 月底，袁鹏率领团队来到了通溪红薯合作社，详细了解红薯种植、收获、粉丝加工制作的过程，并亲自品尝。最终，通溪红薯粉丝和一大批安化农特产品成为“恰创客”的扶贫产品，在扶贫专区进行线上线下销售。

风雨过后，阳光遍地。

有生产就要有销售，“恰创客”利用自身平台优势，走上了销售扶贫的道路。“为扶贫产业长足发展出力，是企业的使命，也是我们的机遇。”袁鹏介绍，下阶段公司将与全市扶贫产业深度合作，为产品找销路，同时打造益阳特色美食。

现在，“恰创客”在颠覆传统购物模式的基础上，打造了“线上销售+终端服务+快捷配送”一站式智能化购物体验，让消费者足不出户即可享受健康、便捷的智慧新生活。

“危机中总是藏着新机遇，我们这一次恰好抓住了机遇，在 2021 年就能实现营业额翻番，我们能够做更多的事为老百姓服务了。”袁鹏说。不远的山上，梨花开得正盛，洁白的梨花与金灿灿的油菜花交相辉映，编织成一幅动人的画卷。

梨园搭台，产业唱戏，万事正繁茂！

> **村路上，农民们挑着菜蔬、木炭、丁块柴和茅柴子，推着装满土货的吱吱呀呀的独轮车，到街上去换一点钱，买回一点过冬的家伙。**
>
> **《山乡巨变》**
>
> **1990 年，年仅 17 岁的岳立华在乡镇开批发部的时候根本想不到，30 年之后，由小本生意一步步孵化而来的兴盛优选已成为中国社区团购行业的头部梯队成员。**
>
> **《新山乡巨变》**

经五年四次迭代

岳立华，“兴盛优选”的董事长。这个创办湖南第一家百亿估值的“独角兽”企业的人，自称不是企业家，只是创业者。从上一轮行业洗牌中冲出来，“兴盛优选”如今与阿里、美团、拼多多、滴滴站在了同一赛道。

2020 年 5 月 20 日，“兴盛优选”乔迁长沙高新区新总部大楼，岳立华发表了一番肺腑之言：从一页页手抄单到日均千万访客，从长沙万国城路的第一家合作门店到遍及全国的 20 多万家门店，从单日几百单到日均 700 万订单，从湖南单一省份到覆盖全国 13 个省、5500 多个地县级城市和乡镇，从 2018 年的 8 个亿到 2019 年的 100 个亿。这些数字背后，不仅仅是规模和业绩，更是全体伙伴不忘初心、践行使命和文化的缩影。

到 2021 年，兴盛优选已覆盖全国 17 个省市，7 万个自然村，合作门店 80 多万家，有 6000 多万注册用户，日均订单 1500 万。

再看，社区内，街道旁，城市和农村的各个角落，“芙蓉兴盛”的徽标像一个个笑脸迎接着前来提货的消费者。实体店架构电商平台，配合完成“兴盛优选”“线上预售+门店自提”的全流程，方便快捷，深受老百姓的青睐。

“兴盛优选”经五年四次迭代，“预售+自提”的销售模式逐步确立并走向成熟。也就是平台构建成供应商、分销商加消费者三方的 SBC 协同网络：平台连接供应端，为分销商端提供优质货源与便捷服务，供应端通过社群营销连接消费者，为他们找到需要的商品，挖掘潜在需求。消费者当天在网上下单，次日上午 11 点左右商品就能送达线下门店，而这个店可能就在不远的村部，或者居住的小区楼下，开店的几乎都是邻里或熟人，带来家一般的熟悉体验。

2020 年，“兴盛优选”团购市场规模达到 720 亿元，同比增幅 112%，预计 2022 年将超过 1020 亿元。“兴盛优选”做电商，深入到了百姓都熟悉的“家”，饱含温情、简约方便，赢得了民众的信任，也赢得企业超强发展。

盯住“无人问津”人群

连锁超市都聚集在了大城市中心，可周边小城市和乡村却无人问津，那里的老百姓不照样要买东西？岳立华果断又开了几家“芙蓉兴盛”店，不过，这回不是开在城市，而是开到了穷乡僻壤，去服务那些“无人问津”的人。

其实，很多人都劝过岳立华：山村没什么消费能力，在那里开任何店只能是赔本。“有需求的地方就有钱赚”，他觉得自己发现了新商机。当然，要做大就得抱团。岳立华放低门槛寻找加盟伙伴，“只要几万元就可以拥有一家自己的便利店”。

正如岳立华设想的那样，“招商广告”一经打出，果然吸引了许多小夫妻和刚毕业的大学生，他们多是有创业梦想，手中却只有点“小钱”的人。岳立华的加盟条件让他们心动，也强有力地支撑了他们的梦想。于是，他们纷纷参与进来，加盟芙蓉兴盛。

岳立华在创立“芙蓉兴盛”前是开批发部的，正做得风生水起之际，超市开始慢慢占领市场。嗅到危机感的岳立华果断转型，关掉批发部，开始经营超市。由于对超市经营还缺少经验，谨慎的他只是小规模运作。几年后，拥有一定经验的他大胆做大，很快就在当地拥有大大小小好几家连锁超市。

大城市见不到几家芙蓉兴盛，因为它都开到乡村去了。全中国乡村里的芙蓉兴盛有 2 万多家，并且事业版图仍然在拓展，以每年加盟 400~500 间的数量持续增长。

岳立华是从山里走出来的孩子，定位清晰，目标明确。芙蓉兴盛要建立自己完整的服务体系，只有一个目标：将商品尽快送到顾客手中！

岳立华将自己放在了消费者的位置上，设身处地为顾客寻求最大的便利。“芙蓉兴盛线上旗舰店”不断改进，完美的物流服务、高效便捷的后续流程，为客户提供尽可能便利、愉快的购物体验。于是，平均每天全国有上百万人踏进芙蓉兴盛的门店，线上顾客每天的下单量以十万计。算起来，山区的每家每户每天都要在芙蓉兴盛购买商品，芙蓉兴盛已然成为山区人最认可的品牌。

这是岳立华一步一个脚印打拼的结果。

17 岁那年退学之后，岳立华贷款在镇上开了批发部，专门批发商品给村里的小卖部。后来，大型超市进入南县。好朋友对岳立华提起“连锁”的概念，提议把五家兄弟朋友的超市合并，开创一家连锁公司，统一配送，统一管理。

开办单个的小超市，因为经验不足、货源不优质或者不懂经营，盈利没有保证的情况很普遍。有了这个公司，就可以帮助更多想开超市的人少走弯路，更专业地经营好超市。

岳立华说，这条街靠近兴盛大道，是几个好朋友相遇、相识、相知的地方，公司就叫“兴盛”吧。芙蓉是我们湖南省的省花，生存能力强，开花往往抱团，欣欣向荣，就叫芙蓉兴盛吧。

芙蓉兴盛就这样诞生了。而寄托在“兴盛”这个名字上的美好期盼也实现了。岳立华的事业风生水起。他面向全国，以城市为点，把兴盛超市做成全国式的连锁超市，拉动农村市场消费。“在湖南，我是从小城镇起步，做大做强；而在省外，就必须先选择省会城市，扎稳中心市场，再通过省会城市辐射发展到地县级城市。能在省会城市立足了、有影响力了，往下发展就相对容易了。其实，这套‘农村—城市—农村’的发展思路，是跟毛主席学的。”岳立华说。

岳立华的创业历程分为三个十年：第一个十年，从 20 世纪 90 年代开始，做小卖部，开夫妻店。第二个十年，做批发商，开芙蓉兴盛连锁便利店，与千惠、汇米巴等组成本土便利店湘军。第三个十年，从 2010 年到现在。2013 年，淘宝网“双十一”销售额达到 350 亿元，网络电商爆发的能量，让他意识到未来的零售可能是三分线下七分线上。

他决定转型，试水电商。其实，早在 2003 年，电商就已经出现萌芽，当当、卓越、阿里、京东成为那时候的互联网江湖新秀，近 8000 万中国网民贡献着炙热的流量。

2010 年前后，伴随着移动互联网的兴起以及支付、物流、数据等基础设施的完善，电商巨头们一路高歌猛进，新进者也是踌躇满志。

新兴村是个远离县城、交通不便的小村庄，最让村里的小学老师发愁的就是学生的吃饭问题。一开始，他们在镇上的超市买菜，一买就是一个星期的量，到后面几天很多菜就不新鲜了。后来她联系了一家送菜的小店，老板顾及油费，也只能一周送一次，菜品不新鲜的问题仍然没有得到解决。直到“兴盛优选”开进了这个村子，平台每天都有新鲜的果蔬肉蛋奶，还能天天送货，学生们终于每天可以吃到新鲜的饭菜。

“兴盛优选”就是“芙蓉兴盛线上旗舰店”，优选好产品，送到需要的人们手上，这就是他的初心。

所有的“大”都是从“小”积淀过来的

兴盛优选的成功，偶然中带有必然。转型的决心和时代的洪流，一同把这个企业往前推了一把，岳立华终于做大做强，熬出了头。

然而，所有的“大”都是从“小”积淀过来的。

最开始，岳立华瞄着大超市，总想把店开大。他不断反思，论资金、实力、管理都无法与大型超市相比，但社区便利超市有其存在的价值，大超市产品齐全，但去一趟不方便，社区便利超市反而成了首选。

“小规模经营好控制、好管理。我预计未来必定是两极分化的市场，要么做大，要么做小，既然这样，我不如做小。”

于是，岳立华做了件令人费解的事。他决定关闭 100 平方米以上的门店，专注于做 30～80 平方米的便利超市，并从门店呼声中提炼出“预售+自提”的销售模式。

2016 年 8 月，新模式开始试验。客户在线上下单的商品往往是门店里没有的，不会形成门店的竞争；自提可以帮助门店引来更多顾客；主打的产品是生鲜水果，这些都是高频刚需，销售无忧。

历经磨难，岳立华终于确立了“预售+自提”的社区电商模式。模式试验确定了，复制推广就快多了。2017 年 6 月，新模式下的门店增至 62 家，订单数跃升 10 倍，从每天 2000 单到 2 万单。2018 年，兴盛优选的网上成交金额达 8 亿元，2019 年猛蹿至 100 亿元，2020 年交易额为 400 亿元，单量大约在 1000 万单。

2020 年 12 月 11 日，京东宣布以 7 亿美金战略投资兴盛优选。

本着“以民为本”的初心和使命，岳立华和他的团队始终致力于满足城镇家庭“高品低价”的消费需求，同时打通电商直达农村的“最后一公里”。他们打造零售业的新模式，就是想彻底改变消费者的购物习惯和生活方式。以前在农村不敢买、买不起、买不到的东西，今天都可以随便买，而且到货快。这是消费模式的一个巨大改变。

“兴盛优选”能持续地扎根农村、扎根社区，是因为它接地气的模式。它要同时完成三大使命。第一，兴盛门店要帮助夫妻店赚钱；第二，赋能上游，帮助产品生产者，也就是制造业和农业，真正通过“兴盛优选”省略中间渠道，把优选商品卖给千家万户；第三，改变消费者的生活方式。也就是两句话：高品低价，准时到达。归根到底就一点：调动门店老板的积极性，帮助门店老板盈利。

便利店老板宋婕对此感受深刻。她在村里开了几年的“芙蓉兴盛”店，两年前在朋友的推荐下成功转型成为“兴盛优选”店。她将村里，甚至周边村的乡邻组合在一起建了一个 600 多人的微信群。她每天下午 6 时左右开始发布促销商品、特色商品信息，吸引群内用户下单，第二天中午时分，兴盛优选的送货车将她预订的货品送到店里，她则在微信群里吆喝群友们提货。

“对于我来说，加盟兴盛优选不要各种费用、不要押货款，开店的成本低。村里好多留守老人和孩子，他们的日常消费需求在平台上基本能得到满足。不少商品的价格十分诱人，本村本土的走几步就能解决柴米油盐的需求，很方便，因此吸引了更多的村民加入群里。”经营两年多后，宋婕将店里的货品减少一半，只留下一些常用食品和日用品，腾出的空间做成娱乐室，为顾客服务。新冠肺炎疫情期间，实体门店都关闭了，但线上业务大增，她的经营业绩反而提升了。

芙蓉兴盛后来在全国有 13000 家超市，遍布全国 16 个省份，兴盛优选由资深便利店芙蓉兴盛孵化，因此在供应商、物流、人才等方面，它都有着得天独厚的基因优势。

三年开出 40 万家店

岳立华的为民思想，始终是在“小”上做实。

他曾总结：“第一次创业，做了小铺子的上游——批发部，一干就是 10 年；第二次创业便利店——‘芙蓉’店，干了 10 多年；第三次创业是兴盛优选，由原来的合伙人继续经营。三次创业，其实都在做着同一件事，那就是在不同时期，随时代发展变更着小铺子的形式。”

他的“小铺子”聚合成大趋势的产物，就是“芙蓉兴盛”和“兴盛优选”。

兴盛优选副总裁刘辉宇说：“我们在全国有超过 7000 家合作供应商，对于大平台来说不算多，但兴盛优选是精选产品，就显得特别多。只要能跟兴盛优选合作的供应商体量都不小，至少一年几千万元。”

兴盛优选在 2021 年 7 月份获得最新一轮的融资之后，估值达 120 亿美元，随后又是一轮火爆的融资。三次融资金额已经累计达 34 亿美元，这个融资规模已经在目前社区团购公开数据中登顶，背后更是有不少互联网巨头先后入局。

和大型连锁超市不同，岳立华一开始就没想过要与大型超市竞争，在夹缝中求生存从来都不是岳立华的理念，发展自己的特色才是他一直为之努力的方向。

我在采访南洲村村支书卢光平时，他给我说了一段“兴盛优选”的故事。

“我们村就建了兴盛优选店，这不仅仅是方便、实惠的事儿，更是自古以来辛苦劳作的农村人开始享受跟城里人一样的生活。我就听隔壁的年轻堂客小芳说过：‘还日晒雨淋种什么菜咯，今夜 11 点前下单，萝卜白菜、鸡鸭鱼肉样样有，连海鲜这样的俏货都一样不缺，还不贵。头一天知道家里要来客就点条鱼，第二天 11 点到店里提货，鱼还是活的，上锅就蒸，12 点准时开饭。’”

卢支书说：“小芳家几亩田都流转出去了，有收益。她自己还在村里企业上了个班，赚的钱够用够花，就把自己解放出来，每天像城里堂客那样漂漂亮亮的，早晚跳跳舞、健健身，不晓得有多快活。我们村原来的芙蓉兴盛便利店由本村一对夫妻经营，自从线上线下结合，他们店的生意翻倍地好，店里整天都是人来人往，他们夫妻现在也比从前赚钱多，还方便了村民。他们建的微信群，天天都发布团购商品信息，周边邻里都入了她的群。堂客将订单信息录入平台，老公接货发货，兴盛优选是半夜拼单发货，服务经理第二天就将商品送到村里的门店，每天 11 点左右，来门店里提货的村民数不胜数。有的货还没提回家，又在手机上下单，第二天吃的用的又安排好，跟不要钱似的。”

“如果有不满意的，比如你买了黄瓜发现没有那么新鲜，不想要了，可无条件退货，商家会返钱给你。”卢支书身边的宣传干事补充说。

这就是“兴盛优选”农村店！这套物流体系因从“小”处着想，直接适应农村，能解决农村电商“最后一公里”难题。

越是下沉市场，越会面临各种各样的成本压力，“优选”的优势是在之前完成了最大的成本建构——芙蓉兴盛2万家小超市的建立。等大家都想运用互联网进行线上线下结合销售，才发现缺了线下落地的门店，而这个门店又不是一时能建的，哪怕砸钱也没用。人们这才发现，芙蓉兴盛打下了坚实的、别人无法颠覆的基础。

可是，人们还是想不明白，岳立华有什么神功，让兴盛优选三年开出40万家店，简直是“社区版拼多多”！

其实，从兴盛超市到兴盛优选，岳立华经历了诸多坎坷。但他就是不走寻常路。别人做生意只盯“大”，他却舍大做小；别人都是挤破脑袋从农村涌入城市，而他在好不容易冲进城市后，又学起了“农村包围城市”的路线。

正是岳立华一次又一次地审时度势，准确定位，抓住转型的机会，不用“靠补贴换流量”的打法，才能一次又一次让兴盛超市在激烈的市场竞争中走出自己独特的路，越走越稳，越做越大。

岳立华这位草根创业者，这位17岁就在零售连锁行业打拼的创始人，他没有像美团买菜、盒马、京东到家那样，背后有强大互联网巨头做支撑，却能得到市场上十家资本的热切追捧；他没从北上广深一线城市起步，坚持“预售+自提”的模式，坚持线下门店的团长模式，兴盛优选作为内部孵化的“社区团购+社群电商”项目，却做到了从湖南辐射到17省市的二三四五线城市，以及更广大的农村。

“我们依托于社区的小店来做生意，为什么越来越多的门店加入兴盛优选，是因为这个商业模式真正帮助他们赚到了钱。”刘辉宇表示。

万国城店是兴盛优选的第一家门店。在没有连入兴盛优选的业务以前，这家门店只是一家开在小区楼下的普通门店。刘辉宇称，兴盛优选能为这家店带来每月 2 万元左右的净收入，另外，“预售+自提”模式让大量消费者到店提货，从而也提升了店铺本身的客流量和销售额。兴盛优选的数据显示，做兴盛优选的门店，线下生意能有 10%~20% 的增量。

蔡小晶是湖南省体育局院内兴盛优选店团长，此前店里净收入为每月 1 万元左右，做社区团购后收入能达到 17000 元——这个逻辑很好理解，当用户到店自提时，他们在店内消费的频率自然而然有了提高。在 2021 年 8 月 4 日这天，我也照常去线下店提货，正遇服务经理刘昊来回访，我看了一下货单，那天总共有 216 单，含常规、冷藏、冷冻三类货品，订单总金额为 1543.7 元。

湖南省第一家互联网独角兽企业

资本像一个巨型沙漏，它可以助推一个行业驶上快车道，同时也可以加速淘汰弱者留下赢家。“兴盛优选”是留下的赢家，且成为湖南省第一家百亿估值的“独角兽”企业。

1990 年，年仅 17 岁的岳立华在乡镇开批发部的时候根本想不到，30 年之后，由小本生意一步步孵化而来的兴盛优选已成为中国社区团购行业的头部梯队成员。

实际上，从倒闭潮到抱团合并，社区团购行业在过去短短两年已经经历过一轮洗牌。据不完全统计，2020 年由于疫情等因素的影响，共有超过 20 家生鲜电商倒闭：迷你生鲜、淘集集、易果生鲜等都宣布破产清算，生鲜电商 4000 多家入局者中，4% 持平，95% 亏损（其中 7% 是巨额亏损），最终只有 1% 实现了盈利。

这个行业曾经经历开店越多越快、烧钱的速度就越快、亏损就越多的恶性循环。如今，小玩家已经被清洗出局，接下来将是头部玩家与巨头之间的角逐。

竞争是必须的，它能激发活力，但开放同样重要。岳立华说，太狭隘，一定做不大。危机感也很重要，它驱动我们去学习。

近三年，“兴盛优选”陆续获得多轮融资，包括今日资本、金沙江创投、腾讯、春华资本、KKR 等多家重磅创投机构，估值超 10 亿美元。

这其中有一个融资细节。2016 年之后的两年，是兴盛优选最难的时候，成本占比下降，但规模一直扩大，整体一直亏损。

创投人组团来到社区电商之都——长沙考察，创业四年始终低头拉车而从不炒作自己的兴盛优选，原本并非创投机构的拟投对象。不可思议的是，社区电商竞争颇为激烈的长沙，兴盛优选竟然牢牢占据着头把交椅，市场份额大，订单量呈几何倍数增长，因此创投们开始格外关注这家公司。

这个领域的大腕、今日资本徐新，2018 年 9 月也亲赴“兴盛优选”考察，现场与公司创始人进行了详细访谈，几个人从下午 2 点一直聊到第二天凌晨 4 点，徐新当即拍板投资“兴盛优选”。

随后的半个月，今日资本又派出了专业队伍，进行了地毯式的全方位考察，结果表明，兴盛优选的商品交易总额、履约率、县乡镇占比，数据都非常好。

当年 9 月底，双方签署投融资协议；10 月，兴盛优选业务就已经覆盖了湖南、湖北、江西、广东 4 省及 10 多个地县级城市，月度商品交易总额突破 8000 万元。正是有了“今日资本”这轮投资，兴盛优选才有了加速航行的动能。

2019 年 6 月，兴盛优选的市场估值达到了 10 亿美元，成为湖南省第一家互联网“独角兽”企业。

2020 年 9 月 8 日，今日资本徐新在互联网岳麓峰会上提及，对兴盛优选两年内 5 次加仓，共投了 11.5 亿元。这无疑是让兴盛优选重生的巨大力量！有了今日资本的加持，“兴盛优选”这艘默默航行的巨轮才得以在更广阔的汪洋中远航。

岳立华也感慨万千：“第一代电商很了不起，他们让天涯若比邻，让天堑变通途。但是，无论空间折叠到什么程度，都一定有改变和精进的机会，这就是人类追求向上的伟大！在这个伟大的时代，空间的折叠给了我们更多的机会，比如折叠深度、折叠时效、折叠效益，而这恰恰是我们兴盛优选正在践行的！”

2020 年 8 月 4 日，兴盛优选名列 2020 中国新型创新企业 50 强第 35 位，入选商务部首批“线上线下融合发展数字商务企业”。

在交谈中，岳立华多次强调：生意人一定要具备有钱大家赚、不吃独食、不做“霸盘”的胸怀。这也有利于同行中各商家之间的平等竞争和相互协作，资源共享，维护大家共同的利益空间。

一个村所有的订单都配送到一个店

6512640、6517800……在兴盛优选办公楼内设置的实时订单显示屏上，订单数据不断刷新。这个数字是兴盛优选旗下 30 多万家实体门店的即时订单数据。

“我们每天平均下来有 700 万左右的订单。2020 年一季度，兴盛优选交易额同比增长 5 倍，新增用户同比增长 4 倍。”兴盛优选总裁周颖洁说道。

一家数万人规模的超大型互联网企业对整个城市产生的影响是巨大的。若干年后，兴盛优选对于长沙的意义，就好比淘宝于杭州、腾讯于深圳的意义。2020 年 5 月 20 日，兴盛优选搬进了湖南长沙新的总部大楼里。

可以说，芙蓉兴盛和兴盛优选的出现分别踩在中国零售行业发展两次重要的转折节点上。

李好勤所在的偏远山村村里大多是老人和留守儿童，平时买东西得靠她不定时地从数十公里外的县城采购进村。

2019 年 3 月，她的便利店成为兴盛优选的合作门店。村里不少老人用的、吃的，都由在外打工的子女通过手机下单订购。兴盛优选的物流配送车每天将预订的货品送到她的店里。她则负责完成“最后一公里”的配送。而今，兴盛优选成了她所在村所有家庭的日常购物平台。

李好勤深深体会到了兴盛优选模式的好处。一个村所有的订单都配送到一个店，10 单、100 单，甚至是 1000 单，配送都只需要一个人。反过来，1000 单，每一单都配送到一个地方，就要送 1000 次。1 和 1000，配送成本的巨大差别，这是一道再简单不过的选择题。

周颖洁回忆道，疫情期间武汉一个 3000 户的小区最高下单量达到了近 2 万单，兴盛优选为武汉运输了 2000 吨民生物资。此外，兴盛优选还以直播带货等方式助力湖北农产品的销售，当时累计销售湖北农产品近 750 万公斤。

兴盛优选为社会做贡献的方式就是稳就业、保民生。疫情发生至今，兴盛优选累计向社会提供了超过 5000 个就业岗位，成为增加就业的稳定器。

兴盛优选的社区团购模式是：联结起供应链、仓储物流、社区小店以及社区家庭消费者，深深扎根于中国680万家社区便利店，立足于1亿社区家庭的庞大市场，最终将小卖部做成了湖南互联网零售行业的“独角兽”。

像岳立华说的：在中国，有600多万家社区便利店，50多万个小区，60多万个行政村，约3亿个社区家庭，这是一个万亿级的消费市场，有着巨大的发展潜力。在这个万亿级体量的赛道上，每一位伙伴都是这个新时代的弄潮儿。我们不仅能亲自参与、建设和见证一个伟大平台的诞生，而且能在这个伟大的平台尽情施展抱负，为自己和家庭创造财富，实现个人价值，成就个人梦想。

2020年底，兴盛优选已经进入了13个省市、166个地级市、1052个县级市、4904个乡镇和37151个村。“岳立华们”建立了自己的一套供应链体系，兴盛优选23000名员工中，光是物流配送人员就超过了21000人。

在2020年互联网岳麓峰会上，兴盛优选是被关注的焦点之一，因为它在8月份登上了“2020胡润中国独角兽排行榜”，成为湖南省第一家互联网“独角兽”企业。两三年前，兴盛优选搅动社区团购这池水，实现线上线下融合发展，让长沙成为社区新零售的“发芽之地”，并在全国各地开花。

兴盛优选“乡村振兴馆”于2021年8月正式开馆，来自全省各地的20多种特色农副产品上线。只要用手指轻轻一点，搭上兴盛优选这辆“信息快车”的优质农副产品，在次日就能送到顾客手上。

兴盛优选品牌公关中心总经理李浩拿出手机点开一个页面说：“你看我们上线的这个小程序，最上方推广栏共有5页，乡村振兴馆在首页。”

点击进去，可以看到郴州沙洲茄子、桂东高山萝卜、十八洞村小黄牛肉等产品，不少商品显示已抢光。小程序自8月12日上线开始，6天内共计销售乡村振兴商品26万份，销售额超过210万元。

李浩对我们说：集团把乡村振兴项目当作脱贫攻坚战略的延续。2019年以来，兴盛优选在上线兰溪大米、沅江芦笋、南县稻虾等走俏产品时，还陆续开发了郴州沙洲茄子、麻阳黄桃、龙山百合等市场期待产品，与品牌地达成战略合作，以基地直采直发的模式有效促进当地优质农产品的销售，销售金额超过20亿元，受益农户超过10万户。

在选择进入乡村振兴馆的商品时，兴盛优选会优先考虑让51个脱贫县的特色产品进驻，帮助他们巩固脱贫攻坚成果。他们依据市场原则向各地农业合作社进行统一收购，并在分拣、配送等物流环节给予一定补贴，增强这些商品的市场竞争力。同时，兴盛优选采用“当日款项次日结”的形式，让农民尽快拿到货款。

“当然，我们现在会选择那些有特色、品质高、有规模的产品。兴盛优选配备了一支专业选品团队，深入基地，为消费者挑选优质农产品。打通农产品进城的最后一公里，让脱贫地区优质农副产品搭上信息快车，农民的农产品卖得好，消费者买得好，这样才能打通全产业链。”李浩说。

兴盛优选集团稳扎稳打，不急于求成，在乡村振兴项目上不说大话，脚踏实地地让农民得到实实在在的好处。“什么产品好卖，我们就会提出种植建议和参考，助力特色产品出圈、走红，打造一些乡村振兴的样板，并逐步向外复制和推广，带动更多农民致富，推动乡村振兴发展。”李浩受到了岳立华的熏陶，他们的为民情怀是那么相似。

“正是我们每一位伙伴的努力和付出，让‘不可能’成为现实，让‘复兴门店、赋能上游、改变消费者生活方式’的使命不再是口号，而是变成了一个个让我们备受鼓舞、平凡却又温暖的故事。”

“这是一份让我们每一位伙伴都值得骄傲并为之不懈奋斗的事业！”

岳立华始终在往前走。

2021 年 7 月，商务部党组成员、部长助理任鸿斌率队赴兴盛优选总部调研。他感慨地说："兴盛优选是新经济、新业态的代表，在乡村振兴、促进就业等方面做出了表率。尤其是公司的业务模式，解决了'农产品进城'和'工业品下乡'最后一公里的问题，与当下国家'经济内循环'的大战略方针非常吻合。这其中的关键是物流，它既保障了商品流通，又释放了就业机会，是实实在在地为民着想。"

> **果然，地委和县委，都派来了工作组，加上区上的人们，这个平静的荒僻的山村，一时间，人来客往，电话不停，变得十分热闹了。**
>
> **《山乡巨变》**
>
> **如果农民群众都觉悟了，融入平台如鱼得水了，姚劲波的下个重点目标自然就完成了，那就是让数字乡村的花朵开遍希望的田野。**
>
> **《新山乡巨变》**

活力四射的“网上乡村”

2019 年，中国几个互联网大咖公司各自高喊着不同的口号，奔向了同一个方向——“下乡进村运动”。京东说：我们未来的关注重点将是三四线城市。苏宁说：2019 年，我们将刷 10 万面农村墙体广告。阿里说：我们着重发力下沉市场，终结错位竞争。58 集团说：手机已成为农民的新农具，下个十年，互联网的新红利在农村！

说这话的时候，58 集团董事长姚劲波，已经在希望的田野上收获了遍地“益村”硕果。无论怎样，姚劲波已胸有成竹，他终于能敞开为民情怀大干一场。

中国改革开放四十多年，姚劲波历经了其中的 20 年，而且是最为精彩的 20 年。他想追求的就是用互联网建立起一个又一个活力四射的“网上乡村”，以此感恩这个时代。那天在游客聚集的清溪村立波小街上，我看到这么一处风景：两位大妈在卖土特产，看她们熟练使用手机 App，拍自己的土鸡蛋、红薯片，我上前问：“你们这是要直播带货?”其中一位年长些的回答说：“我们老了，人是露不得面了。这些土特产很受欢迎，有人买，我们照样收订单、发邮包，网上销售蛮好呢！幸好有互联网，有那个什么‘P’?”

“App!”另一个年轻点的大妈迅速补上。

“对对对！那个东西好啊，老人家坐在屋里也能挣钱，这是历朝历代都冇得的好事!”

我上前一看，老人家的手机一打开就是“益村”App。

今日益阳乡村的发展离不开58集团专门为他们打造的“益村”平台。直播卖货、求职招聘、产业扶贫、农资农产信息、新能源交通工具和农业电商、土地流转、农产品销售等服务，在“益村”平台都应有尽有。

在益阳，每天有10万农村用户活跃在“益村”App上，姚劲波说，这就是他想看到的。

从益阳南县小山村走出来的姚劲波，在互联网大潮里披荆斩棘，成为58集团的首席执行官。这个众人眼中的互联网创业大咖，始终不忘用手里的平台和资金助力乡村发展。他的话说得很“高大上”——互联网的加入，让乡村振兴可以很炫，很有科技感。

他深情地说：“现在的农村，新时代农民对于新事物的接受程度远远超出你的想象。近几年回老家，我看到村民们基本人手一部智能手机，甚至我的外婆都在使用微信。农民朋友们对互联网的渴望，让我倍感责任重大，于是我毅然选择回家乡益阳投资……”

在益阳高新区北峰垅村的村民服务中心，村民卜腊新正在办理城镇居民基本医疗保险参保业务，有了“益村”平台的加持，仅需一张身份证就能完成办理，整个过程只花了五分钟。“下载了‘益村’App，就不用两地来回跑，自己带身份证可以查到办事流程。这个App可以帮助村民办理包括卫计、住建、教育等 24 项业务，足不出户就能办理。以前要跑镇上、县里、市里的业务，现在足不出村就能全部搞定。真正是大变化啊，群众少跑腿，数字多代步。就说 2019 年，村民累计办理的事务达到了 14340 件。”一位村干部对“益村”给政务服务带来的便利如数家珍。

“是啊，我们的目标就是构建农村大脑，打造 10 万个智慧乡村。”姚劲波点点头，“‘益村’平台，这个‘益’，既是益阳的‘益’，也是有益于人民的‘益’，我们的初心就是想用互联网思维激活农村新动能，让乡村更有活力、更有动力，让那些信息化水平低、经济困难、最需要帮助的人群共享互联网发展红利。”

其实，真正重磅的是“58 同城”的乡村版——“58 同镇”。

除了傲人的业绩，最关键的还是它立竿见影的效果。

赫山区岳家桥镇洗澡坪村是个长期闭塞的贫困村，过去，村里的农产品都靠肩扛手提、推小板车四处叫卖。后来开通“益村”平台，实现农产品网上销售后，以前的模式被颠覆，这个地理位置偏僻的穷乡僻壤，如今兴旺红火，村里农产品销售额平均每天达 3000 多元。

所有的创业都是从理想开始的，要把美好理想当中的瑕疵和缺憾当成自己的痛点，并竭力应对、克服。当这些痛点不再成为痛点，创业之路才能见到柳暗花明后的“又一村”。

姚劲波就是这么做的，这一做就是二十年。

打造互联网第三城几年前，姚劲波回家乡农村，还觉得什么事情都做不了，当地人不用电脑、不上网、不用智能手机。仅仅两三年时间，益阳像一头觉醒的雄狮，在互联网上发出自己振聋发聩的吼声：继杭州淘宝、深圳腾讯之后，益阳要打造互联网第三城！

姚劲波说，他有幸带领 58 农服加入了这个队伍，首建了“益村”平台。

“益村”是 58 集团布局农村互联网市场的开始，既承载了姚劲波的家乡情结，也开拓了他的创业版图。一个从益阳农村走出来的创业者，也是互联网时代的受益者。一方面，姚劲波想为家乡做点实实在在的事；另一方面，他了解农村，也理解农村，理解村民对政府和互联网的双重需求，理解农村市场在互联网时代对于发展的急切热盼。

和三年前相比，现在的姚劲波终于找到了施展抱负的舞台。“农村互联网基础设施是在一两年之内迅速成形的，我现在就想加速跟进，它还有非常大的创新空间。”姚劲波梦想在家乡形成独具特色的“益阳模式”，进行一场浩大的市场实验，也逐步打造出一张农村新名片，在各方努力下力争把益阳建设成国内首个“生态农业 · 数字乡村”互联网示范城市，将湖南省建设成移动互联网战略高地，并把成功经验推向全国。

1999 年，大学毕业的姚劲波就开始活跃在中国互联网界。2005 年，姚劲波创立了分类信息网站——“58 同城”，以“一个神奇的网站”为定位进入大众的视野。

可是直到 2010 年以后，“58 同城”才开始真正盈利。谁能在长期不赚钱的“寂寞”中坚守，谁就是赢家。姚劲波即使历经了金融风暴也始终淡定如一。他断定中国互联网大有机会，下一个真正百亿级的企业会诞生于分类信息网站。

而后，以 58 同城为中心，一个庞大的 58 集团逐渐形成。姚劲波说，他深深感恩这个时代，感谢政府在初期就对创业、互联网抱着一种支持和鼓励的态度。

2018 年，在一次采访中谈及“益村”App 的普及时，“58 农服”CEO 黄志光信心满满地说：“今年我们至少要覆盖 1 万个村，明年我们肯定要达到 10 万个村。互联网核心在不断地升级，如果我们在复制的过程中看到有什么好的点，都会再复制到其他地方上去。”黄志光透露，未来 58 农服将建立农村大数据平台，重点运用“58 同镇”连接城市与农村，完善“互联网+”农业基础设施，让互联网惠及更多村庄和村民。

桃江县石牛江镇牛剑桥村的大学生龚旭决定回乡创业。既然赶上了互联网时代，她就要用知识精准对接时代优势。她早就瞄上了互联网销售，父母做得一手好甜酒，她就开办了一个甜酒加工厂。甜酒在“益村”电商平台顺利上架，再加上自己的网络推广，迅速受到了市场的欢迎。龚旭用赚到的第一桶金添置了设备，扩大了生产规模，并拉上了几位贫困群众一起干。

“益村”App 还联合淘实惠、邮乐购等电商入驻村民服务中心，推动农产品网上销售。“益村”起步的 2016 年，益阳全市电商企业、电商个体工商户发展到 17042 家，电商交易额突破 200 亿元，线上交易总额、增速均在全省前列。

之后，“益村”将触角广泛地伸向农村。2017 年 4 月，“58 同镇”诞生，农村的电商市场全面激活，“58 同镇”也成为下沉农村市场的拳头产品。

“58 同镇”遍地开花，将农村就业、物品租售、车辆交易等生活服务接轨全国三四线城市，为农村市场解决多种需求，也为物品租售、车辆交易、农产品销售、二手买卖等提供了广阔的市场。此外，“58 同镇”还为农村富余劳动力、返乡大学生、返乡农民工提供了广阔的工作机遇，盘活了就业市场。

“集团最近几年增长最快的项目是‘58 同镇’。虽然增长迅猛，发展势头良好，但以目前的规模而论，‘58 同镇’还远远没做到深度挖掘三四线城市的流量红利，也还没达到完美收获的时候。”姚劲波追求更上一层楼。

2017 年，“58 同镇”覆盖全国 32 个省市区，195 个地级市，日均发布信息超过 30000 条，日访问人数超过 100 万，已累计帮助 10 万农民就近就业，帮助 3 万农户卖出农特产品。《人民日报》专门发文对“58 同镇”这一产品予以褒扬，称赞其是“一键解决农村生活服务”的新模式。

一天，姚劲波发了条微博：“每年我的老家都要办一次农村互联网大会，‘58 同镇’计划覆盖中国所有乡镇，这绝不是梦想……”2017 年开始创办的农村互联网大会，姚劲波每届都在跟云集的大咖一起探讨这个问题。他一直强调的理念是相信乡村会振兴，相信乡村会跟城市一样。

2018 年 1 月，姚劲波当选为全国人大代表，他感觉肩上的担子又重了些。这年人大会刚结束，他便来到了安化县——益阳市唯一一个国家级贫困县，进行实地考察与走访。姚劲波发现，现实里的贫穷已经超乎了自己以往的想象，这也更坚定了 58 集团希望通过产业扶贫和就业扶贫两个途径助力所帮扶的贫困村脱贫致富的决心。

“58 同镇”通过打破“信息孤岛”，开展精准扶贫、公益助学等行动构建起服务乡村全链条，以再造一个乡村版“58 同城”的方式，推动乡村生活服务再上一个新台阶。

往大方向看，“58 同镇”可能会覆盖占据中国一半人口的 7 亿农村人。

姚劲波突然想起立波梨园那茂盛的梨花，当年周立波出资为家乡建果园，里头的一草一木都饱含了他对故土的隽永深情。

百亩梨园飘香雪，十里清溪笼翠烟。陈树坡梨园又到梨花烂漫时，枝头上团团簇簇，莹莹似雪，秀美景色引得八方游客纷至沓来，踏青赏花。红红的笑脸和洁白的梨花相映生辉，一簇簇梨花随风摇曳引来蜜蜂无数。

“58 同镇”项目的为民之心，正犹如陈树坡梨花的品质一般纯白无瑕。

完成农村的智能进化

益阳自古是江南富饶的鱼米之乡，别名“银城”，位于长江中下游洞庭湖平原南岸，是环洞庭湖生态经济圈核心城市之一。从地图上看，益阳市像一头翘首东望、伏地待跃的雄狮，威踞于湖南省中北部。

除了一线城市，地级市、县城、乡镇、村庄，才是中国地理版图上最大的一部分。那里有近 300 个地级市、3000 个县城、40000 个乡镇和 66 万个村庄，以及近半数人口。

姚劲波在互联网圈摸爬滚打这么多年，自然明白一个道理：有流量、有规模效应的生意都是简单生意，能提升效率促进竞争，还能降低价格，提升服务；他也明白，“58 同镇”的核心发展目标不是收入，是更广泛的市场和增长的流量。

姚劲波带领团队探索更广泛的商业模式。他说，实现收入目标应该不难，获得更广泛的用户基础和流量需要更踏实的追求。

如果农民群众都觉悟了，融入平台如鱼得水了，姚劲波的下个重点目标自然就完成了，那就是让数字乡村的花朵开遍希望的田野。

因此，姚劲波的态度很明确，集团将继续发力助推“58 同镇”下沉，再下沉。依托“58 同城”强大的招聘、房产、汽车、本地生活服务等平台资源，补足乡村用户对互联网的需求与供给之间存在的巨大缺口。

作为一个立志玩转大数据、拥有打造无数数字乡村大情怀的人，姚劲波也许并没去追求让“58 同镇”成为超级平台，但他的终极追求是，“58 同镇”要成为一片智慧的黑土地，上面将不断生长出智慧的投资大脑，让一代农民永远奔跑在致富的大道上。好在，实现数字益阳，完成农村的智能进化，有时代和各级政府的强大支撑。

就说资阳区的紫薇村，有名的互联网特色小镇、数字乡村。近几年，益阳市委、市政府在当地打造了互联网基础设施平台“紫薇云”，紫薇村实现了大数据链接智慧生产、智慧生活、智慧服务、智慧管理。

而“益村”“58 同镇”又巧妙对接，科技互联互通，应用无处不在。紫薇村全景 VR 系统依赖紫薇云平台搭建，游客想虚拟游览紫薇村，在手机上就可以完成。

益阳市委、市政府的喊话铿锵有力：一定要化解信息不对称问题，推动农业供给侧改革。紫薇村做了个好的样板，智慧乡村发展大有作为。“互联网+农业”打破信息瓶颈和地域制约，58 农服、覆盖乡村的“益村”平台在“互联网+精准扶贫”方面，让历年的贫困县安化也像紫薇村这样，联通世界，触手可达。

把农村“电商+配送”的“盆景”做成风景；实现“互联网+”现代农业新的迭代和升级；从益阳起步，如今“益村”平台已走出湖南，走向全国，成为益阳智慧乡村的一张新名片。“感谢家乡益阳，为我提供了一块大数据试验田!”姚劲波由衷地说。

“58 集团所做的这一切是基于两点根本的想法：一是打造连接一切的‘三农’综合信息服务平台，贯通农村信息服务最后一公里；二是通过精准扶贫助力全面小康社会的建成。”

乡村地区是中国数字化的最后一个堡垒，乡村互联网未来有大机会。他要带领 58 去抢占并攻破这最后一个堡垒。

一旦互联网企业在“往下探”、乡村“向上看”的过程中选定方向，就必须坚持下去。不论是在 58 同城创业初期的艰难时刻，还是到了现在重大战略的延伸节点，姚劲波都要趁早行动，但不盲目追求短时间内的爆发。

58 不满足于只有“城”。姚劲波认为，不能将“58”单纯看作是一个信息平台。他要真正立足于自身优势，思考什么是适合中国的商业模式，下面的工作是怎么让平台的价值得到更大的提升。

“一个优秀的创业者愿意去做农村这个市场，这本来就很少见。农村市场毕竟还要三年五年甚至十年才会真正成熟，才会有收获。”姚劲波清醒地认识到这一点。

“40 年前，安徽小岗村响起一声春雷，改革自乡村开始起步。而今天，乡村在互联网助力下，有望成为新时代改革开放的新起点。”

越来越相信乡村力量的姚劲波，借助“58 农服”和“58 同镇”连接的早已不只是一个农村内部，还有农村和农村之间、农村和城市之间所有的异彩纷呈；他们服务的对象也不只是农民，更是农民连接起的整个世界！

“那里哪有这边好？这边是家乡，真山真水，水秀山青，井水都是清甜的，人又划得来，你为么子要离乡别井，到别地方去？”

《山乡巨变》

徐直军这个超级“智慧大脑”，设计着一个城市、一方乡村的建设方案，他要让它们颠覆以往的落后与贫穷，向智能化方向转变。

《新山乡巨变》

益阳是他的家乡

华为云的广告是这样写的：“华为云，有技术，有未来，值得信赖。”这几点就是对华为云的精准概括。华为云背后依靠的是积累了三十多年强大研发经验的华为。在“有技术”和“有未来”上，或许很难有一家公司能与其匹敌。

再看徐直军来益阳的 2017 年，一组数字非常惹人注目：华为未来将持续投入研发费用达 897 亿元人民币，近十年投入研发费用超过 3940 亿元。

这些数字垒起了华为的价值，让华为在中国家喻户晓，在全球如雷贯耳。

华为作为一个通信公司，却以互联网基础设施提供商的身份，助力中国三大运营商建成了世界上最好的移动互联网，为他们提供了 50% 以上的 4G 基站、光传输和 IP 网络，华为提供的智能手机使用量超过 2 亿。

而益阳则依托华为强大的研发和综合技术能力，以及它在云计算、大数据、物联网、人工智能等领域与合作伙伴的开放合作，来进行全面数字化转型。

于是，益阳从 2017 年开始就交出了一块试验田——打造新型智慧城市，给智慧乡村打底托盘，开发出一片能深耕的土地。

这块试验田，由华为接手。

2017 年，益阳与华为签署战略合作伙伴协议，接着举办首届农业互联网大会；湖南新型智慧城市研究院也在湖南城市学院建成揭牌；2019 年，华为智慧城市（益阳）峰会、2019（全球）湘商大会相继在益阳召开。

担此总策划的就是华为的轮值董事长——徐直军。

徐直军为此投入了极大的热情和能量，不仅因为这是他事业的追求，还因为他是益阳市赫山区沧水铺镇黄源段村人，益阳是他的家乡。

互联网的下一步是进入人工智能、云计算、物联网的时代，从“人口红利”演变为“数据红利”。人工智能、云计算将是互联网的未来底座，而华为希望做这个底座的底座，支撑互联网公司群体走向未来。华为与互联网之间的距离从未如此之近。

而这个底座向益阳市证明了它足够牢固，三年的成果也证明徐直军足够强大。

2017 年，益阳开始描绘一张崭新的蓝图。这张蓝图源于其已经拥有的亮丽底色，那就是在中国新媒体顶尖企业中有一批出生益阳的管理者或创始人，譬如华为公司副董事长、轮值董事长徐直军，58 同城创始人姚劲波，芙蓉兴盛创始人岳立华，湖南恰创客创业集团董事长袁鹏等。

新年伊始，益阳市委、市政府召开了新型智慧城市推进会，益阳与华为达成协议，在湖南城市学院共建一个新型智慧城市研究院，并敲定年底在益阳举行第一次“绿色农业，智慧农村”互联网大会。

华为轮值董事长徐直军、58 同城创始人姚劲波等都被召回家乡。益阳市委、市政府将城乡数字不对等、农产品买卖难等问题摊开在他们面前，直白地问他们：2008 年之后，所有传统工业都过剩了，益阳没有包袱，想要抢占先机，后发赶超，占领未来制高点，应该怎么做？

先机就是智能社会的到来，就是数字经济。它包括智慧农业、智慧城市。城市、农村没了鸿沟，农村也能享受和城市一样的生活，城乡发展就能齐头并进。

2015 年，习近平总书记曾在新型城镇化会议上提出建设智慧城市。但对于湖南这个中部省份来说，自身的开放度还不够，创新动力也不足。这就意味着，湖南要把发展数字经济当切入点，把建设智慧城乡作为未来的主攻方向。

益阳当然也是其中的破题者之一。他们计划建一个“益村”平台发展智慧农业，但传统的做法是建展览馆，每年做农产品展销，远不如在互联网上建一个大平台更高效、精准。移动互联网时代已经进入智能时代，这个趋势是不可逆转的。对于雄心勃勃驶入这一轨道的益阳来说，怎么进入，怎么建设“益村”平台呢？

与 58 同城携手，让“益村”激活数字乡村；请华为为智慧城市装上智慧大脑，靠大依强建智慧城市……三方一拍即合。事实上，无论华为还是 58 同城，他们自身也在谋划企业转型，在智慧、智能上实现大转变。

2017 年，在一次经济工作会议上，益阳市委、市政府提出：发展数字经济，建设智慧城乡。

但在当时，很多人认为这是天方夜谭。他们认为益阳没有名高校，没有高层次科技人才，企业也不多，创新引领跟益阳靠不上边，连海关都没有，还谈什么开放？

但益阳市委、市政府认为，创新也不是高不可攀的事，北上广深能做，长沙能做，益阳就一样能做！无非就是走出去、引进来，学习并抱团。后来大家明白，用互联网这个抓手作为切入点，能让益阳抢占先机、快人一步，抓住后发赶超的机会。

认准了就快速出击。决策后的4月17日，华为总部的华为学院迎来了一批特殊学员，他们是益阳市委书记带队的由全市县委书记组成的队伍，后来市长又带着所有的县长、区长去了，市人大常委会主任、政协主席也分别带队到了华为学院学习。

此后，他们便热血如注、马蹄如雨、先人一步、弯道超车，一步一个脚印写下“创新、引领、开放、崛起”的益阳进程。

那时，益阳正紧锣密鼓地筹备首届互联网大会，定下在2017年11月份举办。10月18日，益阳市委、市政府领导在北京参加十九大，在会场听了总书记作十九大报告，报告中提出要实施“数字乡村”战略。他们立即把即将召开的益阳互联网大会的“绿色农业，智慧农村”的主题改名为“绿色农业，数字乡村”，这就与十九大的战略契合，也预示着一个伟大的、让城乡彻底改变的“智慧时代”即将到来！

11月3日，益阳首届互联网大会召开。

清溪村作为一个示范点，连续三年举办了三届互联网大会，推动了全益阳“数字乡村”战略的实施。一面大旗在益阳城乡高高飘扬，引领全市城乡。

此后，华为云作为一股强大的力量加入了这个进程。

华为云是什么？它实际上是一个接口、一座桥梁，将华为所有的积累、投资，以云服务的方式提供给企业。这意味着如果和华为云合作，能够直接运用华为这么多年积累的技术和经验，从而少走弯路。徐直军介绍，华为云已经为游戏、电商、新闻社交、软件开发服务等领域的企业提供了针对性的解决方案，他们都是华为经验和能力的汇聚。

益阳，等于站在巨人的肩膀上，打造智能城乡！可是，即使是站在巨人的肩上，也要自己有定力。益阳开始全面提升自己。

2017 年 11 月，益阳市委、市政府召开一个闭门会议，与华为新型智慧城市生态合作伙伴进行倾心交流。他们制定了初步的方案：兴产业，把新型工业化做大做强；提品质，做精做美城乡品质；强基础，打牢信息技术基础；优环境，政务、营商、法治和社会环境全面优化。

回溯近年来益阳主要领导的出行轨迹，在会谈的企业家中，数字和科技型企业占了绝对主流。“智慧益阳”慢慢走上高速发展之路，市委书记因此被称为“智慧书记”。

正如徐直军所说：华为在产业布局、产业链延伸、终端制造等方面与益阳深入合作，打造数字经济黑土地、打造智慧城市平台，做好云计算、物联网、大数据等关键技术的突破和积累，最终实现智慧城市兴业、惠民、善政。华为有信心把益阳打造成全国智慧城市标杆。

城市以大数据来治理，工业以智能制造来升级，农业以“互联网+”来进化。近几年来，数字益阳渐已成形。益阳，已经走在全国的前列。

他的分量，谁敢小视？

人们都说，徐直军是最像任正非的人。人如其名，他以“直”著称，也是华为“三强”中看起来“最凶”的一个，目光犀利，面对危机敢放狠话：“澳大利亚的市场还不如广州移动大，新西兰还不如我的老家益阳大。华为连广州移动都没有提供产品，（华为）少几个国家也无所谓。”这是他在 2019

年 2 月接受 6 家外媒采访时说的。

“美国实体清单 90 天延期没有价值。”2019 年 8 月发布华为正式商用 AI 芯片，徐直军表示，华为已经逐步习惯了在“实体清单”下工作和生活，公司和员工也做好了长期的准备。

实际上，华为自成立以来，他们最低的纲领就是要“活下去”。

这是徐直军在自己那届任期时的结束语，也是他无惧任何艰难的意志体现。

徐直军就是这么个人，他的分量，谁敢小视?

这天，我参观了湖南新型智慧城市研究院的展厅。

华为参与益阳智慧城市建设项目的“10+生态伙伴”，展示出智慧国土、智慧住建、智慧农业、智慧城管、互联网+政务服务、雪亮工程、智慧水务、智慧教育、智慧医疗、5G 和 AI 等 11 个业务模块，全面展示智慧益阳建设成果。

在这里，你可与来自全国的业界精英、产业领袖开怀畅谈；在这里，你可获得新鲜互动的体验，了解华为如何携手生态伙伴为“五个益阳”——富饶、创新、开放、绿色、幸福益阳，注入数字经济新动能。

徐直军这个超级“智慧大脑”，设计着一个城市、一方乡村的建设方案，他要让它们颠覆以往的落后与贫穷，向智能化方向转变。

“黑土地”布局

2019 年 4 月，徐直军来到益阳，参加“智慧新益阳，汇聚新动能”的新型智慧城市峰会。他提出“黑土地”布局。

“华为数字经济发展就是‘黑土地’效应。构建‘云+AI+物联网’的数字底座，并使它成为支撑数字经济发展的肥沃的‘黑土地’。通过建设这样的数字化底座，消除以往烟囱式的技术架构，打破业务割裂的现状，实现万物互联。还要获取更多数据在平台上实现汇聚。通过数据的挖掘、分析和共享，形成城市的‘智慧大脑’，为城市管理实施便捷、精准、高效的治理以及决策提供更先进的技术手段。”

他们共同确定了以“数据为源、产业为核、民生为本、城市为根”的总体发展思路与分步实施规划。

2018 年 4 月，我在互联网岳麓峰会上看见徐直军。在湘江新区梅溪湖国际文化艺术中心开幕式现场，作为华为轮值董事长的徐直军，居然在当天上午现身峰会，还做了主题演讲。

华为，并不是互联网公司，为何现身岳麓峰会，这是要和互联网行业融合了？

在人工智能上，华为已经形成了“云+端”的协同布局，在云侧，华为云提出了 EI（企业智能）战略；在端侧，华为的麒麟 970 芯片是全球首款内置独立 NPU（神经网络单元）的智能手机 AI 计算平台。以解决城镇化中产生的各种问题为导向，通过华为最新技术加成，能够加快“智慧大脑”建设，为架构、运用实施“云+AI+物联网”数字底座助力。

总之，以新产业、新业态的培育和发展为导向，促进新一代信息技术和人工智能技术与传统产业的深度融合，推动新旧动能的转化。最终，通过新技术带来新体验，使老百姓有更多的获得感和幸福感！

徐直军代表的华为，围绕益阳的需求持续创新，一个全球领先的 ICT（信息通信技术）基础设施和智能终端供应商，在电信网络、终端和云计算等领域构筑了端到端的解决方案。

自益阳与华为达成战略合作，尤其他们将发展数字经济的“黑土地”部署在益阳之后，双方在新型智慧城市建设、数字经济发展、新基建等方面持续深化合作，释放出强劲发展动能。未来华为将携手合作伙伴在益阳的这片“黑土地”上，种出更多符合益阳经济发展和转型需要的“新庄稼”，走出一条推动高质量发展的新路子。

经过两年时间的建设，华为与益阳紧抓交通拥堵、环境污染、风险防范、安全生产治理等问题，让城市治理和管理更加精准、高效，现已完成了政务云数据中心、物联网平台、视频云平台、大数据平台等基础平台建设。

同时，基于基础平台开放的能力，结合益阳实际业务需求，华为以智慧农业为例，通过华为云+AI+物联网的数字底座（黑土地）的应用，为益阳市81 个乡镇 1391 个村超过 20 万农民构建了智慧控制、生产全过程实时监控、农技服务的智慧农业平台。

“智慧新益阳，汇聚新动能。”下一步，华为将与益阳合力推进 5G 建设，合力对接华为生态伙伴和配套企业，合力发展数字经济。徐直军对此充满信心。

平凡铸就伟大，英雄来自人民，每个人都了不起！

庚子韶华，梨园依旧。2021 年 4 月，新一轮提质改造后的立波梨园吸引了大量的游客，拍照的、赏花的，人流如织。

规划设计人员梁维说：依照市委“突出重点，既充分展示周立波先生的文学成就，更体现他的精神风貌，同时在文化体验上要做好融合文章”的要求，这次立波梨园的新一轮提质改造，把梨园从封闭式变成开放式，在两边荒山补植梨树，扩大梨园面积，同时修好游步道，让游客能边散步边体验当年周立波种树时的情景。改造后的立波梨园面积将达 6 万平方米，比原来的大一倍，一季种梨花，一季种植其他花卉。

洁白花瓣恰是“玉树琼葩堆如雪”，清香梨花又是“白锦无纹香烂漫”。堤坝上的绿草含珠带露，站在梨园山顶眺望，不远处的故居，在如烟春色的掩映下若隐若现。

真好，一天更比一天好的清溪村是对立波先生的真情回报。

一片梨花飘落在我的头上，立波先生的梨花情决不只温润 4 位青年才俊。那执着的为民情怀，如梨花绵绵不绝的清香，芬芳着一代又一代为家乡奋斗着的人们。

新农民

第十章

金扁担

王保良家上溯26代全是大山里的农民，挑的都是竹扁担。他的“良”前加个米，是“粮”。保证有粮，是他与生俱来的使命！

农大毕业的大学生，保良一生有两个偶像：周立波、袁隆平。他热爱文学，读着周立波的书长大，崇拜这位本土作家；他敬仰让人们吃饱饭的袁隆平，也热爱种粮，立志把国家的粮食安全扛在自己这辈青年人的肩上。

还有他更掷地有声的：

“袁隆平永远是一棵顶天立地、高不可攀的大树，是我们永远仰望的。但独树不成林，中国的农业一定要有片大森林，我想成为这片森林里的一棵树，努力向上长。我研究我的常规稻、有机稻，与杂交水稻不相冲突，只会互补。在这片领域，我用袁老的精神做到最好，做袁老第二、第三、第一百，也没什么不好，能衬托他的伟岸呢。”

如果不是被命运“狠揍”几次，他断然不会有如此胆识和决绝！

他行动了，很有智谋，还“潜伏”过两次。

一次“潜伏”到老牌企业江苏中东化肥股份有限公司，系统地学习和钻研生态有机肥。“人以粮为纲，粮以肥为本”，他的目标种高产、优质米，首要得把肥料搞懂。他跑了几个月的市场，见了几百个种植户……

一次是“潜入”互联网公司，探索出互联网与现代农业产供销一条龙的线上模式。

他花了五年时间，到2021年，完成了少吃多餐、消灭除草剂、抗倒伏、荒田种生态稻、简化种植程序等多项试验，他得探路要让年轻人爱上种粮。保障粮食安全，年轻一代不来种粮，农业如何发展？

他还花大量时间了解国家农业政策，搜集水稻产业链上的前沿信息……他觉得，时代已把“金扁担”交到他们农民手上，他能大干一场了。

“种生态稻，产有机米。”如今吃饱饭的中国人，全都奔优质粮去。绿色的、生态的、环保的、好吃的……没别的，就是要——健康的！

“大产业+新主体+新平台”，保良加入了新团队，又出发了。

> **刘雨生的互助组的八户人家和周围单干的家底，人口和田土，以至这些田土的丘名、亩级和产量，他都背得熟历历。他出生在这块地方，又在这里作了十六年的田。村里的每一块山场，每一丘田，每一条田塍的过去几十年的历史，他都清楚。他是清溪乡的一本活的田亩册。**
>
> **《山乡巨变》**
>
> **“良”前加个米，是“粮”。“保良”，保证有粮，这是他生命的使命！**
>
> **《新山乡巨变》**

把田种好

王保良，益阳安化大山里的孩子，出生在半山腰的木板房里，是家里的老三。他的父辈都是世世代代种田的苦农民，他爹并不想让儿子接他的班，只想这个儿子能用大山人善良、朴实、坚韧的品质去外面打拼天下。

可“保良”这名字在儿子这里怎么就被他演绎成了“保粮”呢？

其实，演绎成“粮”，是遵从他的本心。保良从小在“粮”上太亏，父母种田苦熬苦做，下的都是笨功夫。他心想，有一天我种粮了，要想出好办法，巧种，少流汗，多丰收！

他小时候帮父母在山上种玉米红薯花生，劳作之余踏遍了每个山头，眼睛却始终盯着远方，想着山外是怎样个世界？

为了冲出小山村，他开始狠命折腾：35 岁以前读了五年高中、八年大学，才算把学校的书读满足，还拿了几个毕业证。拿到毕业证后，他曾“阔”

过几个月，在万达的写字楼里工作。这个底层青年，也创造过人生的小辉煌：他设计的旅游产品被同行争相模仿，销售额有一个多亿。

一日，他心血来潮地翻看家谱，想找一个吃皇粮的祖宗，以证明自己这个农民角色并非世袭罔替。于是，他追溯到700年前，阅遍祖宗26代人的简历，结果发现连一个吃官粮的都没有，清一色都是肩挑竹扁担扛过来、苦过来的。

保良这下彻底淡定了：也罢，既然天意如此，与其逆天改命不如顺势而为。这辈子还是安心地、用心地、认真地把田种好，行行出状元。把田种到最好以告慰先祖，也是可以的嘛！

“良”前加个米，是“粮”。“保良”，保证有粮，这是他生命的使命！

“种水稻”被这个年轻人确立为终身事业，是两年前。王保良在大都市做了整整10年市场营销，赚的钱，给父母建了两栋还像样的房子。自己再结婚买房，办妥后决定：回农村，种水稻去。

真转战种粮，家人和朋友还是劝阻他。农业之路，毕竟艰辛，面对多年经济困境，保良也曾茫然无措！

“其实，这事我也想了很久，但心里定下的事，怎么也要去干！于是，便开始研究国家政策，分析行业趋势；参加农大自考，学习肥料知识；承包农户土地……真的当起了农民……”

家人蒙了，村民也蒙了：这个全村最会读书、最会赚钱的年轻人，是受了多大刺激，居然来干这么个最没出息、最苦、最累的事。可他们哪知道，这不是保良的轻率决定，这念头也不仅仅是深思熟虑、考量已久那么简单，而是伴着他生命成长，一点点深入他的骨髓，成为他的一个基因。何况，他问了自己心中的偶像，偶像说：干吧，小伙子，我也是你这个年纪开始的。

这个偶像就是袁隆平！王保良没见过他，在心里一直称他为老爷子。老爷子一辈子“理论武装+田地试验”，走技术路线种好了杂交水稻。保良就用青春复制偶像精神，但绝不模仿、跟从。他带着他心中的目标——种常规稻、种有机稻，一样为中国人将饭碗端牢，一样为农民致富减负而努力。为此他学习了华中农业大学农学本科的全部专业课程。边种田，边上学；边理论，边实践。

保良最理想的人生是晴耕雨读，除了农业梦之外，他还有一个文学梦。周立波是他最喜欢的作家。在他眼里，立波先生既是一名优秀的作家，又是一名为国家和民族的未来而奋斗的实干家，他的文字服务于国家的复兴大业。“先生是一名战士！在国家需要的时候冲锋陷阵。”周立波为国为民的情怀，是保良的又一人生信条。

一个吃得苦、霸得蛮的湖南伢子，被命运推搡着走到今天，又因心中的榜样撑到现在。

让产量再上一个台阶

2015 年，保良拿出 10 万元在桃源的教仁村承包了 107 亩水稻田。

后来，保良无数次打趣地说：是被那 10 万元“害”的，从田里再也拔不出腿。可实际上，无论多少钱也不可能让他交出一辈子！这 10 万元，只是他梦想启航的一个契机。

那是他第一年种田，保良记得那天跟皮老板——他种田的第一个师傅，一到了桃源，安排好了 107 亩田之后皮老板就走了。他心里有些慌张，但老板带的一大群种粮大户在周边，有一个还比他小，还有一个女同志，这两人的田地都超过了 300 亩。“就不信，我拿不下这 107 亩。”接下来，他先去周边向老农询问请教，再去田间地头查看每一块田的实际情况。

“五一”以后，保良终于下田实操了。他开始了长达五个月的苦干加蛮干的体力劳动。旋耕翻土、施肥杀虫、灌水排水……

那责任心，就算半夜里一阵雷打下来，他也能从床上爬起来打着手电筒赶到田里关水。其实当时是雨季，根本不缺水，连他自己都觉得可笑。后来，他基本上掌握了农业气象的规律，就很少再闹这样的笑话了。

工作太投入了其实也不是个好事。

与泥巴和虫蛇打交道，本来就让人讨厌，在夏天最热的那段时间，没有人愿意来帮他，终于，保良劳累过度，身体透支了。

他留有一张自己面容苍白、血色全无的照片，这张照片很好地诠释了“初恋”农业的威力。现在想起来，107 亩一半是丘陵地带的梯田，他一个人拼，是在拿下半辈子的健康换事业！看来，那些“拼搏到感动老天、拼搏到感动自己”的鸡汤创业故事和经典语录，也不是人人都适用的。但他偏偏不肯屈服。

田里的活还没干完，保良只好找中医开了十服中药，买了药罐这“装备”，在基地熬着喝，补充一些元气。

保良第一年将理论知识运用于实践的时候经验还不够，在田间实操的作业标准比老手们差远了，出现了很多失误，比如水放得不到位、田没耕好、种没播匀、草没除尽、施肥走水等等。但秋收结果让他有点小意外：他的平均亩产是 1150 斤。大面积种常规稻，在丘陵地区能有这个产量，算是高产了！到桃源种田的这群人里，除了保良是新人，其他二十几个都是经验丰富的老手，结果这一年，他的亩产量最高，超过第二名 100 余斤，看来他就是为种粮而生的。他挥洒汗水五个月种出来的稻谷，可以供 100 户人家吃一整年呢；将稻谷卖给米厂后，除去种肥药、田租、机耕机收等成本，可获毛利

6 万余元，这差不多是其他种粮大户的两倍！

保良有了信心："戴眼镜的也能把田种好，我在华农的书没白读，理论很重要，知识殿堂里的农学前辈们总结出来的理论知识是可以应用于实践，让农业增产，让农民增收的，这中间，只差一个衔接者了。"

"如果算上你的人工，一个月 4000 多元，是买不到你这样的劳动力的。"我提醒他说。

"所以，你觉得，我这一年还是亏！"他说。我没吭声，再说就太残酷。

好在，保良在那瞬间收获的技术自豪感、社会成就感，加上久违的经济回报，早就抵消掉了他在这次"初恋"中历经的那些痛，他立下豪言壮语："明年，我要扩大规模，减少失误，让亩产量再上一个台阶，常规稻要超过杂交稻的亩产量（1200 斤）。"

"你居然想挑战袁隆平？"我忍不住惊讶。

"不是不是，这么说吧，袁老永远是一棵顶天立地、高不可攀的大树，永远是我们仰望的巨人。但毕竟独树不成林，中国的农业一定要有片大森林——人才会聚的大森林！我想成为这片森林里的一棵树，努力向上长的一棵树。我研究我的常规稻、有机稻，与杂交水稻不相冲突，只会互补。在这片领域，我要以袁老的精神做到最好。"

农民苦到我们这一代必须画句号

种完田以后的那几个月，保良一直在思考一个问题：种粮这份工作这么辛苦，赚钱这么少，如何吸引年轻人来种粮食呢？有知识、有创新精神的年轻一代不来接班种粮，咱们的农业如何发展，粮食安全如何保障？这是农业问题，也是社会问题，还事关他的水稻种植事业规模扩大和收入增加的问题，保良一直在想自己能否通过优化种植技术来解决这个难题。

总结分析以后，他拟定了一个目标，也做出一个决定。

目标是：在亩产 1150 斤的基础上，再增产 200 斤。这样每亩田的利润就可以增加 200 元，达到每亩 800 元的毛利。

决定是：为了更好地完成“高产”目标，暂停种田一年，再学习。

“这个决定是由不久前的‘晒谷泪’促成的。”保良说。

那次的晒谷，能让保良记三辈子。

2015 年，刚收完的秋粮烘干的价格是每百斤 50 元，保良没舍得，他依照老传统在长长的新马路上晒，9 万多斤谷“哗啦啦”一铺 200 多米，像一条金灿灿的黄缎子。他白天晒，晚上守。

10 月 10 日这天，天还没亮，保良就开始做收谷的准备：买袋子、请人工、联系车、运到厂……直忙到下午收工，人们都已回家，突然一个信息把他震蒙了：23 点下雨！才晒干的谷必须马上收！但此时已经是傍晚了，去哪请人？保良只好叫上妻子、姐夫，还有两个老人，开始了装袋、搬运工作。

堆得像山一样的谷子，保良一铲一铲地装进袋子。其间，他的腰杆就没直过，水也没喝，一口气铲了 150 袋。就他一个全劳力，他自己体重 110 斤，谷子 140 斤一袋，他一袋袋扛到路边装车。

一天的重强度劳动，保良没吃没喝抢时间，扛到最后 3 袋时，黑沉了好久的天，猛然发怒了。雨劈头盖脸地落下，还伴随着刮风降温。这时的保良却不走了，肩上淋湿的谷子干脆摔地上，站定雨中仰头问天：农民，难道就该这么苦？农民，就不能从苦难中解脱出来？老天爷，你这样刁难人！把我们都苦怕了，还会有年轻人愿意来种田吗？

“后来我想明白了，这个问题归根结底还是因为农民收入太少。平均 300

元一亩的收入，再扣这扣那成本，还剩多少来养家糊口呢？这么一点点利润，就算有现代化设备，我们也用不起啊！不行，农民苦到我们这一代必须画上句号！我得拼上去——想办法解决这个问题。”

雨，鞭子样地抽打着他，寒冷随之席卷而来。保良脸上流淌着的，已经分不清是雨水还是泪水，就那么淌、那么流……

过了很久，保良终于感觉到了身体的崩溃。一天一夜没吃没喝，他的肠胃严重受损，但饿惨了却不敢盲目进食，怕消化不了。可要补充体力，又必须吃。那天，他去饭店要了两碗粥喝下，休息一小时后才敢吃饭。

保良说：“我是有惊无险地扛过去了，你知道我可怜的师傅皮叔，他那次晒谷，整整用了一个月！六七十万斤稻谷，白天晒，晚上收，全部都是请人来做的。连下半个月雨，他的稻谷就成堆地在雨布里沤着，雨布边缘的很多稻谷都发芽、发霉了。”

“农民太难了！就为了让他们不再那么苦，别再那么愁，我收拾好心情，又重新上路了。”

2016 年的大半年时光，保良都深入“种田大佬”们和高产地区中间：衡阳安邦农业发展有限公司、湖南二一现代农业发展有限公司、天门市华丰农业专业合作社等超级种粮大户；洞庭湖区最高产的田块、湖北随州亩产吨粮的田块。参与长沙县土壤重金属镉超标的千亩片治理工程；进入中国首家上市种子公司——丰乐种业，全面系统地学习水稻知识，了解将来可能会用到的 100 多个水稻品种的特性。

“这是我选定的终身事业。我要把种田的每一个细节、每一个流程，全部都亲自操作一遍。利用这一年的时间，把每一个环节的技术要点，每一个环节的用工时长、劳动强度，全部都摸得清清楚楚。”

有了这些考察交流得来的经验与信息，保良斗志昂扬，他产生了一个更

“伟大”的想法：要一炮打响“保证有粮”，要实现中国大面积常规稻最高产量——亩产 1500 斤！

“这是一项至今都没有人达成的目标，真不知道我这么个卑微渺小的年轻人，啥时候有了这么个疯狂的梦想。”保良说。

种粮的新野心

王保良把这一轮游学考察的焦点定在了湖北随州的一小块超高产田里，“2015 年亩产 2100 斤，今年的长势跟去年差不多，产量应该也有那么高。”随行的种子经销商介绍说。

这是袁老爷子的试验田里才可能有的产量啊，如今居然出现在这个穷乡僻壤的小村庄里，而且还是一个 60 多岁的普通老农种出来的，这怎么可能？可事实与惊喜就摆在眼前，这就是保良需要的可以扩大面积推广的高产技术，他迫切地想知道，这块田里到底发生了怎样的奇迹。

外行看热闹，内行看门道，保良赶紧询问所有的种植细节，问完细节以后，众人散去，他又独自蹲在田里，琢磨了三个多小时。

在这块田里，保良有两个重大发现：首先，他之前总结的常规稻亩产 1500 斤的技术要点，与眼前这块田里正在使用的技术要点完全吻合，这从事实上坚定了他接下来挑战高产的信心；其次，水稻界争论了半个世纪的直播与插秧哪种产量更高的问题终于得解，这个答案让他后来走的轻简化种植水稻的路线有了很好的理论支撑。

后来，保良又遇到了华农学长，学长教保良高产用肥“八字法”：肥料给足、少吃多餐。

近年来，追求产量的种粮大户们一直弄不明白，到底是传统的插秧产量高还是新兴的直播产量高呢？这一回，他总算在这块高产田里，通过几个小时的观察对比分析，悟到了对此问题比较合理的解答：袁老爷子的高产试验田，采用的都是插秧法，用最好的种、肥、技术，连续几年亩产都达到了2200斤左右；而华农学长指导种植的这一块田，用大田直播方式种植，同样是最好的种、肥、技术，连续两年亩产都能与袁老爷子的试验田相差无几，在水稻产量上同样登峰造极，虽然两种方法各有利弊，但对产量的影响刚好正负相抵了。

插秧，优点是成排成行，空间距离一致，透风透气，让水稻“呼吸”更畅、更健康，后期因充足的营养禾苗生长迅速。但它的缺点在于，二次移栽秧苗到大田里，稻苗的根部要断一次，移栽后要重新生长，会稍微延缓水稻前期的生长发育。

既然如此，那个体农民当然是用直播最好，省掉了培育秧田、移栽等耗时费力的环节，将原来插秧时的一人只能耕种20亩直接升级到现在直播时一人可以耕种200亩。

这一轮的游学考察，让保良如获至宝，跃跃欲试地要去实施他的“伟大”计划。

> **李永和找了一把算盘子，帮她算了两笔账：一笔是她这份田入社前的最高产量，除去开销和公粮，净落多少；另外一笔是入社以后，她一个人出工所赚的工分，加上土地报酬，一共折合多少石粮食。**
>
> 《山乡巨变》
>
> **竹扁担世世代代挑过来，到他这代为何反倒挑不动了？**
>
> 《新山乡巨变》

“少吃多餐”试验

2017 年，是保良人生中第一次借钱，一开口就向朋友小德子哥借了 10 万元“巨款”——为了种田。

祖祖辈辈穷过来的人，吃野草、睡露天都能熬，但就是不愿向别人开口借钱。“这辈子不找人借钱”是保良从父亲嘴里听来的，这成了他死记在心里不破的戒。现在要挑战高产种田了，保良决心赌上一把，为众乡亲破戒一回。

他出发了，带着“伟大”的计划，他一定要冲刺一下。他来到常德的桃源县青林乡金鸡堰村。桃花源，一片绿绿的竹林、秀丽的山沟、280 亩田，太漂亮了，漂亮得就像几位水灵清秀、如花似玉的美人。

保良高价承包了 280 亩水稻田，这两年种水稻赚钱的农户很多，桃源县的租金飙升到了 400 元/亩，首付 100 元。丘陵地带分散的 280 亩田广袤开阔，光在整个田埂上走一圈就要 8 小时。

我们知道，杂交水稻之父——袁隆平院士的超高产、超高投入的试验田种植模式，是高处的琼楼玉宇，普通种植大户们没有条件体验，也不会操作。

因此，这种试验田种植模式不可能在全国大面积推广。一边是袁老的试验田早就已经亩产超过吨粮了，另一边是全国水稻的平均亩产量多年来徘徊在800斤左右。

保良这次高产种植技术的大致原理是根据目标亩产量，核算出一亩田里面需要多少氮肥、磷肥、钾肥。然后，在水稻的各个不同生长时期，根据水稻对这三种肥料的需要量施肥，促进水稻的生长。

带着强烈的使命感，保良毫不犹豫地开始新一轮的挑战，进行稻田“少吃多餐”实验。但是他很快就遭遇了重大打击。

刚把第一个90亩完成播种，最严重的问题就出现了，保良的那两个打助攻的年轻小兄弟，来田里只坚持了5天，就扛不住，再也不来了，计划好三个人的事业，变成了他一个人扛。

2015年的107亩已经是极限了，面对多出来的170多亩，而且是劳动量差不多翻了一倍的高产种植操作流程，保良280亩田的工作量，相当于别人的500亩。

这注定是一个不可能完成的计划。没有回头路，保良只有硬着头皮走下去。在请了200多个人工的情况下，他的劳动量和劳动强度还是达到了体能极限。

保良独自在田里咬牙坚持，最苦最忙的时候，有整整60天，保良每天的睡眠从来没有超过5个小时，最累的时候，一天走田埂小路长达30公里，一天之内肩扛手提运送肥料6000斤，类似于这样的重体力劳动，他隔三差五就得来一次。

9月，保良倒下了！倒在忙完主体工作的最后一天！

晕倒的时候，保良开着面包车在回家的路上，所幸的是在晕倒前一秒，他本能地踩住了刹车。

“所以，我没走成。我又去买了十服中药。不过，这一轮没有吃好。腰椎间盘突出也发作了，在床上躺了一个多月，仍然没有恢复。这次是元气大伤。直到3年之后的现在，也才恢复九成。此番‘热恋’的代价，太大!

“这年头，作为底层老百姓，身体受伤，那都是小事情。关键是亏了钱——你知道这一把亏了多少？11.5万元!”

仍然是没有保险，没有补贴，没有回转余地!

这相当于从2013年到当时，5年白干!

“行了，人财两空，一时半会儿是爬不起来了，让我继续躺着吧!”保良跟我说这句话时，我的心为他揪着。

“但我压根就没工夫躺！这是我人生中最严重的一次失败，创业这么多年，我已经习惯了，只是，苦了我无辜的家人。农业这碗饭是真不好吃，每年像我这么亏本、破产的种粮大户还有不少。但总得有人站起来前行，我肯定是一个。为了下一步重新出发，我开始总结失败经验。”

竹扁担世世代代挑过来，到他这代为何反倒挑不动了？后来保良找到了原因，时代变化了，种田也要改变思路。如果说从前的大环境是“穷+落后”，那么现在就是“普遍富足+时代进步”，如果没有融进时代，没有把握政策，没有抱团打拼，失败也就在所难免。

这一年的实践证明：高产量、高风险、低卖价、低产值的水稻种植模式，是没有前途的。

好在也有三个收获：其一，虽然各种失误导致减产，但凭借“肥料给足，少吃多餐”的种田方法，这一年的稻谷总产量还是达到了221000斤；其二，如果一个人只种100亩田，集中体能和精力精耕细作，在丘陵地区种常规稻，1500斤的亩产量目标是可以实现的；其三，种水稻可以完全不用除草剂。

“我们过去吃的米，受除草剂污染是很严重的，要是能够不用除草剂种水稻，我们的健康指数就可以上一个台阶，这可是一件大功德！”保良说，“我得把这项技术整理好、实践好。”

这一年在桃花源，保良又反复试验。旋耕机作业，把每亩田都加耕一遍。把泥和杂草揉成面团一般，撒在上面的谷种比第一次种植时还要长得好，保良放心地决定彻底不施除草剂。

然而，这个胜利并没有给保良带来那年的成功。

2017 年 11 月—2018 年 4 月，保良尽管仍然保持着坚定的信念，但是巧妇难为无米之炊，对于创业来说，没有资金，办不成事。这一战，保良不但兜里没钱了，还欠了一屁股债，身体也垮了。

“从哪里跌倒再从哪里爬起来”的鸡汤也不管用了。那天说到这里，保良沉默了，很久没说话。他心里可能在想：为什么要走农业这条路？为什么种田这么苦？……可路还得继续走，再去找工作，又去打工，去赚钱，慢慢还账。

最可惜的是，种田的事业被迫暂停。

“消灭除草剂”试验

重回大城市，拖着病体，保良先后在朋友的旅游公司和金融公司任职，远离城市多年，他发现自己已经完全落伍了，90 后的玩法全变了。

“你不能还在传统的路上死磕。”

于是，保良一阵猛学，把互联网和金融的玩法翻了个底朝天。他意识到：改变农业、振兴产业、稳定农民，非得用好互联网和金融这两套工具不可。

后来，他设计了一张有模有样的农业发展纲要图。

“完了，债还没还清，身体还没康复，我又开始做梦了！”保良自嘲。

保良去互联网公司和金融公司各待了 3 个月，学习现代化的企业运作，心里暗暗将这些方法与种田嫁接。“等拿到了基本的种田本钱，我还是要回去种田。我当时的底薪是 12000 元，年收入是 30 多万元，加上提成和一些奖金。再凭自己一直努力、肯钻研的精神奋斗两年，效益比之前种田要好是肯定的。”

但是，拿到了几万元，学到了新知识，保良又不想干了。即将转正的那个月他辞职了，要去圆他的“种田梦”！其实，他也知道，种田成本高、风险大，一不留神哪个小环节出了问题，就可能满盘皆输。他也许又将踏上一路坎坷，可他就是没法劝说自己不往那条路上走。既然用高产赚钱提高利润行不通，那就把方向转移到如何种植高产又美味的稻米上！

保良同时产生了一个新思路：要确保赚钱，还必须让稻米走向市场。他对自己说：保良，你之前积累 10 年的营销“家当”，用上嘛，用到水稻产业上来。

2018 年 5 月，他离开了待遇优厚的金融公司，重新端起了泥饭碗。从种田两年的伤痛中走出来，他决定不再搞超高产粮了。超高产还是让袁老的团队去弄吧，他们实力雄厚，能搞出来。自己就整点好吃的、好卖的，先把债还掉再说。

身体稍微好转，保良这才发现，放弃农业的成本比他想象的要大：壮志未酬、初心难忘，不回到田边，他就食之无味，夜不能寐——痛定思痛，还是得干农业！

保良的第一站：前往大别山脚下，到他一朋友处考察生态种植模式，探索不施肥、不打药种水稻的可行性。

6 月，保良还掉了一部分债，带着剩下的 3000 元现金，抱着每个月生活费只用 500 元、坚持 6 个月的决心，出发了。他这一坚持就是一年半。

尽管计划成立公司，但保良首先还是得把水稻种上。在省农科院，他找到了唯一蝉联两届食味评比金奖的优质常规稻种子，这种米，米粒细长，茎秆柔弱，十分难种。

而这才是他需要的品种。机缘巧合之下，他选址在桃江县的竹海深处试种，桃花江是桃江县境内的一条小河流，自古以来就有“美人窝”之称。他找到的这个稻米品种细长细长的，状若蜂腰，于是在某一天，“美人腰”这三个字冷不丁地就蹦到他脑袋里，他赶紧去注册了商标。

王保良打算从小面积开始，先种个十亩二十亩。租不起田怎么办？他找到一片被抛荒了好多年的荒田，大大降低了成本。保良当即就下决心，找到的这 12 亩试验田，不打农药不施化肥。这田荒了十年八年，土壤非常肥沃，再加上田里的杂草，用旋耕机把杂草搅匀在泥巴中，多旋几次将其切碎沤在泥里，就是最好的有机肥。这样，这片农田会构成一个生态体系。这就是生态种植方法，也就是日本人推崇的“自然农法”。撒下谷种自然收，也能达到四五百斤一亩。

王保良心想：如果这个方法从他手里推而广之，中国的农田 100 年实施这三个技术标准，不施化肥，不打农药，不用除草剂，就可以逐步解决中国土地的污染问题，包括水体污染、生态污染、土壤污染，还有大米的农药残留、重金属超标问题。为了这个宏伟的目标，他怎么苦、怎么拼，都值得。

这片 12 亩的田，全程采用日本人发明的“自然农法”来种植，播完种以后基本上就不怎么管理它们了。

没有用除草剂，水稻长得很好，杂草也不多。这个除草的原理可以概括为：水是最好的除草剂，杂草是最好的有机肥。

保良对产量要求也不高，目标是 500 斤，不需要很多的肥料。不用化学肥料，也不用除草剂，田埂子上长满了杂草，自然生态就好，益虫也多，所以更不需要打农药。

10 月份收割，平均亩产居然达到了 210 多斤，部分田块的亩产甚至达到了 500 斤。看来，用“自然农法”种植水稻也是可行的。就这样，“美人腰”大米在 11 月份面世。

这一年，保良终于把不用除草剂种水稻的诀窍开发出来了，并取得了非常好的效果。

他另外一个重要的收获是：一种创新型轻简化的水稻种植模式在逐渐成形。这种模式能够节约一半人工，如果按照这种方式种水稻，一个人可以种 300 亩，就算是在丘陵地区，只把稻谷卖给米厂的情况下，年收入都可以达到 20 万元以上。

只要收入可观，中国农业就不愁后继无人了。

“抗倒”试验

在那个青山绿水的大山沟里，每天都有这样一幅画面：那片荒了 20 多年的 29 亩田，天天有个人在开沟播种，从早到晚，没有任何帮手。开沟整田、播种灌溉、排水筑埂……天气炎热，他的衣服湿了又干，干了又湿。

这一幕被对面加油站一个带孙子的老人看在眼里。老人天天观察这个年轻后生：他这是在做天大的好事儿，荒了多年的田地终于被开垦，让他这个一辈子务农的人惭愧、感动，也兴奋。终于有人珍惜这田地了，真是个好伢子哟！

那山间种田人正是王保良。

按合同约定，桃江的这 12 亩开荒地，到第二年，保良要支付 100 元一亩的租金给村民。他连这 12 亩田也租不起了。没办法，他只能返回老家安化。在家附近，他找到了一块抛荒十几年的农田，有 29 亩。在这块土地上，他开始了优质稻品种的“抗倒”试验。结合上一年稻田里的倒伏现象，保良决定这次采用早晒田、稀播技术等措施。

当初，保良是奔着零成本来的：不用买种子，也不用肥料，更不用农药，不用出田租……可是，前期拓荒，保良就花掉了带来的 3000 元。

那位带孙子的老人把保良喊下来喝杯茶，还把自己的衣服给他，让他换下身上湿得滴水的衣服。“伢子，你真吃得苦，又执着，我观察你很久了。佩服哟！”

“我们山里人不执着不行啊。山那么高，几百年以来，没有车和公路，肥料要上去，玉米红薯要下来，不执着就搞不定这些自然障碍，就得饿肚子。我家有谱可查的 26 代祖宗都是清一色的纯农民，传到我这一代，执着的基因已经格外强大。偏偏我又读了点书，知道种田应该有科学技术的助力，我苦点、累点，没什么，能试验出方法来，给山里人用，也算是做了一件好事。”

老人又问：“怎么总是你一个人，不找些帮手一起种？怎么选了这么片荒地，用点机械能不能轻松点？”当保良道出自己的一腔苦衷，老人震惊了：“小伙子，我帮你，我一定帮你！”

老人还真帮到了他。没过多久，2 万元的贷款资助就到了保良的卡上。

这一年，保良的“抗倒”试验取得显著成功，至少解决了 70% 的稻谷倒伏问题。剩下的 30% 是遇上了山洪，那是特殊的自然灾害。保良又仔细分析，计划在第二年克服这些可能引起倒伏的因素。

倒伏的主要原因是稻田里积水。水没及时排出，泥巴一软，造成倒伏。在水稻生长的后期，稻田里面不需要水，需要晒田，把泥巴晒干晒硬，水稻不倒伏产量才高，收割机也方便进去作业。每一年，保良的田里总有一些地方排水不顺畅，主要原因是他的开沟排水工具不行。

经过一段时间的分析钻研后，保良决定开一条围着田埂子转一圈的水沟，并开始创新设计一种新型的开沟工具，让开沟变得简单高效，开出来的沟排水效果更好。

保良首先构思模型，他冥思苦想，反复试验，用了多种材料，如饮水机水桶、废旧铁盆、竹子、木头，但效果都不理想。紧接着他想到了废品站，在那里找到一个废弃的液化气罐子，用它焊接了一个新式的开沟工具。他把这个工具放到田里一试，以往一个人一天排水 16 亩，这个工具能实现日排水 100 亩！效率是传统铁耙工具的 5 倍多。这以后，他的每一块田里开沟都不积水，稻谷不再倒伏，一望无际都是绿油油、雄赳赳的威武“士兵”。

这件农具价值几何?

“这么说吧，在农田智能机器人到来之前，它在水稻种植工具界的地位，就相当于用了几千年、人手必备一件的锄头。未来的某一天，它将风靡大江南北，与锄头同领风骚。如果这一项技术推广开来，中国每年可以节约几十万吨除草剂，免除 8 亿亩水稻田的除草剂污染，给 9 亿吃大米饭的同胞带来健康!”保良骄傲地说。

8 月，田里无事，保良寻思着该注册公司了，不然“美人腰”无法投入市场销售。

这一年，保良如此艰难，却还想着边种田边卖米。卖米学问大，尤其是像他这种成本都达到了 20 多元一斤的高端米。他一个农民，这几年与世脱节，朋友圈也越来越小，卖米，谈何容易。

最关键的是，保良仍然囊中羞涩。他询问了代办公司有关财税、集群注册、公章等问题，得知半年一付也得 2000 多元。

不请代办，就自己跑。2019 年开年，保良这个门外汉，开启了“霸蛮模式”。在那个寒冷的冬天，他闭门学习研究了 40 多天，硬是花最少的钱自办公司注册，还把微信公众号的搭建流程和运营思路彻底给整明白了。

订阅号“叶绿体之光”上线，保良为其规划的功能是：发布叶绿体公司的成长故事，记录人性之美，探寻智慧之光。

服务号“保证有粮”上线，保良为其规划的功能是：成为新型职业农民的思维阵地，解析农业困局，求索农业升级之道。

微信小店“宝粮米”上线，这是为想吃好米的消费者打造的购米渠道，后又升级为“微信商店”。

小德子哥当年担心保良这条路太过艰难，语重心长地说：“水稻产业还没有人能真正做成全产业链的，有的粮食企业那么强大，他们都做不了全产业链，只做加工环节和营销环节，你现在既要种田又要做市场，难度太大了，会把自己拖垮的，建议你还是要么只种田，要么只卖米。”

保良又一次认了死理，没有听从小德子哥的建议，毅然走在打造粮食全产业链的路上。

“开垦荒田”试验

打不死、挫不败的王保良，在 2020 年又租了 100 亩田，继续他的优质稻种植试验。其中，有 40 亩田是新开出来的农田。他准备做另外一个试验——让有机水稻的平均产量达到全国使用农药化肥除草剂水稻的平均产量，亩产 830 斤。

其实，保良的心里一直都有个 1000 斤的杠杠。因为，他崇拜的立波先生早在 60 年前就提出亩产过 1000 斤的愿景。那时候人们种田，靠的是肩扛手提、锄挖牛犁，立波先生还写出这样的目标，这在新中国成立不到 10 年，百废待兴之时，需要怎样的奋斗才能实现啊！现在，有知识的新农人还徘徊在这个数字上下，实在令人感到羞愧。再发点狠，再用点心，最好增个 170 斤，达到亩产 1000 斤。保良在心里暗暗起誓。

保良这一年的奋斗，是从开垦荒田开始的。他身后的山沟里有 60 亩田，已经荒芜了快 20 年，树长得很粗壮，有水的地方泥巴很深，耕田机一进去就陷在里面出不来，用传统的思路根本没有办法，以至于虽然常常有人想复垦，最终却都放弃了。

保良思索了几个晚上，探索用挖机开路，耕田机一旦陷进去，挖机跟着挖出来。最终，他成功地把这一块 60 亩的荒田复垦出来，做了“自然农法”的水稻基地，种上了高品质的生态大米——“美人腰”，真正让这片荒田变废为宝。

最初禾苗的长势非常好。根据以往的经验，亩产 830 斤是没有问题的。

可是，老天爷又给了保良一道不易跨越的考验。那一年所有的种田人都遭遇了 20 年一遇的洪水和 60 年一遇的寒露风，晚稻几乎绝收。

“就说我种田的第一个师傅冬叔，在种粮大户的小圈子里，他号称常胜将军。但 2020 年他也遭遇了滑铁卢，种了 1000 多亩水稻，没有一分钱工资，没有一分钱利息，本钱还亏掉了 20 多万元。原因跟我一样，遭遇了 20 年一遇的洪水和 60 年一遇的寒露风，产量低，稻谷的收购价格也低，保险只赔了四分之一的种植成本。60 岁的人，种了 20 年田的种粮大户，经此一事蔫了劲，也乱了方寸，此后再也不打算种常规稻了，要我帮他从隆平高科买高产量的杂交稻种子来种。”

这一年的种粮大户没有一个赚钱的，好多已经扛不下去打算转行了。

农民赚不到钱，生活都成问题，哪里还有精气神搞技术创新和品质升级呢?

尽管保良奋力呵护稻田，像一个用生命守卫阵地的战士，严防死守，但损失也在所难免。目标亩产有部分达到，已经算很好了，稻谷也收了几万斤。

这一年，技术的探索倒是成功顺利。抗倒伏技术完全突破，不用除草剂除草的技术也非常成熟，这是水稻种植界一个巨大的技术进步。从 2017 年在田间发现不用除草剂也能种好水稻开始，到有意识地掌握这项技术，保良用了 4 年的时间。

“简化种植程序”试验

2020 年底，又到了保良左右不定的日子，还好，志哥找他了。

投资 5 亿元、占地 10 平方公里的洞庭乡愁景区开始规划筹建，总负责人志哥是保良 10 年前的领导，有想法，能干实事，他联系到了当时一无所有还在种小田的保良。

志哥先把景区的规划图给他看：“黄绿相间的格子是我们的水稻田，你看，景区内的稻田都安装了太阳能紫外线杀虫灯，第一期流转了 2000 亩，有 20 年的经营权。”

“2000 亩，这是宏图大业呀！啥都不说，跟着志哥干！”保良说。

在沅江的胭脂湖街道三眼塘村，保良与志哥似乎听到了禾苗在田地里拔节生长的响动，伴随着农人内心深处的呼唤：农民要致富，乡村要振兴！

保良看着村里杨支书指着面前这片田地，忽然有了指挥千军万马的将军即将出征的感觉。粮草人马皆已备妥，天时地利人和业已就位，他只听到一个声音——请上马领军，作战，冲锋，凯旋！

保良最终欣然前往，带上叶绿体公司，带上他从未改变的种粮理想，更带上他坚持七年、苦苦摸索出来的种粮技术，迈向广阔的洞庭湖平原，大展身手。他要全面开展有机生态稻的种植产业，包括高产试验、优质水稻抗倒实验，还有最重要的新田间试验：一个人耕种500亩的简化种植试验。

这一年，他要把传统水稻耕种的140多个程序简化成50多个，让一个人可以耕种500亩，大大提高个人的收入水平，也从简化程序中减轻农民的劳动量。

人生有幸，他搭伙志哥，这个有情怀、有担当、懂他、信任他的大哥。为与保良合作，志哥把一切都承担下来。按“谁租田谁付现”的原则，原本保良要从银行贷款30万元，可是他没一点积蓄，更没东西抵押，志哥就出资28.5万元，帮保良租下380亩田。

志哥了解这位老弟，这些年虽起起伏伏，但不改对土地的痴狂热爱。他们曾在旅游公司共事，那时志哥是老板，保良的勤奋努力总能让业绩直线飙升，就是脑袋瓜里一根筋搭在种田上，他留不住这个人才便只好放手。没想到几年后，他自己也走进了广阔的田野，为乡村振兴而拼搏。

保良终于有了团队的力量，一切都顺风顺水。从前，他以一己之力对抗巨大的农业风险，即使攻克了许多技术难题，摸索出用最智慧、最科学、最节约成本、最健康的方式来发展农业，也总是难免于失败。7年没有兵马、缺少粮草的单打独斗，保良都是一个人死磕死熬，终于，如今他与志哥一道，共同敲开水稻、大米产销一体化的大门。

中国常规水稻目前平均亩产800多斤，他们的无公害“宝粮米”亩产要高出平均水平300斤，可达到平均亩产1200斤。

将来，我国能以“产量×足够的种植面积=中国的粮食”的模式重新迎来自给自足的新时代，我们不用担心因为口腹之需再被外国人卡脖子。

无公害“宝粮米”的关键就在于常规稻品种、不打除草剂、不掺陈米、不抛光打蜡、不熏蒸加香。而这些与它的种植标准紧密联系：“宝粮米”利用创新型物理除草技术，在几乎不增加人工成本的情况下，可以实现种植全程不打任何除草剂；采用“少吃多餐”的施肥方式，大幅度提高肥料利用率，在同样的产量下，比传统农户每亩少施30%的化肥，也减少对水体和土壤的污染；水稻扬花后不再喷药，基地安装太阳能紫外线杀虫灯，“宝粮米”种植全过程实现只打一次农药，甚至不打药；不做真空包装，采取透气包装，不做任何熏蒸处理，也不添加任何添加剂，保证米的新鲜品质。

“宝粮米”每斤5元，每餐2两米，也就是1元钱。普通老百姓每餐多花5角钱，就可以吃到相对健康、口感也好的无公害大米，从食品源头减少疾病。

不同价格、不同功能的产品，在基地构成体系——大众生态“宝粮米”，亩产1200斤；“叶绿体”有机米，亩产稻谷800斤；自然农法米“美人腰”，亩产稻谷300斤。

“保良，下一步我们跟智能机器人接轨。将中国农民从繁重的体力劳动中解放出来。”志哥提出下一步规划。

“我可就盼着这一天呢，志哥。”回望这几年走过的路，保良感慨道，“其实，我还有个担忧，也是袁老爷子的担忧：‘年轻人都不种田，就会很麻烦！’想想，10年以后，老一辈农民逐渐退出田地，80后不想种田，90后不会种田，00后甚至已不分五谷。农民断代，农业若真无人接班，就算把全球的粮食都买过来，估计也解决不了中国人的吃饭问题，到那时，我们真会很麻烦!”

正说着袁老，一个让国人泪目也让世界震惊的噩耗传来：2021 年 5 月 22 日，杂交水稻之父，也是保良的精神导师——中国工程院院士袁隆平逝世!

第二天，保良和志哥开车赶到长沙，他们要送袁老最后一程。

到达的时候已是晚上 10 点，气温不到 20 摄氏度，在通往明阳山殡仪馆的路上，还有两支长长的队伍。在告别大厅里，两人看到前来守灵的人跟他们一样排着长长的队，人们送来悼念的鲜花，将他们的哀思铺成了一道一米多高、两三米宽、十多米长的层层叠叠的花墙。

“这些花表达的不是简简单单的祭奠，更是无数感恩他的民心啊!”志哥由衷感慨。

保良捧出一个包，那是他自己亲手缝制的粗布袋，里面装着他的“宝粮米”“美人腰”“叶绿体有机米”。他恭恭敬敬地把包放到鲜花丛中。

当初撇开种菜、植树、种水果等选择种粮，就是袁老带给他的深刻影响。高中时保良就知道他、崇拜他，他是保良的精神偶像。他把杂交水稻普惠到全世界，让身在农业大国的中国人民把饭碗端在自己手里。可他年纪大了，他的事业和精神需要有人传承。保良下决心做那些后继之人中的一个。这个时代的人投身农业，需要有扎根农田、研究技术的执着，保良要做其中坚定的一个。

> **“简单一句话，就是增产。社里的一切措施，一切计划，都是为了完成这任务。各位同志，各位父老，各位姐妹们，你们要八仙飘海，各显神通，要在几年内，使稻谷产量，达到亩亩千斤的指标。同志们，做得到吗？”**
>
> **《山乡巨变》**
>
> **农场的农业物联网与大数据中心二楼，巨幅电子屏上显示着田间土壤、农业气象、作物长势、病虫草害预警。**
>
> **《新山乡巨变》**

这些探索是中国健康大米的新希望

“消农委”启航的第一个基地，在志哥的“湖南洞庭乡愁景区有机水稻种植基地”。

在牛年万物复苏的春天，保良把春耕的一切事务都准备停当了。这天晚饭后，他朝志哥的办公室走去，手里拿着立波先生的《山乡巨变》，志哥说他也想读读。

突然，保良看到从一片梨园中走来的志哥，踏得枯叶窸窸窣窣发响，这情景，立波先生早给描画过：“晚上的月亮非常好，她挂在中天……这时节，在一个小小的横村里，有个黑幽幽的人影移上了一座小小瓦屋跟前的塘基上。狗叫着。另一个人影从屋里出来。两人接近了，又双双地走下了塘基，转入了横着山树的阴影，又插花地斜映着寒月清辉的山边小路。他们慢慢地走着，踏得路上的枯叶嚓嚓嚓嚓地发响。”

仿佛是跨越时空的某种呼应。保良和志哥就像这幅画面中的两个人一样聚在一起。在月亮的清辉下，他们开始聊一桩大事。

如今，大家已经不再忧虑吃饱的问题，而追求更高层次的“吃好”。“大家都追求生态的、环保的、健康的绿色食品。我们种生态稻，产有机米的方向永远不变。”志哥说。

保良接话：“但我们既要种好米，又要保证有人愿意吃好米。”

大道至简。把问题简单化以后，这个复杂问题，简单到只有两方。一方是种田人，一方是消费者。种田人缺的是资金，消费者缺的是保障。“用一种方式将双方直接连接起来不就成了！”

志哥一拍大腿，从坐着的石头上一跃而起：“消费者苦商人操控饭碗久矣，种田人怕商人不摸良心卖米。唯有打造一套种田人和消费者深度合作的体系，让双方从对立走向统一、从遥远的陌生人变成唇齿相依的合作者才是出路！”

保良肯定地说：“种田人负责种田、打米、配送；消费者负责出资、监督，再凭口碑自然扩散影响力。把双方统一起来的技术条件并不复杂，一纸协议、一套评分体系、一个手机、一个监控、一个检测仪就够了。”

他们要真正实现消费者和农民的零距离合作，这里没有第三者，不需要广告费用，没有平台抽成，农田直达餐桌，没有链条成本，没有流量焦虑，没有商业模式，不需要资本参与，甚至不需要政府补贴。

这件事情一旦做成，往小了说，是有效解决了种田人的资金投入问题和消费者的餐桌大事；往大了说，是在为国家解决农业难题探路，为子孙后代的生存环境护航。

大道至简，方有大成。

农业互联网、农业现代化、农业智能化，都可以由消费者和种田人联手一一实现。

“万事开头难，我们需要燃起来第一把火，找到第一拨人。”

他们亮出优势：7 年以来，保良已经拥有了全链条的技术积累，创造了一些低成本的种植方法。各种级别的米，都可以比市场中同等质量的米在成本投入上低 30%~50%。有了效益的保障，种田人就可以一心一意在技术和创新上打磨了。

保良说，他想稳扎稳打，2021 年还只能耕种其中的 380 亩，余下的只能交还给村民耕种普通水稻。他们把洞庭乡愁景区基地作为他们水稻事业的第一站——向前，无公害米和绿色认证米的基地可以延伸到百万亩洞庭湖平原；往后，生态米和自然农法米基地可以延伸到桃江、安化、溆浦等山清水秀的山区。

农业升级改造的万里长征，就从这里起步。

保良想用 20 年左右的时间，深耕水稻产业，为其他农产品的升级改造提供模板。他还想开办种植培训学校，完善水稻种植标准和种田人技能评分体系；再成立水稻种植合作社联盟，逐步将在泥泞中探行的种粮大户们联合起来，把中国的田种好；组建农产品耕种与加工的人工智能研发团队，一劳永逸地解决农业体力重、风险大、效率低的产业难题，为人类社会的人工智能发展补上农业这块短板；如果有条件，保良还考虑成立生命科学研究中心，在食物营养、食疗、健康长寿等领域做些有价值的探索。

他对志哥说，袁老曾向媒体透露“藏粮于地”的新目标：“希望通过三年时间，早稻亩产突破 700 公斤，晚稻亩产突破 800 公斤，中稻亩产向 1200 公斤进军，双季稻亩产向 1500 公斤冲刺。”种常规稻、有机稻，虽不是一个类别，但也要瞄准最高目标而奋斗！

没多久，保良得到一个向农业农村部项目评审专家姚教授汇报的机会，他重点汇报了不用任何除草剂、巧用有机肥少打农药甚至不打农药等探索性种植技术。

听完细节汇报，精通理论的姚教授当面点评：“你是我们华农的自学奇才呀！你的这些探索是中国健康大米的新希望，是了不起的实用技术！别太保守，要扩大规模，大力发展！”

姚教授是农业农村部技术型专家，见多识广，得到他的首肯与鼓励，保良信心大增。

挑上金扁担

2020 年 5 月 23 日上午，习近平总书记在看望参加政协会议的经济界委员时，给大家讲了一个故事。他当年在陕北黄土高坡生活时，问周围的老百姓，什么样的日子算幸福生活？老百姓们讲了几个心愿：第一个目标是希望不再要饭，能吃饱肚子。别管吃什么，半年糠菜半年粮也好。再进一步，当地的土话叫吃“净颗子”，就是能吃上纯高粱米、玉米面。第三个目标，他们认为那就高不可攀了，“想吃细粮就吃细粮，还能经常吃肉”，说是“下辈子的愿望”。听完大家的愿望，习近平总书记当时和乡亲们说：“你们再努力想想呢，将来还想到什么境界。”老百姓回答：“那就将来干活挑着金扁担！”

习近平总书记跟委员们说：“我想这个目标也在实现中。‘金扁担’，我把它理解为农业现代化。”

老一代农民“干活挑着金扁担”的理想在王保良这一代新职业农民身上终于露出了曙光。2021 年 4 月 10 日这天，春插启动，湖南无人农场（望城）项目投运，王保良在现场观摩无人化农场运作，就像刘姥姥进大观园，彻底开阔了眼界。

种田不下地，植保“不求人”，收割自动化。无人驾驶的抛秧机、插秧机已在耕整的田中按规划线路作业，遇到尽头便自动转向掉头，行经的田里

“吐”出整齐的绿苗，大片水镜般的水田，魔幻般地翻转成翠绿的一片。一望无际、玻璃镜一般的水田里，借助卫星导航定位，一台台无人驾驶大型插秧机匀速直线前进，轰隆隆地驶向前方。

种田变成了如此有“科技范”的一件事！

“羡慕啊，同样是农村，这新阳村就能整这么大地块，让无人机跑着耕种。”

“他们才 280 亩，我们有 2000 亩呢，更适合供机器大展拳脚。”

“可是别人已经把小田变成大田，机耕道也修得宽宽敞敞。我们就算田多，要整成这样也难。”

“我研究过，这是采用物联网、大数据、人工智能、5G、机器人等新一代信息技术来实现全天候、全过程、全空间的无人化生产，其本质就是以机器代替人。这机械化技术贯穿耕、种、收等生产全流程。待到丰收季，还能应用到收获、秸秆捡拾压捆、产后处理等环节。”

见那位农机合作社负责人过来了，保良逮住他问个不停。

“像以前 200 亩水稻的春耕春插，我们需要 20 到 23 人，无人农场建成后，只需要 2 到 3 人就可以了。在管水除虫这块，以前投入方式也比较粗放，现在我们通过一台电脑或手机，就可以实时监测并操控作业，减少人工成本 70% 以上，整体效益提高 20% 以上。”负责人说。

观摩回去后，保良边负责田地全流程，边着手小田改大田、拓宽机耕道的工作。志哥开始建“云平台大脑中枢”。

农场的农业物联网与大数据中心二楼，巨幅电子屏上显示着田间土壤、农业气象、作物长势、病虫草害预警。保良坐在中心办公室，既可远程监控不同的田块内的生产作业，又可以点开手机 App 查看稻虾养殖田块中的温度、湿度、给氧量。他们现在走的是“农机下田、专家种地、农民致富”的稳妥种粮路。也就是，我们农民真正地挑上了金扁担！

志哥打造的“大脑中枢”连线洞庭乡愁景区，一个个打卡地都能在其中呈现。

“保良，筹建消农合作委员会的事，你抓紧落实，我这边新策划了几个点，事多。”

“放心吧，发动吃饭人一起解决农业问题。这事，就落到我头上。”

“一条竹扁担，一头是风雨兼程，一头是穷则思变。共产党带领人民群众，挑了一百年。这条金扁担，一头是大国担当，一头是人民期盼，共产党继续挑在肩，永远挑在肩。”

保良哼着的歌唱出了他的好心情。谷子收了就得进仓库，他正在调研仓储。长宽各数十米、高七八米的高大粮仓内，堆着山一样的粮食。

“过去，给粮仓‘体检’可是个体力活儿。粮仓内温度、湿度和通风条件检测起来细致繁复。别的不说，光长长的温度计，每隔一段距离就得插上一根。”保良感慨道。

而如今，想要了解这些，不必亲临现场。上百个粮温传感器分布在每个粮仓不同位置，保良只需坐在办公室里打开电脑，就能看到仓内各处的粮温变化，水分等情况也一目了然，方便及时采取措施，有效防止虫害及霉菌。

“‘手中有粮，心中不慌。’守好‘三农’压舱石，粮食安全是大民生，人人有饭吃又是粮食安全的根本。”

“全程智能化储粮，动态远程监管，粮库在线监控，再一键操作、科技储粮、智能通风、绿色锁鲜，我们也要建这样的智能化粮库，很快的。”

从前那种“年年奋斗年年亏”的状况将一去不复返，保良想。挑上金扁担的保良，感觉自己走在了农业现代化和综合效益全面提升的大道上。

第十一章

南竹林

竹林，竹海，竹乡，益阳是竹的海洋、竹的王国。

竹、猪，无疑是除粮之外益阳的主导农业产业。但这片山乡根本的巨变，是夏曲辉、龙灿辉等千千万万普通百姓的奋斗，他们身上无一例外都印刻着竹的品质：奋发向上、虚怀若谷、质朴坚强。

益阳人编水竹凉席声名远扬，谢林港镇还是“竹凉席之乡”。夏曲辉，人称夏爹，他第一个吃螃蟹，从普通凉席拓展到麻将凉席，从研制凉席机到制作品牌机。他引领了全镇上万人，成了竹凉席产业的致富带头人。没几年，家家开始买摩托、砌高楼、买汽车……

可是，他们也看到了，与之相伴的是，河里鱼虾死光了，大量农田寸草不生。这样的致富是以牺牲环境换来的……

“取缔”二字一出，夏曲辉这个共产党员加退伍军人站出来：“这棵带病的‘摇钱树’，影响了国家，影响了发展，撤，坚决撤！这产业是我挑的头，就该从我这里断！”

他毁掉机器，指着园区早已备好的炭化蒸煮机，向群众说：“这个传统产业不仅没有废掉，还得以升级换代，国家早替我们想好了。”

取缔老凉席加工，再转型喂猪。夏曲辉建猪舍、进良种，最多时喂了1 000 多头。可又面临撤养猪场，他依然第一个带头。他看到了“养猪大王”龙灿辉的互联网智能集群式楼房养猪，那才是崭新前景——

通过智能化创新，实现智能饲喂、精准营养、智能环控，保障了猪群健康。上线的FPF未来猪场智能养猪生态系统，是料、繁、养、宰、商一体化的猪业闭环生产运营模式，运用大数据、物联网，实现空气过滤、饲料灭菌，楼房猪舍臭气零排放、水源全净化。他真心为龙灿辉点赞。

“能多养猪、养好猪，还能保生态、利环保。拆除了我们的小作坊，国家才有精力支持大企业搞智能化。”夏曲辉一席话说出来，多像平实、柔韧、坚强、豁达的竹之品性！

一片竹林，阳光很好，风很通透。向上一看，高耸入云，却平实亲和。夏曲辉说，如今他没闲着，搞专利、扶后人，辅助青年职业农民，做他们的坚强后盾。

竹有节而挺拔不弯，人有节而奋发向上！

“这几根竹子，卖得几个钱?”“卖不起价。”

《山乡巨变》

“这个传统产业不仅没有废掉，还得以升级换代。新工艺让谢林港镇竹凉席加工迎来了第二春!”

《新山乡巨变》

万元户就普遍了

益阳是南竹之乡，竹林浩荡，连天接地。

远看，竹林绿得像一块无瑕的翡翠；近看，“翡翠”又连成一道绿色的屏障。我们去青塘村的季节，正是竹林茂盛的时候。

说到益阳南竹，不能不提 1958 年 5 月 18 日，毛泽东同志在中共八大二次会议上作出“竹子要大发展”的重要指示，迄今已 60 多年。

经过大发展的益阳，至 2018 年拥有竹林面积 236 万多亩，南竹蓄积量位居全省第一、全国第三，也有了“湖南省重点竹产区”“全国著名南竹之乡”的美誉。1952 年，益阳县凉席厂老艺人编织的水竹凉席参加德国莱比锡国际博览会，获得银奖，蜚声中外；1959 年，国庆十周年之际，益阳县水竹凉席厂还为毛泽东特制过一床水竹凉席，成为益阳人民的骄傲。

益阳“竹都”“竹乡”由此声名远播。20 世纪 90 年代，这里曾四次举办竹文化节。而对竹乡的自然生态，周立波的描画是最细腻的。

“四围净是连绵不断的、黑洞洞的树山和竹山。”

“黑洞洞的”极为传神，那遮天蔽日的茂盛、风都穿不透的幽深，在爱家乡、懂家乡的周立波笔下，自然是神来之笔。

“王家村的村口，有幢四缝三间的屋宇，正屋盖的是青瓦，横屋盖的是稻草，屋前有口小池塘，屋后是片竹木林……淡青色的炊烟，正从屋顶上升起，飘在青松翠竹间。”

“偏偏，我们这个山村角落里有的是竹子。”

周立波小说中表现益阳竹乡风貌的另一方面，是他对益阳农民的农事与日常生活中竹器的大量描写。益阳竹器种类繁多，如扁担、畚箕、箩筐、竹椅子、竹凉床（也叫“竹铺子”）、竹筛子、烘篮子等等，数不胜数。

竹篙晒衣，是益阳农村极普遍的现象。邓秀梅到“亭面糊”家——“进了门斗子，里边是个小小的地坪。当阳的地方，竖着两对砍了丫枝的竹尾做成的晒衣架子，架上横搁几根晒衣的竹篙。”至于竹篮子，如六角篮、腰篮子、圆篮子等各色各样的就更多了。连教训孩子的“南竹丫枝”，也是竹枝做的。

竹子已经与老百姓的生活息息相关，直到现在，人们的生活水平大大提高了，但它在大家生活中的地位并没有丝毫降低。

七十多岁的夏曲辉，他所在的清塘村就在清溪村附近，属大清溪的谢林港镇。那里竹林面积达 4.4 万亩，全镇 17 个村，有 15 个村从事竹凉席加工，有 600 多年竹凉席加工历史。坐在他家的堂屋，屋后的小山坡满是翠竹，高耸入云。从坡上下来的夏曲辉，脚步踏实、腰杆直挺，浑身散发着山区人民恰如翠竹般质朴和积极向上的气质。

夏曲辉，共产党员，退伍军人。他说，当时退伍回乡，村里还很穷，还没有什么万元户，编凉席后才开始有钱，万元户普遍起来，家家户户都有存款，还能购置摩托车、农机。

这个产业寿命不会长

夏曲辉与凉席的渊源，要上溯好几代，说起来是有“家谱”佐证的。

相传很早以前，当地有个叫夏焕奎的人，砍竹破篾扭绳，最会利用遍地南竹。夏家世代是竹匠，编织草鞋、竹篮、簸箕，手艺远近闻名，整个益阳都有夏家竹器的踪影。后来他们又开发竹席，把竹林中生长两年的嫩竹给村民用，自己将林中制作成本高、难成型的老竹取下制席。结果制出的竹席更清凉、耐用，而且光泽好。后来，夏家竹匠们还想方设法琢磨凉席不发霉、不生虫、更耐用的妙招。几代相传，夏家的凉席越做越好，名声也越来越大。

夏曲辉是不是夏焕奎的后代不重要，重要的是他有这个“基因”。

在全国乃至东南亚一些国家的凉席市场，有一个叫“梅花牌”的知名品牌，创始人就是夏曲辉。夏曲辉回忆起刚创业的时候，边摇头边说：“作为一个党员、一个退伍军人，我回乡后，就想带领乡亲搞副业赚点钱，也就是今天说的带头致富。刚开始做凉席的时候，我一个人做了一两年，边摸索边做。别人不相信这个能赚钱。几块竹片子哪个要？莫说一床凉席 300 元，你能卖到 30 元都算你狠。”但他当时真卖出了 300 元一床的凉席。

为了让大家跟着他干，夏曲辉采用了榜样法，建了房买了车，通过这种方式，变相地告诉大家“我赚钱了”，调动大家的积极性。后来当地老百姓纷纷按照他的方法做，加工制作麻将凉席。

夏曲辉把熏、煮、蒸、消毒、打蜡、抛光这些程序摸索好了，就教村邻，他们做出来的半成品，他再加工成成品，销售出去。

麻将凉席，是他一次去长沙出差看到的，他立马动心了，对于益阳来说，最不缺的就是竹子。他在桃江找了个同伴，开始研究做麻将凉席的机子。他们到五金加工店、汽车修理间去安装皮带轮、电机，又制成断篾机、钻孔机、抛光机，最终亲自研制了制作麻将凉席的全流程设备。他们生产的产品基本没废品。同村 210 户人家有 180 户跟着他做凉席。刚开始，家家户户可以赚三五千元，后来，家家户户都是万元户。

再后来，得知福建南平有凉席机，他去引进。引进之后，机器供不应求，卖了几千台。家里场地太小，后来转到镇上去卖。他负责售后服务，每家每户有事都找他。他自己致富了，也带领大家致富了。

其间，他又找到南平的凉席机厂，按自己的想法改进凉席机器，研制出“梅花牌”品牌机。随后，在谢林港、邓石桥、桃江都开办有“梅花机”专卖店，整个益阳销售了上万台，把益阳的凉席产业挑起来了。凉席越做越漂亮，市场供不应求，他申请了“梅花牌”凉席专利。但是，为了答谢南平凉席厂，他把“梅花牌”凉席机的专利许可使用授权送给了凉席厂，厂里免费送了 12 台凉席机给他。当时，乡亲们依靠制作麻将凉席，每年每家可以赚七八万元。

据统计，产业高峰期，谢林港镇就拥有 186 家竹凉席加工企业、1253 台（套）加工设备，全年可生产竹凉席 250 万床，年产值 2.5 亿元，加上其他辅助产品，年产值在 3 亿元以上。

“那时候，全镇有 1.2 万人搞竹凉席加工。每年农忙时节在家种田，其余时间在家加工竹凉席。家家户户盖了新房，许多人家还买了小汽车，让相邻乡镇好生羡慕。”

身为这个产业的致富带头人，夏曲辉在 2013 年左右就感觉这个产业已经发展到高峰，要走下坡路了。不是市场不好，是环保要求高了。其实，他心里明白，这个产业寿命不会长。煮过凉席的双氧水和其他化学物质，对水环境污染严重，竹篾抛光时会有竹茸，磨过竹篾的水流到河里，水面上有尺把厚的竹茸，废水汇到一起非常臭，只要进村，臭气扑面而来，躲都躲不掉。志溪河里的鱼虾都死光了，对人的伤害可想而知。

“是到了忍痛‘断腕’的时候了。”夏曲辉感慨不已，凉席制作是连着千家万户的大产业，是一方老百姓的“摇钱树”，凝结了自己拼搏了30多年的心血。

“但是，影响了国家，影响了发展，也影响了本村的形象。撤，坚决撤！这产业是我挑的头，就该从我这里断！”

2013年，夏曲辉带头结束了给他们带来财富的竹凉席制作产业。

但益阳高新区并没有将竹凉席加工“一刀切”，一关了事。时任益阳高新区管委会副主任刘科华说：“竹凉席加工是当地多年培育起来的产业集群，也是百姓的‘钱袋子’，如果将竹凉席加工全部关停，会影响到村民的生活。”

在反复调研后，高新区提出了“两头在外、中间集中”的产业整治思路。“两头在外”，是把前后端没污染的手工工序，交各家各户自行完成。“中间集中”，是用绿色环保的炭化加工工艺，取代污染严重的蒸煮、抛光、晒片等传统工艺；将炭化加工向竹凉席工业园集中，实现污染物达标排放，加工户可将竹片拿到工业园进行炭化加工。

但即使是这么好的政策居然还有人想不通、顶着干，甚至坚决抵制。

“我站出来了，我必须站出来，我是党员，也是退伍军人，我得第一个把机器毁了。”夏曲辉说，“人啊，要服气。你看人家先进的炭化蒸煮机……”

炭化蒸煮机是由湖南天翔生态竹业科技有限公司打造的，公司总经理李柒林深有感触地说：“为了把竹凉席产业做大做强，益阳高新区拿出190亩地，建立竹凉席加工产业园，将‘七通一平’的土地以成本价提供给我们加工大户，我们很快就能入园生产了。”

我们的野心被“撑大”了

新的竹凉席加工园区与以前“前店后厂”的小作坊一条街已是判若云泥：高大的厂房，整洁的车间，崭新的设备……

生产车间里，35岁的陈娟，正忙着手头的工作，串片、包边，动作十分麻利。

“像我这种熟练工，每天可赚二三百元。”陈娟一边手脚不停地忙活，一边说，“如果自家接了订单，竹片拿到这里加工，加工费每片才收1分钱，再把加工好的竹片拿回家自己串片、包边、销售，这种方式不用自家花钱购买设备，加工成本也不高。没有订单的时候，到大公司打工，一年收入也不比以前少。”

夏曲辉说，陈娟一直生活在谢林港镇，从小就跟着父母做竹凉席加工。她家竹凉席加工作坊被关停后，她一度不理解，可现在，她已是竹凉席产业转型的“铁杆”拥护者。

竹凉席产业整治转型思路，已为越来越多的村民所接受。“我们有统计，公司炭化处理的竹片，有60%是其他作坊代加工。除生产麻将凉席，我们正在研发采用粘贴工艺加工更高档次的轻薄凉席。”炭化加工工艺不需使用化学药品，不但解决了竹凉席的污染问题，还提升了产品附加值。

“我们现在每床可多卖15元，这还不算什么。随着‘竹+互联网’‘竹+旅游’等新业态、新模式不断涌现，现在我们的野心被‘撑大’了。我们要把谢林港的竹凉席卖到全球去！这是我们的目标，也应该是谢林港镇产业发展的方向。”李柒林信心满满地说。

“这个传统产业不仅没有废掉，还得以升级换代。新工艺让谢林港镇竹凉席加工迎来了第二春!”刘科华做了总结。

徜徉在三湘大地，“资源节约型、环境友好型”的“两型社会”理念已逐步具象为天朗气清的碧水家园、温暖贴心的民生关怀、蓬勃向上的新型产业。循环、可再生、低碳、绿色、和谐的生态元素，不仅让乡村越来越温馨宜居，也让大家对生态文明的前景信心倍增。

“你们看如今的志溪河。”顺着夏曲辉手指的方向，我们看到，窗外一条清澈的志溪河横亘，两岸绿草茵茵……

“你要是喜欢喂猪，那还不好？秋后，社里要兴办一个畜牧场，我们一定请你去当饲养员。”

《山乡巨变》

“我想通了！政府做得对！多几个‘龙晟牧业’，能多养猪、养好猪，还能保生态、利环保。拆除了我们的小作坊，国家才有精力支持大企业搞智能化。”

《新山乡巨变》

扩建养猪场

“凉席转型之后，我就开始喂猪。”

夏曲辉站在离一栋平房只有 20 米远的地方，说：“你看，那是我的猪场，那房子，环境好得人都能住。”只见一长排的平房都是砖瓦结构，要不是听了他说的话，没人怀疑这是民居。

“我没请人。过去喂猪，要到外面打猪草。现在饲料都是一车车送过来，喂猪就是往猪圈里倒饲料，搞卫生就是高压喷头冲洗，很简单。千多头猪，一个劳动力够了，何况，我还有帮手，我老婆可以帮忙。”

干了十几年村主任的他，自己把猪场建起来后就带领大家喂猪致富。那时候政府提倡喂猪，千头以上规模的，每年能奖励几万元。作为养猪大户，他建了一个面积 1400 多平方米的养猪场，最多的时候养过 1200 头猪；他也经历过“5 号病”猪瘟的袭击，一次就损失了 600 头猪……他的养猪事业从 2010 年开始，一直到 2016 年响应政府号召退养，而这又是因为环保问题。

“舍不得啊。”

夏曲辉有一儿一女，儿子在永州消防支队工作，2010年不幸因公牺牲。晚年丧子的老人领到了50多万元的抚恤金，老两口每人每月还有2000多元钱的生活费。他回忆起往事，眼里噙着泪花：“儿子领了结婚证只有20多天就要回来结婚了，却意外……我们老两口痛得像死过一回……”

“我去永州开的追悼会，只捧了个骨灰盒回来……我老伴就像将死之人一样在床上只喘着一口气。”

下葬那天，夏曲辉却没去送儿子。

“不是我不去，我也想送儿子最后一程。可我家两窝猪要下崽，当时喂的是花猪，怕遇难产，也都是一条条命呢……”

那边，乡亲们把夏曲辉儿子往山上送。这边，夏曲辉颤抖着给猪接生。儿子出殡后，23头小猪崽顺利降生。老人一个人，颤颤巍巍地出了门。“我去看看他。碑立上了，新得很，好像儿子还站在那，笑着跟我打招呼……”说到这，夏曲辉的眼泪哗哗地流出来。

那是2010年，夏曲辉的儿子走了，在深切的痛苦中，他决定扩建养猪场，用高强度的工作暂时忘掉痛苦。他用国家补给儿子的50多万元，建起了1400多平方米的猪场，最多时能养猪1200头……

而今，这笔钱亏出去了，生猪也被退养了。夏曲辉只是嘴上没说，心里痛极了，可他接下来说的一番话却让人意想不到：

“我是第一个响应的。我只是相信，党不会做有损人民的事，政府更是希望我们都富裕幸福，为了环保，生猪退养势在必行！生猪产业跟竹凉席一样，污染了空气和水源，美丽乡村怎么能建设在这样的环境里……”

带领村民发家致富，夏曲辉每次都是领头人；国家有治理举措，他次次又是最理解、最支持、最快响应的。什么是理解国家、拥护党？什么是毫不动摇跟党走？就是相信、就是尽力，就是坚定、就是服从！“我养猪红火过，2008 年养花猪，花猪肉好吃，奥运会的时候，我有两车猪通过宰杀冷冻后运到北京。我也遇到过困难，刚建了大养猪场就遇到猪瘟；刚从猪瘟里缓过气儿，又遇上退养。我也有过思想斗争，但最终还是按照上面的要求做了。一是政府还给补助，二是环保本身势在必行。政府不拆房子，给补助 50 元钱一平方米。上边来人到家里数猪，1 头 50 元，10 头 500 元……”

说没有一点情绪是不可能的，人心都是肉长的，畜生也是命，辛辛苦苦一天天看着它们长大，一头一头全都卖了，连小猪都不留，哪能不心痛？这些年夏曲辉在它们身上花的心思、出的力气，哪能用这点补助算清？记得猪瘟那会儿，他天天埋死猪，埋一头猪要几个小时，两个人都拖不动。那样的苦累都扛过来了，可如今又要退养。看着一批批赶出栏的猪，夏曲辉的心在滴血。可是不退，跟政府对着干，他做不出来。他还当过村干部，是党员，肯定要带头做表率。于是他不说二话，第一个退养，大家都跟着执行。

生猪被退养后，夏曲辉扩建果园，儿子就埋在果园里。这位父亲，守着那一山果子，一年又一年，就像他曾陪伴着儿子慢慢长大。

后面的采访要去到一个现代化、大规模、环保化的养猪场，我想带上夏曲辉，也许这一次参观，会让他的心里有更多宽慰。

三十年长跑

崭新的楼房连成片，依坡而建，配套生产、生活片区，整个山洼被布局成了一座城，这是“龙晟牧业基地”的厂区。

“这个地势好啊！三面环山，只有一个进口，这是天然防疫屏障。”夏曲辉懂行。这里是能繁育万头母猪的现代化种猪场，实行最现代的闭环管理。他们公司员工每个月实行轮休制度，尤其是疫情期间，休完假的员工必须进行核酸检测，经过严格的几轮消杀，还得隔离三天，方能进入厂区。听说老总龙灿辉也不能随意进生产区。要进，也要经过这些程序，跟员工一样严格。

马上，我们就亲历了第一道程序：进大门后严格的消毒杀菌。

口罩、帽子全副武装。消毒池 15% 的漂白粉溶液蘸脚；1∶600 的百毒杀溶液洗手；头顶上喷雾全身进行细菌消杀……一系列防疫杀菌程序后，我们这才看到在外厂区等候已久的“龙晟牧业”老总、市劳动模范龙灿辉。他约莫六十开外，身材敦实，看起来沉稳又睿智。

厂区 90% 的部分都以镂空防护网隔离，我们只能跟着龙灿辉，沿着外厂区的一条柏油路边走边参观。

“在这里，智能化程度相当高，猪比人住得好。你们看那栋高楼，放在外面就是一座五星级宾馆。”

“猪在五星级宾馆中住着，太幸福了！”夏曲辉不禁说。

“高强度防疫下，猪才可能科学快速生长。”龙灿辉告诉我们。厂区采用的铁桶猪场模式，就是基于楼房猪场的结构化“防非”（即预防非洲猪瘟）原理。

“民以食为天，猪粮安天下。”2018 年暴发的“非洲猪瘟”来势汹汹，养猪行业受到严重打击，但龙灿辉却打了一场漂亮的防疫阻击战。这背后，有安化县委、县政府第一时间帮他采取的最严厉的封锁措施，也有公司不惜成本打造的洗消中心，严把大门、生产、生活“三道关”。特大风险蕴藏着特大机遇，他的生猪养殖历经“三十年长跑”，终于迎来了春天。

这段“有惊无险”的经历，让龙灿辉认定科技是第一生产力，于是，他运用行业最新技术，不断改进企业的生产养殖方法。

在集群式楼房、猪场全封闭、分层独立饲养的模式下，每层楼就是一个独立的集约化养殖猪场，具有独立性与封闭性，避免一切交叉流动。

“楼房式养猪、铁桶式猪场，这才是最现代化的养猪方式哟。想想我们传统猪场，自以为平房够高级，可一头猪染病整个猪场都会崩溃，抗风险能力太差了。”夏曲辉再发感慨。

育种、营养、环境、管理、健康 5 大流程都铺建了智能化、标准化轨道，以此提高母猪受胎率，增加产仔率；另一方面，可视化生产现场、关键节点即时预警、轨道化生产流程和数字化分析决策又能提高生产效率，降低投入品损耗，弥补生产经营漏洞；还有，全公司联网，员工通过智能手机就能随时随地看到猪场的情况，及时做出预判、预警。

“互联网+养猪”模式脱颖而出。结构化生物安全系统再加上智能化管理，能为猪场建起抗击“非洲猪瘟”的“铜墙铁壁”。猪场里处处可见“结构化”优势。

“由楼房组成的‘猪宾馆’，你们还只看见表面，里面配套了中央厨房、隔离区、物资总仓、生产区、生活区、污水厂、饲料厂、中转站等结构性板块。洗消中心及饲料通道、人员进场通道、出猪通道、物料通道、污水厂通道，全都有周密布局，就连你们现在走的猪场的外围道路，也进行了结构性区分。一般参观者走到前面那个区域就打止了。”

他们运用“互联网+”开放式销售模式，先让用户付钱买小猪，再由企业代养。等到猪养成售出之后，企业再返还用户本金和承诺的收益，所有这些都在指尖完成。

这种“互联网+养猪”的新模式，减少了中间环节，降低了成本，实现了规模化，开启了智慧养猪的新模式，引领未来养猪新趋势。

5G 时代已近在咫尺。5G 技术给行业插上了腾飞的翅膀：互联网智能集群式楼房养猪，实现了料、繁、养、宰、商一体化的猪业闭环生产运营模式；

运用大数据、物联网，安装全自动料线系统、自动给水系统、粪污处理系统等，各职能布局严谨，减少水污染、大气污染，将粪污资源化。

污水处理是养猪最头疼的环节。厂区外山洼的最底部，几个大污水处理池一字排开，足有篮球场那么大。污水从暗道里进，经处理后变成我们面前的一池清水。还有物化后的肥水池，几公里纽带式的轨道把“福水”送到千家村民、万亩良田。

“养好了猪，还能让恼人的粪水造福百姓，大功德啊！”夏曲辉再一次由衷赞叹。

作为一名共产党员，龙灿辉具有社会责任感和担当精神，他带领企业从绿色发展的理念出发，引进、消化、吸收“楼房养猪”等外地先进技术，探索实践“科技养猪，节能减排”的新路子，着力解决猪粪尿污染的“老大难”问题。这既稳住了生猪持续稳定生产“基本盘”，又还了山村果园一片清香，实现了经济效益和生态效益的“双丰收”。起落三十年，龙灿辉终于走出了一条新时代发展生猪养殖的致富之路，成为远近闻名的“养猪大王”。

经过三十多年的奋斗，龙灿辉从一名普通群众变成如今资产过亿的致富带头人。在他的帮助和影响下，一批贫困户努力发展生猪养殖，不仅摘掉了“穷帽子”，还捧上了“金饭碗”。

我是来投资的不是来投机的

其实，龙灿辉出身于赤脚兽医，第一个梦想，就是开办自己的养猪场。他曾有稳定的工作，收入不菲，却始终怀揣着最初的梦想。1987 年，改革开放浪潮波澜壮阔，龙灿辉驾着自己的小船扬帆启程。

9 年后的 1996 年，龙灿辉与人合伙开办养猪场已两年有余。一路跌跌撞撞、盈亏交错过来，龙灿辉还是不甘心，他说："我一定要开办一个大型养猪场，做成规模企业。"

为此，他决定下海。

临近世纪之交，一个年养殖种猪 668 头、年产肉猪上万头、年产饲料 10000 吨的综合性瘦肉型猪养殖服务中心正式建成。这就是龙灿辉的"辉华牧业"。

可 1999 年，生猪的数量已发展到近 2000 头，而年底却还是亏损了 80 余万元。

第一次有人劝他放弃。"养猪是我一生认定的事业，我办这个公司，是来投资的不是来投机的。现在市场不好，我不仅不能放弃，还要扩大规模，才可能把损失补回来。"

果真，2003 年，他们年销售量达 8000 余头，盈利 80 余万元。

可好景不长，转眼间他们又跌入谷底。2006 年开年最为困难，这一年，全国生猪产业因高热病遭受重大打击，受价格影响，龙灿辉每月损失近 40 万元，到 2006 年底，他们累计亏损 700 万元，员工工资、场地租金、银行贷款，摆在他们面前的是一个又一个的难题……

家人朋友向他建议："赶快退出养殖，减少损失。"

龙灿辉也确实有点撑不住了。他扪心自问，就这么退了，一辈子的梦想不也随之夭折了？退，会永远负债累累，不能翻身。进，尽管难，但也许还有出头之日，梦想还在，希望还在。最让龙灿辉感动的是——他的队伍始终都在！尽管连续几个月领不到工资，但百余名员工没有一个辞职的，更没有找他讨薪的。龙灿辉总结经验教训，重新调整思路，逐步改进管理办法，还是决定带领队伍再出发！

也许是他的坚持与诚心感动了老天。2007 年，猪肉市场迅速回暖。洋白猪毛猪价格从每公斤 10 元一路涨到 19 元。此时，没有在上次危机中倒下的“辉华牧业”，反而还清了旧债，产业规模也翻了一番，利润可观，重新引来了人们关注的目光。

龙灿辉终于松了口气，回头一看，这一路起起落落、跌跌撞撞，自己刚好走过了 20 年。

“最近这 10 年的成果，就是眼前的这些。”

龙灿辉没有多说，可我们知道，他已是名副其实的养殖行业领头羊。

厂房内正播放着宣传片，介绍新的循环体系：自动清污，通风温控，排泄物自动分流，经发酵处理后的粪便用作有机肥，尿液用于沼气发电，实现能源的全方位利用。随后的“龙晟牧业”要变成一个生态公园，变成旅游风景点，变成乡村振兴的龙头……

返回车上，夏曲辉沉默了好一会儿，然后说：

“我想通了！政府做得对！多几个‘龙晟牧业’，能多养猪、养好猪，还能保生态、利环保。拆除了我们的小作坊，国家才有精力支持大企业搞智能化。那周边的农户真幸福，不知道我……能不能争取一个 2000 头规模的现代化育肥猪舍，他们要建五六十个呢……”

让知识产权撬动山乡

夏曲辉终究不会奔着“龙晟牧业”的方向发展，他心里惦记着他的几个专利。

“猪处理完了以后我就搞果园。山里的南竹价格不好，砍掉一些，请人挖坑种果树，能种三十七八亩。美国糖橘 12 亩，1400 棵；砂糖橘五六亩；五星枇杷 1 亩；桃树 2 亩；还有长白山乌桃，皮肉皆呈黑色的好品种，能卖三四十元钱一斤；锦绣黄桃也有一两亩。日本甜柿我种了 10 多年，其他种类都是 3 年。但我现在要讲的不是果树，果树种植普遍，反而没有特色，我要讲的是——专利。”

“专利?”

夏曲辉看出了我的怀疑。“你别不信，种红薯的专利号都已经批下来了。我跟别人的种法不一样，如果种在连片的地上，至少有 3 万斤一亩。前年有一株是 83 斤，去年的是 87 斤。我现在把红薯种在果树间隙里，让它更加高产，今年最重的，一株可能要突破 120 斤。这是一个新发明，我还在研究，并申请了专利，已经进入了公示阶段。其实我对申请专利很感兴趣；我给凉席申请了专利，叫‘梅花牌’，还有‘梅花牌’凉席机。”

说完，夏曲辉把他梅花凉席的专利证书拿给我们看。

“红薯专利是我坚持要做的，我听不得那些质疑的话……”老人有点激动，“我这红薯特别大，别人就怀疑是转基因、变异，或者是外来物种，怕我的红薯使用了什么化学制剂、激素之类，我做出的红薯粉别人都不敢吃。有人在我的地里摘一些红薯秆、红薯叶去炒菜吃，村民都劝他们不要摘……”

“跟他们辩？一人难挡十张嘴。我报专利，用知识产权反驳！

“政府的科技部门，有完整的科学手段。经过检测和分析，我的红薯就是符合自然生长规律的。申请专利要打报告、送样品、开证明，还要写学术论文。我不怕难，往前闯。写了很多文章交过去，专家要辩论、讨论……对，那叫答辩，我都一一完成了。”

夏曲辉的这个专利项目叫“无秧苗种植红薯”。

“株类作物，都是发芽以前不生根。等到苗长起来，胚种就烂掉了。为了防止胚种溃烂，就要先给它灌输营养。我们用‘恩益碧’，不仅能够给作物提供营养，还能防病，也很环保。按比例将恩益碧原液和水混合，然后浇灌到土里，就能完成根系的培育。红薯本身没有根，要促进生根，就得打组合拳：杀菌、防病一起来。

“做种的红薯很重要，我重点搞保证它在发苗以前全部生根的实验。这样，红薯吸收地里的营养，就能同时上面长苗、下边生根。不然的话，红薯的营养被苗吸收，红薯就烂了。我的实验重心就是把这个时间关系颠倒过来。

“红薯藤长起来以后，还要进行很多的工序，要控苗，要施肥……

“发明了这个种红薯专利后，很多人要跟我学，我也动员大家种，带动乡亲们一起致富。我自己花 5 元钱做了一份资料。乡亲们谁需要的，我免费送。

“到时候，我准备办一期学习班，把我这些年探索的在根下施肥、防止红薯溃烂、上面长苗下面生根的绝招都告诉大家。高新区干部说，国家专利可以享受优惠政策。其他的优惠我都不要，只希望能帮我办这么一个班吧……”

说完这话，他向右前方的远处眺望，那里是他的一片南竹林。

我仿佛看见他站在讲台上，向台下的人们传授着他的农业真经，也传递着他的奋斗精神。而台下，会长出一片茂密的、奋发向上的竹林！

“靠他？你不要把作田看得容易了。你晓得谢庆元吗？”

《山乡巨变》

在传统农业向现代农业转型的今天，农田里的种田人，正越来越多地从老农民转变为更自信、更年轻的新农民。他们各展所长，注入的是科技、创新的新生力量。

《新山乡巨变》

年轻人 PK 老把式

种粮大户李进的父亲李立昌，和夏曲辉一样，都是村里德高望重的老把式农民，两人也很合得来。面对敢想敢干的年轻人，李立昌一边说“胆大包天，敢流转 2000 亩地”，一边拉着夏曲辉等一些作田老把式，偷偷跟踪监督。李进成立了民升农机服务专业合作社，合作社里是清一色的二三十岁的年轻人，李立昌更不放心了。

尽管被李立昌拉进老把式的“同盟军”，可夏曲辉常常心贴着年轻人，有时变相“出卖”他。

2021 年 3 月初的田地里，春种还没开始。李进在大路边的田埂上等着我们。

“那片田是他心头的痛。政府要求种的双季稻，去年遇早秋寒，稻子扬不了花、授不了粉，全部绝收。你看那片枯黄的稻谷，都是没有收割的，谷子全是瘪壳子。”夏曲辉说。

我的心一阵下沉。这时有两辆摩托车停在李进身边，车上的人同李进说上两句便急驰远去。夏曲辉说：那些都是他们合作社的成员，都是能干的年轻人。

一想到种田、插秧，我们的脑海中总会浮现“农民伯伯”的形象。然而，在传统农业向现代农业转型的今天，农田里的种田人，正越来越多地从老农民转变为更自信、更年轻的新农民。他们各展所长，注入的是科技、创新的新生力量。李进的办公室一派朝气。年轻人有的在育苗大棚看苗；有的在捣鼓旋耕机；有的往电脑里输入生产计划，准备春耕作业……连着无数传感器、摄像头的大屏幕，正反馈田间地头实时情况，“益村”App显示在50多英寸的电视机上，有12个区块……

刚从农校、商校甚至是艺校毕业的大学生们，集聚到李进身边，下决心用新式方法种田。这个“新”是指能用机械的绝不用手工；能用互联网、大数据的，绝不抠门省钱，多投入也得进“物联网”；能穿皮鞋、打领带坐在空调房做的，绝不挽裤腿、打赤脚下田。

农民老把式父亲李立昌不干了，“机械化没问题，搞什么互联网、大数据，那东西太虚太飘，叫作人懒就哄地，不结庄稼，地再哄人，哄得地荒最后是人肚子荒！农民种田历朝历代都得深耕在田里。还有啊，就凭你们这几个年轻崽子在空调房里看屏幕，我就不信，你们能看出田里的深浅、能闻准稻花香几分才能开镰?”

两代人冲突的本源，其实都为种好田。

“起初我根本不想种田，是被我老爸逼的。”李进一见我就先嚷嚷。

李进回家种田是为了完成父亲的梦想。父亲是位勤劳朴实、性格直爽、舍得干、霸得蛮的地道农民，一直靠承包别人家不种的田来养活一家人。

三年前，他从长沙经阁铝材辞职后，回镇上开了个货厢厂，生意还挺红火。老父亲在村上承包了近400亩田，却被查出患上了癌症。老人家不忍看着这几百亩田绝收，看着已经下种了的田，李进答应父亲回乡。本想着帮父亲种完这一年，就把田退给人家不种了，哪承想一干就到现在，田还越种越多，从当初的近 400 亩到现在的 2000 多亩。

这地，还真是个吉祥之地，后来父亲复查，居然不是癌症。可李进已经被“田”缠身。既然开始了就要做好，他瞄准了规模种植，承包农田。

当地农民最初对此不理解、不信任——凭什么我的田要给你种？种坏了，你那点租金还不够我修复的。这成了李进做大做强的障碍。就像攻堡垒，李进一个村一个村挨家挨户做工作。

经过不懈的努力，规模化种植理念日益被乡邻接受，租来的农田一经整理，能基本实现机械化作业，让生产成本最大限度地降下来，这也正是李进着力扩大规模的最大动力。

李进种田走的是“规模化+智能化+融合化”道路，形成独特的“农场主模式”。乡村振兴，谁来种地？李进看重模式中的“融合”——传统与现代的交融，这也体现在了他与老父亲的身上。

和父亲一样的老把式，村上还有不少。他们此前都是远近闻名的种田能手，有的还承包土地搞过规模种植。他们的特长在于经验老到，肯下力。老把式们对自己所负责的地块了如指掌，哪块地的地势偏高，哪块地肥力不足，都是一脚一脚踩出来的，心中自然有数。而他们的缺点又在于只有经验，缺乏指标化、量化概念，不懂得用精确的田间数据来完成标准化管理。

刚毕业的大学生，短板就是缺乏实践经验，但理论知识丰富。李进的规模种植的优势在于他年轻的团队，他的品牌无人机、各种先进的大型农机等，能确保“种植技术部”下达的操作方案细致、到位地执行。以喷防为例，从作业当天的风力等级到气温，从药品用量到喷洒速度，从喷头的打开比例到地头、地脚重喷漏喷的提醒，都会详细下达，这些细致入微的操作，能够轻而易举地指导帮助缺乏田间经验的新农民们实现模式化作业。

在合作社工作一两年后，年轻人基本能熟悉种地的流程。等到第二年，他们落实“种植技术部”的指令就能顺畅，还伴有经常性的创新。两三年下来，这些年轻人肚子里的学问就能转化成实在的产量。

李立昌和夏曲辉那样的老把式，说是搭把手，实则不放心。他们全程参与了播种、施肥。当时，两位老把式心里直犯嘀咕：谷种播得晚、播得少，苗太稀了，恐怕产量得下降。闹笑话事小，糟蹋收成事大！

好在，年轻团队里有搞过现代农业的雷剑波，还有做农机的李军，他俩是这样向老把式们解释的：播种时间是根据地温确定的，秧苗密度高不一定高产，秧苗的密度要与旋耕深度、播种深度一起统筹考虑。

接下来的田间管理更是让老把式们长了见识。农资、农药由生产厂家直接送到地头；所有地块都由无人机喷防。最终收粮时节交出的答卷，让二老悬着的心放了下来。2018 年全部核算后，1000 余亩稻田亩均增产 100 公斤左右。

夏天，流转来的土地第一茬稻谷收割，老把式们对李进这个新型农民竖起了大拇指。尤其是夏曲辉，他对着李立昌说：“谁强谁上！种田，我们老把式就给他们做后盾了。”毕竟，稻谷比往年多收了 100 多公斤，创下了村里近年来的最高亩产量，让包括李立昌在内的老把式们不得不服！

是田就得长庄稼

李进原本不想种田，但这并不妨碍他用两年半的时间把自己变成一个种田的能手。

2021 年开年不久，李进建了两个育秧棚。该育秧的时节，父亲邀了几个老把式来现场，在温暖的还吐着雾气的大棚里，看着茁壮的青苗绿油油地铺成一片绿毯，老把式们给出了肯定：年轻人掌握科技，头一步的青苗就赢在了全年的起点上。

科技还不只是在育秧上改变了种田模式。采用无人机喷防，一天能覆盖500亩；6月份收割，6台大型收割机、4台播种机、6辆运粮车、2台秸秆打捆机、2台抓包机齐上阵，一天时间能完成200亩地的收获。

在播种、田间管理、收割、烘干、销售五个主要环节，种植技术部都会在集体磋商后拿出执行方案，将相关的机械操作团队分拨至地块，而李进则负责将纸上方案落地。

2021年11月中旬，他们的收割进入尾声，八成粮食完成两轮烘干后装入包装袋，轰隆隆的运粮车正把最后一批粮食从地头拉到农业服务中心。不到两年时间，一座装配式粮仓拔地而起，能储存5000吨粮食。从地里收上来的粮食经过处理后可以存进粮仓，等客户随时来车拉走——李进的合作社都是订单式销售农产品，直接卖给公司、集团等。

李进想明白了，新农村有一批爱农业、懂技术、善经营的新型职业农民是必需的。乡村振兴，人才是关键。

“省市都有相关培训，我们要去学，做新型职业农民也不轻松。互联网、物联网、大数据、云计算、区块链、人工智能、5G和先进适用智能化农业装备，这么多的现代技术，不学就会落伍。随着农业产业化的发展，农民应该与白领阶层一样，是一份受人尊重的职业，而不是又苦又累的‘臭农民’。”李进说。

李进对“臭农民”三个字，有着深深烙印在心底的厌恶。

李进原本有一个完整的家，孩子已经7岁，就在他要回乡接替父亲的时候，他的婚姻亮起了红灯。

他本来的确不想回乡种地，他在镇上开的货厢厂生意很好，业务多得几乎每天都要加班加点。父辈种田辛劳却收入微薄，一直到他这一代还摆脱不掉贫困的现实。爷爷苦熬苦做，一辈子的追求就是不让家人饿肚子。他不想重蹈先辈的覆辙，一辈子翻不了身。

父亲的 400 亩田灌注了他日日夜夜的心血，李进只好接下。他还是在读初中时见过父亲挖田的场景，一块几分大的田，他能挖上半个月。一锄头一锄头下去，碰上老树根儿，一整天都挖不出，能把虎口震裂。老农民只有一个信念：田不能荒，粮连着多少人的命！就算村民出去打工，家里的田荒在那里，李立昌也忍不住要给荒田种上庄稼。至于收成是不是自己的，不重要，先种了再说。他的信念是：是田就得长庄稼，这是农民的职责！

李进如果种完那一年就收手，回到镇上继续开他的店，妻子也不会离开他。但这时候的李进，发现自己也像爷爷、父亲一样爱上了种田，有感情了便再也离不开。于是，他选择留在村里种田，一年比一年种得多。妻子再也没回来，她骨子里瞧不起农民。也罢，不久，他们办了离婚手续。李进从此跟田地较上了劲：他偏要把田种好，偏偏要做一个新型农民！

规模化更要防范风险

在乡村振兴的舞台上，职业农民是主角。

李进常说自己赶上了“好时候”，一方面享受到国家、省、市、区等各级各部门的农业补贴扶持政策；另一方面，当地政府给予了很大的支持，让他少走了弯路。

春种一粒粟，秋收万颗子。新时代农民，付出的是汗水，提振的是信心，凝聚的是力量，赢得的是未来。李进看好现代农业。

可刚接管田地的李进，曾有一段艰难的迷茫期：做农业不知从何下手，身边的同伴全是挽起裤腿的老农民。如今，他发现身边和自己一样“务农”的年轻人多了，随着年轻人陆续加入服务农业发展的平台和组织，他不再受困于那份“孤独感”。与此同时，对自己于公司、于农业的价值，李进更多了一份从容和自信——

如今，他有一支年轻的职业农民团队，个个有特点，人人有故事。

李胜军，30 岁出头，优狐电动车益阳总代理。他 14 岁学习修理摩托车，16 岁出师，在长沙经营一家小修理店。母亲因患系统性红斑狼疮无钱救治而早逝，成为他一生的痛。从此他愈发发愤图强，刻苦钻研修车技术，一步步积累着人生的财富。如今，他是合作社里的农机管理一把手。

李军和李胜军年龄相仿，在团队里负责财务。曾经没法找到对口工作的他，一度当了厨师，开快餐店 5 年，做美团外卖 2 年。李军没有优势，只凭为人诚信，赚到了人生第一桶金。他曾经为了不耽误 12 元钱的外卖的配送，在小区突然停电时，爬楼梯往返 26 楼，把饭菜送到一对老人手上。事后老人的儿女曾想方设法要付给他奖金，都打到手机上了，他硬是没收。

…………

从过去进城务工，到如今返乡种田；从解决温饱，到提升生活品质……李进的团队中，不乏下岗再创业的工人、怀揣梦想的高校老师、农业技术的行家里手，他们带着技术下乡、揣着梦想归田，使得“农民”的身份内涵悄然发生着变化。

作为一个复合型的新生代农民，李进还在研究如何让承包的土地产生更多附加值，他从未停止过探索的脚步。

李进自主研制的“苦酒”牌小曲酒，使用祖传中草药配方发酵，纯粮酿造，无任何添加剂，自产的粮食不浪费，筛选下的碎米也能用。广告语也有点意思：自己酿的苦酒自己喝。事实上是，苦酒自己酿，成酒大家喝，李进的纯粮酒销得还挺好。

李进用“苦酒”销来的 200 多万元，购进大疆 T20 植保无人机、两台道依茨拖拉机、一台星月神插秧机、一台龙舟收割机、一台星光收割机等大型农用机械。他还修建农机库、连带烘干的大型仓库、连带服务中心的办公室，加上他原来的旋耕机、插秧机、收割机、运输车，合作社全面实现了规模化、机械化。

“规模大了，风险就来了。”李进说，“小农户的经营方式，‘船小好掉头’。而我这么大的规模，农业生产面临自然和市场的双重风险，尤其是后者。”

近年来，土地开始大规模流转和租作，地租从刚开始不要租金甚至每亩农户倒贴一包化肥，到后来的涨到 350 元甚至 600 元一亩。昂贵的土地租金日益成为一项沉重的负担。

2020 年，李进响应政府种双季稻的号召，种了近千亩。没想到，这年寒潮提前了 20 天，原本处在低洼处阳光不足的二季稻遭遇绝收，亏损高达 60 多万元。这对投入大、资金回笼周期长的种植户来说，无疑是一次重创。加上各项成本上涨及部分管理问题，李进的团队经营运转雪上加霜。眼看到了年底，一堆该付的钱欠着没付，李进已经步履维艰。

他实在没有办法，只好借痔疮手术躲到了医院。

李进哪是来治病的，躺在病床上，满脑子的破事已经够他烦的了。为了种田，家也散了。现在，苦也苦了，钱也亏了。下一步怎么办？他现在理解父亲了，甚至理解他曾经的“一把火”。

那是十多年前，父亲和村民们用政府推荐的谷种，辛辛苦苦换来的却是田里几乎绝收的结果！望着遍地枯黄的稻秆，气愤憋闷的父亲点燃了一把火。火光中，老农民淌着泪，一句话也不说，就那么一动不动地坐了大半天……

如今，落在他们新型农民肩上的是更沉重的担子：中国人要把饭碗端在自己手上，而且要装自己的粮食！双季稻当然更能为国家增产，他们还要继续种双季！年轻人朝气蓬勃，只要计划得更细致些，是能争取双份收获的。

当然，还必须备足预案。

秧苗提前育，有温室保障；禾苗提前插，增温保温要有措施；收割快马加鞭，全年流程提前半月。即使再遇寒潮，二季稻也规避了风险……

李进的处境，与当年的父亲还是不同。村、镇的问候来了好几轮，镇政府的适度救灾补贴也很快到位。那是里里外外、上上下下达成的一种共识：有难题，大家一起解决！

只是，性急的老父亲在他身边念叨个不停：再亏不能亏乡亲！过年了，这窟窿必须填！听母亲说，父亲已经在家变卖“家产”，除了不动他儿子的农机……

“进哥，愁什么？还有我们呢。”莫洋、雷剑波、周勇他们来了。本来，他们一帮子人筹划过完年成立“青年合作社”。这会儿他们提前拿出入社股金，示意既然决定抱团共赴事业，也要一起共度时艰……李进感动地望着他们，顾不上客气，翻身下床，立马出院。他要赶在过年前，把乡亲们的用工费、机械费、土地租金等全部结清。

李进结清欠账的这天，正好是腊月二十九。

第十二章

荷花园

有什么样的农民就有什么样的农业；有什么样的农民就有什么样的农村。我通过陈立文认识了一群人，通过“益阳青年创新创业孵化基地”看到了走向广大农村的新型农业人才。孵化，构建一个个造梦工厂，每个故事都能与城乡发展同行、与区域产业共生、与每一位创业者共创未来。

基地创始人陈立文，一直强调：发展是第一要务，人才是第一资源，创新是第一动力。下决心在人才奇缺的农村、在一代新型青年职业农民中，孵化人才：为现代农业培育新型“田秀才”，为乡村振兴培养精锐的“领头雁”。他将智慧与情怀融入充满奇迹的创业孵化领域，以创新人的奉献与探索，从一线都市逆行到三四线城市，深深扎进家乡这片土地。作为孵化基地的创始人和核心人物，他致力于发掘培养人才，孵化打造精英。

然而，十年树木，百年树人，领军人才的培育非一朝之功。益阳青年创新创业孵化基地吸引、培育、孵化优秀的青年农业人才、品牌和项目；为农创青年提供全方位的服务支持，切实推动创业创新；培养一批又一批既有能力还有学历的新型职业农民队伍，凝聚一批“新农人联盟”；通过农产品设计大赛，挖掘精英才、好项目、强附加值；同时，抓示范和辐射效应，为乡村振兴提供有力的人才保证和智力支持。

湘妹子刘姝婷，做了两年的空中飞人，走遍了服装供应链上的全国一线生产厂家，跟其中上千家建立了直接联系。一个供应链上实打实的采购体系，被她架构起来。“孵化基地”迅速跟上，联合她做起供应链公司。

泥鳅哥、鸡爪哥、张赛强、杨朝晖……全是基地孵化出来的“创业宝贝”。陈立文抓人才培育的规律，抓大数据等科研根本，配套建设“一站式”服务大厅，致力于打造青年创新创业的样板；组建高素质农民培育联合体，构建农业、农村实用人才孵化模式，为乡村振兴提供人才支撑。

令人欣喜的是，引领农业高质量发展的“顶级”成果在不断产出，后续走向世界前沿的“大师”“领跑者”也在加速成长，成为农业农村高质量发展的生力军。

“合作化运动是农村的一次深刻的革命，个体所有制和集体所有制，旧的生产关系和新的生产关系的这番剧烈尖锐的矛盾，必然波及每一个家庭，深入每一个人的心底。”

《山乡巨变》

他们的触觉视野自益阳延伸，带动孵化项目形成了“农村包围城市”的态势：三四线城市孕育，二线城市发展，最终吸引一线资源回流。

《新山乡巨变》

“青创基地”应运而生

“青创基地”创立于 2018 年 11 月，历时三年，一群怀揣大梦的年轻人砥砺前行、精磨细作，使得青创基地实现了创新蜕变，基本确立了湖南孵化平台第一梯队的排位和影响力。陈立文带着他深耕孵化行业的理念主建、运营、孵化，慢慢打开了“青创基地”的名声。基地入驻率始终保持在 90%，这是信任也是肯定。基地为入驻企业提供平台建设、融资对接、人才培训、创业指导等专业化个性服务，引进第三方服务机构开展银企对接、资企对接活动，陈立文切实地为企业解决实际难题。

益阳，地处湘中，经济发展较弱，是典型的“急需人才、急需产业升级”的城市。

2018 年，时任益阳高新区工委书记的陶世群与团市委等部门主要领导前往深圳考察学习，听说紫荆厚德是创新孵化的先行者，院长是益阳人，叫陈立文。

陶世群眼睛一亮，这是他的学生，一个成绩非常优秀的乡下孩子。不用问别的，就凭他在校刻苦读书，是学霸级别的人物；就凭他进过无数赚钱行当，却立足于创新孵化，陶世群立刻就认定了：陈立文，就是益阳要寻找的精英之才！

可是别人在一线城市大有作为，凭什么到你小城市来重新创业？陶世群抛开这些，三顾茅庐，从深圳的青年梦工场追到北京的清华大学，从清华大学又追到他的老家，揪住他的软肋：家乡需要你，你得做出点牺牲。孵化人才，大城市已饱和，三四线城市会成“孵化爆款”，你新的事业应该从这里扬帆。

知徒莫若师，老师说的正是陈立文想的。于是，一行人回到益阳商谈。也就是这一次谈话让陈立文坚定了回家乡的信念。

2018 年 3 月的一天，市委书记原先约定上午 9 点与他们见面，却临时接省委通知要赶到长沙开会，因此书记把见面提前到了早上 7 点。这一举动让陈立文和团队很是感动。更为感动的是，他们的想法居然跟书记不谋而合，供需双方思想完全一致！

随后不久，“青创基地”应运而生。

孵化基地承担政府所需，建起适合益阳发展的产业生态平台，求新求变、创新模式，与服务机构、创业者等各类合作伙伴携手同行。阔尔埃克斯 3D 打印项目创始人郝月，是来益阳创业的北京人。没承想，3D 打印基础并不好，甚至很多人都不知道 3D 打印，公司也缺乏 3D 设计人才。基地为这个项目积极对接益阳高校——湖南城市学院，通过校企合作，共同培育 3D 设计人才，同时也与湖南城市学院、益阳各中小学联合开展 3D 打印普教活动。目前，公司 3D 打印的小工艺品线上线下的销售量都很好。

来自宝岛台湾的熊建兴父女，很感谢基地为台商打开学习窗口，尤其在疫情给实体店带来巨大冲击的环境下，基地及时推出的网络创业培训课程堪称及时雨。培训设置的直播创业策划、电商运营管理、主播能力提升、短视频剪辑工具、直播推广等实用性强的课程，有效帮助农村电商人才、小微商户解决了创业及运营过程中的技术难题，为线上线下同步销售开辟了新的商机。

正是这批人，在慢慢成为益阳创新发展的重要动力源，塑造了具有较高行业知名度的创新服务品牌形象。

精雕细琢，日积跬步，为产业发展赋能和为客户创造价值，这是“青创基地”团队组建的基本出发点。他们的触觉视野自益阳延伸，带动孵化项目形成了“农村包围城市”的态势：三四线城市孕育，二线城市发展，最终吸引一线资源回流。

看看山的那边到底有什么

当年，以益阳市理科第一名的佳绩考上清华大学的陈立文，有新加坡国立大学计算机科学专业硕士和清华大学应用数学学士学位。如今，他真正成为他的家乡、他的母校的一份骄傲。

陈立文从事创业辅导、投融资服务及投资人实战培训三年来，他发起的紫荆厚德创投学院是全球首家专注创新创业与投资孵化的教育机构。之后，紫荆厚德多个孵化器、创新空间在各地建立。直到被家乡召唤，他全身心成就“青创基地”，为家乡创意提供落地平台，为初创的企业提供专业的辅导。

小时候，陈立文一眼望去，是家乡近在咫尺的小山；再放眼望去，是雪峰山脉无尽的大山。既然有山挡路，他就往天上看。他说他小时候最喜欢躺在田间小道上，看一行行飞鸟从眼前飞过。他向往和它们一样，可以有自己的翅膀，去看看山的那边到底有什么。那个时候，没有电视机，也没有互联网。他就告诉自己，一定要去看外面的世界。对一个乡下的穷孩子来说，了解世界的方法，只有两个：一是读书，二是想办法走出去。

陈立文从小学时起，就偷偷把爸妈看的所有小人书和小说月刊，包括他家墙上糊的旧报纸，读了不知道多少遍。他去外公外婆家，把他当老师的舅舅的初中教科书、周立波的书读了一遍又一遍。上初中，他又把语文、政治、历史等老师的书一本本借来读，还经常跑到他伯外公的书店看书。周末大家在自习的时候，他会骑几十里地的自行车，偷偷跑到赫山桃花仑新华书店，看“不务正业”的书。这个习惯一直保持到现在，他时不时就要去逛一逛书店，买上几本书。“读万卷书让我持续保持对这个世界的了解，时刻保持对未知的好奇。”

在这样的积累下，陈立文初中、高中都上了名校。考大学的时候，他铁了心要去遥远的北京，因而拒绝了离家更近的国防科大。大学期间，他是班上第一个考托福的，毕业后就去了新加坡，后来到了美国，之后又回到香港工作。

陈立文一直在探索未知的世界中成长。

他放弃了北京的创业项目，去了美国的一个公司。但命运和他开了个玩笑，等他去到美国，那个拥有几万员工的公司却破产了。这意味着到美国的第一天他就失业了。他当然不会坐吃山空，他送外卖，端盘子，每天工作十三个小时，甚至学会了一只手端四杯水不洒出来的绝技。下一步，他用自己打工的钱申请博士、上培训课。寒门学子发奋起来，美国人哪是他的对手，他每门课都遥遥领先，顺利地考取了博士。陈立文就这样保持着一种积极的心态，踏踏实实地往前走。

家乡需要发生一点新鲜事儿

年过四十的陈立文从零开始创业，希望把对教育的理解与追求，通过一个学校来影响一些人。2015 年 11 月，在香港城市大学任教的陈立文在朋友们的支持下创办了香港紫荆厚德商学院。

学院专注于创业投资研究、产业生态塑造、创新空间运营，为创新驱动发展战略提供新动力。商学院成立的首场投资活动就已经有 30 多份商业计划书，8 个项目路演，20 个项目参展，近百人参加。实际上，在接下来的几年中，像这样的商业投资活动，学院每星期都会举办，陈立文亲力亲为，精心准备，不断奔波，四处走访，紫荆厚德商学院很快取得亮眼且优秀的成绩，迅速打开了港深两地的市场，受到了两地商界的广泛赞誉。

“我一直要求自己，保持谦逊，保持对未知的饥渴；把目标放得更远，一步一个脚印地往前走；不仅陶醉于成功的那一刹那，更享受着奋斗中的每一个瞬间!”

“选择回到家乡创业，应该困难不少吧?”我问。

陈立文笑笑说：“困难肯定有，但这对于大目标来说都不算什么。我觉得我的所学所知，不能只是成就自己，我身在国外也好，在香港也罢，我始终记得自己的家乡。家乡需要发生一点新鲜事儿，我感觉自己有能力做到，这很有趣，也很有意义。”

谈及回益阳服务创业，陈立文感慨颇多。他说：“我当时就很担心，担心自己的思想与益阳的发展不合，担心项目做不出来，对家乡、对自己都不好交代。”让他下定决心的是益阳市各级政府的领导改善民生的决心，对经济发展的渴求，以及对人才的尊重。最终他将工作重心从一线的港深地区移至益阳这个湘中欠发达的三四线城市，组建紫荆厚德（湖南），将这一创新品牌扎根于益阳。

“是创业让我们团队不知疲倦，是创新让我们道路充满希望。我一旦想要做好某件事，就会竭尽全力。”

我问陈博士：“你走了半个地球了，见多识广，站位又高，如此努力，你心里有偶像吗?”

“有啊，就是我家乡的老师——周立波！这样一位伟大的作家，留给后世的不仅仅是他的小说和创作，更是一种做人作文的态度；他为人们所记住的，不单单是笔下的人物和风景，更有他忠诚、正直和善良的禀性。比如他的‘三同一片’就是我们解决问题最好的方法；他对党、对国家、对人民的忠诚，是各行各业要缔造事业大厦的牢固基石。尤其是我们，更要关注青年人才的孵化，那是未来一个重要的方向……”

本着“成人达己，予创业者以希望、平台与机遇；自我创业，让岁月升华理想、奋斗与荣光”的理念，陈立文用心激活潜力，耐心做好品牌，诚心礼敬四方。

“在孵化行业里，如果其他平台给予创业者的是一盏灯，我们‘青创基地’给创业者的就是一轮月亮!”陈立文由衷地说。

一轮明月高悬头顶，正朗照大地，熠熠生辉……

> **“不管如何，他也只好进步了。集体生产是大势所趋，人心所向，他一个人扳不住。”**
>
> **《山乡巨变》**
>
> **她的价值，是能让一大批服装企业未来能存活下来。**
>
> **《新山乡巨变》**

她没有天花板

这天，陈立文和孵化基地大管家刘燕驱车前往竹山湾寻找刘姝婷。

刘姝婷是一位 20 多岁的宝妈，因为想在带孩子的时候顺便找个工作贴补家用，她抱着尝试的心态加入了服装行业，没想到这服装一卖就卖到了同行业的全国第四，线下、线上的销售量都跻身全国前列。

刘姝婷是“空中飞人”，每个月只有两天在益阳。她用两年的时间走遍了供应链上的全国一线生产厂家，跟其中上千家建立了直接联系。于是，一个供应链上的采购体系，就这样被她实打实地架构起来了。

孵化基地很快发现了这个案例，他们想联合她做一家供应链公司。

“刘姝婷，她不一定意识到了这个价值。实际上，她是帮了两方人群。”陈立文分析。一方是生产厂家。实体企业现在处境很艰难，缺乏品牌效应，销售量也惨淡。刘姝婷实际上是帮助这些生产企业去对接更好的渠道。除她自己外，她还能找到许多渠道。而且她很会卖货，她可以把企业发愁的服装卖出去。她的价值，是能让一大批服装企业未来能存活下来。另一方面，她能帮这些渠道找到更好的产品，让渠道获得更多利润。当渠道更多的时候，更多的实体企业就能生存下来。

因此，刘姝婷不仅仅是沟通的“桥梁”，实际上，她凭借自己在服装行业里的独到眼光，验证了一种商业模式——好的产品可以培养更多的渠道，反过来更多的渠道促进着服装产业的销售。

她是中间十分重要的一个环节。在如今的销售行业里，线上冲击线下，服装企业东西卖不出去，渠道想卖东西找不到好货，导致最后两败俱伤，许多实体门店难以立足，一些做电商的也经营不下去。

“益阳著名的桥南市场基本上没生意了。说起来你不相信，刘姝婷现在一个人的销售额，已经超过桥南市场的服装销售总额。可你知道她对接的企业有多少吗？她弟弟做表格统计出来，有一千家！什么叫创业者的特质？谁都知道销售要跑企业，一般人打打电话就已经很好了，只有她真的拿出了那么多的时间跑了上千家！”刘燕说。

陈立文补充说：“她最开始可能是有点天赋，卖第一件产品时找对了方法。但到后面就不是天赋了，刘姝婷这种对产品的敏感度是她自己培养出来的。每个人都要穿衣服，市场是一直存在的。谁能找到好模式，谁能通过最有效率、最低成本的方式，把市场和渠道对接起来？她能，是通过自己两年的拼命努力。而我们要做的，是把这巨大价值再度提升开发出来。把这件事做好后，她的上升空间是巨大的，她没有天花板。如果在中国 14 亿的广阔市场上有更多的‘刘姝婷’呢……”

从 400 个好友到 60000 个好友

我们很快就到了刘姝婷家，两层高的楼房，一大半都被“服装”占据。除此之外，楼房里还开设了展示厅和会客厅。

从 2019 年 10 月份开始，她一个月能有 50 万到 60 万元的收入。一年后，她开始“孵化”，帮助别人赚钱，帮他们对接厂家，让他们成为独立渠道。桃江、株洲的实体店开始在她这边拿货，她再帮大家代发。于是一个供应链就形成了，并且往规模化发展。

“一个株洲朋友跟着我，两个月后就能挣 2 万到 3 万元一个月。我们有专门的群，她只需要在群里发产品，我们会有实拍和样品。她需要样品，我们都寄给她。我在 500 多家优质厂家中间挑选更好的产品，价格当然更有优势。桥南市场现在生意不好做，有两三个实体店就跟着我做。像他们这种原本就有客源的更有优势，最少可以保证每月利润有 2 万到 3 万元，年底利润高的话有 6 万元。”

刘姝婷深耕市场，熟悉网购的套路，她还培养了一批零售店，带领大家一起卖。村里带着孩子没事干的农村妇女也试着加入。刘姝婷让不会选品的人跟着她做，她来选品，她选什么大家卖什么，这样就能卖得好。

她最先带宝妈卖货的时候，桥北后面有工厂，里面有卖不出去的口水巾和“爬爬服”，产品有一点小瑕疵，但厂家不愿贱卖，就全部积压了。刘姝婷说她能卖出去，提出以六元一条的价格与厂家合作，厂家半信半疑地把产品交给了她。刘姝婷立刻就在微信朋友圈吆喝，把外面市场上卖 20 元的口水巾直接以 6 元的价格批发给宝妈们。

“现在我的微信群有 60000 个好友，可那会儿才 400 个。400 个人每天都卖两三百件，也挺好的。我老公却急了：你天天把孩子放家里，整天去厂里折腾，又不挣一分钱，你图什么？其实，类似的这种‘折腾’我做了很多。小玩具，实体店卖 15 元一个，我们拿货 15 元三个。他们知道实体店的价，就使劲地拿、疯了地卖。”

我问：“你不赚钱，赚什么呢？”

“培养人气呀。本来是400个好友，一下到现在的60000个，这不是赚吗？我记得那会儿才做半个月，500人的群就拉满两个。这不是全靠我，是她们觉得我这里的东西靠谱，也把自己的好友拉了进来，拉的全都是我不认识的人。这就像个宝塔，底座越来越厚，把我越升越高，还越来越稳，这才是最重要的。”

“这就是一般人做不到的大智慧了！”陈立文说。

“真正做实体店的是对接不到厂家的，只能去株洲、广州那种批发市场，株洲的货在广州拿，株洲就变成‘二批’了，‘二批’价格更贵，他们的批发价比我们卖的零售价还高。”他们在网上卖同样品质的衣服，市价25元一件的她就卖6元。每天售卖出去之后她就自己打包，给客户发货。“种豆种豆，种瓜得瓜。”收获都是建立在付出的前提下。对于刘姝婷而言，她投入劳力和时间，才能赢得顾客。“我赢得了从400个好友到60000个好友的流量。”——这是队伍，也是站点、网点，更是她的基石、她的本钱。

尽管客户在不停地增长，刘姝婷现在依然不断地在做“扩客”，获取新的客户，做引流。“我下线的这些宝妈也需要产品引流，比如今天，我在谈一个做内裤的厂家，前两天他就主动找到我，说货品积压，员工工资都发不出去了，你帮我把这批货销了，我便宜给你。”他们平时拿货是十几元一盒，一盒有4条女士内裤。“我们谈的价格是6元，他说可以，但2000条起包，我答应了。”刘姝婷为了给下面的人做引流，不只谈了价格，而且告诉他们操作的方法，让她们就卖9.9元包邮。她跟快递谈合作，以大量的货物为前提谈成了2.2元的价格。最后算下来，一盒等于6元加2.2元，算上发货打包的人工费，差不多是9.9元。表面上一盒的成本是8.2元，但人工远远不止1.7元，她还是亏了。“但宝妈们就可以拿着去引流，比如说她推荐给一个好友，或者说帮我拉一个好友进群，就能提供9.9元包邮的产品。”

问到现在的月收入，刘姝婷淡定地说："300 万元往上走。"

"我说了，桥南整条服装街一个月的收入都没她这么多。"刘燕说，"他们都成功了，我们自然就成功了。我的想法是，像这种好项目，我们能引入一些资本，做成商业模式，让她带着一批人从益阳走出去，也许能吸引全国知名企业出来投资……这是行业机会，年轻人的前景无法想象。"

"但步伐不要太快，基座一定要稳。早有人跟我们谈投资合作，但我们毕竟年轻，也并不是钱到位了，我们就可以把这事做好。我们要慢慢摸索渠道模式，最大限度地拉起产、供、销三大块人员队伍，形成稳固的产业链。"刘姝婷说。

"她现在自己飞得好不是本事，既然掌握了这么多资源，她要带着大家一起飞！今后，人的格局越大，赚的钱只会越多……"

刘姝婷抢过陈立文的话："你帮别人赚钱了，他会感激你的。再说，人赚钱是一定要回馈社会的。像周立波先生，那么伟大的作家，那么大的官儿，那么有名气，还在这里躬身为百姓……"

返回的路上，陈立文说："做孵化就是要发现一些好项目，要深入他们，给他们提供他们缺乏的，比如说近期的规划、未来的商业模式。我能做的就是理清商业模式，对接更好的资源，尽量避免一些可能的弯道，让他们走得更顺。遇到一个能人甚至奇才不容易，就像遇到一个好企业那样不容易。刘姝婷有天分，但她越往前走，越需要新的资源、新的头脑，我十分希望她能平稳发展。高峰时看起来热闹、风光，但经济规律决定了高峰过后就是低谷，动荡起伏是会'折寿'的。你看百年老店，哪个不是平稳发展，无所谓高峰也无所谓低谷，没有大起大落才能'活'过百岁。"

刘姝婷以前没有专业团队，全靠自己摸索。现在，加上她的爸妈、弟弟，自己的朋友，还有一些大部分离异的宝妈，一共有二十多人，其实就相当于一支娘子军。陈立文和刘燕邀请她进“青创基地”，就是因为他们的创业生态比较成熟，他们能给她对接合作资源，带来新的信息和新的思想。

陈立文想拿一个展厅出来给刘姝婷用，下面是仓库，上面做短视频、直播，货直接就发快递卖出去。

刘姝婷也曾想过做云仓，囤够货，有供应链和展厅，客户在展厅看产品，看上的要货她就直接发，他们可以直接挣利润。下线们也不需要进货，不要出去跑厂家。刘姝婷做了快两年，跟厂家对接，他们给到她的价格都是最低的，比给实体店、“二批”的价格还要便宜。像她说的“口水巾”例子，帮厂家消化库存，刘姝婷能得到最低的价格，既可以拿这个产品做引流，又新增了一大批下线。

可益阳做小视频的博主粉丝多的也有上百万的，但他们就是变不了现，单纯拍视频，效果并不大。

“那些做小视频的，如果开始卖货，刘姝婷先不挣钱，拿产品引流，我相信他们也很愿意。等他们做起来了，再慢慢开始跑量，薄利多销。关键是，刘姝婷把这帮队伍也拉起来了。”刘燕说，“当然，刘姝婷做得再大也是在相对的小圈子，没有更多资源的话，别人找不到她，很容易丧失发展机会。青创基地每天人来人往，找机遇、谈合作很方便，还有省市区各级领导常带来新政策、好机会。我们团队自身的资源力量也不可小视，比如今天上午，陈博士就给桃江四五十位村支书上课，四五十个村的宝妈，至少有 2000 个人，未来就可能建社群，就都有可能成了刘姝婷的卖家。”

陈立文回过头对着刘燕说：“但是，融入社会还要刘姝婷他们有大情怀。未来要靠战略，靠商业模式发展。要把像刘姝婷他们这样的人才往大格局、大情怀上引。市区（县）有什么大活动、大行动，一定要他们参与进来。一块好钢，要到大熔炉里锻造，才能成大才……”

“这一入了社，我就不怕没有饭吃了。”

《山乡巨变》

整整一年时间，鸡爪哥杨正安的产值高达 9600 万元！

《新山乡巨变》

鸡汁料包+互联网销售

绝大多数吃货都知道网红鸡爪的背后掌门人鸡爪哥，却不知道他叫杨正安。就像吃货们都品尝过他的各类鸡爪，却很少有人知道，蕴藏在美食鸡爪背后的故事。

每到夜幕降临，长沙太平街就披上了一层霓虹灯织就的繁华。夜市排档成了忙碌了一天的人们放松身心、畅聊心情的好去处。这些特色小吃店里，就数鸡爪哥的网红鸡爪店最火了。

中国人有多爱吃鸡爪？一个广为流传的数据是：世界上 80% 的鸡爪都被中国人吃掉了。

谁能拒绝鸡爪呢？薄薄一层脆爽的外皮下裹着饱满的筋肉，入口是 Q 弹爽滑的满满的胶原蛋白。不论是醇厚的泰式风味还是酣畅的麻辣口感，鸡爪总是那么美味。喝着啤酒，吃着鸡爪，不知不觉就聊到了深夜。而鸡爪哥不见最后一个客人离开，他是不会走的，于是常有和客人一起畅聊到天明的时候。

杨正安是益阳沧水铺镇人，他小时候，家乡还是贫困村。家里穷，很少吃肉，全家只有在过年的时候才能杀上几只鸡。杨正安从小喜欢吃鸡爪，他老娘就单独做给他吃。

他长大后，学习厨艺，专做鸡爪，做给老娘吃，鸡爪成了老娘最爱吃的美食。他特别肯钻研，热情、好客，又加上工匠精神，杨正安赢得了更多地区吃货们的青睐。他还说，他这一生会一直做鸡爪，免得大家想吃了找不到。

可是，听了几个朋友的怂恿，他却开起了“更大的”包子铺。他在短时间内开了 6 家分店，却在 2020 年初的疫情期间全部倒闭。200 多万元辛苦卖鸡爪的钱砸进去血本无归，还欠了别人的账。

无意中，杨正安闯进了“青创基地”，结识了陈立文。他特别认可这位导师的理念，参加创业训练营时，三天三夜都与他泡在一起。杨正安慢慢地打开了思路：扬己所长、避己所短。做鸡爪是自己深耕的行当，包子馒头并不是强项，稍有动荡就面临垮塌。但现在重整鸡爪生意的核心要义是创新。

陈立文提醒他，如今的餐饮业品质重要，快捷省时更重要。他注意观察饭店，有品牌菜肴又能快速上菜的，往往就是生意好的。

就这一条提醒了杨正安，他想到开发“鸡汁料包+互联网销售”。这料包是杨正安经过上千次在锅灶前实验后用原汁鸡汤配香料卤味调出来的，而且有各种不同的风味：泰式风味、麻辣风味、藤椒风味、柠檬风味、泡椒风味、山胡椒风味……鸡爪采用秘制酱汁腌制泡透，皮香肉脆，既能保持风味，又能存放更久。并且所有的鸡爪制作都不添加香精色素，采取小磨香油提香，不用化学物质泡大。凉着吃爽脆筋道，加热吃口感软糯，不论想要什么样的口味，各种料包都能满足。

杨正安在长沙太平街只做了 20 天，就南下广东。因为，他搭上了陈立文的运营快车：以“青创基地”为“连接中心”，依托自身团队及陈立文的海外资源与清华校友、湖南商会等资源，积极对接粤港澳大湾区与其他经济发达区域的产业与人才，帮助益阳搭建承接发达地区产业转移与人才转移服务。

陈立文通过自身资源，将鸡爪哥介绍给他广东的朋友。这是益阳青创基地一个独特服务，通过他们的努力，基地入孵企业中发达地区回乡创业的益阳籍人才超过一半，也有不少人像鸡爪哥这样被对接到粤港澳。鸡爪哥被那边的食品产业园邀请入驻，别人看中的是他的“鸡汁料包+互联网销售”，为他提供厂房，将有成熟稳定配方的料包投进一条龙加工工厂生产。

南下的前一个夜晚，陈立文同鸡爪哥彻夜长聊。像老师对学生那样，有嘱托、有祝福，更多的是在关键节点上为他把控。

“可以确定的是，这是个好项目。摸索了这么多年，你是有底气的。传统美食加料包成批生产，还能快捷上网销售。但是，谋划预判和现实操作永远都有较大距离。”陈立文建议杨正安从四个方面发力。首先，要有一个清晰的市场定位，明确创业所要解决的问题，思考如何去解决这个问题，也就是选定一个赛道。其次，根据所选的方向，组建一个能力互补、具备所选方向需要的有能力的团队。与别人合作，要有大胸怀。你是大股东，愿意分享，懂得感恩，很重要。再下力气整合资源，人的资源、市场的资源、政府的资源，整合好基础才牢。再者，要有一个清晰的、适合所选创业方向的商业模式，现在看起来是有了，但也要在实操中反复打磨，力求精而又精、准而又准。最后，关注公司的现金流规划，不要让公司死于资金链断裂。

陈立文特别强调在创业发展阶段中学习的重要性。杨正安带着在陈立文那里取到的“真经”，于2020年6月份离开长沙，一走就是几个月，陈立文不放心，到广州办事，拨通了杨正安的电话，他的发展却让陈立文大吃一惊：

曾经的网红鸡爪哥，现在成了“凤爪大王”，他加工的带料包的鸡爪，在网上卖得火热，平均每天都在10000单以上。

最关键的是，料包是机器打包生产的，生产严格按配方程序走，最后一道工序是加配方料，由杨正安亲自负责。为确保配方不泄密，他每天独自在夜里 11 点将配方的最后一道程序加上。

整整一年时间，鸡爪哥杨正安的产值高达 9600 万元！

陈立文笑了，他们一不小心孵化出了一个亿万富翁。

她们走上一条山边的小路，满山的茶子花映在她们的眼前。邓秀梅深深地吸着温暖的花香，笑道："看这茶子花，好乖，好香啊。"

《山乡巨变》

杨朝晖把直播摄像头装进各个点的蜂场，依托互联网移动端构建"蜂场+小程序+客户"平台，实时直播蜂蜜的生产全过程，同时还可以对蜂场的环境进行监控。

《新山乡巨变》

追赶着各地花期的脚步

杨朝晖的工作就是追花逐蜜。

每年 3 月，在桃江采油菜花蜜；4 月，去广东花都采荔枝、龙眼花蜜；5 月，到沅江采橘子花蜜；6 月，到衡山采乌桕蜜；9 月，到安化芙蓉山采五倍子花蜜；11 月到重庆收枇杷花蜜……

她养蜂的每次转场，都会带上 280 多箱、重达 11 吨左右的蜜蜂，天黑之前全部装上大卡车。杨朝晖按照季节的更迭，带着蜜蜂去各地赶花。鲜花和蜂蜜构筑的浪漫背后，是风霜和忙碌。她开着一辆车，常年与蜜蜂为伴，风餐露宿，拉着一箱箱的蜜蜂追着各地的花期四处迁徙。

养蜂人的使命是为蜜蜂追花期，在盛放的鲜花中，让蜜蜂饱食精饮，它们才能吐出优质的香蜜。杨朝晖一年多次"出征"，一路追寻着花期，将蜜蜂放飞，如同辛勤的小蜜蜂寻花采蜜，辛劳奔波。

访得百花后，酿成佳蜜时，杨朝晖酿出了花一般的笑容，也酿出了自己的美好生活。

杨朝晖，桃江县高桥镇赵家山村人，两个孩子的母亲。凭她勤劳乐观，家有一栋两层楼房，一台面包车送货，一台卡车拖运蜂箱，一年收入 100 多万元，发放农民工工资 30 多万元。

但每次蜜蜂转场都是一次艰辛的体力大消耗。每年，杨朝晖先一路向南，行走一千多公里赶广东，再回头赶衡阳、到安化，11 月，再到重庆……数次跋涉，几多坎坷，杨朝晖用奔波中的汗水换来“优质”的甜蜜。

赶花赶出的蜂蜜各有不同疗效。比如，重庆的枇杷花蜜，清肺、止咳；湖北恩施的五倍子蜜，是药蜜，抗菌消炎；广州花都龙眼、荔枝蜜，补肺、营养；衡山乌桕蜜、落叶红，有熊猫蜜之称……

其实，她也可以就近采蜜。安化山里，春天是油菜花，春夏之交是橘子花，夏天是荆条花，还有秋天的桂花。追逐蜜源的半径小些，人要轻松许多。但杨朝晖不愿意，一是花蜜会单调，二是山里还有别的贫困户，近几年，养蜂户增多，她不想占了别人的地盘。

春夏秋冬循环，杨朝晖一年的大多时间都在四处寻花，奔波千里，追赶着各地花期的脚步，像小蜜蜂一样勤劳付出，将自己化作一掬甜蜜。

“为了追赶花期，我的生活像候鸟一样，到处迁徙。”杨朝晖说，她在山洞、路边、山沟等地方都住过。外出时，她的车上备有帐篷、锅碗瓢盆、被子和几个大蜂蜜桶等。从前没有手机，收音机是她这养蜂人的必备物品，也是解闷最好的伴侣，通过它了解到了外界的信息。

一旦出远门，很多地方都是远离城镇和农舍的，她就只能在公路边、山脚下扎营，并提前将一周的食物准备好，用枯枝生火做饭。山脚周围虫子非常多，她不怕蜜蜂蜇，可每晚，她都会被小虫咬得浑身痒疼。

白天蜜蜂采蜜的时候，杨朝晖得打扫一下蜂箱四周的卫生。一般是每过二三天时间，她就得用取蜜机将蜂蜜甩出，然后过滤装瓶。

“我刚开始养蜂时，被蜜蜂蜇的次数难以计算。后来跟蜜蜂亲了，它们不蜇我了，或者蜇多了麻木了，也不觉得疼了。如今我去蜂箱查看时，不用戴上头罩护住眼睛，蜜蜂也不怎么蜇我。”

问起走上养蜂之路后真正的收获是什么，杨朝晖淡淡地说：“蜜蜂的繁殖能力很强，天气好时一个月就能换一代。我也有伤心的时候，有次蜜蜂死得只剩下 3 箱，一年的收获全泡汤了。不过，第二年，剩下的那 3 箱蜜蜂又变成了 100 多箱。通过养蜂，每年除去费用，我能净赚几十万元。养蜂既让我走上致富路，又锻炼了我的身体。这样的美事，我何乐而不为呢？”

很大的损失

杨朝晖天生爱笑，即使遭受磨难挫折也始终保持着明媚的笑容。她说，谁的一生是一帆风顺的呢？她努力成为一个积极向上的人，让笑容照亮自己前行的路，也影响身边奋斗的人。

2015 年，杨朝晖出人意料地决定搞现代农业开发。她在村里浮邱山南面的半山仑租赁了 1000 多亩山地，其中 200 多亩建高山茶园，其余的种植南竹。她创立茶叶种植合作社，购买挖掘机，带领村民启动生态茶园建设。那段时间，她和工人在山上吃掉 21 袋面粉做的馒头。2017 年，茶叶市场行情走低，茶叶销不出去。杨朝晖几年来的辛苦付诸东流，所种的南竹也面临亏本。

虽然第一战出师不利，但杨朝晖并没有怨天尤人。她开始盯上了茶山竹林里的那几箱野蜜蜂，从此就再没改变方向，慢慢地，她做得风生水起。

尽管也有坎坷……

各地的花期一般都不长，每个地方停留时间也就 20 天左右。从湖南安化的五倍子开花到重庆的枇杷花凋谢，有长达 40 多天的花期。

2020 年 11 月，杨朝晖到达重庆。那天清晨，杨朝晖将车上一箱箱蜜蜂卸下来，让蜜蜂先熟悉新的采蜜环境。可一星期后，气温骤降，她一滴蜜也没有取到，必须得果断决定后面的赶花路线了。前方的路都是未知的，杨朝晖凭多年的养蜂经验，分别赶到沿途的各种野花盛开地，放飞蜜蜂采蜜。赶完外地的花季后她便赶回家乡过大年，蜜蜂们也开始“冬眠”了。

照顾蜜蜂是件不易的事。蜜蜂很娇贵，照顾它们必须像呵护婴儿一样。杨朝晖由于缺乏经验，曾经造成了很大的损失。

2018 年 12 月，养蜂一年的杨朝晖，跟着附近村的一些养蜂人从外地赶回了家，蜜蜂也开始越冬了。蜜蜂越冬，需要给它们准备充足的食物，于是杨朝晖早在赶完外地野花期的前几天就停止收蜜，让蜜蜂为自己越冬储备点“粮食”。

回家后，天气忽然变得大冷，为了防止蜜蜂冻死，杨朝晖将 50 箱蜜蜂包装后，摆进了自己的家中。半个月后，她在查看蜜蜂食物是否充足时，突然发现蜜蜂成批成批地死去了，她眼瞅着 50 箱蜜蜂在几天时间里变成了 3 箱。

杨朝晖想不通为什么会出现这种情况，咨询了其他养蜂人后，她才知道是自己把蜂箱包装得太严实了，蜂箱密不透气，箱内温度和湿度都过高，蜜蜂因伤热和排湿透气不良而被闷死。

杨朝晖觉得自己必须潜心学习相关知识，她不仅依然赶花期，更追各种培训班。她先后参加过“新型农民技术培训班”“湖南省贫困村创业致富带头人”和“农村植保技术培训班”等各类培训班，每次都获得优秀学员证书。

学来了科学知识，她明白了，蜜蜂越冬的顺利与否直接关系到来年蜂群的生产能力高低。杨朝晖每年冬天在包装蜂箱时，既要考虑到能够防寒保暖，又得留意蜂箱的排湿和透气。

她从不因困难而受挫，反而乐观地说：惨重的损失是学费，学习是进步的开始。

赶花、追班、追赶时代

近几年，杨朝晖成了直播带货的网红。照她的话说，如今不仅要赶花、追班，最重要的是追赶时代！

连陈立文都说：这是杨朝晖又一个明显特点，产供销全链条上的所有知识她都想学。

她还有个特点，只要是她生疏的部分她都很关心，不懂就问，哪怕是些细枝末节。自从加入了“青创基地”，杨朝晖常来与精英们探讨：各行各业都在与互联网、物联网、大数据紧密接轨，怎么养蜂赶花人还是“苦行僧”？

养蜂人的生活离花很近，离惬意很远。他们的辛苦程度难以想象：重达130斤的蜂箱要跟着花期不断迁徙，而装卸则全靠行业平均年龄超过50岁的养蜂人。在采蜜站点，养蜂人住的是帐篷，20多天没有足够的食物和干净的水源，起码的生活保障都没有。等到花期结束，又要迁徙到下一个地方。

“陈老师，养蜂这个行业既传统又落后，怎么就没有技术介入，就没有人为我们改善？我想攻一下这个难关！”

陈立文告诉她，100年来，养蜂行业是没什么技术介入，中国是世界上最大的养蜂国，蜂蜜年产量达50多万吨，却一直处于低价格带，蜂蜜生产方式也无任何改变。

过了花期，为了让蜂群轻松转场下一个花地，蜂农必须面临下一场辛苦。养蜂耗费的巨大体力不仅挑战现有养蜂人，也在阻挡着新人进入的脚步，因此养蜂业几乎没有 30 岁以下的从业者，蜂农群体出现了“人才断代”。断代的原因是没有任何装备的介入。只有让体力劳动降到最低，帮助年轻人减少障碍壁垒，才能解决从业者的延续性问题。

辛劳于第一线、拼搏于最底层的杨朝晖，不仅在考虑解放生产力，还在为整个行业探索。作为一个新型职业农民，她始终乐观面对艰苦，以各种姿态奋勇朝前。

她每周都会进行几次直播，在发布出来的抖音短视频中，她不仅爱笑，还爱唱，且唱得很好。她的视频都穿插着背景音乐，一边是她原生态的、一路奔波的“酿蜜”过程，一边是音很准、笑很甜、极为真诚的伴唱。于是，她的点赞多，粉丝多，收获也多……

杨朝晖追着花养蜂，一年产蜂蜜 4000 多公斤。她的视频一上网，大家都纷纷购买这些追着绿色、追着鲜花、追着原生态“酿”出的珍品。

这两年，她的蜂蜜年年都不愁销，年年都没有存货。可她依然喜欢直播带货，她有了新使命：让乡亲们的土特产在网上变成畅销品！为解决农产品销售难的问题，2021 年，杨朝晖又报了两次培训班。

“现在我一有空就直播，推介蜂蜜和其他农产品。”她在“湖南蜜蜂姐姐”视频号里，除了介绍自家的蜂蜜和普及辨别真假蜂蜜常识外，也推介乡亲们的腐乳、酸藠头、红薯粉和坛子菜等土特产。这里的农产品都是纯手工制作、无添加剂的原生态产品。她帮助有需要的乡邻带货，凭借朴实的画面、真诚的话语，杨朝晖的粉丝日渐增多。她拿出全部绝活来直播，土特产还真带成了畅销货。

3 月份，杨朝晖家乡的千亩油菜花地，像一片流光溢彩的金色海洋，大片的油菜花花浪翻腾，醉人心魄。她像花仙子一般穿梭在花海中，大大小小的蜜蜂在她的眼旁、眉梢、鼻间飞行。

杨朝晖不紧不慢地打开蜂箱，取出一块蜂箱板，眯着眼看黏糊糊的蜂巢，十分自在悠然。杨朝晖把直播摄像头装进各个点的蜂场，依托互联网移动端构建“蜂场+小程序+客户”平台，实时直播蜂蜜的生产全过程，同时还可以对蜂场的环境进行监控。

一名新型职业农民，在花丛中笑着，在镜头里展现着。她的声音是那么亲切、动听：“……看，千亩花海中，绿色原生态，我们的小蜜蜂正忙碌着采蜜。这是聚天地之灵气、集万物之精华的甜蜜事业，我们愿奉献给您一份最健康的、最贴心的甜蜜！”

9 月下旬，在桃江县第四届中国农民丰收节农产品展销会上，杨朝晖的蜂蜜和农产品被抢购一空；枇杷花蜂蜜还未开采就收到许多订单；经营多年的环保炭生意，去年销量创新高；土特产的销量，也一次比一次好。

> **用针扎子扎了好多的泥鳅。于是，除开叉菜子，谢家的桌上时常摆出点小荤，谢庆元也很满意了。**
>
> 《山乡巨变》
>
> **“光头泥鳅哥”刘杰常往“青创基地”跑，因为他终于知道养殖不只是要在田边出力、傻干，还要学习农业管理，站位高远，才可能做得大，走得远。**
>
> **《新山乡巨变》**

小泥鳅也成了大产业

刘杰时常直播，大家都记住了他名为“光头泥鳅哥”的微信视频号。这比他的本名更响亮，影响力由桃江县扩大到整个益阳市区，甚至全省各地。他一边养泥鳅，一边做技术、营销推广。益阳的“一村一品”带动他的小泥鳅养殖成了大产业，他自己成了龙头，成了名副其实的致富带头人。

刘杰是桃江县松木塘镇桥头河村人，建有十多个泥鳅养殖塘，占地面积200余亩。养殖塘内，密密麻麻的泥鳅涌动着，泥鳅哥正在日常巡塘。他养殖泥鳅已有三年，原本东奔西跑四处推广，成效甚微，现在可谓是个“泥鳅专家”，育苗、防病害、养殖池水质管理，样样难不倒他。

刘杰与泥鳅似乎有某种注定的缘分。他从小就喜欢捉泥鳅，尤其是每年春耕时节，干涸已久的水沟和农田里都放满了水，而蛰伏了整个冬季的泥鳅、鳝鱼就纷纷从泥巴里钻出来，享受着自由自在畅游的快感与欢乐，这个时候正是刘杰的丰收时节与快乐时光。如今，他把业余爱好当成了事业追求，倍感幸福。

光头泥鳅哥最初得知养泥鳅有人发了财，便决定自己也养。经过多次的考察，他发现泥鳅的适应能力强，发病率低，好养殖，养的人还不多，尤其用规模化基地养殖泥鳅的更少。他从武汉看中泥鳅好种苗，回到家乡着手流转土地、建池塘。一切准备就绪之后，他便买来泥鳅苗，进行少量试养。整个流程，他都没有犹豫过。

泥鳅幼苗入田后，他就不管白天黑夜，整天蹲在养殖池边观察研究。“我每天早上都要准时来看看池内是否有异常情况，如果气温变化大，泥鳅容易缺氧，现在每个池内都装有制氧设备，一旦发现有缺氧情况，就要马上调节。”虽说泥鳅好养，可由于缺乏养殖经验，他照样栽了不少跟头。有一天，为泥鳅塘增氧的一个水泵停止运转近一个小时。等巡夜的泥鳅哥发现异常时，整整一塘泥鳅都软塌塌的，翻白了，以生命向他抗议着他的失职。

“刚开始，泥鳅不断死亡，后来我请教相关技术人员才得知，可能是气温升高，滋生了细菌，导致泥鳅烂尾烂鳃后死亡。”

养殖水产品除了要靠自己琢磨、探索外，还得学习别人的经验，后来他通过外出学习，再回来翻阅大量资料，逐渐解决了养殖过程中遇到的种种问题，也摸清了养殖泥鳅的门道。

功夫不负有心人，第一季投产的泥鳅亩产 3000 余斤，效益可观。有了养殖经验，他信心倍增，扩大了养殖面积，成立了泥鳅养殖专业合作社。

就在成立合作社的第二年，在泥鳅即将收获的前夜，500 余斤的泥鳅一夜之间突然全部死亡！为了搞清泥鳅突然死亡的原因，光头泥鳅哥请教了镇上管农林的专业人士，才知道是水塘养殖的泥鳅密度较大，水塘里缺氧，导致水塘里的蚌死亡，蚌死后污染了水质，进一步造成了泥鳅的死亡。

正是这一次，光头泥鳅哥认识了陈立文。

往“青创基地”的策划里嫁接

“光头泥鳅哥”刘杰常往“青创基地”跑，因为他终于知道养殖不只是要在田边出力、傻干，还要学习农业管理，站位高远，才可能做得大，走得远。

他主动把自己往“青创基地”的策划里嫁接。比如，他们初步搭建起了服务客户、合作伙伴的产业发展生态平台，为未来业务的多元化、跨区域化发展打下了坚实基础。对接的步步高集团、三湘财务等单位的孵化体运营，在助力传统企业转型升级、资本市场合作、异地孵化等方面均有模式般的创新探索。泥鳅哥找到自己能对接的地方，技术、管理、销售，他都多问多学，力求做到“见缝插针”。

陈立文以雕琢案例为战术手段，通过建设可复制的标杆运营案例、可沉淀的产业服务案例、可推广的企业孵化服务案例，为农业、养殖等行业找孵化标本。泥鳅哥刘杰跻身其中，提升了自己的运营能力、变现能力，也夯实了发展潜力。

随着养殖面积的不断扩大，泥鳅苗的需求量也增大了，他又开始学习泥鳅繁殖和幼苗培育方面的知识，进行自繁自养。这样不仅节约成本，还可以出售，收入翻了番。

泥鳅哥用池塘三分之一的水面做了一个 100 立方米容积的泥鳅孵化池，他笑着说：“有了这个孵化池就不用再买苗了，大大节省了成本呢！”

日下，他的泥鳅养殖场，年投产泥鳅 10 万余斤，年产值达 180 余万元，与长沙、岳阳，甚至广东、重庆等多地的批发商合作，定期为他们提供成品泥鳅。

周边村民看到泥鳅产业被他做得风生水起，纷纷加入他的行列，他又免费为大家提供技术服务。经过几年的发展，合作社已有泥鳅养殖户 50 余户，除了带动大家一起养殖外，基地也为当地村民提供了就近务工机会，一年在泥鳅养殖基地务工的人员达 1000 人次，切实地起到了助农增收的作用。

泥鳅养殖基地里，一排排露天泥鳅养殖池波光粼粼，饲养员正在给泥鳅喂食，并对池水的水温、溶氧及 pH 值进行检测，确保为泥鳅营造一个良好的生长环境。

短短的 3 个来月时间，泥鳅哥的泥鳅就长大了 3 倍多，用不了多久就可拿去出售卖钱了。

秋风起，泥鳅肥。“泥鳅肉质细嫩鲜美，蛋白质含量高，是营养价值较为丰富的鱼类之一。”光头哥说，现在泥鳅的行情是每斤 18 元，到年底泥鳅可涨到每斤 25 元。2021 年，整个养殖合作社预计将产出泥鳅近 10 万斤，他和村民一起能收入 200 多万元。

“水稻当然只能插双季，不过我们这里土质好，除开主粮收两季以外，冬春两季，还能收好多杂粮。将来，科学家要是能把农作物的生长期缩短，那我们不但季季有收，可能月月有收了。”

《山乡巨变》

经过一番科学的精心挑选，张赛强选中了黑玉米。

《新山乡巨变》

湖南最大的黑玉米供应商

2021 年 11 月，白白净净的张赛强，与他刚收获的黑玉米形成了色彩上的极大反差。

张赛强一脸年轻稚嫩，就像刚毕业的大学生，却在这玉米地里折腾出了大风景。2020 年，他荣获了“益阳五四青年奖章”。颁奖时，新闻报道是这样说的：“青春闪亮，奋斗最美。来自益阳资阳区新桥河镇蓼东回民村的张赛强，放弃沿海高薪职业毅然返乡创业，从事黑玉米的种植和黑色康养食材的种植加工销售。虽然历经艰辛，但他的梦想最终在希望的田野上生根开花。”

秋天是收获的季节，可故事却要从今年 5 月的玉米地说起。

小满将至，气温日渐升高，回民村的沟沟坎坎里，村民正在忙着种玉米。4 月初种植的第一批，玉米苗已经到了脚踝，远远看去一片绿色。4 月末种植的第二批，幼苗已经露了头。

作为资阳区粮心蔬菜种植农民专业合作社的创始人，张赛强说：“我们种的是黑玉米，不同于传统玉米，不仅营养价值高，而且市场少见，价格是普通玉米的十几倍。去年，这个新品种，每穗卖 5 元，最高卖到了 15 元。今年扩大种植面积到 3000 亩，按科学种植方法，每亩保底 3000 株，今年黑玉米不仅能带来可观的经济效益，还能帮助种植户稳定增收。”

2015 年，张赛强先是瞒着家人辞掉了公司总经理的工作，又不顾家人几乎跟他反目的境况，毅然回到家乡种植黑玉米。

“大家都觉得我很傻，读了那么多书，在外面的收入也那么好，还回来搞农业，都觉得这孩子是不是脑子有问题……我不管，这是自己心里的梦想，也没觉得有太大风险，即使难点，也值得我破釜沉舟地去搏一搏!”

张赛强大学毕业后，一直在广东、上海等沿海地区从事地产工作，他那个时候是项目的负责人，年薪有四五十万元。曾经有个关于他的片子里有句话让人记忆深刻——公司高管辞职回乡种玉米创业，父母至今不原谅：不给带孙子。片子里的张赛强母亲含着泪说：“那时候，还不如不送你读书。读这么多书，还是跟我们一样拿着锄头翻泥巴。你要是这样搞，添了孙子我也不给你带，让你自己带到玉米地里去养……”

可前些年的奋斗，让张赛强结识了很多产业方面的精英。在沿海地区，产业让一个城市经济更有活力，也让一帮有志青年实现自己的价值。他就想：回家乡去，也搞一个产业，力争能带动自己的家乡致富。他对自己还是有信心的。市场的前瞻性、事业必备的抗压性和无所畏惧的开拓性，他都曾反复历练。他曾任职于广东一家大型企业集团公司，经过十年摸爬滚打，从基层员工成长为集团下属子公司的总经理。

张赛强也看到过一个数据：中国的亚健康人群占 70% 之多，而其中中青年最多；亚健康人群有较稳定的高收入，人均医疗保健消费也在快速增长。了解到这些，他就下定决心做健康产业。

经过一番科学的精心挑选，张赛强选中了黑玉米。黑玉米，在历史上曾是朝廷贡品。它穗形独特，精致高雅，色泽墨黑，口感糯香醇美，富含蛋白质、氨基酸、果酸、果胶、多种维生素，有“硒宝宝”之称。花青素是宝贵的生命色彩。新研发出的这个品种，是科研单位历经 13 年选育出的专利技术新品种，经农业部农产品质量安全监督检测中心检测，花青素含量中，氯化矢车菊素高达 452mg/kg、芍药素 120mg/kg，堪称玉米中的黑枸杞。

2015 年，张赛强发动 100 多户乡亲一起种黑玉米，面积接近 3000 亩。村民开始并不相信他:“种没问题，我们流点汗就是。可是汗水变不了钱就有问题——销售，你的销售在哪里?”

是啊，种出来容易，随之而来的销售方向是进农贸市场，还是进超市?没看过东西，谁敢销? 那时候，张赛强的心情是难以言表的，他整夜整夜地睡不着觉……庆幸的是，有了社区团购，他觉得这应该是最后的一根救命稻草，他去跟对方谈，软磨硬泡地谈了两个多月，最后对方才同意先试一下。他们也不知道销售前景怎么样，于是把试销的价格压得比其他渠道都低，张赛强强忍着心痛还是决定与他们合作。

可谁也没想到，7000 斤的黑玉米在几分钟之内全部抢完，市场就这样打开了，后面的销量也不愁了。“到现在，我们已经成为湖南最大的黑玉米产地，带动的农民有 300 多户，年产量有 3000 多吨!”

如今，张赛强在资阳、赫山、桃江、安化均建立了种植基地，成为湖南最大的黑玉米供应商。

组合拳打出了力量，黑玉米能做成网红产业。张赛强成立了合作社，村民们都踊跃加入。

村民老王拿出两亩地给张赛强做黑玉米试验地，按照绿色食品的标准种植，不施化肥、人工除草、人工授粉，每亩地以两吨鸡粪作底肥。最开始种的时候，张赛强没有资金雇用劳动力，所有步骤都亲自动手，他在玉米地里一待就是一天，一株一株地对玉米进行人工授粉。玉米研究所在其他试验基地种植的玉米每株只结一穗，但他的地里种出的黑玉米每株结三穗，而且每一穗的品相都好、重量都足，完全达到了试验要求的标准。

70 天的生长期结束，玉米成熟，采摘后高温高压真空包装。张赛强在朋友圈中进行推广，每穗卖 5 元，品相好的价格更高。为什么比普通玉米价格高？黑玉米有什么特别之处？面对客户的质疑，他耐心解答：黑玉米与众不同，富含花青素，是健康食品。黑玉米还是十分适合酿酒的材料，食物的颜色越深，它含有的营养物质就越丰富。因此，黑玉米酒的营养含量比一般的玉米酒高很多。并且，全程种植不打农药，合作社与农科院校签订了产品研发协议书，从土壤到产品都经过了认证检测，有技术支撑和品质保证。

尽管连张赛强自己也没想到黑玉米会广受市场青睐，但细想一下，一路走来都有乡亲们的支持，他们像自家父母一样，嘴上说说道道，背后却暗暗帮助自己。他亲眼看到村民从不相信他，到与他一起种，甚至一起在地间保护和管理植株。张赛强说，他现在有段时间不在家都不要紧，村里人人都会护着黑玉米，从种子到青苗，到长成“摇钱树”，那是全村人一同打的“人民战争”！

在资阳区青年讲师团走进益阳高级职业技术学院的宣讲中，张赛强深情地述说着这段经历：“我在新桥河镇蓼东回民村有一个黑玉米种植基地，这个基地算不上大，却是最好管理的。每年下种的时候，附近村民都会自己把散养的家禽关起来，生怕毁掉了一年的希望；平时也常有人像值班一样去玉米地里走走看看，时刻关注是否有什么异样，他们像看护自家院落一样帮忙照看基地。其中，有一位蔡爹爹跟我说过，村里的这几个贫困户都指望基地有好收成，这样他们的日子就有盼头了！这句话很触动我的内心，他们的期盼就是我坚持创业的初心！”

张赛强还有个蔬菜基地。几位村民正在给地里的小苗浇水、除草。一亩多地，被分成面积均等的地块，种着黄瓜、茄子、西红柿、苦瓜、青椒、豆角等 20 多种蔬菜。虽是初夏，但蔬菜种得早、管护周到，地里的黄瓜、西红柿已经开始挂果。

整地、播种、发芽、挂果，张赛强的微信朋友圈，详细记录了黑玉米和其他各种蔬菜的种植生长过程，实拍图片、细心解语，激动、喜悦和希望充满了朋友圈。他还郑重地说："今年家庭农场不以营利为目的，蔬菜不打农药，不上化肥，只以农家肥作为底肥，浇的水是山泉水，因此产出的菜绿色健康无污染，目前合作社温室大棚里的蔬菜已经有 20 多种，有的已开始挂果。合作社还打算开办特色农家乐，农家乐开办起来后，村民又多了一个务工的地方。"

刘嫔毑的子女都在外地，她一个人生活，每天的工作就是到这片菜地给蔬菜除草、浇水，领取每天 50 元的工资，对此老人很满意。

"我们打算以黑玉米种植为主，以其他种植项目为辅，多管齐下，打一套漂亮的增收致富组合拳。"

张赛强成立了"粮心蔬菜种植农民专业合作社"，为当地 8 户建档立卡贫困户解决就业问题，在他的耐心指导和倾情帮扶下，贫困户重新树立了脱贫致富奔小康的信心。蔬菜、禽畜、水产，他的组合拳打出了力量！

求新求变赶上智慧时代

黑玉米收获的 11 月，我跟着陈立文到田间地头找到张赛强。

初冬的寒意挡不住玉米地里辛勤劳作的热情。有笑着掰玉米的农妇，有手脚不停的装袋老人，有扛袋上车的女汉子，有开着车运输满满收获的年轻小伙……

2021年，张赛强的种植基地总面积达4000亩，带动农户300多户增收。如今，张赛强是益阳市农村青年致富带头人协会副会长，还是资阳区青年讲师团成员。村民流转土地每亩每年400元，张赛强返聘贫困户到合作社和农场工作，男劳力每天80元，女劳力每天50元，黑玉米种植、流转土地所得加上工资收入，预计贫困户2021年的收入能翻两番，不仅能稳固脱贫成效，还能带动更多村民致富。

务工村民大梅说："我家土地流转出去有收入，在基地务工每天有工资，农产品有公司统一收购，不愁销路。基地就在家门口，就近就地务工，离家近，还能方便照顾家里。"她家有3个孩子在读书，靠着她的务工收入和丈夫在外打工挣的钱，一家人的日子过得还算宽裕。

张赛强一看到陈立文就立刻过来和"导师"汇报情况："眼下，我们做了全方位的技术改造，装有高清摄像头、传感器，年轻农户可以随时随地地通过微信小程序看到农场播种、浇水、施肥、除草等一系列耕作过程，还可以利用节假日，呼朋唤友到自己的地里采摘，体验农耕生活乐趣。"

"你这还是粗浅的。"陈立文语重心长地说，"要主动融入云平台、大数据、物联网，接轨马上到来的智慧农业！通过电商和集团采购，用好互联网，用好App，你的销量再翻一倍都不是问题。"

陈立文这次下来，主要是要把一个重大策划说给乡亲们听，借着旷野的风，他大声说："黑玉米的康养效能越来越被各级政府重视。富含深色花青素的营养食材，有益老百姓的健康。下一步计划发展加工基地与全域种植基地，形成黑色食物营养健康产业链，你们的'粮康食邦'会有大作为的。现在，'青创基地'要与相关政府打造黑色康养主题产业园项目，规划投资2000万元，将紫薇村现有可利用的七块土地分别规划，规划出以黑色康养食材为主的特色作物主题体验基地，并计划将原紫薇一站，列为产品展示区和加工区，实行统一运营和分区域开发。”

“太好了”“不得了哒”，在各种赞扬声中，一位长者走过来，对张赛强说：“强伢子，你做得真是太好了，你娘会帮着带孙子的，放心，放心。”

乡亲们脸上的笑容透着心中的喜悦，笑声传播田野，像一首经久不绝的赞歌。

他首先谈起了合作化成就，说是整个中心乡只有几户人家没有入社了；接着提到集体生产的力量，建社以后，头炮打响了，今年夏季得了一个特大的丰收……

《山乡巨变》

周立波在《山乡巨变》中给世人留下了清溪村的时代印记，今天的清溪村又以智慧之芯、时代之梦谱写新山乡巨变，成为智慧农业的显著标杆，山乡蝶变的鲜活样板，也将给乡村振兴带来新的时代启示。

《新山乡巨变》

益阳模式

我好像不是在写一部书，而是跟着“泛清溪”正奋斗着的百姓，继续前行。我看见他们自信地走在农业现代化的路上。近五年的数字农村建设，像“引擎”一样推动了清溪的多元化发展。我每次回乡，都有太多意想不到的新发现，是我近三年酝酿、采访和书写的动力。我一直在想，我的家乡为什么称作“山乡巨变第一村”？仅仅因为这里是《山乡巨变》的原型创作地吗？仅仅因为这里是周立波的故乡吗？我想答案远非如此。

一个十年前还算不上发达的三四线城市，益阳居然接连举办三届互联网大会。“数字农业 · 智慧乡村”的全新理念，将益阳城乡，尤其是清溪村全方位、全链条地进行数字化、网络化、智能化改造。“新山乡巨变 · 智慧清溪”探索了可参照的“益阳模式”：“益村”平台打造“互联网+合作社+农户”生产发展的“益阳模式”；“党组织+党员+群众”线上线下同频共振有基层党建的“益阳模式”……

民生、政务、生活、文化，每一项都创新一种可借鉴可复制模式，乡村大地实现“村民生活智能化、生产环境数据化、劳动工具机械化、生产过程可视化”。但关键处，还是巩固集体所有制和加强党的领导。一句话，党建，凝聚起了全体村民的内生动力。

而这三年，我的脚步追着智慧乡村建设，看这片热土植入“智慧芯”“文化魂”所迸发的勃勃生机——

立波先生清秀俊美的乡风水色故乡，已蝶变成“互联网+”与生产、生活、生态、文化深度融合的美丽、智慧、幸福的新乡村。《山乡巨变》里肩扛牛犁的农业背景，已转换到今天——“互联网+农业”的新山乡巨变、“智慧乡村”的崭新时代！

乡村样板

“新山乡巨变”的“新”指什么？看两处乡村呈现：

“湖南中亿农业”经营的 1200 亩基地里，有 24 组智能化监测设备设施，实现了水稻生长全方位监测、智能化控制、精准化管理，并配上了集中育秧、间歇灌溉、绿色防控等技术。相比其他稻田，这里的生产成本降低了10%，产量提高了 10%。

“智慧农业第一村”赫山区泉交河菱角岔村，集成运用“互联网+农业”的综合服务中心，是智能化、系统化的指挥中心，成为赫山区发展现代农业、智慧乡村的“引擎”和“大脑”。在这里，电脑监测农田，手机操控农事，坐在办公室也可种田……

智能新时代到来了！大数据穿针引线，三大平台“农村电子政务”“农村电子商务”和“智慧农业云平台”在益阳全面建成、系统耦合。云平台、大数据、物联网魔幻般打造新农村、新农业和新农民，形成村民生产、生活智能化全新体系。

益阳的许多智慧乡村已经是乡村样板，是乡村振兴的未来方向，更是新农村精神的“诗和远方”。

奋斗标杆

组织起来的农民入合作社、村集体，配套新型农村合作化整体思路“参与主体多元化、生产经营市场化、农民收益最大化”。成为奋斗标杆之后，农民前所未有的热情迸发了，释放出几股势不可挡的力量：

劳动力集中在大小合作社、村集体，这是第一股力量；集中流转的农村土地，小户大户抱团共同富裕，魔法般变幻出最大效益，是第二股力量；人与土地两大资源，与现代化互联网加持的市场结合，农产品不愁销，乡亲共同致富，形成最大的一股力量！

这力量助推“产业富村”，像清溪村、北峰垸流转 2100 亩土地，与国联水产联合稻虾共养。乡村进入工业化、农业产业规模化、土地效益最大化、村民参与文旅化。传统农业产业升级，他们成为各村各镇学习的楷模、奋斗的目标。

更重要的是，人人都可以在家门口就业，幸福指数直线攀升。仅国联水产（益阳）公司拥有的 6 条小龙虾生产线，即可解决 2000 多人就业。“农旅融合”精准造血，清溪村及周边村一起，年接待游客达 70 万人次以上，旅游综合收入超2亿元，人均可支配收入4.2万余元。百姓的小日子啊，过得很甜很美……

文化内核

周立波今天的意义在哪里？在“大清溪”奋斗的底气里，在凝聚智慧乡村的力量里。

山乡有了这个“文化内核”——传统文化与现代文化、地域文化与民俗文化、名人文化与名作文化相结合，实现精神引领、文化强村和独特的核心竞争力，让文化照亮这片土地，让文学滋润人民心灵，以文化振兴助推乡村振兴。

——陈立文带的孵化团队，主动融入云平台、大数据、物联网，以改革的思路、创新的精神、开放的眼光、务实的态度，建设起一个与市场经济相配套、充满生机和活力的人才工作机制；孵化一批又一批农业精英人才；致力于打造青年创新创业样板；组建高素质农民培育联合体；构建农业、农村实用人才孵化模式。

——58集团的“益村”平台，功能型的办公场所，专业化的服务队伍，规范化的运行机制，将全市1184个分散的村民服务中心聚合到一起，形成农村大数据，线上线下相结合，农村党建、村务、民生等方方面面互联互通，百姓用起来顺心顺手。

如今的大清溪，是乡村振兴的引领区、后发赶超的增长极、东融省会的领头雁……

人民的幸福感

“高铁修到了村门口，柏油路通到了农家院，茅草屋变成了小别墅，大花园再没了脏乱差，村民有了精气神，生活变得高大上。”村民邓春生对村里的变化如数家珍。

美丽的家乡吸引了游客，也留下了远行人。邓春生在外创业的儿子回到家乡，把外地大学生媳妇也带回了清溪村，一男一女两个孙儿绕膝，一家三代人幸福感爆棚。

住在周立波故居对面的刘胜男，从家庭主妇摇身变成老板娘，抓住故居修缮契机，与村民经营的“山乡寻味擂茶馆”，每年收入超过 10 万元。“环境越来越好，游客也越来越多。”她期待景区继续提质改造，想为擂茶馆增加点休闲项目，更好服务客人。

文学的意义在哪里？是一种呼唤，呼唤新的憧憬和理想；是一种聚力，凝聚新的智慧和创造；是一种表达，体现了人民的幸福感。

“大清溪”大格局，一大批新农品又争相亮相：国联水产的小龙虾系列产品供应全国，风靡海内外；湖南农业大学官春云院士的高油酸油菜品种“湘油 708”有效利用秋冬闲置土地，再通过“直播+电商”名扬五湖四海；与研究院合作培养的鲫鱼肉质鲜美、繁育周期短、抗病能力强……

周立波在《山乡巨变》中给世人留下了清溪村的时代印记，今天的清溪村又以智慧之芯、时代之梦谱写新山乡巨变，成为智慧农业的显著标杆，山乡蝶变的鲜活样板，也将给乡村振兴带来新的时代启示。

后 记

我是听着清溪水蹦跳的声音长大的。

我在那里出生，“胞衣罐子”都埋在溪边的柳树下；我在那里生长，自小嗅着立波先生的文气，像自然嗅着漫山遍野的茶子花香。外婆家的周边，也都是踏实的刘雨生、风趣的“亭面糊”、恋土的陈先晋。先生作品里散发的亲切乡土气，我在外婆家茶饭的清香里都能找到。

10岁那年，我如获至宝地得到一件生日礼物——连环画《山乡巨变》。在20世纪连环画兴盛的年代，贺友直先生的《山乡巨变》是最具代表性的作品之一。这本连环画我一遍遍地看，每一年都看，看了很多年；我当时还拿它与同学换书看，吸引了很多人，也把它传给了很多人。家乡的大作家立波先生被小小的我、我们崇拜着，我、我们也在立波先生浓浓的文艺花香里潜移默化。

我很幸运，读着家乡作家的书长大，多少回也悄悄幻想：长大了，像先生那样当作家。甚幸，命运还真让我干上了这个职业。

立波先生的《山乡巨变》我一遍遍地读，那些淳朴而又个性鲜明的农民形象，大变革时代的农村日新月异的生活气息，再对照今日山乡天翻地覆的新巨变，令我心怀“书写家乡”的野心，但又心生敬畏，怯于着手“书写家乡”这个主题。

直到2018年，茶子花芬芳的11月，我陪同中国作协书记处原书记廖奔，参加周立波诞辰110周年活动。不承想，这是一场“智慧农业·数字乡村”精妙绝伦的展示——我被深深震撼了。

我曾一次次走进周立波故居，一次次在清溪周边的茶山、田边转悠，守着家乡变化，看乡亲们生活变好，但这一次，我才真正看到——

农民颠覆了身份，他们用手机指挥无人机神奇作业；农村换了“活法”，乡间大花园里过的就是城市一样美好便利的生活；农业从根本上改变，大数据、机械化令土地翻倍生金。

我回到这个生我养我的地方，走在立波先生的脚印上，去到山乡巨变的最前沿，吸取营养，获取能量。廖奔书记更是及时鼓励：“脱贫攻坚即将完胜，美丽乡村全面展现。你可以提前深入，跟着立波先生写人民，贴着家乡巨变写时代。”我不禁心潮澎湃，着手准备。

先“探访周立波”：走在老作家中间

2019年夏天的一个下午，要出发益阳前，我登门拜见未央老师，年近90岁的老作家很自然地从他的老师周立波说起。

“要紧的是放下架子，把自己当作一个普通农民，扎扎实实地和农民一道劳动，同吃同住，处处诚恳虚心当农民的小学生。这样，农民才会把你当作知心人，你才会变成农民中的一个，生活在他们中间。”

说到这，未央老师讲了一个小故事。一位文学青年，下乡20多天，就回来对周立波说写不出东西。周立波直率也尖锐地指出：“动机不纯啊，你没有首先观察思索群众的生活，把他们的痛痒当成自己的痛痒来体会，而是抱着赶紧猎取材料的功利思想，急急火火、粗粗糙糙、蜻蜓点水，就想回来动手写。这哪行呢？你没有生活在群众中，热爱他们，理解他们，当然感受不到群众真实灵动的东西，只能浮光掠影，看到一些表面现象。在思想上、情感上，你和劳动人民还隔着一道墙……”

后来，立波先生把这段体会写进了他的文稿，留了下来：“有些年轻人不听忠告，不到生活中去，十二三年过去了，他们还没有一群熟悉的人，一个熟悉的地区，写起文章来，不是空空洞洞就是干干巴巴，生活的色彩暗淡极了。”

未央老师当年陪同周立波一起走访作家、深入人民。说起老师，老作家还是那样情深意切：“周立波的切身体会，要用自己的心去换群众的心！当年，他拿出5本笔记本给我们看，上面记有他20多万字的素材。”

“立波先生能写出旷世佳作，绝活，就在这里了。”毕竟是周立波培养过的作家，他懂老师、敬重先生。他一直在传承周立波的文学精神。当年立波先生对他说的话，他也对我说了，如同雨露甘霖：“如果不是首先考虑群众的生产和生活，把他们的痛痒变成自己的痛痒，而是抱着去取材的态度，他将永远不会生活在群众之中，也将永远不能感受到真实动人的东西。”

坚持一种作风：与群众打成一片

《新山乡巨变》的采访创作，其实就是“重走立波先生路”。

我走在先生当年走过的村村镇镇，村头、地头、灶头，与农民交朋友，与他们聊家常，也同吃一锅饭，听生活变化的细节，一些幸福背后的故事就有了，一些深度的疑惑也得解了。比如，深入北峰垸，这个从坎坷中走出来的魅力村庄，原来是有强有力的党支部，是有命运都打不败的领头人；与老庄稼汉夏曲辉聊天，我一直陪着他流泪，这个致富带头人的曲折故事里透着一个党员的境界；李良平为周立波故居奉献12年；张心镜“让老百姓受益是永远的真理”；胡千驹以屡败屡战的韧性，融入清溪村的建设……

可是，采访一段时间才发现，这个写新农村巨变的题材，原本不适合我。现代农村，已经是“互联网+生产+生活”，到了“数字农业·智慧乡村”时代。满天满地的智能、智慧，于我正好是短板。平日，我是连手机电脑都只能做最简单操作的“半科盲”。挑战“新山乡巨变”，第一个字我就过不去！绕着走？可绕多远都得回到互联网、大数据、物联网上，已经到了智能时代，选择这题材，就得直面这个时代！

驾驭不了，退吧。我从益阳退回长沙，却无意中碰到老师王以平，这位90岁的老作家没有直面我的问题，而是说起了他熟悉的周立波。

“立波先生紧紧围绕人民，心甘情愿为他们付出，多难都不怕。当年，他举家从京城迁到益阳农村，多苦多难啊。”在王老师月湖边的住所，他拿出几本与周立波相关的书，书上的照片鲜活如初：周立波裤腿卷得老高，与村民站在田里干活；搂着农家的孩子，那般慈爱；晒谷坪里看秤，为自己的进步而高兴；桃花正艳的田边，劳作休息时与村民谈笑风生……

“看，这融洽，跟普通农民没有区别。立波先生结识了那么多的干部群众，并与他们建立了深厚的感情，也因此获得了取之不竭的创作源泉。很多乡村人物、生活场景，都被他直接写进了小说。”

“其实，人民也不是我们想要代言便能代言得了的。”王老师嘱咐我，一个作家，只有真正与人民同呼吸、共命运，才能深刻地懂得他们的心愿，敢于反映他们的心声。人民对作家也才会有充分的信任与热爱，才能真正跟你说真话说实话，接受作家通过作品的代言。立波先生说：“心是需要用心去换的。”以真心扎根人民中，他赢得了人民的真心。

像先生这般对待生活、对待人民，文章哪有写不好的？还有什么困难过不去呢？带着先生的精神走，踩着先生的脚印去，反映时代和人民，细写生活与奋斗……

从王老师那里出来，我知道自己该怎么做了。再难的事儿，肯下功夫就没有干不成的。

围绕一个核心：智慧乡村建设

走访中，在清溪村智慧文旅、沧水铺的5G小镇、紫薇村智慧农业第一村，火热的生活告诉我，农村，互联网、物联网将稻田、农事集中在指挥屏上；各地种粮大户、养虾能手告诉我，他们遥控器指挥无人机进行田间管理，在手机App上查看稻田和虾田的温度、给氧量。

田埂上，看职业农民李进指挥植保无人机，我一双脚滑进田里踩了双腿泥，却在浓浓的科技范里弄懂了几项机械化作业；大棚蔬菜基地，我下载了他们的App，试着轻轻一点，打开蔬菜基地喷头，来一番雾里看花，看湿润的绿叶绽放身姿。

“新山乡巨变”的“新”是什么？是大数据、物联网中的南县稻虾米、安化黑茶，更是农业智能、农民智慧、农业农村现代化，还是青山绿水、人民幸福，是奋斗者的力量和担当，是老百姓实实在在的获得感，是希望的田野，是绽放的笑容……

原来，高科技、智能化也没那么神秘。

在清溪村深挖：缩短与精品的差距

以清溪村为圆心，我在益阳画着采访的圆，跑几天再回到清溪村，在“耕心园”农庄整理和创作。

每天傍晚，到村头看快乐广场舞，看体育器械上荡起的酒窝；荷花盛开的清晨，陪“莲蓬奶奶”卖莲子莲蓬，每次都一销而空，再与美美的、赶来拍照的游客摆姿势定格笑容；路过农户家，坐坐喝杯芝麻茶，不采访也越来越熟、越来越近、越来越亲……

很简单的“泡”与“扎”，却收获了采访都采不到的“金子”。基层干部历经艰难曲折明白了“为了谁、依靠谁、我是谁”，我也似乎明白了；老百姓感慨，是党和政府给了我们好日子。我也从中感悟到：我获得的能量、素材，是人民给的，是火热的生活给的。只要把住“以人民为中心创作”这个总开关，书写新时代山乡巨变和感人至深的“人民创造”，心就会与群众连得更紧，笔下的人物会鲜活有张力，自己也更有活力与动力。

2021 年 12 月 14 日，在北京人民大会堂，我聆听了习近平总书记的讲话，更坚定了信心，鼓舞了意志。

这部书是写完了，再下去的行程已经安排好。感谢永远的前方，总有感动的故事在等着我。前面尝到甜头，后面再下决心：再远，决不搞“无土栽培”；再苦，绝不闭门造车。写有温度的文字，讲有灵魂的故事——出发！

真情感谢

给予《新山乡巨变》支持的人们

陶世群　贺志昂　周铁牛　周萼梅　裴建平　邓伯乐　李良平　邓仁佑

周仰如　刘益希　易清群　邓旭东　张吉安　冯明德　汤　峰　段生生

黄　华　刘志超　张　泉　周浩群　瞿　海　汪　军　刘科华　周赛吾

莫　超　张心镜　谌清平　钟文科　胡千驹　张家礼　邓世群　曾　明

周　月　杜思杨　唐吉勋　周婷玉　郭放平　贺运珍　钟达文　郭新佑

卜光明　鲁登明　莫益明　朱明星　徐　亮　谭辉平　张德华　黄建军

曾佑贤　赵柱湘　周治刚　卢光平　龚树国　戴抗农　刘志华　李昌瑞

陈佑才　裴　政　彭新宇　钟　实　黄俊杰　李国宏　彭玉霞　郭玉堂

李　进　李立昌　陈立文　刘姝婷　刘　燕　詹　志　杨正安　杨朝晖

刘　杰　张赛强　邓春生　杨爱元　潘远征　蔡小鹏　谢　娇　郭美华

熊国柱　刘　强　邓日光　邓春和　周泽平　陈　敏　段　照　周亚林

徐玉莹　刘沅培　汪　勇　盛伟男　刘　芬　邓智灵　邓益良　颜　华

邓佳丽　陈铁牛　曾仲夫　孟正兵　李达斌　郭志光　刘跃军　秦　文

秦国球　周应群　钟育贤　郭世贤　廖靖安　谌达红　卜新跃　李　兵

刘黑妹　卜佑其　盛建林　刘进良　曹卫明　彭中光　李　斌　王军芳

王保良　曾财保　彭　彬　杨利明　李　密　刘元培　李冬和　刘七夜

郭　磊　夏次龙　王又纯　陆从祥　陈旺正　俞　聪　何　震　何建安

王建军　易旺军　周正时　曾　成　曹政奇　李再田　陈建波　熊　毅

李连芳　龚仁辉　何梅轩　胡建芳　龚卫飞　庄梦如　王晓强　李浩军

谭伟中　龙文初　陈岩丁　刘　俊　周秀荣　黄郎云　陶　最　夏曲辉
李柒林　陈　娟　龙灿辉　李学明　易　文　吴艳梅　唐宏辉　龚巧云
雷剑波　李　军　李胜军　李　庆　莫　洋　周　勇　周慰奇　姚劲波
徐直军　袁　鹏　岳立华　周颖洁　刘辉宇　宋　婕　卢光平　蔡小晶
刘　昊　李好勤　李　浩　任鸿斌　黄志光　龚　旭　邓　谦　游　军
彭建芳　周　成　胡光凡　王以平　姚时珍　赵应辉　邓细伏　钟超群
陈育海　彭红梅　刘冬梅　赵湘林　刘兰珍　邹年生

（按采访先后排序）